PARALELOS

LEONARDO ALKMIM

PARALELOS

1ª edição — julho de 2013
Grafia atualizada segundo o Acordo Ortográfico da Língua Portuguesa de 1990,
que entrou em vigor no Brasil em 2009

EDITOR E PUBLISHER
Luiz Fernando Emediato

DIRETORA EDITORIAL
Fernanda Emediato

EDITOR
Paulo Schmidt

PRODUTORA EDITORIAL E GRÁFICA
Erika Neves

CAPA
Andre Siqueira

PROJETO GRÁFICO E DIAGRAMAÇÃO
Megaarte Design

PREPARAÇÃO DE TEXTO
Leoclícia Alves
Sandra Martha Dolinsky

REVISÃO
Vinicius Tomazinho
Marcia Benjamim

Dados Internacionais de Catalogação na Publicação (CIP)
(Câmara Brasileira do Livro, SP, Brasil)

Alkmim, Leonardo
Paralelos / de Leonardo Alkmim. — 1. ed. — São Paulo : Geração Editorial, 2012.

ISBN 978-85-8130-108-2

1. Ficção brasileira I. Título.

12-09776 CDD-869.93

Índices para catálogo sistemático:
1. Ficção : Literatura brasileira 869.93

GERAÇÃO EDITORIAL

Rua Gomes Freire, 225/229 – Lapa
CEP: 05075-010 – São Paulo – SP
Telefax : (+55 11) 3256-4444
E-mail: geracaoeditorial@geracaoeditorial.com.br
www.geracaoeditorial.com.br
twitter: @geracaobooks

Impresso no Brasil
Printed in Brazil

Para

AMAZILES, TEODORO *e* EDUARDO,

os anjos da minha vida.

E ao paralelo da minha

existência.

O ser humano vivencia a si mesmo como algo separado do resto do universo — uma ilusão de sua consciência. Uma espécie de prisão que nos restringe a nossos desejos e conceitos. Nossa principal tarefa é nos livrarmos dessa prisão, ampliando o nosso círculo para que ele abranja todos os seres vivos e toda a natureza. Ninguém conseguirá alcançar completamente esse objetivo, mas lutar pela sua realização já é por si parte de nossa liberação e o alicerce de nossa segurança interior.

Albert Einstein

NOTA INTRODUTÓRIA

Uma noite, depois de meditar mais longa e intensamente que de costume, dormi tranquilo e não acordei.

Tive um colapso.

Minha mulher presenciou a convulsão seguida de parada cardíaca e respiratória. Fui reanimado por ela que, com ajuda do porteiro, me fez fortes massagens no peito.

Quando dei por mim, estava em uma ambulância indo para o hospital, onde passei dois dias sendo submetido a vários exames. Mas nada foi encontrado que justificasse o que tinha me acontecido.

O fato é que tive uma experiência de quase morte.

Não vi nenhuma luz, túnel, portal nem nada dessas coisas. O que tive — e tenho muito presente até hoje — foi a consciência tranquila da diferença entre vida e existência. Percebi a não localidade e o não tempo. Não vi o outro lado, mas intuí o movimento da inteligência universal além do funcionamento racional do cérebro.

Ao voltar dessa experiência, soube que estava pronto para concluir este livro no qual já trabalhava havia quatro anos. Joguei para o lado meus estudos, tentando fazer com que eles não fossem o foco central, e escrevi a história o mais simples que consegui — pois minha visão do universo passara a ser muito, muito simples.

PRIMEIRA PARTE

1

Quando morri, acordei com a pior ressaca da minha vida — dos meus dezessete anos de vida.

Morrer é fácil. É a única coisa que qualquer um é capaz de fazer. Mas eu posso garantir: acordar depois é bem complicado. Duvido que você conheça uma sensação pior. Eu não conhecia.

Pra ser sincero, eu não tinha muita experiência com ressacas. Aos treze resolvi encher a cara pra ver como era. Fui com dois primos beber umas cervejas numa pizzaria no alto da avenida. Depois, fomos descendo e bebendo; umas caipirinhas num barzinho, outra latinha de cerveja num *trailer* de sanduíches e, enfim, bebemos o dinheiro do ônibus em doses assassinas de cachaça no centro — sempre brindando com fervor às nossas lindas namoradas.

Erguendo os copinhos dos balcões de fórmica azul, descobri como a cachaça aumenta não só o teor de álcool, mas, principalmente, o teor de eu te amo no sangue. Naquele momento eu daria a vida pela namorada cujo nome nem sei mais, estava totalmente apaixonado pelos meus primos, e mesmo os velhos bêbados eram pessoas especiais e brilhavam diante dos azulejos encardidos das paredes. A cachaça era uma deusa que abria o mundo bizarro do amor feroz, fugaz e incondicional.

Voltamos andando, praticamente sem sentir os pés, as pernas ou os braços. Ríamos de tudo e qualquer coisa, deslumbrados por haver encontrado o que procurávamos — uma nova dimensão, uma nova realidade.

Atravessei o viaduto sentindo que podia voar, corri entre os carros, certo de que nada podia me atingir; andei pelo centro da cidade sem medo das suas sombras e dos seus cantos escuros, e chegamos em segurança à casa do meu primo. Levamos uma bronca do meu tio, vomitei no tapete, deitei, dormi e acordei no domingo de ressaca. Mas ela veio mansa. Posso dizer que era uma ressaca limpa. Talvez porque eu tivesse só treze anos, um corpo inocente, cabelos compridos e uma cabeça maravilhosamente vazia.

Bom, não sei bem por que estou relembrando essas coisas de bebum adolescente. Claro, tem a referência à ressaca, mas acho que o que me fez lembrar esse primeiro porre, quando eu tento aqui começar a contar a história do dia em que morri, quatro anos depois, foi a descoberta de uma realidade paralela, que está tão à mão quanto um copo de pinga. Até então, pra mim havia o mundo real e o mundo dos sonhos. Mas aquela bebedeira me fez perceber que a realidade tinha muito mais camadas, e a cachaça abrira apenas uma delas, a mais vulgar talvez, mas ainda assim poderosa, quando se entra nela com tudo aos treze anos.

Pensando aqui, agora, acho que o motivo pelo qual desviei da história foi o dia seguinte ao porre. Saí ainda muito cedo, porque minha mãe tinha me deixado dormir fora, "*desde que você chegue em casa de manhã*". Não sei, não sou mãe, não consigo entender esse tipo de lógica, mas o fato é que levantei num domingo frio, tive que acordar meu tio pra pedir dinheiro e fui pegar dois ônibus pra chegar em casa.

— Seu irmão se cortou feio.

A informação da empregada me fez entender que eu não precisava me preocupar com os vestígios da noitada. Havia outros problemas.

— Machucou muito?

— Foi feio.

Subi de três em três os degraus que levavam ao andar dos quartos, temendo que meu irmão gêmeo estivesse entre a vida e a morte.

— Cadê a mamãe? — gritei, já do meio da escada.

— Foi no supermercado.

Desacelerei e só então senti o latejar das têmporas. Bom, minha mãe no supermercado significava que o Vitor não estava morrendo.

Entrei no nosso quarto.

— Por que vocês não me esperaram ontem?

É... Legal, legal, o meu irmão não estava tão mal. Tinha um humor de cachorro.

— Você se machucou?

O curativo generoso na mão esquerda dele fazia da minha pergunta uma idiotice. Mas a gente sempre fala idiotices nessas horas.

— Deviam ter me esperado.

— Como foi que rolou isso aí?

Meu irmão estava puto porque queria ter ido conosco. E nem sabia o que a gente tinha ido fazer. Mas, como ele tinha saído sei-lá-pra-quê, a gente foi sem ele, e ele foi abrir uma melancia.

Agora cheguei ao ponto que queria. Na noite anterior, com o cérebro transformado numa esponja encharcada de álcool, e flanando por ruas, avenidas e viadutos na madrugada de uma metrópole, eu estava certamente correndo muito mais riscos que meu irmão, que ia passar a noite de sábado na frente da TV. Mas foi ele quem passou a faca a dois milímetros do tendão e quase ficou sem os movimentos da mão, enquanto eu apenas tinha uma leve dor de cabeça.

Naquele dia não me veio nenhum tipo de reflexão, mas hoje eu sei que todas as vezes que a gente se machucava, ou rolava qualquer situação sinistra, sempre estávamos separados um do outro.

Separados. Só um de nós parecia estar protegido, essa era a questão.

Mas vamos voltar pro dia da minha morte.

2

— Acorda, cara!

No torpor delicioso entre o sonho e o despertar, eu sentia as mãos da Isolda pelo meu corpo. Ela montava em mim rindo, me sacudindo, me cavalgando. Naquela região fugidia da consciência, num limbo de sensações, eu tinha a pele macia e morena de uma bunda redondinha em cima de mim. Cara, uma coisa eu posso dizer, poucos caras tinham a sorte de ter uma namorada tão gostosa como a minha.

Mas a lucidez invejosa sempre insiste em invadir a delicadeza de um sonho bom: a Isolda não tinha viajado conosco pro acampamento, portanto, não podiam ser as mãos dela me balançando. Só que foi justamente esse embalo carinhoso que empurrou a lucidez de volta pra sua caverna.

Daí a Isolda, com suas muitas curvas, revestidas por sua pele caramelo-acetinada, com seus olhos redondos e cabelos castanho-escuros, se transformou na Cecília, branquinha, esguia, loura, de olhos claros. Sabe como são os sonhos, né? Os lábios dela se abriram em um sorriso e...

Peraí. Tive um sobressalto. Cecília? Mas o que a namorada do Vitor estava fazendo no meu sonho, em cima de mim e me beijando? Mas, então, o prazer onírico do pecado forçou a consciência lá pro fundo de novo, e eu me entreguei àquela boca, que lambia, mordia, sugava.

— Acorda logo, cara!

Ah, substância frágil e inconstante! O sonho nos impregna o ser, nos embebeda o pensamento e, de repente, como uma mãe desalmada, nos abandona como a uma criancinha na chuva.

Mas não era chuva. E nem era a boca úmida da Cecília.

— Caralho, Homero! O que você tá fazendo?

Meu amigo, que já tinha cansado de me sacudir, jogava grossos pingos d'água na minha cara.

— Tá na hora. Vamo logo.

Realidade bruta, mal-educada e grosseira.

Nada pode ser mais doloroso que sair do acolchoado de um sonho e ser invadido pela verdade fria. De um segundo pro outro, não havia mais nada entre mim e a nitidez feérica do que tinha acontecido.

Apertei os olhos, um pouco por causa da dor da ressaca, mas muito para tentar não ver a realidade.

— Você tá melhor? — Agora não tinha sonho que pudesse me proteger. Sabia que estava num saco de dormir, dentro de uma barraca, ao lado do amigo que arrumava as mochilas. — Temos que ir. Tá todo mundo quase pronto.

Todo mundo?

O Homero falou inocentemente aquele todo mundo, mas foi como se tivesse me dado um choque. Meus colegas, amigos, professores, toda a turma da escola estava naquele momento andando de um lado pro outro lá fora! Como encarar o pessoal depois do que eu tinha feito na noite anterior?

— E o Vitor?

Homero não respondeu de imediato, talvez tentando distinguir a voz do meu irmão no burburinho lá fora.

— Não vi.

Decididamente, eu não tinha a menor condição de sair dali. Como é que eu ia olhar pro meu irmão? Não, nunca mais ia me mexer.

Interpretando meus pensamentos, Homero puxou meu saco de dormir.

— Olha aqui. *O.k.* Ontem você fez a maior cagada da sua vida. Puta estupidez imbecil do caralho. Mas tá todo mundo se arrumando. Daqui a pouco o ônibus começa a buzinar e aí...

Num raio eu saí de dentro do saco e comecei a catar freneticamente minhas coisas, tentando não vomitar. A situação já era ruim, mas pior ia ser ficar por último. A humilhação já era grande demais pra eu ainda ter que passar por retardatário, deixando todos esperando e depois entrar com cara de otário no ônibus, desfilando sob olhares de reprovação enquanto tentava achar um lugar vago pra sentar.

Como não precisava desarmar a barraca, que fazia parte do acampamento que a escola tinha contratado, e tomar café era a última coisa que me passava pela cabeça, só enchi a mochila, amarrei o saco de dormir, calcei os tênis, coloquei o boné e os óculos escuros e saí numa linha reta até o ônibus. Escorreguei até o último banco e me afundei na poltrona. Claro que, ao passar pelo meio da galera, todo mundo sacou que eu estava fugindo. Mas e daí? Pelo menos tinha conseguido arrumar um lugar tranquilo pra amargar sozinho a merda que eu tinha feito.

3

Uma lua quase arrebentando de tão redonda, azulando a silhueta das montanhas. O frio sem vento. O barulho da cachoeira escondida pelas árvores altas. O vinho de garrafão. A fogueira logo ali, com um monte de colegas rindo e cantando ao som de um violão. A perfeição de um momento...

O caralho!

Quanto mais brilhantes eram as chamas da fogueira, quanto mais lindo era o rosto das meninas embrulhadas nos cobertores, quanto maior era a alegria dos outros, pior eu me sentia.

A cachaça dos meus treze anos, que me fizera amar todo mundo quatro anos atrás, era muito diferente daquele vinho que fazia ferver minha inveja. A felicidade dos que se juntavam no aconchego do fogo me irritava. As risadas me faziam sentir uma raiva profunda por tudo. Não queria conversar, não queria cantar, queria só ficar afastado, curtindo minha dor.

Ela simplesmente não estava ali!

Ela não tinha ido acampar comigo!

Simplesmente havia preferido ir fazer outra coisa!

— Mas vocês terminaram?

— Não, Homero, não terminamos. — Cuspi de raiva.

Eu sentia, tinha certeza de que ela estava naquele exato momento com o ex-namorado, um cara mais velho, que tinha uma moto, cabelo encaracolado e um sorriso estúpido de gente boa sempre na cara.

Joguei com força uma pedra contra o tronco de uma árvore. A pedra não se partiu. A árvore não estremeceu. Quase nem fez barulho. Merda!

A Isolda era tão perfeita, tão espetacularmente sensacional que eu nunca consegui sentir que ela era realmente minha. Para mim, tratava-se de uma concessão provisória do destino feita a um magrela, para que ele pudesse sentir de passagem o sabor daquilo que não ia lhe pertencer jamais.

Homero riu:

— Você tá ficando bebum.

Estava. E bebi mais daquele vinho, o néctar de Baco que só pode ser bebido para amar ou odiar. Como eu não podia amar ninguém, odiava todo mundo.

Levantei olhando as meninas lindas tão próximas e tão fora do meu alcance. O vinho era perfeito pra minha autopiedade. Era meu segundo porre e não estava sendo nada divertido. Bocas, peitos, sorrisos, sardas, narizes delicados, pescoços brancos, mãos pequenas, línguas macias, pés escondidos em meias. Não. Eu não conseguia ficar olhando todas as possibilidades que ajeitavam os cabelos a poucos metros de mim. Naquele momento não era apenas a Isolda, eram todas as meninas com seus cheiros doces que tinham me abandonado. Não havia nada que eu pudesse fazer. Eu não ia ter nenhuma delas. Meu fracasso era anterior a qualquer tentativa.

Saí andando, ouvindo o cascalho sendo amassado por meus pés, aceitando que eu era um nada no universo.

— Aonde você vai? — Homero estava sempre atrás de mim ou, justiça seja feita, estava sempre ao meu lado. — Tá todo mundo se divertindo!

Pus a mão no peito dele e, tentando parecer sóbrio, soltei uma frase que tinha lido em algum lugar:

— Não preciso do mau gosto de estar de acordo com muitos.

E o larguei lá. Não queria partilhar o prazer de me sentir um cara desinteressante, abandonado e fraco.

Frio no rosto, os nós dos dedos apertados dentro dos bolsos. Todos os sentidos acesos. Eu entrava em mim mesmo, tentando me iludir com a ideia de que percebia o mundo de maneira tão especial que seria inevitável que me tornasse um artista famoso um dia, capaz de traduzir de maneira simples a profundidade de tudo aquilo que eu sentia. "Simplicidade é complexidade resolvida." Pensava nessa frase sorrindo pra dentro e expelindo a raiva pra fora. Precisava mostrar pra todos que eu era um cara especial. Pra todos não. Pras meninas. Eu ia ser um cara famoso por causa delas. De todas elas. De cada uma.

Percebi uma risada tímida se aproximando. Quando abandonei meus pensamentos de fama e glória, vi a Cecília a dois passos de mim. Vinha rindo e cambaleando. Sozinha.

— O que você está fazendo aqui?

— Eu... — Hesitou escondendo o sorriso com os dedos delicados. — Eu fui fazer xixi e me perdi. — E recomeçou a rir com a confissão.

Um segundo. O tempo de um passo que tropeça, e ela estava enlaçando meu pescoço em busca de apoio e colando seus lábios nos meus. Outro segundo, e estávamos caindo pra fora da trilha de cascalho, rolando fortemente abraçados pelo barranco de grama.

Toda a frustração foi embora naquele segundo. Ela se jogou sobre a minha boca! Eu tinha sido escolhido por aquela menina linda!

Não me importava quem ela era. Beijar passou a ser o sentido da vida. A aspereza suave da sua língua molhada deslizando pela minha dissipou todo o resto. Minha atenção ficou toda no calor de cada parte dela que se apertava em mim; calor que ultrapassava o *jeans* das calças e fazia o sangue esquentar no nosso rosto, onde a saliva morna lubrificava lábios e bochechas. Tudo em volta já tinha desaparecido quando ela mordeu meu queixo e em seguida ofereceu seu pescoço, pra depois agarrar meus cabelos e puxar meu beijo de volta. Ela se saciava em mim com uma loucura desesperada. Estávamos caindo num redemoinho, numa vertigem que afastava tudo do meu pensamento. Por mim, ficaria ali rolando na grama pra sempre, e, enquanto ela estivesse com as mãos na minha nuca, nada no mundo ia me fazer parar.

E não paramos por muito tempo. Tempo suficiente pra eu começar a perceber que não é que eu não quisesse parar. Eu não podia. Estava beijando a namorada do meu irmão! Minha mente não encontrava uma maneira de fazer aquilo acabar sem ter que olhar pros olhos dela e assumir a culpa, a sujeira, a perversidade do que estávamos fazendo. E continuamos. Nos beijamos por uma eternidade, como se nunca mais pudéssemos mostrar nosso rosto outra vez.

4

Embaixo do boné e atrás dos óculos escuros, eu estava com uma tremenda ressaca moral. Todos no ônibus pareciam afetados pela traição do irmão gêmeo. Era um sentimento que dava pra segurar no ar. Denso. A perda da inocência. O fim da pureza. Uma ruptura impossível de ser reparada.

Morder o lábio até sangrar não ajudava a não pensar que eu tinha acabado com a minha vida. Quem poderia confiar em mim? Minha mãe, o que ia falar? Com que olhar de pena ela ia me encarar? O que seria pra ela o fim da amizade dos filhos? Não sobrava nada. Nem a Isolda, nem banda de *rock*, nenhum plano de futuro. Talvez nem o tio Gílson conseguisse me encarar. Só restaria o Homero.

Eu pensava em sair da escola, fugir de casa, sumir. Não havia alternativa. Muitos anos teriam que passar pra eu poder olhar de novo pro Vitor — e o pior é que eu já sentia uma saudade terrível dele. Trocaria todas as meninas do mundo pra poder ficar do lado dele conversando sobre qualquer coisa. Ele amava a Cecília, todos sabiam disso. Eu sabia disso! Estavam juntos havia quatro anos, o que era quase um quarto de nossa vida. Eu até tinha dado um sapatinho de bebê pra eles no Dia dos Namorados. Os dois eram uma certeza em meio à inconstância das paixões de todos nós.

O fato é que nada podia ser pior que aquilo. Foi então que eu senti o frio.

Hoje eu sei que todos sentiram isso ao mesmo tempo. Houve uma mudança total na atmosfera. Quem estava conversando se calou e quem estava calado respirou fundo.

Na mesma hora me veio à cabeça a tarde quando eu era criança e fiquei sozinho com meu avô, que tinha oitenta e dois anos e estava doente. Ele começou a sentir frio. Batia o queixo e tremia todo. Fui colocando sobre ele todos os cobertores que encontrava, mas vovô, tiritando e me chamando de "meu filhinho", dizia que não adiantava, era o frio da morte. Subi nele e fiquei impotente vendo o medo em seus olhos, querendo fazer alguma coisa pra esquentá-lo por dentro, querendo mandar a morte embora. É claro que não consegui.

Imediatamente me levantei e avancei pelo corredor do ônibus. Ninguém se preocupou comigo. O vazio infinito que dominou tudo havia tragado o problema do beijo roubado na noite anterior. Alguém perguntou o que estava acontecendo, mas não estava acontecendo nada. Ainda não.

Passei pelo Homero, e ele me olhou com olhos de desamparo. Era isso o que eu sentia. Era isso que todos experimentavam naquela hora. Desamparo.

Continuei avançando pelo corredor até onde estava o Vitor. Ele também estava sozinho no banco e olhava a paisagem lá fora.

— Vitor.

Ouvi minha própria voz como um pedido de socorro.

Ele me olhou, e eu tive a percepção de que ele, entre todos, era o único que não tinha aquele olhar de pânico contido.

— Vitor, por favor...

Tentei me aproximar, e ele me empurrou com força.

Instantaneamente o olhar dele, triste e duro ao mesmo tempo, ganhou um tom de espanto, como se descobrisse naquele momento algo que ele não sabia o que era.

E nem daria tempo pra descoberta nenhuma.

Ainda recuperando o equilíbrio por causa do empurrão, vi pela janela da frente que o ônibus passava reto na curva. Assim como a Cecília tropeçou sobre minha boca, o ônibus cruzou rapidamente a faixa do acostamento, bateu forte rompendo a mureta e precipitou-se no abismo.

Mesmo com meu corpo sendo atirado violentamente contra o teto e em seguida contra os encostos das poltronas, eu ouvia cada grito, cada pedaço de metal rangendo, cada janela se estilhaçando e cada lufada de vento e poeira. Foram várias capotadas, e, a cada uma delas, uma epopeia de pânico e desespero se desenrolava diante dos meus olhos. Eu sabia em que parte do corpo cada um estava sendo atingido, cada osso que se quebrava, via o sangue brotar dos mais diversos tipos de rasgos de pele.

Só não via o Vitor.

Hoje eu gosto de pensar que aquilo foi amor, e fico feliz que, mesmo com o abdome arrebentado, sendo golpeado a cada segundo por todos os lados, eu só me perguntava se o meu irmão estava bem.

Quando o ônibus aterrissou no rio lá embaixo, sabia que muitos já estavam mortos. A morte é uma presença muito forte para não ser notada até pelo mais insensível dos idiotas. Mas eu ainda era só um espectador dela. Eu e outros poucos ainda vivos que foram sentindo a água invadir o ônibus aos turbilhões. Jatos ferozes de água turva entrando pelas janelas e arrastando o que estava pela frente. Tudo aconteceu de uma forma tão avassaladora que não houve espaço para que a mínima sombra de esperança pudesse correr por ali. Logo havia menos de um palmo de ar entre a água e o piso do ônibus, agora transformado em teto. Eu pude desfrutar do oxigênio por mais alguns poucos momentos.

Medo? Pânico? Terror?

Não era bem assim.

Eu via a mim mesmo me debatendo alucinado, mas era apenas o instinto de sobrevivência de um corpo que ainda pulsava e arfava. Eu já não estava verdadeiramente naquele esgarçar de boca e arranhar de unhas. Não. Eu já tinha me entregado. Eu já tinha morrido antes de o meu corpo se afogar.

Minha única dor, profunda, indescritível era a certeza de que ia morrer sem ver o Vitor ou saber dele.

5

O corredor do prédio neoclássico, uma sólida e imponente construção do início do século XX, estava silencioso naquela manhã de domingo. Pequenos pardais atravessavam com seus delicados e ariscos pulinhos as lajotas de cerâmica marrom-avermelhada, procurando, despreocupados, pequenos insetos ou sementes. Normalmente, nos dias de semana, esses habitantes miúdos dificilmente se aventuravam por ali, deixando os seguros galhos das três árvores que dominavam o grande pátio central para disputar o território com a grande movimentação de estudantes, professores e funcionários do colégio.

Aquela era uma das maiores e mais prestigiadas instituições de ensino da capital, que originalmente abrigara meninas ricas, na sua maioria, vindas do interior, em um severo regime de internato. Naquele domingo, o grande colégio parecia ter retornado à paz quase monástica de seus primeiros tempos.

Ao fundo do grande corredor, havia um átrio interno coberto por uma claraboia que deixava entrar a farta luminosidade daquele dia e abrigava uma moderna área de convivência, um espaço com mesinhas bistrô e banquetas de *design* moderno, rodeado por diversas máquinas de produtos. Cafés de tipos variados, salgadinhos, doces, refrigerantes, sucos, sanduíches. Ali a arquitetura austera convivia em harmonia com as cores vivas e brilhantes das marcas.

Um grupo de oito ou nove professores surgiu por uma das portas do corredor e se dirigiu conversando despreocupadamente para as máquinas. Enquanto esperavam que estas lhes ejetassem *capuccinos* e porções de pães de queijo, falavam sobre o que aparentemente estiveram discutindo em alguma reunião interna — novas metodologias a serem implantadas nas aulas, abordagens inovadoras sobre as matérias que iam lecionar, ou ainda, o método de avaliação que deveriam seguir. Pelo tom e pelas risadas, notava-se claramente a ironia com que eles encaravam as novas determinações. Aquele era um colégio que dizia sempre tomar decisões junto ao corpo docente, mas os comentários jocosos denunciavam que aqueles professores não acreditavam no discurso participativo.

Novamente a porta se abriu, e as risadas cessaram. Não de um modo brusco, como se estivessem escondendo algo, mas o suficiente para deixar claro que a pessoa que entrava não fazia parte da turma.

Noêmia, a jovem diretora, percebeu com certo desgosto a mudança do clima da conversa, mas tentou ser hábil para que não notassem o que sentia.

— Nada como um cafezinho para espantar o tédio dessas reuniões de domingo, não é? — Sorriu, enquanto colocava seu caderno sobre uma das mesinhas.

Todos balançaram negativamente a cabeça, apressando-se em não morder a isca e reclamar com a diretora sobre o que quer que fosse.

— De jeito nenhum. Eu achei muito produtiva a nossa conversa. — Novamente as cabeças balançaram, agora de cima para a baixo diante do comentário de um professor de matemática recém-contratado. — Estávamos justamente dizendo que essas inovações serão muito importantes para alinhar os valores da escola com a prática do dia a dia.

— Olha, pega aqui, está quentinho.

O mal-estar da diretora não diminuiu com o gesto de Clarissa, uma velha amiga dos tempos em que também era uma simples professora.

— Não, por favor, eu espero a minha vez.

— Eu faço questão, Noêmia. — O copinho plástico ficou suspenso um instante entre elas. — A menos que você queira outro tipo...

— Não, está ótimo, obrigada. — Noêmia forçou um sorriso imaginando como uma amiga podia ter se tornado tão distante ao ponto de bajulá-la assim tão descaradamente.

A diretora não deixou de perceber que apenas o professor Gílson, outro amigo antigo, que ficara mais íntimo depois da trágica temporada no Iraque, mantinha-se afastado. Afastado era um termo perfeito para ele. Sua atitude sempre reservada era inversamente proporcional ao seu tamanho, como se ele quisesse com isso não se fazer notar apesar de sua estrutura alta e gorda. Ele não fazia parte do grupo de professores que debochava e em seguida tentava agradar à diretora, apenas ficava de lado como agora, quando se entretinha alimentando os pardais com migalhas de biscoito.

— O pão de queijo está ótimo.

— Não, obrigada. — Noêmia nem se deu ao trabalho de ver de quem vinha mais uma oferta forçada. Equilibrou o copinho de café sobre os cadernos e virou-se em direção à porta. — Eu esqueci umas anotações lá dentro.

Saiu rápido, fechando a porta com a certeza de que às suas costas agora eram trocados comentários engraçadinhos e expressões cúmplices. Andou rápido enquanto sentia certa náusea subir pela garganta. Num instante de distanciamento, viu-se ocupando o lugar da dona Ondina, a antiga diretora, que era o alvo perfeito das piadinhas pouco tempo atrás.

Ela mesma era uma das que mais tinham espírito para tiradas humoradas contra a então comandante, fazendo os colegas rirem. E agora? Quem era ela? Chegou até sua mesa largando os cadernos e o café intocado. Ela era um cargo? Era esse o prêmio? Uma posição de poder, um aumento no salário e a total falta de naturalidade dos antigos amigos? Ganhou o comando e perdeu a companhia de todos? Ganhou uma cadeira na cabeceira e perdeu o afeto? Ganhou a sala principal e perdeu seu lugar no mundo? Olhava pela janela o grande jardim à sua frente sem ver nada, perdida na angústia de não saber mais onde estava a antiga Noêmia. Onde havia ido parar aquela mulher, agora que o manto da diretora estava assentado sobre seus ombros?

Na secretaria ao lado, um telefone começou a tocar.

Será que amigos de tão longa data imaginavam que ela tinha se tornado uma pessoa a quem deviam apenas agradar e temer? Será que anos de convivência de nada haviam adiantado para construir alguma coisa de verdadeiro entre ela e seus colegas?

O telefone continuava com seu ruído estridente.

Nunca mais teria um momento descontraído e relaxado com aqueles com que por tanto tempo trocou confidências? Ela era a culpada disso? Será que passava a impressão de estar sempre preocupada em analisar as atitudes e palavras dos companheiros para ir reportar tudo aos donos do colégio?

O telefone seguia tocando, e uma irritação aguda a invadiu.

Ninguém ia se mexer para atender ao maldito aparelho?

Num lampejo de consciência, percebeu que esperava que um dos subalternos, e não ela, a diretora, se dignasse a cumprir a tarefa simples de atender ao telefone. Imediatamente se dirigiu à secretaria para tentar provar a si mesma que não estava se colocando acima de ninguém, intimamente torcendo para que a chamada fosse um recado para um dos professores, assim ela poderia anotar e ir humildemente transmitir ao destinatário.

Mas, ao abrir a porta, percebeu que Clarissa tinha sido mais rápida e já estava levantando o fone.

— Alô.

Ficou um momento olhando a amiga, desejando imensamente poder dizer a ela que tudo o que queria era poder conversar, sem sentir que mediam as palavras ao falarem com ela.

— Meu Deus! — Clarissa apoiou-se na mesa sob o impacto de alguma notícia muito desagradável. Noêmia avançou um passo, querendo colocar a mão no ombro da outra e transmitir-lhe o carinho de que tanto sentia falta, mas a colega levantou os olhos numa expressão de perplexidade. — Não, eu estou ouvindo. Pode continuar. — E baixou a cabeça rapidamente como se não pudesse, ou não quisesse, olhar para Noêmia.

Esta, então, se virou para voltar à sua sala, irritada por ver-se mendigando um momento de intimidade com alguém que claramente a excluía. Por algum motivo, a imagem dos filhos surgiu em sua mente. Era com eles que ela devia se preocupar em ser afetuosa, e não com todos aqueles aduladores medrosos.

— Noêmia, peraí! — Os olhos de Clarissa eram a pura expressão do medo.

— O que foi? Algum problema? — O tom saiu imperioso, como se ela finalmente quisesse assumir a superioridade com que era vista.

A outra estendeu o fone recuando um passo.

— Melhor você mesma falar. — A diretora avançou com passo firme e pegou o fone da mão de Clarissa que parecia ter encolhido uns dez centímetros.

— Tudo bem, eu resolvo.

Clarissa levantou os olhos assustados.

— É da polícia.

6

A margem do rio ficava ao lado de um despenhadeiro cor de minério de ferro. Grandes pedras pareciam brotar da terra vermelha ao longo da escarpa até o topo, onde as luzes intermitentes de viaturas da polícia rodoviária, dos bombeiros e ambulâncias formavam uma linha de pulsação caótica.

Era isso que o tenente Freitas observava lá debaixo, desconfortável na posição de responsável pela operação de resgate até que chegassem os oficiais superiores.

Mergulhado no rio, praticamente só se via as rodas do ônibus. O tenente olhava a equipe de bombeiros descer trazendo macas, cordas e outros equipamentos. Ele já havia organizado a sinalização na rodovia e tentado armar um cerco para impedir a aproximação da pequena multidão de curiosos, que rapidamente aumentava, descendo dos carros ou surgindo sabe-se lá de onde. Avisara o hospital local, chamara o resgate e até tinha solicitado tratores da prefeitura. Mas, agora que o oficial dos bombeiros se aproximava, ele simplesmente não sabia mais o que fazer.

— Bom-dia, sou o tenente Durval.

— Tenente Freitas.

Os homens apertaram as mãos forte e rapidamente. O olhar do tenente Durval estava pousado no veículo encoberto pelas águas.

— O senhor é quem está cuidando da operação, correto?

— Fiz todos os procedimentos e agora espero contar com sua ajuda porque...

O bombeiro o cortou segurando-lhe amigavelmente o ombro.

— Faremos isso. O que eu preciso saber é se o veículo está estável. — Como o tenente pareceu não compreender, o bombeiro continuou: — A correnteza tem movimentado o ônibus?

— Não, não. Ele está imóvel. Parece firme.

Rapidamente, o tenente Durval voltou-se para sua equipe de mergulhadores que estava terminando de se vestir:

— Podem começar. Rápido. — E de novo para o policial: — Eles vão ter que entrar, e não queremos que ninguém fique preso lá dentro, certo? — O olhar do bombeiro pedia uma confirmação sobre a estabilidade do ônibus.

— Certo. — A correnteza não era muito forte, mas ele sentia a responsabilidade pesar um pouco mais vendo quatro mergulhadores sumirem na água barrenta. — Estamos aqui há algum tempo e posso garantir que ele não se moveu, mas a gente nunca sabe, a água...

— Sim, sim. Eles vão apenas se certificar de que não existe nenhuma vítima ainda com vida lá dentro, depois...

— O senhor acha que é possível? — Um leve estalido de pânico. — Quero dizer, certamente esse ônibus já está aí dentro há mais de meia hora...

O bombeiro apontou:

— Veja, a parte de trás está um pouco mais inclinada. A água pode não ter preenchido todo o interior.

Freitas sentiu suas pernas bambearem. Alguém podia ainda estar vivo dentro daquela massa de ferro retorcido?! Um bolsão de ar? E ele passara todo aquele tempo apenas fazendo chamadas e orientando a sinalização. Uma vítima sentindo o oxigênio acabar, esperando desesperadamente por socorro, e ele não tinha feito nada?!

— Eu devia... — Pensou que poderia ter mergulhado imediatamente para constatar a situação. — Meu Deus, pode ter alguém vivo lá! — Sentiu uma raiva imensa por si mesmo. Sentiu-se um negligente.

— Não, tenente, acalme-se. — Novamente a mão firme lhe apertava o ombro. — Só um profissional com equipamentos pode fazer isso. E é apenas uma pequena possibilidade. Se alguém sobreviveu, imagino que tentaria sair. — Apontou para a trilha sulcada na terra feita pela queda do ônibus. — Há vidro por todo lado. As janelas se quebraram. — O bombeiro respirou fundo. — A menos que...

— A menos que a pessoa tenha ficado presa. — O policial praticamente podia ver a vítima que ele não socorreu enrolada nas ferragens, tentando respirar, enquanto ele estava lá fora, andando de um lado para o outro e dando ordens inúteis.

— Não pense nisso. O senhor fez o que era preciso.

Um ruído grave de motor fez com que eles se virassem. Era um grande trator que começava a descer a encosta, rugindo e soltando um rolo de fumaça preta. O grupo de curiosos na beira da estrada lá em cima havia aumentado bastante, e Freitas percebeu com irritação uma moça segurando um microfone, falando para uma câmera à sua frente.

— Como esses filhos da mãe são rápidos — pensou Freitas. — Soldado Osmar! — gritou para um jovem alguns metros atrás dele. — Dá um jeito de manter o pessoal da imprensa longe daqui!

O rapaz de farda começou a subir a encosta.

— É sempre a mesma festa — refletiu o bombeiro. — Só que o espetáculo não vai ser nada bonito quando a gente puxar esse bichão pra fora. — Então se voltou para o oficial que novamente olhava hipnotizado para o veículo. — Já sabe que ônibus era esse?

— Passei a placa pro pessoal da cidade. — Olhava a parte traseira um pouco acima da lâmina d'água onde podia estar a vítima que ele negligenciara. — Devem estar averiguando, mas não retornaram nada ainda.

De repente seu coração parou de bater um instante. Um dos mergulhadores emergiu. Freitas e Durval imediatamente avançaram até a margem. Logo os outros três bombeiros surgiram arrancando as máscaras. Suas expressões eram de angústia congelada sobre os rostos. Respiravam profundamente, sem parecer encontrar palavras.

— E então? — Tenente Durval gritou, quase com raiva por aqueles instantes de suspense.

— Está lotado, tenente. Lotado!

— Alguém vivo? — A voz de Freitas soou num apelo agudo.

— Jovens, tenente. — O mergulhador ignorou a pergunta do policial. Tinha os olhos grudados em seu superior. — Praticamente crianças, senhor.

Freitas apontou para a traseira do ônibus, gritando:

— Vocês olharam o bolsão de ar na traseira?

Houve uma troca de olhares confusos entre os mergulhadores. A ansiedade do tenente fez com que ele se enfiasse até os joelhos na água.

— Tem alguém vivo lá? — Nenhum dos bombeiros respondeu. — Pelo amor de Deus! Vocês viram se ficou alguém preso ali no bolsão de ar?!

7

O peito de Noêmia não estaria mais esmagado se um trem de carga tivesse passado sobre ele. Estava asfixiada. Fez descer o vidro do carro.

— Você não consegue ir mais rápido?

Ao volante, o professor Gílson indicou com o queixo o velocímetro.

— Já estamos muito acima do limite.

— Limite? — Noêmia olhou-o contraída de ódio. — Pare. Deixa que eu dirijo esta porcaria. — Soltou o cinto com um tapa.

— Calma, Noêmia! — Mãos apertadas, ombros encolhidos, toda a flacidez da sua gordura estava enrijecida.

— Como eu posso ficar calma? Os meninos podem estar... — Não conseguiu completar a frase, sentindo um bolo fechar-lhe a garganta.

— Você não está em condições. — Gílson apertou o acelerador fazendo os pneus guincharem na curva. — Já vamos chegar. — Passava a mão pelo rosto que formigava, suando frio. — O delegado disse Cerro Alto, não foi? — Noêmia não respondeu, torcendo as mãos até os nós dos dedos ficarem brancos. — É a próxima cidade.

No telefonema não tinham dito muita coisa, mas o suficiente para ela entender que havia acontecido uma tragédia. Um acidente com o ônibus do colégio que voltava lotado de alunos e dois professores. Não haviam falado sobre vítimas, mas o tom e a maneira hesitante deixaram transparecer a verdade. Fora um acidente sério. As equipes de resgate já tinham sido enviadas para o local. Agora a única coisa que ela podia fazer era rezar e esperar.

Esperar? Bateu o fone e voou para o carro, acompanhada de Clarissa.

Gílson viu a amiga correr em direção à saída e foi atrás. Só conseguiu alcançá-la quando ela já estava ao lado do carro, atrapalhada com o molho de chaves entre os dedos.

— O que aconteceu? — Clarissa tremia, apertando os ombros com os braços.
— O que eles disseram?

— Que droga de chave! — Noêmia bateu o chaveiro contra a coxa e recomeçou a tarefa.

Gílson segurou a mão dela tirando-lhe aquele problema com a naturalidade de quem tem acesso livre. Olhou-a nos olhos e ficou horrorizado com o terror que havia lá dentro.

— Vai pro outro lado. Eu levo.

O carro desacelerou ao encontrar um caminhão de gado que gemia no esforço de vencer a subida. A estrada era de mão dupla, estreita, quase sem acostamento. Gílson piscou o farol e buzinou insistentemente. Viu o caminhoneiro olhar pelo retrovisor sem se incomodar com a pressa deles e sem mostrar a menor intenção de dar passagem.

Antes que Noêmia tivesse um ataque de ansiedade, o professor reduziu para a quarta marcha e acelerou para ultrapassar. Estavam emparelhados quando surgiu na curva adiante uma Kombi. Apertou os freios fazendo os pneus gritarem soltando no asfalto uma fumaça branca. Voltou a se enfiar atrás do caminhão no momento em que a Kombi passava raspando sua lateral. Não havia o que fazer! Mas não era possível se conter atrás daquelas vacas que olhavam para tudo com um ar ausente e calmo. Buzinou novamente e sem esperar qualquer reação, voltou a tentar a ultrapassagem apertando o pé direito como se quisesse furar o assoalho do carro. Novamente viram outro veículo vindo na direção oposta. Gílson piscou os faróis e continuou acelerando. Desta vez foi o carro prateado que freou bruscamente jogando duas rodas na terra. A pista era estreita demais, e não ia dar tempo de ultrapassar antes que os dois veículos colidissem de frente! Gílson percebeu que o caminhão ao lado estremeceu suas ferragens e desviou para fora da pista. Agindo mais por instinto que por perícia, seguiu a manobra mantendo-se colado à carroceria que fedia a esterco. Por um segundo, os três veículos ocuparam o espaço que seria de dois e conseguiram passar sem se tocar. O professor concluiu a ultrapassagem dando trancos alternados no volante para segurar o carro. Viu de soslaio no retrovisor que o caminhoneiro o amaldiçoava de sua cabine.

Mais algumas curvas que comeram parte dos pneus, e viram-se passando em altíssima velocidade pelo perímetro urbano.

Ambos conheciam a cidade, sua tranquilidade, o clima agradável de montanha e suas casinhas baixas construídas à beira da rodovia, disputando o espaço com estruturas cúbicas com portas de ferro na frente, que formavam uma fileira de botecos, armazéns, farmácia, armarinho e um templo evangélico. Era uma cidadezinha pobre, sem identidade, cravada no meio da serra. Todos os que estavam vivendo sua vida pacata na beira da rodovia olharam espantados o carro negro que passava em alta velocidade.

O acidente havia ocorrido alguns quilômetros adiante, na zona rural, e Noêmia agora não sabia se queria que o carro chegasse logo, ou se desejava que aquela viagem nunca mais terminasse. Previa, com uma certeza desesperadora, os momentos que estavam por vir.

O soar do sino da igrejinha branca, que ficava espremida entre a cidade e uma montanha de rocha, com seu tom lamentoso, alcançou Noêmia dentro do automóvel e fez com que ela ouvisse o presságio da desgraça. Essa era a palavra que ela mais detestava. Nunca a pronunciava e jamais permitia que os filhos a dissessem. Mas, agora, aparecia gravada no interior de sua cabeça. A imagem da palavra marcada a ferro, coberta por uma luz mortiça que se fundia à imagem dos filhos.

A mente de Noêmia percorreu os últimos dias. A reunião em que discutiram a ideia do acampamento, um prêmio aos alunos que não haviam ficado em recuperação, vinha repleta de detalhes. Parecera uma iniciativa excelente, pois, apesar dos esforços pedagógicos, era cada vez maior o número de alunos que perdiam parte de suas férias nas aulas e provas extras. Punir não era uma opção quando se tratava de adolescentes, ela sabia, por isso a ideia do incentivo aos que passassem de ano, fazendo com que os outros quisessem no próximo semestre também fazer parte do grupo de privilegiados, foi rapidamente acolhida.

Grande privilégio!

Seus filhos sempre conseguiam notas excelentes sem esforço. Aprenderam a ler sozinhos muito cedo, sempre resolviam problemas matemáticos complexos como se fossem um jogo divertido. Mesmo sabendo ser uma característica de todas as mães acharem que seus filhos são melhores que os outros, Noêmia tinha constantes manifestações da inteligência acima da média deles. Vitor e Alexandre faziam uma dupla em que um sempre estimulava o outro a se superar, não numa competição, mas numa relação de troca entre dois curiosos que pareciam querer absorver o mundo.

Assustou-se por estar sorrindo ao lembrar-se dos filhos, estes tinham dezessete anos, ambos com cabelos longos e lisos, pele muito branca e olhos brilhantes e vivos. O sorriso morreu ao imaginar que a palavra maldita podia ter apagado aqueles olhos.

— Você acha que...

Gílson se espantou com o tom frágil da pergunta. Ela sempre fora um grande urso, como o que rugira segundos atrás. Mas, agora, ao olhar para o fundo daqueles olhos verdes, reviu a pessoa que ele conhecia havia tanto tempo, com quem tinha passado tanta coisa. Ela só ficara frágil assim no Iraque, no último dia da temporada que passaram lá logo após a guerra sangrenta com o Irã.

— Vamos torcer para que não. — O que mais ele podia responder para aquela mãe, que além do mais era responsável por todos os outros jovens? — Vamos torcer para que não.

Continuou apertando o acelerador, o volante e os lábios. Mais alguns minutos, e iam saber toda a verdade.

8

— Bolsão de ar? — O mergulhador olhava, atônito para os outros. — Que bolsão?

— Voltem lá agora mesmo! — O policial estava com água pela cintura e remava com os braços a água barrenta, já a poucos metros do mergulhador. — O que estão esperando? Pode ter alguém vivo lá!

Antes que Freitas se jogasse sobre o mergulhador, Durval segurou-o firmemente.

— Calma, tenente. Controle-se! — O policial deixou-se dominar, arfava, enquanto o bombeiro se dirigia a seus subordinados. — Vocês verificaram tudo? Alguma possibilidade de haver algum sobrevivente em algum bolsão de ar?

— Mas que bolsão de ar? Não tem bolsão nenhum dentro desse troço! A água tomou conta de tudo, do piso ao teto, de uma ponta a outra. — Falou num rompante só e então tomou fôlego: — Ninguém ali teve chance nenhuma. Todos estão mortos.

"Graças a Deus." Foi o pensamento que assomou a mente do tenente Freitas e quase lhe escapou pelos lábios. Mas imediatamente o alívio por se ver livre da culpa de ter deixado de salvar alguém deu lugar ao horror que o pensamento representava. Um ônibus lotado de mortos estava a poucos metros, e ele dava graças a Deus? Balançou fortemente a cabeça libertando-se dos braços do bombeiro e começou a voltar para a margem. Que tipo de policial ele era? Que tipo de homem podia ser tão covarde?

Durval bateu nas costas do mergulhador:

— Muito bem, vamos sair e planejar o resgate.

Todos foram saindo do rio, de cabeça baixa e os ombros pesados.

Lá de cima do penhasco, os curiosos teciam suas especulações. A repórter já havia gravado uma entrada para um boletim extraordinário, mostrando o veículo de rodas para o ar e revelando o nome do colégio a que ele pertencia, mas as autoridades policiais ainda não tinham fornecido mais informações, e ela prometera voltar em breve com novidades.

Diligente, o chefe dos bombeiros avaliou com seus colegas a situação, e chegaram à conclusão de que o melhor seria trazer pelo menos metade do veículo para fora da água usando o trator. Freitas, completamente abalado, apenas ouvia, contente em seu íntimo por ter alguém que tomasse as decisões. Ele não servia para isso. Não servia para nada, era o pensamento que o torturava num martelar constante.

Bombeiros, policiais e mergulhadores começaram a atar os eixos do ônibus ao grande trator, que resfolegava como um animal esperando sua vez de entrar em ação.

Já era grande o número de homens fardados e socorristas que circulavam freneticamente pelo local, e Freitas percebeu com um aperto no estômago surgirem dezenas de sacos plásticos pretos, que eram colocados no chão à espera dos corpos que iriam recheá-los.

Finalmente o capitão de seu batalhão apareceu querendo detalhes do acontecido. Freitas informou a constatação final: um acidente fatal, sem sobreviventes. O capitão Marcos retirou seu quepe olhando com respeito a magnitude do acontecido.

— Uma desgraça.

Quando o trator começou a puxar o veículo, fazendo suas grandes rodas escorregarem na lama e soltando uma grossa nuvem de fumaça preta a cada acelerada, aumentou o burburinho entre os espectadores. A maioria mantinha a mão sobre a boca, numa atitude de horror, mas havia os que conseguiam ter a frieza de sacar suas máquinas fotográficas e registrar o momento.

A tensão causada pelo surgimento do ônibus cuspindo água pelas janelas era tão grande que a repórter não teve dificuldades em romper o cerco dos policiais. Todos eles olhavam, petrificados, a massa de ferro retorcido surgir aos arrancos de dentro do rio. Ela já havia distinguido o oficial de maior patente no local e conseguiu chegar ao seu lado.

— Capitão, todos estão ansiosos para saber informações sobre este acidente.

O oficial percebeu, num susto, a presença do microfone. Olhou para a câmera e rapidamente recolocou o quepe.

— Neste momento que estão retirando o veículo, o que o senhor pode nos adiantar? Qual o número de vítimas? Existem sobreviventes?

Ele piscou confuso diante daquela enxurrada de perguntas, buscando o tom certo para falar.

— Uma grande fatalidade. Só posso dizer que estamos empreendendo todos os esforços necessários.

— Já se sabe alguma coisa sobre as vítimas?

— Infelizmente, ainda não podemos disponibilizar todas as informações. Estamos fazendo o melhor que podemos no momento, mas só posso adiantar que é uma grande desgraça.

Sem dizer mais, o capitão fez uma cara consternada para a lente e afastou-se, indo para perto do comandante dos bombeiros, que aos gritos instruía o tratorista e os que seguravam os cabos.

As rodas do trator patinaram na lama no momento em que a carcaça do ônibus bateu numa inclinação mais acentuada da margem. A máquina resfolegou mais forte. Os cabos de aço tremeram, e as ferragens do veículo começaram a ranger.

— Pare! Pare! — O tenente Durval acenava vigorosamente para o homem na cabine, que fez sua imensa máquina baixar o giro dos motores, como o mugido rouco de um touro que descansa. — Aí já está bom. Fixem bem a carroceria, e vamos tirar.

Tinha chegado o grande momento. Os corpos iam começar a aparecer, e a plateia estava cada vez mais excitada. A maioria se mantinha no acostamento lá no alto, mas alguns desciam pelas laterais da escarpa tentando se aproximar. Surgiram carroças, cavalos e até um carro de boi de trabalhadores das roças próximas dali.

Lá embaixo, uma dupla de cavaleiros passava por baixo das copas de árvores distantes setenta ou oitenta metros dos homens fardados que se aglomeravam entre o ônibus e o trator. Era um local repleto de arbustos, onde o mato era mais alto que o restante do local.

O cavaleiro mais velho, um senhor enrugado e castigado pelo sol, percebeu um jovem sentado entre a vegetação, atrás de um tronco. Parecia escondido, encoberto da visão de todos, tremendo de frio e com os olhos perdidos no horizonte.

— Dá licença, moço. Quê que aconteceu aí?

O rapaz não moveu um músculo, nem sequer pareceu dar pela presença dos dois. Apenas tremia. O mais velho cutucou seu animal magro para se aproximar ainda mais.

— Tem gente lá dentro? *Ocê* viu alguma coisa?

Novamente não houve resposta, ou sequer um movimento. O mais velho e o mais novo se olharam.

— Moço. — A voz, mais alta, saiu aguda. — Ô moço! *Ocê* sabe o que aconteceu ali?

A pergunta voltou a cair no vazio.

— *Ara*! — O velho cutucou de novo as ancas do seu cavalo para se afastar daquele rapaz estranho.

O cavaleiro jovem ficou ainda olhando um instante para o garoto, reparando que este tinha as roupas sujas e molhadas. Lutava para dar formas a algum pensamento, mas, em seguida, chupou o dente como se desistisse da empreitada e se preparou para seguir o pai.

Nesse instante, um forte rumor soltou-se da plateia no acostamento.

Nos braços de um mergulhador, emergia o primeiro corpo. Um rapaz que ainda trazia os óculos tortos no rosto, os braços e as pernas pendiam, encharcados.

O cavaleiro arregalou os olhos ao ver aquilo.

— *Diacho*! — E num reflexo se virou pro rapaz encolhido entre os arbustos, que continuava batendo o queixo sem perceber o que acontecia à sua frente. — *Ara*. — Arrepiou com o olhar morto do rapaz, que assustava mais que a visão do cadáver. Forçou os calcanhares na barriga no animal para sair dali.

9

Luzes piscando sem sincronia. Carros amontoados no acostamento. Dezenas de pessoas olhando para a margem abaixo. Incredulidade. Excitação. Comoção.

Assim que Gílson brecou, Noêmia desceu quase em transe, só com a percepção de quantidade. Era tudo muito, demasiado, insustentável. A angústia ultrapassava os limites do suportável. Precisava correr, gritar, urrar, fazer algo do tamanho do seu desespero para que os nervos não se rompessem ou o coração não explodisse. E ela correu, a despeito de Gílson, que tentava segui-la implorando calma.

Como uma grande ursa, Noêmia abriu caminho a braçadas pela massa de gente que a separava do local fatal. As pessoas, percebendo aquela mulher agressiva e transtornada, simplesmente abriam caminho sem se queixar dos empurrões. Intuíam de imediato ser uma mãe desesperada. Todos notavam isso num relance, e a ela eram dados todos os direitos.

Foi uma questão de segundos até os olhos faiscantes da diretora contemplarem o que acontecia lá embaixo: um trator ligado por cabos a uma enorme estrutura de ferro retorcido ainda parcialmente mergulhada no rio.

Desceu a encosta sem olhar para baixo, sem se preocupar onde pisava ou em que se agarrava. Era uma força da natureza arremetendo-se pela ladeira. Gílson gritava atrás dela, mas sem conseguir fazer seus mais de cem quilos a acompanharem.

Noêmia não pensava, não avaliava riscos nem sequer enxergava alguma coisa que não fosse a carroceria do ônibus. Foi então que viu a fileira de sacos plásticos pretos. Vários deles já continham os corpos de alguns de seus alunos, ou de seus filhos. Então suas forças a abandonaram por completo. A cena era tão esmagadora para seus sentidos que foi como se uma tomada tivesse sido puxada, desligando-a. Uma reação de defesa da mente que se recusava a aceitar como real a tragédia materializada nos casulos de plástico preto, ou talvez a dose a mais de emoção superando a capacidade dos nervos de se manterem em funcionamento. O certo é que, no meio da corrida pelo precipício, ela simplesmente apagou.

O urro da plateia foi como um grito num estádio, um arranco sonoro que parecia sair de uma garganta gigantesca. Todos viram a mulher que corria começar a cair pela ladeira e em seguida seu corpo inanimado rolar entre pedras e arbustos, acrescentando à cena dantesca mais um ingrediente de horror. Foi uma queda terrível, longa e espetacular, como se o corpo da mãe quisesse reproduzir em si todos os golpes sentidos pelos filhos.

Imediatamente, os profissionais compenetrados na tarefa de retirar dos intestinos de aço os corpos dos adolescentes se voltaram para trás ao ouvirem o rugido da multidão. Nenhum deles duvidou, por um momento sequer, que aquela pessoa que rolava na encosta fosse uma mãe. De repente, tudo o que haviam sentido diante dos cadáveres tornou-se menor ao verem despencando o corpo que dera vida a dois que estavam lá.

O tenente Durval foi o primeiro a reagir e correr ao encontro de Noêmia, antes de o seu corpo parar de rolar pelo precipício.

Lá de cima, Gílson foi tomado por uma sensação de irrealidade. O perigo, a dor e a morte estavam presentes diante dele como na cena no Iraque que ele havia anos empurrava para o fundo da memória. Mas, naquele momento, ele não podia fingir que aquilo não estava acontecendo. Vira o resultado de um acidente terrível no passado e no momento presenciava outro.

Quando o corpo parou num baque surdo, já quase no final do declive, todos suspenderam a respiração. Naquele instante, quando a poeira levantada pelo impacto da queda ainda envolvia a massa mole de membros inertes, muitos imaginaram que já não havia mais vida ali. O corpo da mulher parecia tão morto como o dos adolescentes retirados da água.

— Ninguém toca nela, ninguém toca nela! — Durval gritava abrindo os braços protegendo a mulher. — Enfermeiro! Maca! Protetor de pescoço! Oxigênio! Rápido!

O bombeiro apertou dois dedos na veia carótida do pescoço, ao mesmo tempo em que se inclinava sobre o rosto para conferir a respiração. Suas próprias veias latejavam tanto e sua respiração era tão ofegante que ele não conseguia ter certeza se a mulher estava viva. Não se passaram dez segundos, mas ele se levantou furioso:

— Onde está a merda desse pessoal do resgate?

É provável que a descarga de adrenalina suportada por esses profissionais em situações como aquela matasse uma pessoa normal. Mas o hormônio transformava o pavor em energia, um frenesi que fazia a realidade pairar entre a alucinação e a extrema lucidez. Tudo era feito com velocidade e presteza máximas. Uma maca se materializou ao lado de Durval, que continuava apertando a veia do pescoço de Noêmia, ainda sem conseguir definir se a pulsação que sentia era a sua própria ou dela.

Uma socorrista ajoelhou-se do lado oposto ao tenente, que abriu espaço. Seus dedos enluvados se colocaram exatamente onde segundos atrás estavam os dele.

— Está viva?

— O pulso parece muito fraco.

— Então ela está viva? — Talvez pela inexplicável certeza de que ela era mãe de algum daqueles jovens que ele retirava da água, o estado daquela mulher parecia ser de vital importância para ele no momento. — Está?

Com destreza, a moça sacou uma pequena lanterna e, abrindo as pálpebras de Noêmia, dirigiu um foco de luz diretamente sobre sua pupila.

— Ela está em choque?

Sem responder, a enfermeira virou-se numa ordem:

— Oxigênio!

Durval não viu nenhum cilindro surgir no segundo seguinte:

— Tragam a porra do oxigênio aqui!

— O pulso está fraco, ela não está respirando e não reage aos estímulos. — A resposta da socorrista vinha com um compasso de atraso. — Vamos proteger o pescoço.

Com cuidado, o bombeiro levantou a cabeça, enquanto a enfermeira acoplava o protetor de plástico branco. Antes de eles fecharem a parte de trás do dispositivo, um enfermeiro pousou a bomba metálica verde na terra, arfando pelo esforço de ter corrido com aquele peso. O oxigênio parecia ser mais importante, pois a enfermeira logo largou o protetor de pescoço e pegou a máscara que o enfermeiro lhe estendia. Ajeitou-a sobre a boca e o nariz de Noêmia com uma das mãos, enquanto com a outra girava a válvula.

Foi como se o gesto da socorrista religasse uma máquina, levando-a da inércia à potência máxima. Noêmia arregalou os olhos e viu sobre si vários rostos. Para ela não havia espaço de tempo entre a visão dos sacos pretos e agora aquelas expressões estranhas. Não entendia quem eram e pouco se importava, só sabia que eles eram um obstáculo que a impedia de ver seus filhos. Insuflada pelo oxigênio, levantou-se num arranco, desferindo braçadas para se livrar das mãos, da máscara e tudo mais que a atrapalhava.

— Calma, calma!

— Segura, ela pode se machucar. — Mas era a socorrista que recebia tapas e unhadas. — Não, assim não, calma.

Noêmia não conseguia falar, soltava grunhidos roucos e espumava tentando se levantar. Sua fúria era tamanha que mesmo os braços vigorosos do tenente Durval não conseguiam contê-la. Três soldados instintivamente afastaram a enfermeira e se precipitaram sobre a diretora para uma manobra de imobilização.

— Não! Não! — Apenas Durval parecia se lembrar de que aquele corpo fora fortemente contundido nos sucessivos impactos da queda. — Soltem! Não forcem! Deixa, deixa. — O bombeiro protegia o corpo de Noêmia com os braços. — Melhor deixar.

Ao abrir espaço para ela, livrando-a dos outros, Durval provocou uma reação contrária ao imaginado. Noêmia se aquietou. Ou pelo menos deixou de se debater. A respiração ainda borbulhava, os olhos ainda soltavam fogo, mas ela foi se levantando lentamente.

De longe, tendo desistido da descida, Gílson viu a estranha coreografia que se seguiu. Noêmia ergueu-se em câmera lenta, e atrás dela todos se levantaram devagar também. Os passos dela eram incertos, porém resolutos. Ela ia em direção aos corpos. Seu movimento ondulava, o tronco subia e descia sutilmente a cada respiração. Todos que a seguiam também pisavam a terra como se a gravidade tivesse sido ligeiramente alterada. Todos os olhos, todas as atenções se voltavam para a mulher, que por sua vez observava com firmeza a linha de casulos pretos enfileirados no chão mais adiante. Um cortejo trágico. Poderia dizer-se que se ouvia o grave e lento ressoar de um tambor. Ou trovões ou rajadas de vento. Mas não havia nada. Noêmia simplesmente parou a cinco metros dos jovens embalados em plástico. O universo inteiro entrou em suspensão naquele instante. Apenas se ouvia o barulho das águas, que insistiam em correr calmas.

A diretora ergueu devagar os olhos voltando-se para a água turva. Largado nos braços de um dos mergulhadores, viu o corpo de Cecília, a namorada de seu filho

Vitor. Continuava linda. Aquele corpo delicado que tantas vezes havia abraçado agora pendia mole.

Ninguém mexia um músculo. E a imobilidade absoluta deu destaque a um movimento mínimo, que acontecia metros adiante, atrás dos arbustos. O rapaz se levantou tiritando, olhando para a moça inerte nos braços do bombeiro. Por estar com os sentidos afiados como uma lâmina, Noêmia foi a única que percebeu aquele movimento distante. O trovão que não caiu dos céus soltou-se de sua garganta:

— Meu filho!

10

— Meu Deus, o que ela vai fazer agora? — A voz da repórter Ana Beatriz tremia de emoção ao narrar a corrida desabalada de Noêmia captada pela câmera nervosa do cinegrafista. — Ela está indo na direção dos corpos estendidos na terra. Mas... — A repórter soltou um pequeno grito: — Meu Deus! Ela saltou os corpos! Ela saltou, é incrível! E continua a correr. Olha lá, Martinho, olha lá! — Ana Beatriz mostrava excitada para o câmera a presença do adolescente alguns metros mais à direita. — Tem um rapaz ali, no meio das árvores. Ela vai... Olhem isso, ela abraçou o rapaz!

Por um momento, todos ficaram olhando estáticos a mulher agarrar-se loucamente ao corpo do garoto. A repórter passou os olhos rapidamente pelas anotações daquilo que ela sabia ser a matéria da sua vida. Mesmo com os nervos tensos por ter documentado a retirada de dezenas de adolescentes mortos do ônibus e ter acompanhado a mulher que aparecera de repente se lançar precipício abaixo, a repórter entendia que não podia perder a oportunidade de extrair daquela cena que se desenrolava à sua frente todo seu potencial dramático. Era pena não estarem ao vivo. Mas sabia que, quando a fita chegasse à redação, sua reportagem seria repetida durante todo o dia, toda a semana, para o país inteiro, e talvez até vendida para diversos lugares do mundo. Ela conseguira realizar o sonho de todo repórter: estar no lugar certo, na hora certa. Apoderando-se deste fato, entrou novamente no campo visual da câmera, encarando a lente:

— Não existem informações sobre quem é esse jovem. Nem o capitão Marcos, responsável pela operação de resgate, nem diversos outros oficiais ouvidos por nós fizeram qualquer menção à existência desse rapaz.

Com domínio exato de seu ofício, girou o corpo afastando-se para o lado, abrindo caminho para a câmera:

— Aproxima a imagem, Martinho. Vamos tentar trazer para os espectadores mais detalhes sobre este mistério.

Contornou com agilidade o corpo do cinegrafista para observar o visor, uma pequena tela que mostrava o abraço que acontecia lá embaixo, aproximado em muitas vezes.

— É difícil dizer. As coisas estão se desenrolando diante de nós em tempo real e... Bem, vocês podem notar que a mulher beija e acaricia o rapaz. — A repórter olhou avidamente para os lados pensando em como obter informações. — Podemos supor que ele seja um sobrevivente deste terrível acidente, e ela seja talvez a sua mãe, ou uma parente muito próxima, mas de imediato não temos como averiguar essa possibilidade. — Ela voltou a olhar pelo visor, Noêmia ainda agarrada a Vitor. — Mas certamente estamos presenciando um reencontro emocionante, uma cena de tirar o fôlego.

Enquanto narrava, a repórter percebeu que o rapaz continuava com os braços estendidos ao longo do corpo, sem corresponder aos carinhos. Ele continuava olhando fixo para frente, ignorando completamente a presença de Noêmia. Ana Beatriz hesitou comentar. As imagens eram perturbadoras, mas ela sabia que no jornalismo emitir qualquer opinião precipitada podia ser extremamente perigoso.

Finalmente o grupo de policiais e bombeiros começou a se aproximar dos dois, e a repórter ficou no dilema entre continuar fazendo a transmissão dos acontecimentos ou descer novamente para buscar as preciosas informações o quanto antes. Olhou em torno, procurando pelo motoqueiro da emissora solicitado pelo rádio para levar as primeiras fitas, e percebeu com certa preocupação que outros profissionais da imprensa chegavam e já estavam se posicionando. Ela precisava agir rápido para não ser furada por nenhum deles.

— Desliga aí, Martinho. Vamos descer. — As outras emissoras ainda iam precisar captar as imagens do ônibus e dos corpos antes de se darem conta do possível sobrevivente. E a história estava com ele agora.

11

Alçadas e competências. A tragédia tem mecanismos próprios para girar sua engrenagem. O tenente Freitas, o primeiro a colocar em andamento a pesada máquina que pretendia restabelecer a ordem daquele caos, estava de pé, um passo atrás do tenente Durval, o qual na escalada dos acontecimentos recebeu para si o fardo. Agora, ambos olhavam atentos para o doutor Silas, o médico designado para assumir os procedimentos necessários às vítimas.

Era bem verdade que vítima do acidente só existia uma: o rapaz que surgira entre os arbustos. Porém, era Noêmia que necessitava de cuidados mais imediatos. Recebera uma dose considerável de sedativos e por isso estava um pouco menos agressiva. Suas escoriações eram muitas, diversas fraturas e havia suspeita de concussões internas. O médico não conseguia explicar como um corpo tão machucado conseguira se movimentar na direção do rapaz. Contudo, ainda mais preocupante era seu estado emocional, pois, mesmo sob medicamentos, ela continuava lutando contra o estado de lassidão que tentava se apoderar de sua mente. Tinha sido muito difícil separá-la do rapaz a quem ela, aos prantos, se referia como filho.

Vitor estava em estado de choque profundo, envolto em cobertores, não reagia a estímulos, mantendo-se alheio à realidade. Parecia não reconhecer a mãe e era incapaz de responder às perguntas ou sequer reconhecer a situação em que estava envolvido. Só o frio parecia incomodá-lo.

— Muito bem, tenente, qual é a situação de momento? — O capitão Marcos se acercava também da ambulância, dirigindo-se a Freitas.

— Não sabemos ainda, capitão. Estamos esperando o doutor...

Esperar era um verbo que não agradava ao oficial. Assim, deixou o policial no meio da frase e avançou para a porta da ambulância.

— Com licença, doutor. Preciso de um posicionamento.

O médico terminou de ajustar o sedativo ao soro ligado ao braço de Noêmia e virou-se com a típica tranquilidade profissional:

— Ela está sedada e não aparenta correr riscos, mas vamos removê-la imediatamente para o PS.

— Removê-la?

— Exatamente. Assim como o rapaz, que está em choque e precisa também de cuidados mais específicos.

O capitão da polícia rodoviária levantou levemente o queixo:

— Doutor, o senhor deve entender que os elementos invadiram o bloqueio. Eu tenho aqui dezenas de mortos. É uma situação delicada. Precisamos determinar o que aconteceu e quem são essas pessoas por causa das investigações que a Civil logo vai iniciar.

— Eu acho que os elementos, como o senhor diz, não estão em condições de serem interrogados.

A ironia do médico não passou despercebida, e o capitão sabia que em casos como aquele os procedimentos médicos eram prioridade. Mas deixar o caso passar para a jurisdição da capital sem conseguir nenhuma informação relevante para reportar durante a investigação era algo que certamente ele não desejava fazer.

— Eu entendo as suas preocupações profissionais, doutor, mas repito...

Não pôde terminar a frase. Um jovem bombeiro chegou excitado:

— Com licença, capitão.

— O que foi?

— O rapaz. O que está na ambulância. Já sabemos quem é.

— Sabem? Como?

— Peço que venha comigo, senhor.

12

Do alto da encosta, impedido de se aproximar por não ter encontrado um meio de descer o declive acentuado, Gílson se angustiava por acompanhar tudo tão à distância. Sua sensação de impotência aumentava à medida que seus chamados eram completamente ignorados pelos policiais rodoviários que mais abaixo formavam o bloqueio.

Pensando em como encontrar uma forma de ajudar, viu o grupo sair de perto da ambulância onde Noêmia havia sido colocada e se dirigir rapidamente para os cadáveres que ainda jaziam em fila.

Colocaram-se em torno de um dos sacos pretos, que rapidamente teve o seu zíper aberto. De lá de cima, Gílson não via de quem podia ser o corpo que estavam examinando. Mas rapidamente entendeu o que se passava quando todos ao mesmo tempo voltaram suas cabeças para a ambulância em que estava Vitor.

13

— Mas eles são... Gêmeos! — O capitão sentiu seu estômago se contorcer ao ver um cadáver exatamente igual ao rapaz que ele, minutos atrás, queria interrogar.

— Absolutamente idênticos, não são? — O jovem bombeiro exibia o corpo sem conseguir esconder uma ponta de satisfação pela descoberta.

Seguiu-se um instante de silêncio.

— Senhor, creio que podemos acreditar que o rapaz na ambulância estava dentro do ônibus e, por algum motivo, conseguiu escapar.

— Todos mortos, e ele não tem um arranhão...

— Um milagre, senhor.

— Certamente. Um milagre. — O capitão voltou a olhar para a ambulância que lhe parecia agora mais branca e reluzente. — Ali dentro está um rapaz a quem foi concedido um milagre. Um abençoado. Podem estar certos disso.

Ao retirar o quepe em sinal de respeito, o capitão não podia imaginar o quanto estava errado. Não podia sequer supor o tamanho da maldição que havia se abatido sobre Vitor.

SEGUNDA PARTE

14

Do parapeito da janela onde estava sentado, Quenom observava o prazer do garoto em esticar o braço trêmulo e, muito concentrado, abrir um a um os dedos em torno do copo plástico, envolvê-lo com cuidado e em seguida começar a lenta trajetória do objeto até próximo ao rosto.

Quenom inclinou o tronco apoiando os cotovelos nos joelhos. Ele sabia que aquela era uma etapa delicada, e tanto ele como o garoto passaram a focalizar unicamente o canudo que saía da tampa do copo. Eram inúmeras as coordenadas que o cérebro precisava determinar para que os movimentos se harmonizassem. A inclinação do pescoço, o abrir dos lábios, os músculos do braço e da mão que precisavam acertar ao mesmo tempo a altura e a direção. O esforço do garoto era tremendo e bastante óbvio, mas não se equiparava ao prazer sutil que a empreitada produzia nele.

O canudo estava a poucos centímetros do lábio inferior, mas o leve convulsionar involuntário do pescoço e o tremor do braço faziam com que o garoto precisasse calcular com perfeição o momento da arremetida final. Tinha que encontrar o ponto exato em que os diferentes movimentos trêmulos se acertassem em uma mesma linha para só então dar a ordem ao cérebro de contrair o bíceps, o que colocaria o canudo na cavidade da boca. O mais importante era ter a paciência de um pescador e não se antecipar. E paciência era o que não faltava àquele menino. Muito menos a Quenom, que o observava atentamente.

Ambos viram ao mesmo tempo quando a tão desejada linha reta entre o objeto e o alvo se estabeleceu. O garoto era como uma águia que sabe estar nas coordenadas precisas sobre o coelho, consciente de que a determinação exata das velocidades do voo de perseguição e da corrida de fuga é o que irá produzir o encontro no ponto futuro. É este o momento em que o cérebro da águia instintivamente a faz encurtar as asas, esticar o pescoço e se abater sobre a presa. Mas esse era o detalhe ainda não dominado pelo garoto. A ordem do seu cérebro se enganchou em algum ponto entre as sinapses dos neurônios e se perdeu por um instante nos labirintos. Ele, então, empreendeu um esforço matemático para redirecionar a ordem perdida, e finalmente o movimento aconteceu. Mas, em processos que requerem precisão absoluta como aquele, o atraso de frações de segundos é sempre fatal. O canudo esbarrou na borda direita da boca no momento em que a contração espasmódica puxou a cabeça levemente para a esquerda.

Quenom sorriu. A tentativa falha era parte do processo. E o garoto passou, então, a se divertir com a agradável sensação que o canudo lhe proporcionava na bochecha. Um acariciar próximo às cócegas, que ele era capaz de produzir em si mesmo, podendo escolher a intensidade, dependendo unicamente de sua vontade de forçar mais ou menos o copo contra o rosto. O foco do garoto mudou, e ele se esqueceu do objetivo traçado há alguns minutos. Foi quando seu cérebro o avisou de que ele estava diante de uma nova oportunidade. Podia criar uma nova estratégia, e isso fez com que ele sentisse uma excitação no abdome.

Novamente focado em fazer chegar o canudo até a boca, percebeu que, com a ponta do canudo apoiada à bochecha, não eram mais necessários todos aqueles cálculos de tempo e trajetória. Ele podia simplesmente manter a altura do braço e ir puxando-o delicadamente enquanto abria a boca o mais que podia. Logo, sem esforço, o canudo percorreu os poucos centímetros de pele e entrou na cavidade. Os olhos do rapaz brilharam de satisfação, e Quenom sorriu mais uma vez. O garoto podia agora relaxar os músculos das costas e do pescoço — claro que tudo feito com cuidado para que a inclinação do braço pudesse acompanhar o movimento. Mas não pareceu tão difícil, e logo ele sentiu o apoio da nuca e se entregou à espuma moldada da cadeira que o envolvia. Fechou os olhos, piscando e tentando fazer com que isso não acarretasse outra explosão indesejável nos neurônios, o que poderia criar um movimento mais brusco que lhe arrancaria o canudo dos lábios.

Como sugar era uma coisa que o garoto fazia com tranquilidade, Quenom voltou a se recostar na lateral da janela sabendo que havia presenciado uma grande superação, uma ampliação de limites.

A porta do quarto se abriu, e entrou uma enfermeira com uma pilha de roupas limpas. Nem bem deu dois passos, deixou-as caírem num ruído estofado diante de seus pés. Levou as duas mãos à boca e imediatamente virou-se, apoiou uma das mãos no batente e, colocando meio corpo para fora do quarto, começou a gritar:

— Seu Jean! Seu Jean, corre aqui!

Caminhou devagar para perto da cadeira do garoto, completamente esquecida das roupas limpas que ela agora pisava.

O pai surgiu, tenso, pronto para agir. Sua expressão subitamente se suavizou ao ver a enfermeira, ainda com uma das mãos sobre a boca, apontar carinhosamente para o garoto:

— Olha isso.

Os olhos estrábicos do rapaz se iluminaram, numa clara expressão de que estava se vangloriando intimamente.

— Grande campeão! — O pai levou as mãos até a cabeça do filho, envolvendo-a e massageando fortemente seus cabelos louros.

— Ele fez sozinho. Eu nem estava aqui.

Jean assentiu com a cabeça:

— É o meu campeão. Esse cara é demais. — Em seguida ficou olhando no fundo dos olhos do filho, deixando que o orgulho preenchesse cada um de seus recantos. — Você é demais, Dom.

Dominique tirou o canudo da boca e com a mão trêmula mostrou ao pai que havia bebido todo o suco.

— Muito bom. Muito bom.

O garoto articulou alguns sons que os três entenderam:

— Eu sou demais.

A enfermeira e o pai riram. Ela enxugava as lágrimas.

Quenom percebeu que Dominique seria capaz de ficar por horas saboreando o instante, e teve vontade de dizer da sua janela: "Não exagera não, seu convencido". Mas se limitou a sorrir. Regra número um: nunca entre em contato com seus guardados.

Quenom era o paralelo de Dominique e, como todos os paralelos, transitava na dimensão da antimatéria, idêntica e oposta à da matéria, como imagens refletidas num espelho. Os paralelos interagiam no universo subatômico da matéria comum, mas nunca, jamais, deviam interagir com a exótica matéria humana.

— Olha só o que você me fez fazer. — Jean e Dom riram enquanto a enfermeira recolhia as roupas do chão. — Estavam limpinhas.

— Por falar nisso, tá na hora do banho, não é?

— É, e do jeito que as coisas vão, daqui a pouco ele não vai querer mais saber de mim nem pra isso.

— Pois pode deixar que hoje eu é que vou dar banho nesse campeão. — Dominique jogou pra trás a cabeça, rindo, mostrando o quanto gostava daquilo.

Ainda confortavelmente instalado no parapeito da janela, Quenom ficou observando atentamente todos os movimentos de Jean, que abria os grandes botões do pijama do filho. O pai estava feliz, emocionado, e esse era um dos muitos problemas das pessoas. Emocionavam-se. E em momentos assim sempre era bom ter uma dose extra de atenção.

Jean era um pai muito cuidadoso. Os dezessete anos de prática com o filho haviam desenvolvido nele uma habilidade invejável para lidar com aquele corpo instável e imprevisível. Havia muito entendera que a paralisia cerebral de Dominique era irreversível, e os problemas decorrentes iam permanecer por toda a vida. Mas, se não havia cura, aquela situação tampouco era progressiva. Ou seja, de sua maneira peculiar, Dominique estava destinado ao sucesso, melhorando a cada dia através de pequenas grandes conquistas como aquela.

A paralisia cerebral é ocasionada por falta de oxigenação numa das partes do cérebro, o encéfalo, quando este ainda está em formação. Ocorre por infecções, incompatibilidade sanguínea entre mãe e filho ou mesmo por traumatismo durante a gestação ou no momento do parto. Mas nada disso havia acontecido no caso de Dominique, e a falta de uma razão clara para sua situação foi por muito tempo motivo de uma angústia insuportável para Jean. Nenhum médico jamais soube explicar por que o cordão umbilical simplesmente interrompeu a transmissão de nutrientes e oxigênio para o bebê. Estava tudo bem antes do parto, haviam feito inclusive um ultrassom no dia anterior, mas, de repente, provavelmente poucos momentos antes do nascimento, o cordão parou de funcionar. O bebê foi retirado da cavidade abdominal ligado a uma tripa vazia. Por quê? Ninguém sabia. Não havia motivos, não havia culpados, apenas uma circunstância.

Acaso? Carma? Punição divina?

Quenom acompanhou tudo desde o começo. A falta de explicações era o pior dos infernos para o pai. Fosse um traumatismo por queda, ou causado pelo fórceps, uma infecção por uma doença da mãe, ou qualquer outra causa... Saber o porquê não mudaria a situação, mas não saber nada, absolutamente nada, era estar condenado à tortura da busca por uma resposta. Isso era muito pesado.

O vidro da janela aceitou as costas de Quenom, este se colocou de cócoras como se fosse pular sobre a cama. Não havia intenção no gesto, apenas o condicionamento que o mantinha eternamente atento, mesmo quando sua mente esbarrava em paradoxos como o que o assaltava agora — a dor da dúvida não era negativa. Era na verdade um dínamo para quem a possuía. Um elemento que garantia nunca haver a estagnação da mente e fazia de Jean um pai mentalmente presente e atuante. Uma resposta poderia levar à conformação, que, apesar de ser ilusoriamente reconfortante, poderia neutralizar o movimento que mantinha aquela relação de troca verdadeira. A conformação que se agarra a qualquer certeza tinha o poder de drenar a energia do movimento e poderia afastar pai e filho.

Jean não deixara de pensar no filho um só instante, passando a ver, realmente, quem ele era. E quando a razão do pai desistiu de buscar respostas, ele e Dominique já estavam unidos por um sistema de comunicação só deles. Tinham algo especial que uma infinidade de pais não consegue criar com seus filhos. Quenom sabia disso.

A felicidade veio quando houve a consciência de que uma escolha deveria ser feita: se entregar ao sofrimento, negar a existência do sofrimento, ou aceitar o sofrimento.

Era muito difícil. Mas Jean aceitou.

Mas o fato de aceitar não significou acomodação, pois se acomodar equivalia a uma negação do sofrimento. A aceitação de Jean significou transformar o sofrimento em algo inócuo. Pífio. Existente, mas não negativo. E sim circunstancial. Aceitar as circunstâncias que eram o motivo da dor dissolvia-a. O véu caiu mostrando a riqueza de perspectivas que havia naquele relacionamento. O orgulho e o entusiasmo de Jean eram verdadeiros, e, lá no fundo, ele se sentia um privilegiado, mesmo que os conceitos morais o impedissem de racionalizar esse sentimento. Era um privilégio ter um filho com paralisia cerebral? Podia parecer um absurdo, mas era como aquele pai se sentia.

Quenom era um dos melhores guardadores da Academia. Um ser admirado. Porém, mesmo para ele a dúvida representava um desafio. Ele conseguira perceber, através da experiência de séculos, que existiam mais perguntas que respostas, ou seja, nunca — e nunca é um termo determinante — haveria o casamento completo entre todas as dúvidas e suas respectivas respostas, simplesmente porque, por alguma regra que ele ignorava, a dinâmica primordial da existência determinara que as respostas abrissem novas dúvidas, estas que seriam sempre — outro termo determinante — em número inferior às perguntas. Assim sempre haveria questões abertas circulando pelo universo.

E comprovando isso, mesmo sabendo que era assim, logo vinha o pensamento: "mas por que é assim".

Longuíssimas reflexões o levaram a imaginar que o princípio de tudo era o movimento e que este necessitava de um elemento propulsor para existir. Se a dúvida era o dínamo que não deixava as mentes se aquietarem, era justo relacionar a dúvida à essência do movimento do mundo.

Será?

Jean havia conseguido aceitar a ausência de respostas, e nenhum tipo de dúvida fazia parte de suas preocupações atuais. O processo tinha sido longo e penoso, mas ele tinha atingido um estágio que fazia com que Quenom o admirasse profundamente.

A despeito disso, o fato de ele, um campeão da Academia, ter sido designado para guardar aquele garoto gerava uma dúvida rancorosa. Por que havia sido nomeado para cuidar de alguém condenado a viver em uma cama, uma cadeira, um quarto? Na época tudo indicava que ele poderia alçar a um patamar superior e cogitava-se mesmo que pudesse ser convidado a se fundir à mente do Conselho da Arcada, a esfera mais elevada de sua dimensão.

Por que não recebera o que esperava ser justo?

Imaginava que estava sendo punido, rebaixado. Mas por quê? Por ser o melhor? Por não esconder de ninguém que era um campeão? Não acreditava que sentimentos mesquinhos pudessem orientar os membros do Conselho. Eram seres em contato direto com o Horizonte de Energia, de onde vinha a sabedoria. Não podia acreditar que nutriam sentimentos baixos. Mas, se não isso, o quê?

Quenom já havia guardado maníacos hiperativos. Guardou megalômanos que em todas as suas ações provocavam riscos tremendos. Foi responsável por guardar grandes grupos de pessoas ao mesmo tempo. E sempre tinha sido bem-sucedido. Seus guardados tornavam-se pessoas intocáveis pela fatalidade, sempre em segurança absoluta. Nunca cometera uma falha. Nenhum envolvimento emocional, nenhuma hesitação. Protegia os seus até os limites do sobrenatural, mas, se recebia uma determinação para trocar de posto, abandonava seus guardados prontamente. Sempre frio e preciso como a lâmina de um samurai.

Mas guardar uma pessoa paralisada? Como assim?

Seus estágios de desenvolvimento e suas habilidades eram para missões muito mais complexas. Era incompreensível ficar reduzido a um campo de atuação tão restrito. Era, sobretudo, revoltante ver-se numa missão que um iniciante poderia desempenhar com facilidade.

Vendo Jean levantar o filho no colo, exultante de orgulho e felicidade, sentia que não tinha atingido o grau de sabedoria daquele pai. Gostava de estar ali, mas não suportava ter sido designado de modo tão arbitrário. Sua revolta era perceber que, mesmo sendo o melhor de todos, ainda assim era um mero instrumento.

Mas desígnios eram desígnios, e, quando o pai se levantou, indo na direção do banheiro já preparado pela enfermeira, Quenom se deslocou da janela e foi acompanhá-los de perto.

Uma de suas habilidades era conseguir vibrar em frequências diferentes de outros guardadores, dessa forma não precisava coexistir com os designados de Jean ou da enfermeira. Se quisesse poderia interagir com eles, mas não apreciava o contato com seus colegas. Eram tediosos e desinteressantes.

Deslocaram-se para o banheiro, e Quenom esperava que Jean colocasse Dom no chão para que este se apoiasse nas barras cromadas e executasse sua marcha vencendo sozinho os metros entre a porta e banheira. Mas talvez Jean não quisesse submeter o filho a mais um desafio logo depois de uma conquista.

Foi um erro.

Quenom sabia que o garoto estava ávido por se colocar à prova de novo. Dom era um batalhador, ou melhor, um brincalhão que encarava as batalhas contra seus limites como jogos divertidos. E foi esse descompasso de expectativas que criou as condições para se estabelecer um acidente.

Devido à sua capacidade de sintonizar-se com todas as possibilidades, percebendo qual delas ia colapsar e se tornar real, Quenom anteviu o que ia acontecer.

E aconteceu.

Ansioso para mostrar-se ao pai, Dom estirou-se querendo ser colocado no chão emborrachado do banheiro no momento em que transpunham a porta. Mas

Jean, embriagado pela emoção, só se preocupava em beijar os cabelos do filho. Então, o peso de Dominique transferiu-se todo para frente, sendo potencializado pelos espasmos de seus músculos. Dominique também estava tomado pela emoção, e os espasmos vieram mais violentos que o normal.

Naquela posição incômoda, espremido pelos batentes da porta, Jean não pôde movimentar os braços como queria, e, no instante seguinte, ambos se desequilibraram. Uma das pernas de Dom enroscou-se nas do pai. Cambalearam dois passos numa dança desarmônica, e a queda na direção da louça branca do vaso sanitário era inevitável.

Pragmático, Quenom deslizou entre os corpos e rapidamente criou uma fissão em todas as moléculas da matéria que seria atingida pelo corpo de seu guardado. Essa interação com as partículas subatômicas era uma competência que ele dominava com facilidade. Toda matéria é organizada pelos átomos, que por sua vez possuem uma estrutura interna simples — prótons, nêutrons e elétrons. O que diferencia um tipo de matéria de outra é sua variação isotópica, portanto, alterar a relação dos números atômicos transformava as moléculas. E foi isso que Quenom fez.

A queda foi ruidosa, porque Jean tentou desesperadamente proteger o filho passando um dos braços sobre ele, mas o movimento foi travado pela batida forte no mármore da pia. Dom acertou o vaso sanitário e caiu no chão.

A enfermeira gritou.

Para o garoto, foi como atingir colchões de ar. Os átomos da matéria tinham sido reorganizados por Quenom, e Dominique riu quando aterrissou na borracha do piso.

Jean soltou um gemido. Seu braço havia sido duramente contundido. Mas não gritava de dor. Gritava pelo filho. Ergueu-se sobre Dominique preocupado com seus ferimentos e logo percebeu que ele estava bem.

A rápida confusão dos três corpos no espaço do banheiro logo se organizou. O problema é que Dom ia ficar sem o banho com o pai, que, agora sim, se dava conta da dor intensa no braço.

Quenom podia ter evitado facilmente que Jean se machucasse, mas não era ele o responsável por isso. Pelo jeito seu colega não era tão hábil. “Quase nunca são”, pensou.

Continuou acompanhando a enfermeira levantar Dominique do chão, preocupada com o garoto e com o braço de Jean, que talvez tivesse se fraturado na queda. Quenom observava essa divisão de atenções, quando ouviu uma voz nítida e clara atrás dele.

— Parabéns. Você foi brilhante, como sempre.

Toda sua estrutura estremeceu ao perceber o outro paralelo.

Era um mensageiro. Imponente no meio do quarto.

Imediatamente Dominique ficou inquieto.

Apesar do impacto daquela aparição poderosa, Quenom se concentrou e cobriu o rapaz com ondas, transmitindo segurança e tranquilidade, mesmo que ele próprio não estivesse nem um pouco tranquilo ou seguro com aquela visita. Jean havia deixado o quarto, e a enfermeira colocava Dominique suavemente dentro da água morna da banheira, o garoto logo se acalmou. Quenom, nem tanto.

— Esse rapaz tem muita sorte de ter você como designado. — O mensageiro brilhante sorria sinceramente, apesar da fisionomia trancada do outro. — Desculpe a interrupção. Eu trago novidades.

Estremeceu. Aquela era a frase que ao longo da existência precedia grandes transformações.

15

Despertar.

O verbo. No início era o verbo.

Pra falar com toda a sinceridade, nunca me liguei muito em escrituras, Bíblia, palavras sagradas, essa coisa toda que eu achava que era uma bobagem pra iludir as pessoas.

— No início era o verbo. — Muito bonito como literatura, poesia. Mas o que significava isso? Como é que um verbo pode ser o princípio, se neste princípio não havia nada nem ninguém pra pronunciá-lo?

Mas, quando eu morri, foi isso. O despertar. O verbo.

Tão simples de entender e tão difícil de explicar.

No despertar, o tempo estava distendido, e um momento se confundia com a eternidade, tudo e nada eram iguais. Escuridão. Silêncio. Nenhuma sensação. Era o nada. Só que o nada não tem a ver com o vácuo. Na verdade, o nada é uma coisa muito cheia, só que tudo muito, muito equilibrado. Sabe? Já teve um momento tipo quando você está tão em paz que não precisa de nada? Tipo pleno? É isso. O nada que eu experimentava era a plenitude da harmonia, sem nenhum movimento, nenhuma ação.

Só que, mesmo você lá, todo na plenitude, tem sempre essa faísca de... sei lá, essa faísca de a gente ser a gente mesmo.

Entende?

É, eu falei que era foda de explicar.

Mas o lance é que lá, no nada, na plenitude, faiscou essa centelha de combustão espontânea. E a primeira luz dessa fagulha foi o sentido do verbo despertar. Não da palavra, porque não tinha nem linguagem, mas o sentido puro do verbo, da ação que se fazia por si.

Despertei.

Passei a ser.

E bem lá, no início do início, esse lampejo era uma força sem individualidade. Foi essa ressaca que me socou quando despertei. Não havia o eu, apenas o ser, o existir, que é anterior. Meu eu ainda não existia como coisa definida, apartada, mas já era, inteiro, total.

Se não era parte, era nada e, sendo nada, era o todo, porque o todo não pode ser uma coisa separada. Era tudo.

Tudo bem, eu sei que é estranho pra caramba. Falei que era uma ressaca fodida. Tudo embaralhado. Se alguém viesse pra cima de mim com este papo, eu ia perguntar que merda ele tinha fumado. Mas, cara, não tinha nada de alucinação, ao contrário, era muito lúcida aquela simplicidade do entendimento. Despertar era o verbo que estava unido ao verbo ser. Até aí eu conseguia acompanhar. Quando eu despertei, despertei meu ser. Mas o que rachou minha cabeça, entrando sem nenhuma sutileza, foi o entendimento do Ser e do Estar. Verbos tão próximos que se confundem e confundem a gente. Ser e estar são a mesma coisa quando estamos num mundo em que para ser algo precisamos necessariamente estar em algum lugar e em algum tempo. No mundo que eu conhecia, o ser dependia do estar pra ser. Mas, como eu posso explicar? Eu ali, no momento do despertar, percebi que era sem estar. Existia sem estar em parte alguma e em tempo nenhum. E o pior é que é simples: eu não era uma parte de alguma coisa. Era o todo. E como o todo não está em um lugar específico, porque preenche tudo, eu apenas era.

Tá legal, tá certo. Parece punheta mental. Tudo bem. Talvez tenha sido mesmo uma viagem sem paralelo. Uma puta masturbação filosófica. Só que, se foi, foi exatamente como toda punheta: rápida e terminou numa explosão.

Aconteceu a divisão, a ruptura. Mas não foi um gozo, foi um espasmo de terror extremo. Num lapso de instante, passei da unidade para a parte, do todo para o indivíduo. E isso aconteceu quando gritou dentro de mim a pergunta:

— Onde estou?

Fodeu. Essa perguntinha ferrou tudo. Instantaneamente a dúvida me lançou no inferno da individualidade. Ao se formar a dúvida, formou-se o pensamento. E uma vez o pensamento formado, formou-se o indivíduo.

"Penso, logo existo."

Cara, eu tinha aprendido essa frase do Descartes havia poucos meses na aula de filosofia com o professor Luizinho, mas eu não tinha a mais pálida ideia de que logo ela seria tão clara pra mim.

Então, hoje, entendendo tudo com calma, posso dizer que no início foi o verbo, depois foi a dúvida, a primeira reação, que trouxe o primeiro sentimento que a gente tem: o medo.

Mas, cara, nem que todos os alambiques do mundo fossem injetados nas minhas veias, eu ia ter uma ressaca como aquela de despertar depois de morrer. E, pelo menos pra mim, não teve a ver com a morte em si, mas...

Ah! Como foi breve o instante da unidade, da comunhão com o todo... E como foi doloroso ser arrancado dele pela dúvida amarga.

— Quem sou eu? Onde estou?

Não tinha como todo o meu ser não gritar isso. Já não era unidade. Eu era uma parte e, sendo parte, fui lançado no desespero de buscar as outras partes daquilo que eu já não era.

A dúvida leva ao medo, o medo leva à ação. No meu caso, pelo menos, foi assim.

A ação de buscar respostas.

Abri os olhos, e nada. Apurei os ouvidos, e nada. Mexi o braço, e nada. Não via, não ouvia, não sentia absolutamente nada! Aí, meu amigo, foi pânico total! Gritava sem ouvir minha voz e me debatia no vazio, sentindo como se estivesse flutuando num líquido denso.

Não sei se você já acordou num lugar que não reconhece, tipo, fora da sua cama, num quarto estranho, sabe como é?

Quando eu era bem pequeno, acordei um dia na casa de uma tia, no quarto dos meus primos. Tinha ido dormir na minha cama e acordei ali porque meu avô, que morava com a gente, tinha morrido e meus pais tiveram a brilhante ideia de levar a gente pra lá, dormindo, antes de irem pro velório. Tudo bem, eles não podiam deixar a gente sozinho, e ir ver o vovô esticado no caixão não era o melhor programa pra crianças... Mas, no fim, foi uma sacanagem o que eles fizeram. Deviam ter nos acordado antes. Claro. Porque ninguém tem noção do desespero que eu senti quando abri os olhos. Meu coração pulava na garganta. Não dava pra entender aquelas paredes, aquela janela estranha, aquele cobertor diferente, aquele colchão no chão. Fechei os olhos com força. Gelado. Outras pessoas respiravam ali no quarto. Então percebi que tinha alguém bem do meu lado. Encostado em mim! Será que eu tinha sido sequestrado por bandidos? Meus pais tinham morrido? Ou eles nunca tinham existido? Nem eles, nem minha casa, nem eu mesmo? Será que agora eu estava acordando depois de ter sonhado com a minha vida inteira? E essa vida que eu conhecia tinha sido só um sonho e a vida de verdade era aquele lugar que eu não sabia qual era?

Depois de um tempão, consegui olhar pro lado e percebi que era o meu irmão que estava colado em mim. Abracei o Vitor com força, e ele perguntou: "Onde é que a gente tá". Ele estava com tanto medo quanto eu. Respondi que não sabia, e a gente ficou abraçado a noite toda, tremendo. Pelo menos ele estava ali, uma parte da minha vida não tinha se dissolvido. A sorte é que até o medo cansa, e a gente dormiu de novo, de manhã a empregada da nossa tia acordou todo mundo e deu pra entender o que aconteceu. Eu sei que meus pais não fizeram por mal, mas que foi uma sacanagem terrível, isso foi. Nunca mais confiei meu sono a ninguém.

Mas o meu despertar, flutuando no nada, como numa bolha de sabão num quarto escuro, foi bem pior que isso. Pra começar, eu me recusava a achar que tivesse acordado. Tinha certeza absoluta de que aquilo era um pesadelo, dos piores. Muitas vezes a gente está dentro de um pesadelo e acorda, só que é outra etapa do pesadelo que continua, e a gente vai acordando e percebendo que não acordou de verdade. É o que eu chamo de pesadelo cebola, já tive muitos. Sou tão bom em pesadelos que tenho catalogado várias categorias: pesadelo gelatina, que você tenta correr e não consegue; pesadelo areia, que tudo raspa, arranha; pesadelo filho único, que a gente sabe que está completamente sozinho e grita e ninguém escuta; pesadelo íncubo, que você sente que tem uma coisa entrando no corpo... Enfim, eu era mestre em ter pesadelos, um talento incrível pra sofrer de noite. Mas o pior disparado era o pesadelo cebola. E eu achava que estava tendo um desses naquela hora.

Como eu tinha anos de experiência em todos os tipos de sonhos ruins, desenvolvi uma técnica que me ajudava muito: tentava piscar, porque, se conseguisse piscar no sonho, eu acordava. E, quando conseguia sair do pesadelo, sempre pulava pra cama do meu irmão. Não que eu fosse o medroso da dupla, não. Estava cansado de acordar com meu irmão pulando em cima de mim e me apertando forte. No fundo, isso era tão bom, o abraço no meio do medo, que acho que era pra sentir isso, que tínhamos tantos pesadelos.

Então o medo rompeu todas as fronteiras, e atingi a angústia plena. Onde estava meu irmão? O que tinha acontecido com ele? Onde estava o Vitor? Pela primeira vez, me senti realmente sozinho.

Usei minha técnica infalível, mas não adiantou. Eu não acordava. Daí eu saquei que já tava acordado. Quando tive certeza de que aquilo era real, voltei a bater os braços, as pernas, gritei, fiquei completamente maluco. Duvido que você não ficasse. Duvido. Qualquer um ficaria. Mas o bom é que mesmo o desespero uma hora cansa, e eu cansei. A exaustão foi maior que o medo.

Foi então que aconteceu.

Eu vi as criaturas.

Aposto que qualquer um ia se borrar se visse três coisas vindo voando no escuro. Ah, ia. Ia mesmo.

Aqueles seres eram formados por uma espécie de fumaça azul-brilhante, só que sólidos, entende? Em forma de gente, assim com pernas, braços, cabeças, olhos. Eles espalmaram as mãos, e eu notei que havia uma membrana entre nós. E eles ficaram ali, me olhando e sorrindo. Rindo de mim? De que estavam rindo? Meu medo se transformou em raiva.

Eu tinha um tio, Elias, irmão do meu pai, e ele contou uma vez que tinha treinado boxe quando era mais novo. Ele só treinava, e, então, um dia, o professor perguntou se ele queria lutar de verdade. Sabe como é? Assim no ringue e tudo mais! O professor explicou que tinha faltado um lutador pra preliminar, e meu tio ia lutar com um profissional. Mas estava tudo acertado. Era só dar uns socos e deixar passar três assaltos. Não era pra ninguém se machucar. Meu tio topou e começou a lutar com o cara. Tinha gente na plateia. Uns amigos, umas meninas, e, quando ele acertava o cara, todo mundo gritava e batia palmas. Daí ele foi achando que podia derrubar o profissional! Pensou que estava se dando bem na luta e começou a bater de verdade, todo entusiasmado. Esqueceu a coisa de luta combinada. Bateu, bateu cada vez com mais força, mas daí, num raio, o cara deu um soco no fígado dele — o fígado fica assim meio de lado, quase nas costas. Meu tio falou que caiu feito uma jaca sem conseguir respirar. Nunca sentiu tanta dor na vida. E a única coisa que ele enxergava era o juiz em cima dele contando. Caramba! Ele precisava de ajuda, e o cara ia contando devagarzinho olhando dentro dos olhos dele! Ele morrendo, e o cara contando! Falou pra gente que nunca teve tanta raiva de alguém como daquele juiz.

Pois era exatamente isso que eu sentia com aquelas criaturas rindo de mim. Eu ali, fodido, e elas ficavam rindo?

Só que a raiva também cansa. E eu fiquei cansado de ficar com raiva deles e fui me acalmando. E ficar calmo me fez começar a tentar entender o que estava acontecendo. Como eu tinha ido parar ali?

Tudo bem, eu estava legal, apesar de tudo eu conseguia achar que não era tão ruim assim, afinal eu ao menos tinha companhia. Por algum motivo entendi que as criaturas estavam ali para me ajudar a não sentir medo. Percebi isso olhando suas fisionomias tranquilas. Não estavam rindo de mim, estavam sorrindo pra mim, e isso foi um conforto. Fiquei imaginando se teriam uma resposta se perguntasse pelo Vitor. Mas como, se eu não conseguia falar nem ouvir? Uma das criaturas me olhou bem fixamente. Entendi algo que não conseguia formalizar no pensamento. "Tudo bem, tudo bem." Era só o que eu conseguia pensar. Eu estava com o Vitor e os meus colegas até pouco tempo atrás. Mas não lembrava direito. Onde a gente estava mesmo? Acampamento, ônibus, acidente, morte. Foi isso. Morte. Morremos todos. Foi isso.

Senti uma vibração reconfortante. Um sono enorme. Ainda percebi as criaturas rompendo a membrana da bolha. O toque suave delas me puxando pra fora, me acolhendo. Apaguei.

16

Novidades?

O mensageiro continuava postado no centro do quarto, tranquilo e amigável. Mas Quenom sabia que o momento era sério. Um mensageiro sempre precedia momentos graves.

Forças antagônicas repercutiram em Quenom.

Como numa defesa para se desviar, só então percebeu a presença de outro ser paralelo até então ofuscado pelo brilho intenso. Indicou-o com um movimento sutil.

— Quem é ele?

— Por favor, Lafid. — A um gesto do mensageiro, o outro se aproximou. — Lafid, esse é Quenom. Como você sabe, um dos mais importantes membros da Academia. Suas habilidades e feitos são motivo de orgulho entre todos e...

— Eu sei que não devemos interromper quem está nos elogiando, mas pode se poupar de qualquer tipo de bajulação. — A irritação de Quenom se devia à certeza de que não gostaria nem um pouco do que estava para ouvir. — O que um mensageiro e um iniciante estão fazendo aqui?

— Perdoe-me, mas eu não sou um iniciante. Cumpri com louvor todas as etapas do treinamento...

— Bom pra você. — Quenom nem sequer se voltou para o mais jovem. Mantinha os olhos desafiadores no mensageiro. — Que novidades você traz pra mim?

— Lafid será seu substituto.

Quenom apertou-se inteiro sentindo a revolta há tanto tempo controlada voltar com força. A constatação sempre renovada de que era um peão movimentado ao prazer de forças superiores.

— Sei exatamente o que você está sentindo.

Aquilo não foi dito em sentido figurado. Quenom sabia que o mensageiro podia captar suas ondulações e decifrá-las. Imediatamente, intensificou a polaridade de seus grávitons e criou um dipolo momentâneo. Transformou-se na polaridade negativa de um imã um casulo que, ao invés de atrair, repelia qualquer aproximação.

— Perdão, eu não quis ser invasivo. — O mensageiro sorriu ao perceber a rara capacidade do outro de se fechar, impenetrável mesmo para ele.

— Por quê?

— Estamos em um momento delicado, e trazer Lafid para substituí-lo é apenas parte da minha missão. — O mensageiro baixou os braços mostrando as palmas das mãos. — Meu nome é Agnael, e a Arcada incumbiu-me de levá-lo de volta. Não sei o que querem com você, mas o Conselheiro veio até mim, diretamente, e disse que sua presença é de extrema importância. — Agnael aproximou-se com suavidade. — Colocou sobre mim a responsabilidade de convencê-lo a voltar com urgência. Por isso, por favor, Quenom, venha comigo.

A sinceridade é capaz de abrandar qualquer espírito. Quenom tinha que admitir que, independentemente dos motivos que o traziam, aquele mensageiro era sincero. Deslizou até o parapeito da janela, seu local predileto naquele quarto, e permaneceu em silêncio alguns instantes, atento apenas ao ruído da água na banheira e às interjeições de prazer de Dominique.

— Vou sentir muito a falta dele. — A frase saiu num suspiro, e ele imediatamente se arrependeu de expor seus sentimentos de forma tão clara.

Agnael e Lafid mantinham-se passivos no centro do quarto. A luminosidade azulada dos dois era agradável. Fazia tempo que Quenom se abstivera da convivência com outros seres paralelos, mantendo-se isolado numa área de vibração de ondas azuis em alta frequência. Se aqueles dois conseguiam vibrar nessa intensidade, pelo menos não eram ordinários como a maioria, que se mantinha nas ondas médias do espectro, entre o amarelo e o verde.

Jean voltou ao quarto com o cotovelo envolvido em uma bolsa de gelo e entrou rapidamente no banheiro. De lá podiam ouvir a conversa entre ele e a enfermeira sobre os procedimentos que deveriam tomar em relação à contusão.

— Voltar?

A pergunta foi feita mais para si que para os outros. O mais difícil naquilo era a falsa ideia de que ele podia escolher. Afinal, ele podia se negar. Podia dizer não.

Sabia que o mensageiro não tentaria convencê-lo e muito menos usaria a força. Batalhas em outras dimensões pertenciam ao imaginário humano.

Porém, o que havia de falso nessa liberdade era que, se ele se recusasse, simplesmente estaria fora do Sistema por vontade própria. Não poderia mais guardar Dominique, por exemplo, e se tornaria um ser a vagar sem função. Recusar-se a cumprir um Desígnio Absoluto, os únicos que requeriam um mensageiro para a sua transmissão, significava banir-se para uma dimensão em que nada de prático podia ser feito; nenhuma missão a cumprir, nenhuma conquista, nenhum desafio, nenhuma transformação. Iria se tornar um rebelde ou um obscuro. Certamente essas não eram alternativas para ele. Sempre achara os rebeldes ridículos; e os obscuros, desprezíveis.

Mas ele próprio não era em sua essência um revoltado? O incômodo ressurgiu com força. Já não agira como um rebelde? Mas, por outro lado, seu ato de revolta não fora justo?

Interrompeu seu raciocínio antes que este se formasse por inteiro. Precisou de toda a concentração para impedir que sua mente produzisse aqueles pensamentos. Estar diante de um mensageiro era como estar nu diante de um médico.

A paciência com que Agnael esperava uma resposta era uma boa medida do seu respeito, e Quenom quis testar até onde ia essa deferência.

Voltou sua atenção inteiramente para a manobra de colocar Dominique na cama, que a enfermeira executava com eficiência, contando com o auxílio limitado de Jean. O garoto foi acomodado sobre o colchão de espuma moldada, e as laterais foram suspensas. O pai acariciava o corpo retorcido do filho, enquanto a enfermeira saía em busca de uma tipoia. O funcionamento daquela casa era tão harmonioso que Quenom sentiu uma imensa tristeza por ter de abandoná-la.

Detestou ser mandado para aquele lugar e agora detestava ter que deixá-lo.

Quando? Quando deixaria de ser um simples joguete? O que mais precisava provar?

— Um mensageiro apenas transmite as novas, mas não é responsável pelas reações a elas. Por que o Conselheiro pousou essa responsabilidade sobre você?

O mensageiro pensou um instante e respondeu bem-humorado:

— Talvez para fazer eu me sentir um fracassado miserável caso você não quisesse vir comigo.

— Mensageiros não suplicam. Mas você pediu por favor... Por quê?

Desta vez Agnael respondeu sem hesitar:

— Certamente porque eu não quero me sentir um fracassado miserável.

A simpatia era um recurso poderoso.

— Muito bem. — Quenom desceu do parapeito. — Então, vamos.

Achou que o outro fosse proceder de forma rápida, mas, em vez disso, pediu licença a Lafid e os isolou em um invólucro de força-nuclear-forte branca.

Quenom não pôde deixar de admirar aquela capacidade, afinal, Agnael não estava interagindo apenas na área externa dos átomos, sua ação foi mais profunda. Agiu nos Quarks, que formam Hádrons, Bárions, Mésons e Píons. Como existem seis tipos de Quarks — Up, Down, Strange, Charm, Beauty e Top — que são ligados em trios pelos Glúons, um tipo de cola que os une, os Hádrons podem formar seis variações de três cores elementares: vermelho, azul e verde.

Em sua ação, o mensageiro criou uma sobreposição dessas cores e erigiu um campo de Hádrons brancos, um campo neutro.

Ficaram completamente isolados.

— Aqui podemos falar tranquilamente.

Quenom sabia como proceder. Agir no universo subatômico não era segredo para ele.

— Então, pode transmitir a mensagem.

— É simples e eu já lhe comuniquei: você deve voltar porque o Conselho precisa de você. A mensagem é essa. Eu nos isolei para saber se você tem algo contra voltar que queira partilhar.

Quenom suspirou num susto de gratidão. Em seguida brotou a inquietação de sentir-se injustiçado pelo Sistema, mas continuou calado.

— Se tiver algo importante a dizer... — O mensageiro abriu os braços indicando a redoma invisível. — Assim como é impossível arrancar um Quark de um Próton... Nenhuma informação será arrancada daqui.

Quenom assentiu, certo da ética absoluta de um mensageiro. Renascia o incômodo que o acompanhava, mas, como não podia ou não queria dar forma àquela sensação, preferiu calar-se.

— Realmente não tenho nada a dizer.

O mensageiro aceitou a resposta brandamente:

— Também deve acrescentar o quanto o respeito e sei de seu sentimento por Dominique. Tenha a certeza de que Lafid não é um novato inábil. Eu mesmo procurei com muito cuidado alguém para ficar em seu lugar.

Quenom sentiu a força daquela extrema consideração por parte de um mensageiro.

— Obrigado — balbuciou.

— Não sei o que o espera, mas precisará estar focado. Não se preocupe com o bem-estar do rapaz.

Agnael fechou as pálpebras e, ao abrir, desfez a redoma.

Lafid surgiu diante deles.

— Ele ficará bem, eu garanto.

Quenom ondulou e levemente deixaram o quarto de Dominique.

17

Surgiram em uma alameda.

De um lado se estendia o Parque Municipal; e do outro, o maior complexo hospitalar da capital.

Era noite, e a luz alaranjada de sódio era parcialmente coberta pelas árvores do canteiro central.

Quenom imediatamente se sentiu mal por estar ali. Não pela atmosfera sombria, com doentes e feridos que chegavam constantemente. É que detestava estar na mesma vibração de ondas longas em que os seres obscuros transitavam. E eles eram muitos.

Com o olhar nauseado, observou longe as dezenas que vagavam, ou se deixavam sob as árvores ou ao pé dos muros.

— Você não é, digamos, muito sociável.

Voltou-se para o mensageiro imponente, que emanava uma luz ao mesmo tempo intensa e delicada, contrastando com a opacidade das outras criaturas.

— Por que você me trouxe até aqui, nesta frequência? — O tom de Quenom não era nada amistoso. — Logo vão perceber nossa presença, e vai ser um tumulto bem desagradável.

Agnael assentiu calmamente:

— É muito triste tudo isso. Um grande desperdício esse exílio voluntário.

— Se são desgraçados por vontade própria ou não, não me importa. Só quero saber, e quero saber já, é por que estamos aqui.

— Dois amores criaram duas cidades. — Agnael falava macio olhando os obscuros à distância. — O amor a si e o desprezo pela Consciência Universal criam a cidade terrestre. Já o amor pela Consciência Universal e o desprezo por si criam a Cidade Eterna. Uma se glorifica, outra glorifica a Consciência. Uma repleta de orgulho e soberba, a outra repleta de humildade e humildade e humildade.

— Do que você está falando? — A ansiedade aumentava com a aproximação dos outros.

— Este é um triste exemplo de cidade terrestre. Sofrem pelo orgulho da vida.

— Essas coisas? Orgulhosas?

Agnael decaiu em tristeza:

— Eles nem sequer têm noção do que seja humildade.

— Acho que vão querer nos tocar. — Com um esgar de nojo, percebia o número cada vez maior de seres cambaleantes que se aproximavam extasiados. — Eu não sei o que você está pensando em fazer, mas eu não vou ficar aqui à mercê dessa horda. — O grupo se arremetia com o afã de buscar uma tábua de salvação. — Eu vou sair desta frequência agora!

De súbito, um gesto, e Agnael fez surgir uma cortina flamejante de fótons. Os obscuros caíram aos gritos, ofuscados. A luz subjugava facilmente os que estavam longe dela.

A cortina se desfez num instante. Agora todos estavam com medo, quietos.

Ao contrário, uma equipe de enfermeiros que retirava de uma ambulância um senhor numa maca foi tomada pela urgência. Agnael e Quenom se entreolharam conscientes de que a descarga de fótons era a causadora daquilo.

O mensageiro percorreu com os olhos a pequena multidão.

— Preciso que algum de vocês me ajude.

Quenom, notando a apreensão do companheiro, concentrou-se na força da gravidade, enquanto deixava sua energia ampliar seu alcance.

Um obscuro deu um passo à frente.

— E o que você oferece?

Uma pessoa morrendo, e aquele ser queria barganhar vantagens? Quenom tinha razão, pensou. Precisava fazer algo, e rápido. Estava pronto para se arremeter sobre a maca que sumia hospital adentro, quando ouviu Quenom ao lado:

— Já estou resolvendo isso. — Os olhos estavam ausentes.

O mensageiro percebeu um leve estremecimento e assistiu ao outro se reestruturar através do colapso das ondas, se organizando novamente em antipartículas. Ficou claro para Agnael por que a Arcada precisava de alguém como ele em missões extraordinárias.

— Era apenas o marca-passo. Você provocou uma pane no aparelhinho. Mas, felizmente, nada mais simples que fazer um desses voltar a funcionar.

— Ele está bem?

Quenom deu de ombros:

— Se morrer, não vai ser por causa disso.

— E não havia um paralelo com ele?

Quenom soltou uma interjeição de desprezo:

— Estava lá, preocupado com a dor do velho. — Balançou a cabeça. — Acham que somos analgésicos?

O mensageiro focou-se novamente em sua missão, sem se incomodar com o obscuro que ainda esperava uma chance de negociar vantagens. Olhou pelos arredores, e um sorriso revelou que tinha visto o que queria. Voltou-se para o grupo.

— Sou Agnael, Mensageiro Árcade. — Um tremor percorreu todos. — Minha missão nesta faixa de frequência nada tem a ver com vocês, portanto, que ninguém tente fazer contato conosco.

Quenom percebeu o porquê do sorriso do mensageiro. Alguns metros adiante havia uma barraca de sanduíches. Um ponto de comércio não autorizado, como tantos que proliferam pelas cidades oferecendo lanches e bebidas de qualidade duvidosa. O que chamou sua atenção foi a barraca estar imersa em luz ultravioleta, a frequência mais alta do espectro de luz, invisível aos humanos ou aos obscuros.

— Vamos.

Deslizaram pela luz deixando para trás os protestos que se alastraram entre as criaturas.

— Como não tem nada a ver conosco?

— Isso não está direito. Estamos aqui esperando nossa oportunidade.

— Olhem para a nossa desgraça.

— Tenham piedade.

Não se condoeram com as lamentações, pois sabiam que aquele tipo de dor era, na verdade, um prazer doentio em roer e dilacerar o coração. Semelhante dor não queria consolações, porque, afinal, é o que dava aos lamentadores a ideia de que possuíam algo grande, especial, inextinguível. As lamentações eram apenas a necessidade de irritar cada vez mais uma ferida.

Desapareceram da percepção dos exilados e pousaram sobre o teto de lona sintética que não acusou seu peso.

Agnael assumiu uma posição confortável, com um indisfarçável prazer. Paralelos de grande envergadura sempre sofriam muito nas frequências da base do espectro, como o laranja, onde tinham estado até então.

— Foi um ato de muita consideração do Conselho nos proporcionar este abrigo enquanto esperamos.

— Então é isso? Temos que esperar?

O mensageiro fechou os olhos sem se preocupar em responder.

18

— Sou amigo dela. Viemos juntos. Eu a trouxe!

Apesar dos apelos de Gílson, os policiais continham sua passagem com os braços esticados. Eram cinco tentando barrar numa linha o avanço dos repórteres e curiosos. Atrás deles, a maca com Noêmia era levada para uma ambulância por bombeiros que arfavam devido ao esforço da subida. O professor também puxava o ar com dificuldade, falando cada vez mais alto.

— Eu preciso ir até ela!

— Por favor, senhor, mantenha-se afastado.

— Você não entende. Sou o único que... — Num impulso, jogou seu corpo pesado contra o braço estendido rompendo o cerco. — Preciso passar!

Avançou dois passos e imediatamente sentiu diversas mãos segurarem firmemente seus ombros e braços.

— Me larguem!

— Senhor, não é permitido!

— Eu estou com ela!

— Fique calmo se não quiser ter problemas.

Uma dor aguda subiu pelo braço que era torcido atrás das costas. Outros policiais gritavam para os curiosos:

— Afastem-se. Pra trás, vamos.

— Não estão ouvindo? Todo mundo pra trás!

O grupo que circundava a ambulância recuou um passo.

— Mas que droga está acontecendo aqui?

O capitão Marcos surgiu subindo a encosta, preocupado ao ver seus homens segurarem energicamente alguém bem diante das câmeras.

— Soltem imediatamente! — As palavras saíam ferozes entre os dentes. Fez um gesto rápido na direção dos repórteres. — Vocês ficaram malucos?

— Capitão, este senhor não quer respeitar o bloqueio.

— Você, quem é?

— Gílson. — O professor apalpava o braço dolorido.

— É o marido? — A voz baixou um tom sem perder a intensidade.

— Não.

— Pai de algum dos...

— Não, não.

O olhar do capitão se fixou duro nas pupilas inquietas e hesitantes do outro.

— Eu, eu sou um colega. Amigo. Trabalho no colégio que... — Parou um instante ao ver outra maca surgir, levando Vitor para uma segunda ambulância. — Eles estão bem?

Os olhos do capitão se amenizaram um pouco:

— Então o senhor é do colégio...

— Professor. Ela, Noêmia, a que caiu, é a diretora. Trabalhamos juntos há muito tempo.

O capitão apenas balançava a cabeça olhando as portas das duas ambulâncias serem fechadas.

— O senhor está de carro?

— Sim. Eu... estou com o carro de Noêmia. — Indicou, com um movimento de cabeça, as ambulâncias que ligavam as sirenes. — Pra onde eles vão?

— Para o hospital da cidade. O senhor poderá ir até lá, mas antes quero que me encontre na delegacia. Precisamos conversar.

— Certamente, certamente. — Com gestos instintivos, enfiou as mãos nos bolsos buscando as chaves enquanto girava o pescoço tentando ver onde havia parado o carro.

As ambulâncias arrancaram, junto com uma viatura da polícia rodoviária.

— Você o acompanha.

A ordem era transmitida pelo capitão justamente ao soldado que torcera o braço do professor. Gílson voltou-se para o oficial numa interrogação.

— Para mostrar o caminho.

— Certo. — Apertou os olhos e começou a caminhar desconfortável com o policial que o seguia.

Ao passarem para o outro lado do bloqueio, alguns repórteres tentaram uma aproximação com seus blocos em punho. O braço do policial agora servia como proteção contra as perguntas.

Seguiram num certo atropelo até o carro, como se Gílson fosse uma celebridade.

Apartada de todo aquele tumulto, Ana Beatriz rabiscava ferozmente seu caderno sem tirar os olhos do professor. Mais uma vez naquele dia, agradeceu por sua sorte. Estivera ao lado daquele homem gordo, sem se dar conta de quem se tratava. Conseguiu ouvir o diálogo travado entre ele e o capitão e agora colocava tudo no papel. Sentiu a excitação percorrer os dedos que seguravam a caneta, intuindo que aquela reportagem fantástica que acabara de fazer era apenas o início de algo maior.

Correu para o carro da emissora. Estava um passo adiante dos seus colegas e não ia perder o terreno.

19

Esperar. Essa tinha sido uma das qualidades mais bem desenvolvidas por Quenom durante os dezessete anos em que passara ao lado de Dominique.

Foram muitas as horas em que estiveram sozinhos na penumbra do quarto. Ele, sempre atento durante o longuíssimo arrastar de segundos entre a sessão de fisioterapia e o almoço, ou entre o banho e o jantar, esperava. Esperar era estar em estado de atenção contínua, centrado em si e atento ao exterior. A *esperança ativa* era uma das disciplinas da Academia. Manter a mente tranquila e o espírito vivo. Estar sempre pronto para o que poderia acontecer, não importando o quanto isso pudesse demorar, impedia o surgimento do desespero devido ao tédio, o que acometia vários guardadores, fazendo-os fracassar em suas missões; o que acontecia sempre acontecia de um instante para o outro, mesmo depois de uma eternidade.

Mas a espera agora era diferente. Seu retorno à Academia lhe causava um misto de excitação e temor. Por que o chamaram de forma tão contundente? Teria algo a temer? Fazia-se essa pergunta sem se decidir pela resposta.

Tentou recobrar a serenidade, lembrando-se de quando seu mestre Danih professou que parte do treinamento residia em compreender quando era preciso manter a esperança e quando não, pois algumas coisas jamais aconteceriam e esperar por elas era desperdício.

Ali, sentado no teto de lona da barraca de sanduíches, ele reconheceu: não havia como encontrar uma resposta para o porquê de sua convocação, então era inútil cultivar qualquer preocupação com relação a isso.

Voltou sua atenção para os obscuros que continuavam vagando. Nunca aceitara aquelas criaturas. Como todos, tiveram seu ciclo biológico. O que os diferenciava é que não aceitavam o fim desse ciclo. A negação os mantinha paralisados no limbo da existência, calcificando o processo de transformação.

Essa relutância em deixar a vida humana para penetrar na próxima dimensão se dava por dois motivos. Achavam que não tinham realizado suas ambições. Não admitiam ter passado pela vida sem concretizar isso que as pessoas chamam romanticamente de seus sonhos. Um sonho a ser conquistado é uma ideia terrivelmente perigosa, pois muitos entendem isso como um objetivo final, um oásis de satisfação, um jardim do éden. Nada pode ser mais ilusório. Não existe uma meta para uma vida. São tão complexas as tramas dos Desígnios que uma pessoa que se aferra à obsessão de seu sonho está fadada à ignorância de não perceber que existe uma diferença gritante entre sonho e propósito. O sonho é o propulsor do propósito, e o propósito é a transformação que garante o movimento da Existência.

Criar a ideia da conquista de um sonho pleno é um ato de desespero da mente que não aceita que o propósito está na jornada, não em um ponto de chegada. Uma jornada pode ser desviada por Desígnios misteriosos; então os sonhos devem mudar. Mas não muda o propósito. A jornada pode ser interrompida na dimensão biológica a qualquer instante. E se isso acontece quando o sonho não foi conquistado? O dono do sonho fracassou? Não. O sonho apenas se torna obsoleto, defasado, e deve ser deixado para que a jornada prossiga com novos sonhos em seu propósito de existir.

Mas os obscuros não queriam entender. Ficavam presos às suas ambições humanas, considerando-se tão em alta conta que não admitiam deixar o mundo de maneira comum.

O segundo motivo era ainda mais egoísta.

Algumas pessoas têm sua vida biológica finalizada e, com ajuda dos seres receptores, aceitam que a biologia se dá em ciclos simples de começo e fim. Porém, para entrar efetivamente na nova dimensão, precisam fazer a *transição de fase* — como a água líquida quando se congela ou evapora.

Aí começa o problema. Se a morte biológica é um evento arbitrário, a *transição de fase* deve ser aceita conscientemente. O processo é como um filtro terapêutico que visa a liberar o grande volume de condicionamento reprimido na mente. Não há como carregar essa bagagem na nova etapa do caminho. Seria como querer levar registros analógicos a uma dimensão digital.

Acontece que diante da opção de abandonar suas cargas existenciais, libertando-as nas ondas de energia, esses seres recuavam. Recusavam a transcendência como libertação para o novo.

O novo? O desconhecido? O desaparecimento de suas personalidades? Seus nomes? Seus pensamentos e lembranças? Seus sonhos?

Não! Isso não!

Permaneciam ignorantes de que tais conceitos eram elementos transitórios que só faziam sentido na dimensão da matéria e do espaço-tempo que acabavam de deixar. Não queriam, de modo algum, abandonar suas individualidades.

Revoltavam-se. Uma revolta inútil. Não percebiam que não existia uma ordem superior. O processo devia acontecer por uma questão física. Os conceitos da matéria não funcionavam na dimensão da antimatéria. Para entrar era preciso se desfragmentar e cruzar o espelho.

Em seu tempo biológico, tais pessoas viviam aterrorizadas com a possibilidade do fim. Porém, como na vida a morte é uma certeza, elas defendiam-se escondendo o medo embaixo do tapete. Nem ousavam pensar no que temiam. Por pânico. No fundo, acalentavam a ilusão de que a morte existia apenas no domínio do futuro, futuro este que esses seres esperavam que nunca fosse chegar.

Por isso, depois que morriam e passavam a ser sem estar, e encontravam os receptores, as manifestações de suas consciências se agarravam à ilusão de ser para sempre! Não aceitavam o convite para atravessar a próxima porta. E como eram livres para isso, voltavam para o limbo da existência material.

"A inteligência pode ser medida pela quantidade de incertezas que alguém é capaz de suportar." Era o pensamento de Quenom olhando um obscuro que circulava próximo. Imaginou quantas vezes o obscuro teria tentado sua nova chance. Essa era a obsessão de todos ali. Ocupar o lugar de uma nova manifestação humana, penetrar em um corpo prestes a nascer.

Um sorriso amargo tomou conta dos lábios de Quenom.

Os obscuros em sua cegueira nem sequer se atentavam para o fato óbvio de que, caso eles conseguissem voltar à vida, isso aconteceria através de um novo ser, com nova identidade e novos sonhos. Suas identidades, nomes e lembranças deixariam de existir de qualquer forma.

— Estúpidos.

— Você não está sendo pouco generoso com eles? — O mensageiro perguntou tranquilo, ainda de olhos fechados.

— Eles tiveram acesso ao conhecimento. Passaram pelo recondicionamento e sabem que quando olhamos tudo de muito longe todos são iguais, da mesma forma que, se olharmos de muito perto, todos também são iguais. Então como eles não entendem? Como não percebem que é a perspectiva humana que cria essa ilusão de que *ser* é o mais importante?

— Não tiveram a sorte de compreender.

Uma sombra passou pela expressão do Quenom.

Sorte.

Essa palavra sempre o atormentava. Mesmo lançando-se com toda sua energia nos treinamentos da Academia, nunca conseguia apagar a sensação de angústia cada vez que a sorte surgia em sua trajetória. Algo intangível e poderoso. Quem determinava que uma criatura tivesse a sorte de entender o propósito da existência ou não?

— Você não acredita em sorte? — perguntou Agnael.

— Não poderia não acreditar em algo que detesto tanto.

O mensageiro sorriu:

— Existimos na possibilidade.

Quenom não respondeu.

Foram, então, surpreendidos por uma vibração que fez tudo ao redor perder o brilho, tomando uma coloração sépia, como se o mundo tivesse se transformado numa fotografia antiga e desbotada.

— Prepare-se. — Agnael endireitou-se.

Um táxi encostou diante do hospital. Dele saltou um homem muito magro, amarrotado, denotando que estivera trabalhando o dia inteiro. Seus gestos eram nervosos. Parecia não conseguir decidir se corria para chamar alguém ou se tentava ajudar quem estava dentro do automóvel a sair.

Imediatamente, um grande grupo de obscuros se acercou do veículo de onde saía uma mulher grávida com a expressão contraída pela dor. Estava prestes a dar à luz ali mesmo na calçada.

A iminência de um nascimento causava um grande alvoroço nas criaturas obscuras. Aquilo enojava Quenom, que teve ímpetos de saltar de cima da barraca e expulsar todos para que deixassem o casal em paz. Aquela ansiedade de baixa vibração aumentava as dores da parturiente. O marido olhava para os lados como se estivesse correndo perigo.

No mesmo instante em que surgiram dois enfermeiros trazendo uma cadeira de rodas, o ambiente foi rasgado por um facho ultravioleta, que saía da barraca formando um corredor de luz até a mulher grávida.

— Vamos.

Sem esperar resposta, o mensageiro deslocou-se até a cadeira de rodas. Foi seguido por Quenom.

A luz e o deslocamento deles causaram um movimento dos obscuros que se afastaram gemendo.

Por estar banhada pela luz de vibração sutil, ou por causa do afastamento dos obscuros, a grávida deixou-se acomodar na cadeira mostrando certo alívio. O homem, ao contrário, continuava tenso, falando e gesticulando para os enfermeiros, que empurravam a cadeira com agilidade.

Passaram rapidamente pela recepção, onde o marido ficou para preencher fichas e mostrar documentos.

Logo estavam na sala de parto, onde uma equipe se preparava às pressas. O nascimento era imediato. Exames preliminares para avaliar a situação da mulher e do bebê foram feitos, e ordens eram ditas em tom de urgência. O mensageiro assistia a tudo com ar distante, e Quenom, acostumado a intervir em situações de emergência, tinha que se conter para não repreender os paralelos da mulher e dos médicos, que pareciam se deixar envolver pelo nervosismo do momento, perdendo assim a lucidez para intervenções que se mostravam necessárias. A única coisa que a mulher precisava era de emanações que a acalmassem e deixassem que seu corpo relaxasse para que a dilatação acontecesse.

Agnael tocou de leve o braço de Quenom, num gesto claro de que ele não devia interferir.

Apenas o paralelo da instrumentadora parecia seguro e soprava uma música de melodia fácil nos ouvidos dela, fazendo-a cantarolar enquanto preparava com rapidez os instrumentos. Esse foi o único ali que sequer olhou para eles.

A instrumentadora passou a cantarolar para a gestante, ajudando-a a se sentar e se curvar sobre si mesma, deixando as costas brancas à mostra para o anestesista. Rapidamente uma agulha foi enfiada entre as vértebras, causando uma contração de dor aguda na futura mãe. O anestésico fez seu trabalho, e a mulher relaxou os músculos. Em seguida, suas pernas foram abertas, e em instantes o obstetra já se posicionava para aparar o bebê. Não foi preciso mais que um ou dois movimentos da enfermeira, apertando com convicção o ventre intumescido, para que o bebê fosse expelido com força.

Nesse instante, uma fração antes que o choro da criança irrompesse, tudo se paralisou.

20

Ana Beatriz tinha que exigir o máximo do pequeno motor de mil cilindradas do seu Fiat vermelho. A sorte é que estavam descendo a montanha na direção da cidade. Caso contrário, seria impossível seguir o grande sedã preto em que ia o professor Gílson acompanhado de um policial.

Ela tinha adquirido o costume de utilizar seu próprio carro nas reportagens, pois descobrira que agilidade era seu principal trunfo numa cidade pequena, onde as notícias eram quase sempre casos sem muita complexidade — um arrombamento, uma briga de facas, a morte de alguma figura mais conhecida, o desabamento de um telhado... Fatos que só causavam interesse enquanto novidades. O estranho agora é que, ao relatar em primeira mão um acontecimento absolutamente excepcional, ela sentia que sua corrida não era para reportar antes de todos o desenrolar do caso. Ana Beatriz pressentia que o que importava não era mais o que vinha pela frente, mas o que estaria por trás daquela tragédia.

Depois de uma curva especialmente acentuada, contornando uma grande pedra da serra, pôde ver logo abaixo a traseira do carro preto. Para acompanhar de perto o professor é que ela deixara Martinho e o resto da equipe guardando os equipamentos na velha Kombi da emissora, com a incumbência de irem fazer a cobertura em imagens da entrada dos pacientes no hospital — imagens que depois ela cobriria com um *off*. Sabia que nada de substancial ia acontecer lá. Nem no necrotério, onde não tinha geladeiras suficientes para guardar tantos cadáveres, estes que estavam sendo trasladados para a capital. O próximo passo era a delegacia onde ela ouvira que Gílson estava indo.

Não sabia explicar o que estava procurando. Tinha sido um acidente, e não um crime. Certamente iam para a delegacia apenas para cumprir formalidades e registrar um boletim de ocorrência. Mas, se em toda a sua carreira seu movimento havia sido de correr de um acontecimento a outro, agora algo lhe dizia que ela devia parar e se aprofundar naquele caso, nem que fosse para aproveitar ao máximo o presente que tinha ganhado.

Ao chegarem ao trevo na estrada, o sedã fez o contorno à direita, passou diante da rodoviária, que não era mais que uma parada coberta para sete ou oito ônibus, e seguiu pela avenida principal.

Quando se aproximaram da praça da prefeitura, a repórter olhou pelo retrovisor vasculhando se alguém dos dois jornais ou das quatro rádios da cidade vinha atrás. Não. Nem mesmo os veículos mandados da capital. Sorriu imaginando que todos estavam um passo atrás.

O sedã parou exatamente em frente do prédio quadrado da delegacia, ao lado da viatura que trouxera o capitão Marcos. Ana Beatriz estacionou um quarteirão antes. Não queria ser vista, pelo menos por enquanto.

Pragmático, o policial rodoviário saiu pela porta do passageiro e cumprimentou seu colega da Civil que estava ali para recepcioná-los. Gílson não tinha tanta agilidade, ou tanto interesse em descer. Respirou fundo e, com esforço, colocou-se de pé, olhou em volta com os olhos apertados por causa do sol forte e seguiu para a entrada da delegacia.

Ana Beatriz esperou no calor do interior de seu carro o tempo que imaginou ser o suficiente para que eles deixassem a recepção e então seguiu o mesmo caminho deles, armada com seu bloco e caneta.

21

Na sala de parto, todos foram congelados em seus movimentos. A tonalidade sépia fazia tudo se esmaecer ainda mais, como se a fotografia daquele momento estivesse a ponto de se apagar. Apenas o bebê continuava sob a luz ultravioleta, se movimentando lenta e suavemente nas mãos paralisadas do médico. Mesmo os outros seres paralelos ficaram imóveis diante daquela sobreposição de dimensões que fazia coexistir dois tempos no mesmo lugar. O tempo real e o tempo em potência.

Todos os sinais vitais da criança pulsavam, todos os órgãos vibravam ansiando pela vida. Mas ainda não havia ocorrido a respiração. Até então aquela pequena manifestação vital fora um conjugado dependente da vida da mãe.

Já havia uma existência ali?

Sim e não.

Não uma existência real, mas sim uma existência no campo das probabilidades.

O estado em potência da existência é a tão sonhada unificação da física clássica com a mecânica quântica.

O corpo material existia interagindo com o meio, regido pelas leis clássicas de causa e efeito, ação e reação, conservação da energia, termodinâmica e todas as outras. Porém, essa medição só abrangia o momento presente do bebê. Seu passado e futuro eram totalmente regidos pelo princípio da incerteza quântica.

Que passado teria aquele bebê?

Sua breve história se iniciou quando uma estrutura sem consciência, movendo-se devido ao instinto básico de sobrevivência e carregando a preciosa carga molecular de energia positiva-masculina, se uniu à outra estrutura, também sem consciência, que envolvia outra carga preciosa molecular de energia negativa-feminina.

Opostos.

Do conflito entre esses polos, iniciou-se a criação. Aqui a física clássica deixa de funcionar sozinha. Segundo esta, opostos se atraem e se anulam. O momento da criação seria o momento da destruição. Mas a Fórmula da Existência não funciona assim. Quando as energias vitais se chocaram, aconteceram dois tempos no mesmo espaço, duas reações contraditórias e complementares. A atração fundiu as energias, mas, ao se fundirem, as moléculas fizeram suas transições de fase — morreram para se transformar. E ao liberarem a bagagem que traziam nessa transição, geraram a repulsão. Atração e repulsão ao mesmo tempo, no mesmo espaço. E eis que ocorre o absurdo lógico da vida. As energias se separam, mas não como partículas, e sim como propriedade de onda, mas sem deixarem de existir como partículas. E ao se separarem, não se tornam duas metades, mas duas partes inteiras de si mesmas. Exatamente como quando se tenta extrair de um ímã sua polaridade negativa e sua polaridade positiva; quando um ímã se parte, surgem dois novos ímãs com dipolos perfeitos. E se o ímã for quebrado sucessivamente, sempre surgirão dipolos intactos menores. Da mesma forma, o conflito criado pela atração e repulsão criava novas células inteiras de energia positiva e negativa, que continuavam se atraindo e se repelindo até atingir um ponto de equilíbrio. Até formarem um corpo.

A vida começa a existir nesse movimento de formação das células?

Sim e não novamente.

A cada explosão de conflito, a potência torna-se mais evidente, mas a existência ainda não se completou em si. Ainda é só uma possibilidade.

Quando? Quando o vir a ser finalmente será?

Falta o sopro de vida. O sopro que causará o colapso das ondas de possibilidades do princípio da incerteza e a tornará imanente.

O que é esse sopro?

Virá de dentro para fora, não como um sopro, mas uma sucção devido ao nível de latência que se torna tão forte que precisa tornar-se imanente através do primeiro contato com o ar vital? A interação com o meio material é o que fará a existência tornar-se real, com uma consciência independente?

Ou o sopro de vida virá de fora?

Em torno, tudo continuava estático. A resposta estava para se mostrar.

Todos os paralelos ali presentes perceberam quando se abriu no cérebro do bebê uma fenda sináptica — o local onde um neurônio se comunica com outro. Esse túnel estreitíssimo desempenha um papel vital na transmissão dos sinais nervosos.

O bebê estava prestes a começar a pensar!

Enquanto Quenom ansiava por observar o sopro de vida acontecer, viu num ponto do quarto surgir um campo escalar. Uma espécie de gelatina, vibrando devido às incertezas do universo subatômico. Um estado exótico da matéria.

E aconteceu o impensável.

22

A Sala do Conselho estava totalmente inacessível a qualquer tipo de contato. Uma situação de exceção, pois a mente do Conselho, ou o Conselheiro, como era mais comumente chamado, sempre mantinha contato simultâneo com todos os mensageiros e controladores. Nos momentos que precederam o acidente de ônibus, houve uma troca frenética de informações, uma vez que ficara claro que acontecera algo contrário aos desígnios e uma reordenação dos acontecimentos era necessária.

O Conselheiro não era um ser antropomórfico, como a maioria dos paralelos, que, por sua proximidade com os humanos, refletiam sua forma. Nem sequer tinha uma individualidade, uma identidade. Era a Inteligência em estado puro, uma concentração de energia e conhecimento. Era luz. Magnetismo. Calor. Eletricidade. Existia no espaço como a aurora boreal e no tempo como o pensamento.

Era um aglutinado de inúmeras mentes, que, após um longo período de transformação na Academia, chegaram àquele ponto da hierarquia. Esse era o caminho. Desapegar-se cada vez mais de tudo o que representasse a forma humana para ir se tornando apenas Inteligência. Estava às portas da última transcendência que escondia os mistérios absolutos, onde tudo era determinado, de onde vinham as decisões daquilo que devia acontecer e como devia acontecer.

O Conselheiro recebia os desígnios, os decodificava e os transmitia. As ordens, na imensa maioria das vezes, não eram claras ou objetivas. Cada ação podia conter uma infinidade de variações em sua execução. Elas compunham o intrincado caminho, que nunca era reto. Essa Inteligência cuidava para que o instável e aparentemente absurdo equilíbrio do universo fosse mantido. Equilíbrio que compreendia imperfeições para que a perfeição fosse perseguida.

As determinações eram passadas através da Cadeia dos Desígnios. Mas existiam diferenças entre as determinações. A maioria era de nível ordinário. Podiam ser transformadas, alteradas, desobedecidas até. Os paralelos recebiam essas determinações de maneira subjetiva e podiam reagir a elas de maneira indeterminada, o que causava uma infinidade de consequências, que levavam a outras determinações subjetivas... Uma rede intrincada...

Porém, em algumas ocasiões a Cadeia dos Desígnios transmitia uma determinação de Nível Absoluto. Estas *tinham* de ser cumpridas, sem nenhuma margem para manobra. Nunca eram contestadas. Eram objetivas e arbitrárias. Nessas ocasiões eram usados os mensageiros que levavam a determinação diretamente àqueles que deviam executá-las. O não cumprimento de uma ordem absoluta significava a exclusão do Sistema. Desobedecer era assumir essa punição, e isso fazia com que o equilíbrio se restabelecesse.

Em todo o Sistema, o Conselheiro era o que mais se aproximava de entender a mente universal. E mesmo assim estava perplexo. Algo acontecera que ele não sabia precisar, muito menos como agir.

A princípio, quando tomou conhecimento que a ordem de um mensageiro fora descumprida, imaginou que haveria uma grande manobra de realinhamento com a exclusão do rebelde. Mas logo houve a percepção dramática de que a situação decorrente do acidente era totalmente nova. Um desígnio absoluto havia sido desrespeitado, porém, não havia um culpado.

Esse foi o momento em que o Conselheiro decidiu fechar-se para analisar o absurdo.

E era diante desse dilema que ele se via agora.

Normalmente a sala estava sempre repleta com uma infinidade de imagens que se formavam em pleno espaço, em diversas gradações e consistiam em vibrações, linhas e símbolos. Mas, naquele momento, todo o ambiente era tomado pela cena no quarto de Vitor no hospital. Uma cena angustiantemente estática.

A imagem era nítida, surgindo em todos os ângulos, mostrando gráficos, simulações matemáticas e amostragens sensoriais. As imagens esquadrinhavam cada órgão do rapaz, monitorando cada um de seus movimentos vitais.

E esse era o começo do problema: não deveria haver mais nenhum sinal vital naquele corpo.

Deitado, Vitor permanecia completamente alheio. A cabeça repousada sobre o travesseiro branco com listras verde-claras, lençóis com o mesmo padrão cobrindo seu corpo até a altura do peito, revelando pelo volume que os braços estavam estendidos ao longo do corpo. Os olhos estavam abertos, fixos em um ponto qualquer do teto. Apático.

O Conselheiro assistia àquela falta de vida interior em um corpo que mantinha a pulsação firme e tranquila, marcada pelo som monótono dos bipes.

A respiração leve e ritmada era facilitada pelo pequeno tubo de ventilação preso ao nariz, fazendo o peito subir e descer em intervalos regulares. Uma atmosfera de tédio envolvia o rapaz, traduzida pelo lento gotejar do soro que caía compassado da bolsa presa ao tripé ao lado da cama e fluía da sonda até a agulha que espetava uma das veias do dorso da mão esquerda, mas não conseguia levar nenhum tipo de energia ao paciente.

Ele deveria estar morto. Mas não estava. Sua vida deveria ter sido suspendida. Mas não fora.

Tinha todos os sinais vitais do corpo e do cérebro completamente intactos, mas não tinha mais o direito de estar vivo.

E nenhum motivo ou responsável pela inusitada situação.

Mesmo aglomerando toda a sabedoria do universo, o Conselheiro continuou observando o rapaz, sem saber o que fazer.

Pela primeira vez, estava com medo.

23

Uma explosão de luz escura!

Uma estrela de bósons formou-se no canto do quarto de hospital.

Bósons são o que há de menor, de mais essencial no universo. Partículas quase metafísicas que carregam energia sem massa.

A fenda sináptica do cérebro do bebê entrou em perfeita sincronia com a estreitíssima estrela. Estava preparado o caminho para a Existência fluir.

— Temos que ir.

Para passar por essa abertura inexistente no campo da matéria, era preciso transmutar completamente as partículas em ondas.

Quenom se perguntava se naquele momento, quando o túnel da estrela estava alinhado com a fenda sináptica, surgiria o sopro de vida.

O mensageiro percebeu que a ansiedade do outro o impedia de desfragmentar suas partículas.

— Quenom, nossa presença aqui impede o que está para acontecer.

Mais uma vez o campeão da Academia viu que não teria respostas. E como sua natureza era cumprir o que fora determinado, soltou-se internamente e fluiu em ondas.

Então tudo ficou claro.

Era a primeira vez que ele se entregava totalmente à existência como ondas. Antes, vibrava em frequências, mas ainda paralelamente estruturado como antipartículas. Fluir livremente fez com que ele entendesse. O sopro de vida que estava para acontecer era também uma transição de fase. Do outro lado do campo escalar, algum ser de outra dimensão havia feito a transição e estava para abandonar sua existência conscientemente e passar pelo portal na direção da fenda sináptica do bebê fazendo-o aspirar a vida.

Esse entendimento o levou à tentação.

Quenom existia agora em duas dimensões, mais que estreito, mais que fino, nele simplesmente inexistia o conceito de altura. Estava em uma circunstância em que poderia ele próprio tornar-se o sopro de vida daquele bebê.

E se não voltasse para a Academia para ter que encarar seus medos? E se renascesse puro como outro ser?

A tentação de viver biologicamente, respirando longe de todo o emaranhado em que temia ter se enfiado, tornou-se forte demais. Era uma questão de escolha. Nada o poderia deter.

Existir é optar.

Agnael percebeu o dilema de Quenom, mas, como seu papel era nunca interferir nos acontecimentos, passou como onda pelo campo escalar, deixando o outro com sua decisão.

Mesmo estando paralisados, Quenom sabia que os outros paralelos o olhavam em suspense. Eles conviviam naquele mesmo local com vários obscuros que buscavam desesperadamente aquela brecha, aquela interseção de dimensões.

Foi justamente se ver colocado na posição das criaturas desprezíveis que infestavam o lugar que fez com que Quenom tomasse resolutamente sua decisão.

Venceu a tentação.

Não iria fugir. Era um campeão da Academia e não tinha o que temer.

Decidiu atravessar a estrela de bósons sabendo que no instante seguinte um facho de energia de outra dimensão faria o caminho contrário na direção do bebê.

A Existência começaria a existir só naquele momento então?

Sim e não, nova e eternamente.

Sim como manifestação imanente da consciência, e não porque, desde o início do processo de conflito, a consciência já existia em estado de potência.

Abandonando também esses pensamentos, Quenom deixou suas ondas passarem pelo portal e seguiu o rastro de Agnael rumo ao desconhecido.

24

O mensageiro Misael e o guardador Seteus tinham acabado de deixar a Sala do Conselho, onde haviam sido inquiridos sobre o acidente do ônibus.

Misael entrara no veículo como foi determinado e transmitiu a ordem: os paralelos deviam voltar imediatamente à Academia abandonando seus guardados, com exceção de Seteus, que deveria permanecer e salvar Alexandre do acidente fatal.

Parecia simples. Assim que a ordem foi transmitida, todos abandonaram o ônibus. O problema começou quando Misael não conseguiu encontrar Seteus. Esquadrinhou o local e não o achou. O acidente estava para acontecer, e o mensageiro também não devia permanecer ali. Sua missão era transmitir a notícia, e não ficar procurando um paralelo desaparecido. Dessa forma, deixou o ônibus instantes antes de o veículo voar pelo precipício.

Seteus também foi ouvido. Estava em estado lastimável. Corroía-se de culpa, pois tinha quebrado a regra básica de nunca entrar em contato direto com seus guardados. Mas, ao ver o intenso sofrimento de Vitor por ter sido traído pelo irmão e a namorada, não se conteve. Interagiu com as moléculas das glândulas de endorfina do garoto para tentar gerar conforto. Mais, contrabalançou os isótopos dos átomos produtores de enzimas que provocam sofrimento e foi ainda mais fundo, se intrometendo eletromagneticamente nas sinapses dos neurônios cerebrais de Vitor. Assim, barrou momentaneamente a transmissão de pensamentos dolorosos e estimulou áreas da memória que guardavam dados agradáveis. Esse foi o grande erro. Por estar envolvido na estrutura subatômica do adolescente, Seteus não captou a ordem do mensageiro.

Só percebeu algo errado quando sentiu que Alexandre estava ao lado de Vitor, tentando conversar.

Desembaraçou-se do corpo do rapaz e então percebeu imediatamente a atmosfera de terror. Não havia mais sequer um ser paralelo no veículo. Entendeu que algo muito sério tinha acontecido. Mas o quê? A partir daí, foi tudo muito rápido. Vitor empurrou o irmão. Em seguida o ônibus bateu na mureta. Alexandre havia se desequilibrado e se afastado vários passos pelo corredor. Seteus, por mais que se esforçasse, nunca conseguira desenvolver o dom de ampliar seu alcance, o que era essencial para guardar gêmeos. O ônibus caía pelo despenhadeiro, e Seteus sabia que só poderia salvar um dos seus guardados. Como ele não percebera a ordem sobre o que deveria fazer e como Vitor estava ao seu lado, envolveu-o em seu manto de energia e lançou-se com ele pela janela. Conseguiu salvar o rapaz, sem saber que cometia um trágico engano.

25

Bater com força no chão áspero não era uma sensação nada agradável, mas, assim que notou que havia parado de girar e cair, Quenom não deixou de sentir certo alívio.

Parecia ter passado por uma centrífuga. Latejava inteiro, numa dor alucinante.

— Puta que pariu! — As palavras escaparam num gemido de dor e agonia.

Agnael riu como se estivesse tossindo.

— Muito apropriado. Um campeão da Academia se comportando assim é realmente muito apropriado.

As risadas fizeram Quenom se virar, tentando entender o que estava acontecendo. Seus olhos não conseguiam distinguir nada. O mundo havia se transformado em eletricidade estática. Era como se ele estivesse dentro de uma tela de TV fora do ar. Tudo estalava, ardia, espetava. Mas o pior eram as risadas que continuavam reverberando em seus ouvidos.

— O que é tão engraçado? — Quenom tentou se erguer, mas cada movimento lhe custava várias pontadas de dor.

— Você, blasfemando desse jeito, é muito engraçado. — As risadas continuaram, mas amargas, apertadas, revelando que o outro também sofria. — É bem difícil estar aqui, não é? — Claramente o mensageiro se esforçava para não entrar em desespero. — É bem difícil não começar a praguejar num lugar como esse.

Quenom desejou que o outro começasse a maldizer quem os mandara até ali. Mas, como ele não disse nada, também decidiu trancar os pensamentos e a vontade de gritar. Entregou-se à intensidade da agonia.

Cada uma de suas antipartículas se debatia, querendo se afastar uma da outra, num movimento incontrolável de expulsão interna.

— O que não me mata me fortalece. — Rosnou para si a máxima do filósofo maldito como se fosse um bálsamo incandescente.

A risada de Agnael voltou a surgir de algum ponto indeterminável naquele oceano de sofrimento.

— O que não te mata não te mata porque simplesmente não pode te matar!

O mensageiro ria com força para espantar a dor.

Quenom entendeu que estava pensando como os humanos, que em agonia enxergavam na morte uma possibilidade de alívio diante do sofrimento atroz. O mensageiro realmente tinha motivos para rir. Não havia esperança de morte para eles. Era ridículo esperar esse fim.

— Que lugar delicioso escolheram pra nós! — Agnael ria, irônico. — E que sorte ser seu acompanhante neste paraíso!

Quenom não queria ouvir. Fixou sua atenção no chão duro, áspero. Ficou quieto. "Se for para ser assim, que seja." Pensou, fruindo o desespero em toda sua intensidade. Não havia escolha, não havia escapatória. A simples consciência disso o acalmou. Isso era o que tinham pra ele? Esse era o castigo? Era isso o que lhe estava reservado? O sofrimento que gelava por fora e queimava por dentro? Sentir que não era, nem nunca fora, nem nunca seria nada mais que aquela forma fragmentada de existência? Uma existência que não sabia por que existia, mas que continuava apenas para sentir a inutilidade que representava? Se fosse isso, então ainda não era ruim o suficiente.

— Você acha que pode aguentar mais? — A voz do mensageiro agora estava mais próxima. Ele havia conseguido se deslocar e estava ao seu lado, lendo seus pensamentos. — O grande campeão aguenta sempre mais?

Quenom ferveu de ódio. Mas não diria nada. Fechou-se o máximo que pôde. Sabia que o maldito mensageiro também queimava em angústia ao seu lado, mas não ia dizer nada. Não ia dar nada. Não havia respostas para as suas dúvidas, portanto, abdicava de toda e qualquer pergunta.

— Você acha que é capaz de suportar mais que todos?

O mensageiro gritava, mas Quenom não responderia. Não queria respostas. Nem suas, nem de ninguém. O outro também sofria. Isso bastava.

Ódio. Ódio! Naquela faixa de frequência, o ódio era o único sentimento que parecia conseguir se manifestar. E quanto mais ódio sentia, mais espocavam as explosões estáticas, aumentando seu suplício. Um sistema bizarro que se autoalimentava.

Ódio pelo Conselho que lhe mandara para aquele inferno. Infelizes! Depois de séculos sugando suas capacidades, mandando-o cumprir missões e mais missões, agora o descartavam porque percebiam que ele nunca, jamais iria cometer um erro. Nunca cometera nem jamais cometeria uma falha. Por isso não o aceitavam. Ele era bom demais! Melhor que todos! Melhor que todos do Conselho juntos!

Ele tinha provado isso, não tinha? Mostrou que era superior ao Sistema quando...

Tremeu como uma carreta freando numa descida. Precisava impedir esse pensamento, esse sentimento. Ao lado estava um representante do Conselho.

Silêncio.

Angústia.

— Você não vai me perguntar por que eu te trouxe para um lugar como este? — O som da voz de Agnael era um arfar quase inaudível.

Era isso que o maldito queria? Que Quenom começasse a gritar perguntas? Implorar por respostas como qualquer ser ordinário? Queria que ele questionasse aos urros a ordem universal que o arrancara do quarto tranquilo e o jogara naquele caldeirão de dor? Não, ele não ia fazer nada disso. A base de sua estrutura sofria como se um torniquete comprimisse suas antipartículas. Uma cólica renal seria brincadeira comparada àquilo. Mas ele não ia perguntar nada. Não que quisesse se mostrar um herói torturado que não dava ao torturador o prazer de vê-lo pedir clemência. Não ia gritar, nem se debater, nem perguntar, simplesmente por ter perdido todo o interesse em qualquer resposta.

26

O Conselheiro pensava em Seteus e Misael, que haviam saído para serem alojados em câmaras de suspensão até que uma solução fosse encontrada.

Ora, seria simples pensar que a responsabilidade pelo ocorrido era de Seteus. Ele errou. Descumpriu regras, foi inábil e teria que arcar com as consequências.

Porém, o Conselheiro sabia que ele não tinha culpa.

O problema era anterior.

Tempos atrás — dezessete anos na medição clássica —, acontecera algo muito estranho. O caso Seteus. Ele demonstrava grande aptidão como receptor e, assim, recebeu o treinamento correspondente para atuar no primeiro contato com os que chegavam. Era puramente emocional e afetivo e nunca demonstrara nenhuma das habilidades requeridas aos guardadores. Porém, inexplicavelmente, no momento em que os Desígnios foram comunicados, coube a Seteus não apenas ser um guardador, como também foi designado a gêmeos, tarefa complexa que cabia sempre aos mais experientes. Gêmeos possuíam apenas um guardador justamente por representarem um desafio maior na escala de treinamentos.

O Horizonte de Energia designava muitas vezes desafios enormes aos membros mais capacitados da Academia, como guardar grupos, ou mesmo guardar simultaneamente inimigos mortais. Superação era uma constante.

Mas determinar tamanho desafio a um receptor?

Por quê?

Mas essa pergunta jamais foi feita.

Como as missões foram determinadas pela própria Cadeia de Desígnios, ninguém ousou argumentar. Mesmo tendo ficado surpreso, o Conselheiro também consentiu; não era a primeira vez que ele não compreendia totalmente um desígnio, e assim aceitou o caso como um mistério.

Portanto, a falha não era de Seteus nem de niguém. O Sistema colocara o novato em uma missão que ele era incapaz de cumprir! O Sistema levara um anjo a falhar, e essa falha determinava que Vitor não tivesse mais o direito à vida. Isso era terrível.

Que opção ele teria agora?

Suicídio.

Essa palavra enchia de horror a mente do Conselheiro. Não. Ele não podia aceitar que uma ordem do Horizonte de Energia resultasse nisso. O propósito da existência era se perpetuar. Garantir o movimento da existência era a única regra. O suicídio rompia isso. Era tão terrível que não permitia a transição de fase que libertava a energia. Ao contrário, aumentava de tal maneira a densidade que aquele que se matava conscientemente se aprisionava em uma singularidade, um buraco negro individual. Sair dessa prisão era o mais árduo, doloroso e solitário processo que podia existir.

Era impensável desejar isso a alguém. Mais ainda imaginar que o Horizonte desejara isso.

Mas era ainda pior.

A mente do Conselho se turvava cada vez mais. A regra pétrea — a perpetuação da existência — se amparava na fé em seguir adiante. Mas como continuar a ter fé em um Sistema que leva alguém a romper com essa mesma fé?

O suicídio era o extremo da ausência da fé em existir! Então, como o Horizonte podia ter determinado algo que levaria uma existência a desaparecer?

O desígnio misterioso não condenava apenas Vitor... Condenava todo o Sistema! Se o Horizonte tinha criado a falha que levaria Vitor ao suicídio, o caminho da Existência começaria a se corroer. Lentamente, mas, de maneira inexorável, a fé universal seria drenada.

Paralisada, a mente do Conselho via que isso era como um tiro de pequeno calibre que o Horizonte havia dado em uma artéria mínima. Um ferimento insignificante, mas impossível de estancar. A hemorragia aumentaria até que...

O Conselheiro não conseguia imaginar o que seria o depois. Não podia. Não aceitava conjecturar isso.

Um suicídio que o próprio Horizonte de Energia infligia a toda a existência?

Não. Não podia ser isso.

Devia haver um responsável ainda não encontrado. Os controladores e mesmo o Elemental, que era o pilar da segurança do Sistema, já estavam em ação na busca pelo responsável. Se houvesse, seria encontrado.

Mas e se fosse ainda outra coisa? Uma nova manobra que devia ser feita diante das possibilidades infinitas e que simplesmente não era enxergada? O Conselho da Arcada devia fazer algo e não sabia o quê?

Intuitivamente chamara Quenom de volta. Mesmo sendo arrogante e irascível, era um dos melhores que já havia existido. Intimamente sentia que dependia de Quenom, mesmo sem saber exatamente por quê, ou para quê.

Enquanto meditava, o Conselheiro continuava observando as imagens que mostravam Vitor deitado em sua cama de hospital.

Uma enfermeira observava seus olhos abertos. Ela já vira doentes terminais, faces encovadas, peles sem cor, sem viço e olhos purulentos. Já vira pessoas com dor extrema. Fraturas expostas, hemorragias, órgãos internos à mostra. Vira ataques de epilepsia, infartos, sufocações. Vira mortes em corpos de todas as idades. Em tantos anos de hospital, estivera presente nos piores e mais assustadores momentos pelos quais pode passar a vida humana. Mas nunca tinha visto um corpo tão saudável, em perfeito funcionamento, em pleno vigor, com um olhar tão sem vida.

Era horrível. Não era como lidar com alguém em coma, ou em estado de choque. Aqueles olhos estavam ativos, ela tinha certeza disso. Mas não havia nada atrás deles. Eram como o coração de alguém com morte cerebral, que continua a funcionar com perfeição, mas sem vida.

Destruição total. Era isso que a enfermeira via e o Conselheiro também.

27

— Você sabe que não pode entrar aí, Bia.

A voz do jovem atendente da delegacia tinha um tom ao mesmo tempo suplicante e derrotado. Todas as vezes que a repórter aparecia por ali, conseguia enrolá-lo.

— Eu preciso ir ao banheiro, só isso.

— Eu já...

— Não é culpa minha vocês não terem feito um banheiro pras meninas aqui fora.

— Bia, o delegado...

— Você não vai querer me ver toda molhada... Pelo menos não aqui, né?

A voz insinuante deixou o rapaz sem ação. Ela sorriu e, fazendo uma cara inocente, empurrou a portinhola de madeira do balcão.

— É só um segundo, e eu já volto pra gente conversar.

O atendente acompanhou os passinhos rápidos e sensuais da repórter corredor adentro.

— Pelo amor de Deus, não vai... — Desistiu percebendo que ela já sumira. Tinha sido enrolado mais uma vez.

O banheiro ficava ao final do corredor, um pouco depois da porta da sala do delegado Messias, que estava entreaberta. Para sua sorte, na parede havia um mural com o mapa da cidade e alguns avisos impressos. Fingia ler, mas sua atenção estava voltada para o que era dito dentro da sala.

— Muito bem, professor. Então o senhor é quem trouxe a diretora Noêmia até o local do acidente?

— Exato. Estávamos em uma reunião no colégio, quando Noêmia recebeu a ligação de vocês sobre...

— Reunião num domingo?

Gílson remexeu-se um pouco incomodado com o tom inquisitivo da pergunta.

— Delegado, assim como vocês, nós professores também temos muito trabalho fora do expediente normal. — Depois de um instante, continuou: — Era uma reunião justamente para tratar da avaliação de atividades extracurriculares e novos métodos de motivação para os alunos, como foi o caso do acampamento.

— Então, pelo que o senhor diz, os alunos estavam sob responsabilidade da escola.

— Sem dúvida. Não posso falar pela instituição, mas acredito que a escola não vá fugir de suas responsabilidades neste momento.

— E por que foi o senhor que trouxe a professora Noêmia? Imagino que sejam muito próximos.

Houve uma pequena pausa em que Ana Beatriz ouvia apenas o martelar das teclas do escrivão. Apurou ainda mais os ouvidos.

— Sim, sim. Somos amigos há muitos anos. Quando percebi que o assunto era sério, me senti na obrigação de acompanhá-la.

Outra pausa, e o som de papéis sendo remexidos.

— E como ela é viúva e não tem parentes próximos... Bem, imagino que o senhor vá se encarregar dos procedimentos daqui em diante.

— Bem... — O professor tossiu, e a cadeira rangeu. — Claro. Quero dizer, isso tudo foi tão repentino, tão chocante, que eu ainda nem pensei bem em como as coisas vão ser daqui pra frente. Mas é claro que eu pretendo estar com a Noêmia e o Vitor para o que for preciso.

— Imagino o quanto deve estar sendo difícil para o senhor e como serão duros os próximos momentos. Por isso não quero cansá-lo mais. Acho que a parte burocrática já está toda preenchida, e, afinal de contas, o senhor nem sequer é uma testemunha do acidente.

— Não há testemunhas, delegado. — Era a voz do capitão Marcos, que falava pela primeira vez. — Fomos avisados por um caminhoneiro via rádio, que passou depois de o ônibus estar dentro do rio. Existem alguns trabalhadores de uma roça próxima que dizem ter ouvido o barulho, mas...

— Certo, certo. Vamos registrar todos esses detalhes depois. Agora quero liberar o professor para ir ao hospital.

Ana Beatriz começou a se movimentar silenciosamente, temendo que alguém logo fosse aparecer na porta, mas deteve-se.

— Mas antes, se me permite, eu gostaria de fazer uma última pergunta, professor. Na verdade, é mais uma observação que me incomodou.

— Pois não.

— É estranho que o rapaz que sobreviveu não tenha reconhecido ou reagido à presença da mãe, não é?

— Imagino que seja um choque passageiro. Um trauma que logo...

— Sim, sim. É provável. Mas o senhor disse que o nome deste rapaz é Vitor, correto?

— Isso mesmo.

— O senhor tem certeza? Quero dizer, eram gêmeos idênticos.

— Conheço muito bem os dois desde que nasceram. Eu os reconheceria de costas no escuro.

— Claro. Por isso o que me incomoda é que, nos registros, a professora Noêmia se refira ao rapaz como... Alexandre.

Houve mais uma pausa em que Ana Beatriz imaginou que Gílson estivesse erguendo as sobrancelhas.

— Ela... ela deve ter se confundido. Ou melhor, deve estar também em choque e...

— Por favor, não ache que eu estou duvidando do senhor ou dela... Mas...

— Mas?

— Todas as vezes em que foi perguntada, no local do acidente e mesmo dentro da ambulância vindo pra cá... Ela disse que seu filho se chamava Alexandre. Disse que não conhecia nenhum Vitor.

O choque da informação reverberou em Ana Beatriz, que exultou com aquela dramática novidade. Aquele caso realmente tinha potencial.

— Senhor delegado, isso que o senhor está falando...

A repórter ouviu o arrastar da cadeira indicando que o professor se colocava de pé. Imediatamente, ela afastou-se na direção do banheiro.

— Isso só me faz ter a certeza de que eu preciso ir para o hospital. Acho que ela pode estar precisando de mim. O senhor me desculpe, com licença.

As últimas palavras já foram ditas na porta. Beatriz via de longe o professor sair trôpego pelo corredor, sendo acompanhado pelos dois policiais. Nenhum deles olhou na direção dela.

Ficou mordendo a ponta da caneta imaginando qual seria seu próximo passo.

28

Quenom pudera observar, durante sua trajetória de séculos, que, quando alguém deixava de demonstrar interesse por algo, esse algo vinha manso ao encontro da pessoa. E foi isso que aconteceu. O mensageiro começou a falar sem que ele perguntasse:

— O Conselho da Arcada me preveniu que essa seria uma missão extremamente desagradável.

Mesmo de olhos fortemente fechados, Quenom podia ver que o mensageiro deitado ao seu lado, encolhido e retorcido por pavorosas convulsões, começava a lhe dar respostas aos arrancos, como se isso pudesse aplacar um pouco seu sofrimento.

— Desagradável! — O mensageiro continuava a rir dolorosamente. — Não sei que conceito eles têm dessa palavra, mas pra mim é um pouco pior que isso.

Quenom teve que admirar que, mesmo naquela situação, o mensageiro conservava a capacidade de rir de si mesmo.

— Mas, enfim, o que importa é que o Conselheiro disse que, após passarmos pela Estrela de Bósons, iríamos colapsar novamente em antipartículas dissociadas. — Agora ele já não conseguia rir, só gemia. — Só não imaginei que seria assim, mesmo sabendo que cada partícula está em constante agitação como se tivessem algum tipo de nervosismo inerente.

— Nervosismo? As minhas estão iradas! — Quenom soltou, sem querer, um som próximo a um riso sofrido.

— Disse que seríamos levados a um nível de frequência muito baixa. Tão inóspita que não poderia ser detectado o que fosse dito. Essa agitação faz qualquer medição ser impossível.

Quenom lembrou-se do mestre na Academia dizendo que a incerteza quântica era a marca do universo subatômico.

— Se alguém medir um milhão de vezes a posição de um elétron sob as mesmas condições, cada vez vai encontrar um resultado diferente. — O mensageiro agora gemia claramente. — Imagine, nós estamos reduzidos a pósitrons quase fora da frequência...

— E você acha que o Conselheiro vai descer até aqui?

— Esse é o local marcado para o encontro.

Se não fosse por tanta dor, Quenom poderia se sentir aliviado com a promessa.

— É... Acho que o Conselho realmente quer privacidade. Como os profetas que iam para o meio de um deserto escaldante. — Um fragmento de lucidez fez com que Quenom percebesse algum sentido épico em tudo aquilo. — Em lugares como este é que são passadas as grandes mensagens.

O mensageiro concordou.

— Será que estão nos trazendo as tábuas dos novos mandamentos? Ou a missão de construir uma nova arca?

Quenom abriu os olhos para encarar o bom humor de Agnael.

— Só espero que apareça logo um diabo para nos tentar — respondeu se rendendo à simpatia do outro. — Não sei quanto a você, mas, nesta situação, o que o danado propuser eu topo.

O mensageiro ria com dor:

— É. Pena que demônios não existam.

Mal podiam divisar um ao outro, apesar de estarem a poucos centímetros de distância, como se a imagem deles não conseguisse se firmar.

— E além de dizer que íamos aportar nesta estância aprazível, o seu amigo disse o que deveríamos fazer?

— Que devíamos esperar.

— Ah, claro. Esperar. Isso era tudo o que eu queria ouvir. — Trancou-se, sentindo-se empalado por um arame em brasa que subia por sua espinha e furava o topo do seu crânio. — Vamos esperar. Claro. Vamos esperar.

— Pelo menos se a gente tivesse um baralho.

— Ai! Não me faça rir que isso dói!

Instintivamente, sem planejar, tocaram-se. Uma flutuação luminosa irradiou.

Tocaram-se de novo, agora conscientes do alívio que aquilo provocava. Era claro. Ao se tocarem, provocavam a liberdade assintótica. Como estavam reduzidos a *quarks,* a liberdade assintótica era a saída óbvia, porque, paradoxalmente, quando a distância entre os *quarks* diminui, a interação da energia fica mais fraca, até anular-se.

Abraçaram-se.

O gesto anulou o número bariônico através da transição de fase eletrofraca.

Claro. Um podia envolver o outro e suprimir a dor e a agonia.

Dar. Doar-se. Entregar-se.

Enlaçados, unidos pelo desejo de que o outro não sofresse, encontraram um instante de paz.

Enquanto davam, recebiam.

Era esse um ensinamento básico dos tempos de Academia. Como podiam ter se esquecido?

Abraçados, se protegeram e ficaram vibrando em um oásis de frequência sutil.

29

Eu estava sentado em uma espécie de maca, o lugar parecia uma sala de hospital. Falo uma espécie porque não era exatamente como um hospital. Pra começar não tinha nada branco, ou aquele verde-claro, sabe?

Não sei se você já viu um estúdio de cinema grande. Aqueles galpões enormes em que as paredes se emendam com o chão numa curva, um fundo infinito. Pois o lugar era tipo isso. E a iluminação não tinha aquelas luzes frias de hospital. Ali a escuridão era recortada por focos muito definidos, só que não dava pra ver os refletores nem onde poderiam estar pendurados, porque o teto também parecia infinito.

Eu digo que parecia hospital pelo clima impessoal. E também por causa da fragilidade que eu sentia e que só um paciente sente. Essa fragilidade tinha muito a ver com o fato bem desconfortável de eu estar pelado, só com um filme plástico jogado sobre os meus ombros.

Sempre achei uma coisa cruel, sádica mesmo, isso de fazer os pacientes ficarem com aquele aventalzinho ridículo todo aberto atrás; a pessoa nem pode andar porque a bunda fica pateticamente exposta. Não é verdade? A pessoa já está na merda, doente, com dor... Precisa de humilhação extra? Esse gancho de direita na orelha da autoestima? Desses que não nocauteiam, mas deixam totalmente zonzo e desorientado? Não, ninguém vai me convencer de que isso seja necessário.

E eu senti isso ali naquela sala estranha com aquelas criaturas esquisitas circulando. Elas vestiam uns jalecos de um tecido que tinham o caimento aquoso e eram meio transparentes, dava pra ver as silhuetas dos corpos dentro. Todos tinham mais ou menos a mesma estatura e se deslocavam com suavidade, sem fazer ruídos.

A maca em que eu estava era feita de um metal prateado, mas não era fria, era até, tipo, macia. E apesar de o plástico que me envolvia ser finíssimo, me mantinha aquecido. Bom, pelo menos isso.

Fiquei observando a movimentação das criaturas. Eram umas quatro ou cinco, mas eu não tinha certeza, porque não conseguia ver de onde vinham e para onde iam. Surgiam e sumiam sempre muito atarefadas, enfiando tubos brilhantes em superfícies aquosas ou fazendo vibrar telas de luz. E apesar de elas nem sequer me olharem, tudo o que faziam parecia ter a ver comigo. Eu era o único diferente ali.

O silêncio era tão absoluto que comecei a ficar enjoado.

Resolvi descer da maca, mas, assim que meus pés tocaram o chão, uma das criaturas veio rápido. Não disse nada, apenas me segurou suavemente pelas axilas e me ergueu sem dificuldade, fazendo com que eu sentasse novamente.

— Tudo bem, tudo bem — eu disse, estranhando sentir-me tão leve. — Não é pra sair, tá legal, entendi.

Olhei o rosto, e a primeira coisa que me passou pela cabeça foi: é homem ou mulher? Mas achei que seria indelicado perguntar. E não deu pra tirar a dúvida, pois logo a criatura se afastou. Só deu pra perceber que ele, ou ela, não tinha pelos no rosto, tipo cílios ou sobrancelhas, e a pele era muito clara e fina.

Eu estava tentando me manter na boa, mas, cara, alguém tinha que me explicar alguma coisa! Não sei se você entende; a gente não costuma ficar pensando como é que vai ser quando morrer, pelo menos eu não ficava. Mas teve um dia, quando eu era mais novo, que fiquei deitado sem fazer nada na cama da minha mãe. Lá fora era um dia de sol, e dentro do quarto a luz passava macia pelas cortinas fechadas. Encontrei um livro sobre espiritismo no criado-mudo. Era um desses livros psicografados em que alguma pessoa que já morreu contava como era a experiência. Na época achei tudo uma grande bobagem. Mas o lance é que no livro o cara que morreu era recebido numa espécie de hospital e era tratado por umas almas tipo enfermeiros. Até aí parecia com o que estava acontecendo comigo. Só que no livro tudo era feito pra ajudar o coitado que bateu as botas a entender um pouco melhor o que estava rolando.

Agora, no meu caso, tirando os que me receberam quando eu estava na bolha, tudo estava sendo feito muito — como é que eu posso dizer? — de modo muito impessoal. Ninguém falava comigo, ninguém parecia se importar comigo.

Minha mãe, por exemplo. Eu queria saber da minha mãe. Ela devia estar péssima. Já pensou? Os dois filhos naquele ônibus! Devia estar enlouquecendo. E ninguém nem aí pra isso! Nosso pai tinha morrido no Iraque. A gente era bem novinho, o Vitor e eu. Eles eram professores e foram lá pra dar aulas. Meu pai morreu na explosão de uma mina. Cara, minha mãe deve ter sofrido pra caramba! Teve que voltar com os filhos ainda pequenos e sem o marido. E mesmo tendo o professor Gílson, amigo dela, nosso, tentando ajudar de todo jeito, ela sofria de verdade. E agora perdia os filhos num outro acidente? Já imaginou? Acho que o mínimo que aquelas criaturas deviam fazer era, sei lá, me dar atenção. Mas nem do Vitor eles falavam. Não sabia se ele tinha sobrevivido ao acidente ou não. Não sabia nada!

Foi então que minha angústia começou a ressoar forte naquele lugar. Percebi que minha revolta estava provocando um começo de confusão. As criaturas começaram a ficar agitadas.

— Cadê minha mãe? Cadê o Vitor?

Meu corpo tremia como um tambor, independentemente da minha vontade. Mas, mesmo sabendo que estava tendo um tipo de ataque, era até bom, porque pelo menos alguma coisa acontecia naquele lugar onde não acontecia nada. Queria mais era acabar com aquela coisa toda. Queria que aqueles putos me percebessem. Meu ataque involuntário estava sendo causado por eu estar pensando no sofrimento da minha mãe e do Vitor, mas, olha, eu não tenho vergonha de admitir isso, mas tinha uma parte de mim que estava achando bom eu ter um motivo como o sofrimento da minha mãe e do Vitor pra provocar alguma reação ali.

Dois deles se aproximaram e grudaram umas espécies de ventosas no meu peito e outras na minha cabeça. Imediatamente as ventosas começaram a fazer uma sucção que provocava cócegas. E isso foi aumentando até eu sentir como se estivesse sendo massageado de dentro pra fora. Pelo menos estavam fazendo alguma coisa por mim.

Mas se afastaram quando perceberam que meu corpo já estava sob controle. Tentei provocar um novo ataque, pra prolongar o contato, mas as ventosas me acalmavam contra a minha vontade. Você já ficou muito puto por estar ficando muito calmo?

Comecei a me remexer na maca. Eu estava me sentindo cada vez melhor e lutava contra isso. Eu não queria relaxar. Eu queria sentir desconforto, dor, alguma coisa. Mas cada vez ia sentindo mais tranquilidade.

Não me importo nem um pouco se você achar que eu estava sendo ilógico. Por acaso havia opção?

Só não digo que estava sendo dopado por algum calmante porque não perdi nem um pingo de lucidez. Percebi claramente que as criaturas entraram em estado de alerta logo na sequência, quando uma série de traços, como um grande código de barras, começou a ser projetada no meio do ambiente.

As criaturas estavam lendo aquela mensagem, e o que quer que aquilo pudesse significar mudou completamente a atitude delas. Voltaram rapidamente pra perto de mim. Retiraram as ventosas com agilidade e começaram a movimentar minha maca. Deslizávamos rápido. Eu só via as luzes passando por mim.

Comecei a sentir o mesmo medo de quando vi o ônibus seguir pelo acostamento na direção da mureta. Então tive certeza de que eles iam fazer alguma coisa ruim comigo.

— Vocês fizeram o ônibus cair, não foi? — falei com tanta raiva que eles se entreolharam. — Vocês tentaram me matar e não conseguiram, não é? Era pra eu estar morto, e vocês não conseguiram, não foi isso?

Minhas palavras catalisaram o movimento deles, que ganhou ainda mais velocidade. Eles estavam tentando me fazer calar.

— Agora vocês estão querendo me matar de novo, seus filhos da puta!

Pararam a maca ao lado de uma estrutura, assim, tipo um grande tubo. Seguraram meus ombros e minhas pernas.

— Assassinos!

Me senti leve como um bebê nos braços deles.

— Vocês vão me colocar aí dentro? — Já estava sendo introduzido no tubo. — Vocês não vão conseguir me matar. Eu juro que não vão conseguir!

O tubo se fechou e imediatamente se encheu de uma luz verde. Não sei se foi o tubo ou as luzes, mas senti que tudo começou a girar lentamente.

— Eu matei o Vitor! Eu sou o culpado pela morte do Vitor!

De algum lugar indeterminado a culpa pulou sobre mim. Tive certeza de que eu era o responsável. Nem importava pelo quê. A única coisa relevante era que a culpa era real.

Lutei com os fragmentos de memória que se negavam a se encaixar e formar um pensamento. As imagens vinham como relâmpagos, cada vez mais fracos e distantes.

Tudo sumiu.

30

Quenom e Agnael continuavam abraçados, mantendo suas frequências em harmonia. Toda a sensação de desconforto, dor e sofrimento havia desaparecido. Esperar era tudo o que tinham que fazer.

— Imagino que você não possa me responder a nenhuma pergunta, não é? — Começou Quenom depois de um longo silêncio.

— Realmente não posso. E não vou.

— Sim. Claro. — Quenom queria estar minimamente preparado para o encontro com o Conselheiro, mas não havia como fazer um mensageiro quebrar sua conduta. — Certo. Então, vamos esperar.

Depois de um breve instante, Agnael insinuou:

— Mas você pode. — Quenom percebeu um tom de cumplicidade no olhar.

— Posso o quê?

— Perguntar. E eu terei de me calar diante da verdade que não posso revelar.

Era uma dica preciosa. O difícil era saber que perguntas fazer quando não tinha ideia de quais respostas procurava.

— Não é a primeira vez que sou convocado pelo Conselho. — Decidiu repassar sua história em busca de algo condizente com a situação atual. — Há dezessete anos, anos gregorianos, você entende? — Agnael fez que sim. — Eu estava no patamar mais elevado entre os guardadores. Eu era o melhor. Fui responsável pela segurança de milhões de ciclos biológicos humanos. E me orgulho de dizer que sempre estiveram a salvo. Enquanto estavam comigo, proporcionei tempo a eles.

— Todos nós conhecemos sua reputação.

— Na Academia, desenvolvi métodos de treinamento que aumentava a legião de paralelos que ampliavam seu alcance e atuação. Havia muito eu não era mais um guardador. Era onipresente tanto em campo quanto na Academia. Na prática, já era um mestre, por mais que o Sistema não oficializasse isso. Estava me tornando uma entidade de energia pura. Me encontrava em estado de transcendência.

Calou-se um momento, perdido em suas reminiscências, revivendo os inúmeros fatos que marcaram sua trajetória. Não havia soberba. Era uma constatação.

— Estava claro pra mim que ia me fundir com a energia do Conselho. Não tinha dúvidas quanto a isso. Havia rumores de que eu poderia, inclusive, transcender diretamente ao Horizonte de Energia. — A frequência de Quenom já não estava alinhada com a de Agnael. Nascia uma vibração de revolta. — Mas não aconteceu nada disso. Ao contrário, me rebaixaram. — Sorriu com raiva. — Não acreditei quando me colocaram no patamar de um iniciante me mandando guardar um recém-nascido com paralisia cerebral. O valente Dominique.

Quenom se juntou ainda mais à estrutura de Agnael.

— Você apareceu para me tirar de lá, me afastar do Dominique... — Hesitou um instante. — Foi porque o Conselho descobriu alguma falta minha?

— Não sei de nenhuma falta sua.

— Ninguém nunca me acusou diretamente de nada, mas... — Hesitou novamente. — Eles me chamaram porque desconfiam de algo que eu tenha feito?

— Não sei de nenhuma suspeita contra você.

— Eles não iam me chamar dessa forma para me ascender.

— Não sei também de nenhuma ascensão.

Quenom alongou suas vibrações.

— Bem, realmente não sei o que pensar sobre isso tudo.

— E eu não tenho permissão para te revelar.

Novo silêncio.

— Certo. — A mente de Quenom trabalhava. — O Conselho está, por acaso, em apuros por causa dos rebeldes?

— É muito pouco provável que isso tenha a ver com os rebeldes. Você sabe que eles nunca foram um problema real.

— Então o caso é mais sério. Algo essencial. Algo que envolve o próprio Conselho. — Quenom fez uma pausa, incrédulo. — O Conselho agiu contra os Desígnios?

— Não. Isso não.

— Foi o que eu pensei. — Fechou-se por um instante e imaginou aquilo que intuía ser o motivo por que fora rebaixado. Arregalou-se espantado: — É um problema de fé?

Agnael se calou com uma expressão séria.

Claro, fé. Essa era a questão.

— Aconteceu alguma coisa que abalou as estruturas da fé nos Desígnios?

Novamente silêncio do mensageiro. A vibração de Quenom palpitava de excitação.

— O quê? Por quê? — Um pensamento se formou na mente de Quenom. — Um erro! O Conselho cometeu um erro?

— Não. O Conselho não.

A mente de Quenom quase explodiu com o pensamento que lhe veio.

— O Horizonte? O Horizonte de Energia cometeu um erro?

Silêncio.

31

Ana Beatriz escancarou a janela de seu quarto no segundo andar do sobrado onde morava com os pais para aliviar um pouco o ambiente enfumaçado. Ela não era de fumar muito, apenas quando se sentava diante do computador para trabalhar. E naquela tarde, enquanto vasculhava a internet em busca de informações sobre Noêmia, o professor Gílson e tudo o que se referia ao colégio onde lecionavam, praticamente tinha acendido um cigarro atrás do outro.

Conseguira que o editor da emissora a liberasse para trabalhar em casa. Na redação nunca a deixavam em paz para se concentrar, o telefone e as piadinhas idiotas não paravam, ao contrário do lixo que chamavam de computador colocado em sua mesa que travava toda hora. Sua promessa para o chefe é que teria um material quente para o dia seguinte, porém, naquele momento, olhando o sol castigar os telhados e o calçamento de pedra das ruas, duvidava seriamente se teria algum fato novo para apresentar.

Tinha descoberto apenas informações irrelevantes nas fichas do colégio, e os diversos telefonemas que dera aos funcionários e professores não acrescentavam nada de especial. As pessoas não queriam falar ou não tinham realmente nada a dizer. Começava a acreditar que talvez tivesse superestimado aquele caso. Suspirou admitindo que fosse mesmo apenas um acidente trágico sem nenhuma história misteriosa por trás.

O telefone tocou em cima da escrivaninha. A repórter deu uma longa tragada e atirou pela janela o cigarro aceso, caminhando até o aparelho.

— Alô.

— Sou eu. Leila.

Apertando os olhos, tentava fazer seu cérebro processar dados que dessem sentido àquele nome. No instante seguinte, arregalou-os como se uma buzina tivesse soado dentro de sua cabeça. Sentou-se já buscando o bloco de anotações.

— Sim, Leila. Obrigada por retornar.

Tinha falado com aquela mulher duas horas atrás, e, como todo mundo, ela não dissera nada, desligando com a vaga promessa de entrar em contato caso se lembrasse de algo.

— Olhe, eu quero deixar uma coisa bem clara. — A mulher falava rápido, como se temesse se arrepender. — Não quero me envolver nesta história, entendeu? Meu nome não pode aparecer de maneira nenhuma, está claro?

A moça já tinha acendido outro cigarro.

— Perfeitamente. E eu gostaria de explicar que, como jornalista, tenho como regra principal, sagrada mesmo, proteger o anonimato das minhas fontes. Se me disser alguma coisa, qualquer coisa, sua identidade vai comigo para o túmulo.

Houve um breve silêncio em que Ana Beatriz ouvia o próprio sangue latejar na orelha pressionada pelo fone.

— Muito bem. Estou em meio a uma reunião extraordinária aqui no colégio. Faço parte do Conselho Docente, e você pode imaginar que as coisas aqui estão bem tensas.

— Sim, claro.

— Acho que estarei livre por volta das 19 horas.

Ana Beatriz consultou, num reflexo, o relógio. Eram 18h10.

— Pra mim está ótimo. Eu posso ir até...

— Não. — A resposta saiu num arranco. — Aqui não. Não quero que ninguém me veja com você. — Mais um breve silêncio em que se ouvia o estalar da língua da outra, pensando em uma alternativa. — Tem um café tranquilo, meio afastado, onde podemos conversar. 19h30.

— É só me passar o endereço.

Rabiscou rapidamente no bloco e em seguida desligou.

— Eu sabia! — Deu um impulso na cadeira com rodinhas que girou pelo quarto.

Jogou rapidamente todos os seus objetos dentro da bolsa, já planejando passar no posto para se abastecer de gasolina e mais cigarros para a viagem.

32

Dormir como uma pedra. Você sabe como é isso? Pois eu não sabia. Como todo mundo, eu falava isso quando dormia tão cansado que nem me lembrava de ter sonhado. Mas, só quando acordei depois de ficar sei lá quanto tempo naquele tubo, é que eu saquei o que era um sono absoluto. Me desligaram e depois reiniciaram, foi isso que aconteceu. E, como antes, simplesmente ninguém falou nada.

Já foram me levando enquanto eu ainda tentava retomar minha consciência e, de repente, eu já estava num outro lugar completamente diferente. Uma sala de controle de um laboratório de tecnologia, sei lá, ou uma espécie de quartel supermoderno. Não conseguia entender nada, só percebia um clima de tensão enorme. Por minha causa.

Zonzo ainda, consegui sacar partes da comunicação entre as criaturas que me levaram e uma coisa plana e gelatinosa na frente delas. Não era uma conversa, assim, propriamente, um diálogo com palavras, mas, de alguma forma, eu entendia o que comunicavam entre si: apenas obedeciam as ordens. Eu tinha que ser despachado. Um caso excepcional. Ordens do Conselho. Foi o que eu entendi.

Daí, surgiram imagens sem forma, brilhantes, como folhas de luz líquida, que elas consultavam, sempre se referindo a mim com nervosismo.

Uma coisa era certa: as criaturas queriam que eu fosse despachado pra algum lugar, e a coisa gosmenta não queria me aceitar. Uma delícia se sentir tão querido!

De uma hora pra outra, a discussão se encerrou, e aqueles seres simplesmente desapareceram, me largando ali.

Umas coisas estranhas, que faziam parte do sistema gelatinoso, vieram de dentro dele. Sem cerimônia e nenhuma explicação, me tiraram da maca, arrancaram o aventalzinho e me passaram pro interior de uma cela, um cubo brilhante como aço inox.

Uma das coisas gelatinosas entrou comigo.

— Eu sei que vocês não são de muito papo, mas será que poderiam me dizer o que é que vai rolar?

Falei por falar, nem esperava uma resposta, mas a coisa me surpreendeu.

— Este é um caso extremo, e vamos usar a contingência da força-nuclear-fraca.

Eu gelei, né?

— Força nuclear? Vocês estão, tipo, a fim de me explodir?

— A força-nuclear-fraca tem alcance curtíssimo. Os bósons são bem pesados e decaem em milionésimos de segundo. — Se referiu a mim. — Sua carga é muito leve e tem alcance inexplicavelmente longo. Não decaiu nem dentro do cilindro de aceleração. Por isso temos que preparar você para atravessar o portal de maneira sutil.

Bom, se ele não tivesse dito nada, eu ia ficar na mesma.

Então a coisa gosmenta deixou o cubo, enquanto dava ordens para alguém que eu não via:

— Acionar os bósons $W+$, $W-$ e Z^0!

Sei lá o que era aquilo, mas imediatamente tudo virou puro vento. Não vento de ar. Mas vento de ondas, batendo com força de todos os lados. Um banho de ondulação. Uma vibração que passava por dentro de mim.

Tudo parou, e uma porta se abriu do outro lado do cubo. Fui empurrado pelo vento de ondas e passei catando cavaco por um corredor totalmente brilhante. Quase caí, mas consegui me equilibrar e me vi diante de uma, sei lá, uma tela de matéria líquida, que ficava na vertical, mas sem escorrer. Era como uma bacia enorme de água suspensa na parede.

Ao lado, outra coisa gosmenta sem expressão, sem rosto, sem cor fez um gesto pra eu entrar na água. Bom, pra quem tinha tomado um banho de ondas, tomar outro numa banheira vertical parecia razoável. Pulei dentro da tela aquosa.

Cara, daí tudo mudou.

33

Um facho de luz suave encontrou Quenom e Agnael abraçados em meio ao crepitar da estática.

Mesmo já estando confortáveis no envolvimento mútuo, sentiram a energia fluir mais leve. Olharam-se numa despedida agradecida. Sabiam que a luz precedia o surgimento do Conselheiro naquele fim de mundo.

E não estavam enganados. Pelo corredor iluminado, irrompeu uma onda radiante, um cogumelo de explosão atômica horizontal que rasgou o espaço.

— Adeus, Quenom.

— Obrigado, amigo.

Em sua manifestação radioativa, o Conselheiro estabilizou-se numa flutuação amorfa diante deles, saudou-os com uma ondulação respeitosa e agradeceu a Agnael, pedindo que ele se retirasse.

Sem perder um instante, o mensageiro deslizou pelo caminho de luz branda e sumiu.

Quenom e o Conselheiro ficaram frente a frente.

Apesar da vibração amigável, Quenom mantinha-se claramente na defensiva; as pernas um tanto abertas, as mãos enlaçadas nas costas, o peito e o queixo levemente projetados para frente.

— Obrigado por ter aceitado nosso convite.

— Não quis utilizar o meu pseudolivre-arbítrio. — Ele purgava sarcasmo e rancor contra o representante máximo daquele Sistema, que tinha sido injusto com ele.

As ondas flamejantes do Conselheiro começaram a perder intensidade, decaindo em espiral como um manto que se desprendia, e revelou-se a figura de um homem comum. Um senhor de meia-idade que poderia estar entre os cinquenta e sessenta anos, com os cabelos levemente grisalhos cortados bem rentes, estatura e portes medianos e um rosto que não se destacava em nada, sem sinais, não era feio nem bonito.

O anjo havia se preparado para diversas reações do Conselheiro, mas vê-lo, pela primeira vez, assumir uma forma humana o fez recuar meio passo.

— Por que isso agora? Essa transmutação?

— Quero que você me veja como um igual.

A risada saiu num arranco ácido:

— Um igual? Se vocês me vissem como um igual, não teriam impedido que eu alçasse ao Conselho! — Deu um passo adiante. — Vocês me boicotaram e impediram que eu fosse um de vocês!

O Conselheiro fechou os olhos e falou pausadamente:

— Por favor, Quenom. Sabemos de seu ressentimento, mas simplesmente não posso discutir isso com você agora.

— Claro, claro. É meu igual, mas o seu nível é para discussões superiores...

Coçando o lóbulo da orelha, o Conselheiro claramente escolhia as palavras para aquela conversa que já se delineava como um embate contra sua vontade.

— Você falou de pseudolivre-arbítrio... — Entrelaçou os dedos deixando os indicadores sobre os lábios. — Não te chamei para passar uma missão de nível absoluto. Se você se recusar, não será colocado fora do Sistema. Se disser não, poderá ter verdadeiramente a opção de voltar à Academia, de voltar ao quarto de Dominique, de fazer o que quiser.

Aquelas palavras fizeram Quenom suavizar um pouco sua postura, mas manteve-se ainda numa defensiva cética:

— Um mensageiro foi usado, e não é uma missão absoluta?

— Não. Não há um desígnio porque nós, honestamente, não sabemos o que fazer neste caso.

Jamais, nunca imaginou o Conselheiro Árcade proferindo sua ignorância.

— Que caso é esse? — Sua atenção já havia sido fisgada.

Nesse instante, a atenção do Conselheiro foi desviada. Estava recebendo uma mensagem.

— Peço desculpas. É difícil manter contato com o Controle do Sistema nesta frequência, mas recebi uma comunicação e preciso enviar uma mensagem urgente. — Fechou os olhos, e as ondulações flamejantes voltaram a lhe cobrir a forma humana.

— Estamos-enviando-um-elemento-ainda-não-codificado-Favor-proceder-para-sua-total-segurança-Ele-deve-ficar-sob-guarda-especial-até-nosso-breve-contato-Prioridade-Constitui-peça-fundamental-para-eliminar-desequilíbrio-do-Sistema-Conselho-da-Arcada.

Ao terminar, o Conselheiro transmutou-se novamente no homem comum e voltou-se.

— Algum problema? — perguntou Quenom, que havia acompanhado a transmissão.

— Um problema imenso, com várias camadas.

34

Vou te dizer uma coisa... É por isso que eu falo que tudo estava acontecendo rápido demais. Mergulhei na banheira vertical, só que no lance seguinte não tinha mais banheira nenhuma. Foi como se tivesse atravessado uma cortina de água e do outro lado eu encontrei uma fazenda!

É isso aí. Fazenda. Natureza. Grama, montanha, horizonte, céu, tudo.

Bem, na verdade não tinha nenhum animal. Nem plantação nenhuma. Não era uma fazenda de verdade, *o.k.*? Vou tentar descrever. Era um lugar amplo, com um imenso lago cercado por gramados enormes cheios de trilhas. No final da planície, tinha um talude, uma encosta gramada e lá em cima vários pequenos chalés, assim de teto inclinado, bem bonitinhos e alinhadinhos, lembrando uma colônia de férias. E atrás uma cordilheira de montanhas altas.

O que fazia aquele lugar não ser como uma simples colônia de férias rural eram as cores e as luzes. Era tudo muito louco, sabe? Nem quando eu tomei ácido — fiz isso duas vezes, num parque da cidade —, pois nem nessas ocasiões eu tinha visto uma variação mais maluca de tons. Simplesmente inclassificável. Imagina como ia ficar a sua cabeça se de repente você visse que estava num lugar lindo, mas as cores desse lugar eram totalmente estranhas? Nada ali se parecia com as cores que eu estava acostumado.

Aquilo era real?

Um dia no colégio, estendido num banco do pátio embaixo de uma das árvores, enquanto meus colegas se divertiam, eu pensava se *aquilo* era real. O colégio, as pessoas, as nuvens... Então me estalou uma ideia. Como eu podia acreditar na realidade se as cores eram ilusão de ótica?

Lembrei-me disso, e a primeira coisa que eu fiz foi começar a rir. Claro. Uma, porque eu estava ao ar livre e, pela primeira vez, não tinha aquelas criaturas perto de mim. E outra, porque meus olhos estavam sendo assaltados por uma inundação de cores impossíveis.

Se era dia ou noite? Não dava pra saber. O céu se confundia com as montanhas, num cinza-azulado meio envelhecido, num tom de... de... Melhor deixar pra lá. Impossível descrever. Você, se quiser, tenta imaginar o que seria um tom cinza-azulado de saudade da infância. Boba a descrição? Desculpa, mas eu não posso fazer melhor que isso. Sinto muito. Sinto mesmo, porque era a coisa mais bonita que eu já tinha visto. Os chalés eram de um verde-fumaça, trêmulos, inconstantes. A água do lago era quase vermelha, um laranja forte, como quando a gente fecha os olhos embaixo do sol. É perto disso. Uma alegria de fim de tarde, quando o corpo está cansado e a gente se entrega a um cochilo tranquilo. Sim! Esse tom que a gente vê de olhos fechados quando está quase embarcando num cochilo embaixo do sol.

Tudo ali tinha uma composição cromática tão sutil, tão frágil, que minha retina não chegava a captar o que eu via, de maneira suficiente para formar um entendimento.

Por isso eu ria vendo tudo aquilo me tomar por inteiro. O gozado é que, desde a hora em que eu fui pro saco, me afogando dentro do ônibus, eu já tinha visto uma caralhada de coisas sinistras, cabulosas mesmo. Só que era tudo completamente estranho, sem paralelo. As formas, os materiais, as noções de distância. Era tudo diferente. Então era mais fácil aceitar uma diferença realmente diferente. Mas ali, tudo era real, menos as cores e a iluminação. E era emocionante sentir cheiros de novo, sentir o calor do sol, perceber as proporções como eu havia me habituado.

Cara, eu vou falar um negócio: eu estava ali, completamente passado, louco da cabeça, quando alguém me cutucou o ombro. Meu amigo, eu dei um pulo...

Uma menina!

Travei.

Ela tinha a aparência normal: calça, blusa, botas. Tudo naquelas cores impossíveis, que eu nem vou mais tentar ficar descrevendo. E o primeiro impulso que eu tive foi me cobrir — porque até então eu estava pelado. Mas imediatamente eu vi que estava vestido com as mesmas coisas que eu usava no acampamento! Até o boné e os óculos escuros pendurados na gola da camiseta! Como e quando eu tinha entrado naquelas roupas era uma coisa que não fazia ideia. E na verdade, nem me assustei demais com isso. Também! Era tanta coisa rolando. O que me assustou de verdade foi a atitude normal da garota. Ela parecia gente. Pediu desculpas. Sorriu. Essas coisas todas que gente normal faz e que aquelas criaturas de antes pareciam desconhecer completamente.

Não me lembro direito das primeiras palavras que a gente trocou, devem ter sido coisas sem importância. O que eu me lembro mesmo é da sensação de alívio ao perceber que era alguém com quem eu podia conversar. Ela me explicou que ali era uma Colônia de Suspensão. Um lugar de recuperação para os que não estavam prontos pra ir pra Academia, ou que não conseguiam se adaptar a ela. Eu não sabia de que Academia ela estava falando, mas fiquei bem satisfeito por alguém tentar me dizer alguma coisa.

Fomos caminhando pelo lugar. Ela se chamava Ihmar. Tinha cabelos compridos e era um pouco mais baixa que eu. Bem bonita. Pra falar a verdade, isso era o que me incomodava. Uma menina muito bonita sempre me deixava meio cheio de não saber o que fazer. Meio idiota. Meu olhar devia estar, tipo, superidiota, porque ela parou de andar.

— O que foi? Por que você está com essa cara?

— É que você é uma... uma mulher.

Cara, você com certeza sabe como a gente fica se sentindo imbecil quando diz algo imbecil pra uma menina. Mas nunca em minha vida... Isso soava bem estranho de pensar naquela hora... Eu nunca tinha falado uma coisa mais estupidamente imbecil que aquela.

— Você me vê como uma mulher?

— Bom, quero dizer, uma menina, uma garota.

— Você me vê como uma garota? — De repente ela franziu a testa. Era estranho aquele tipo de pergunta. Claro que ela era uma garota.

— Um urso-polar é que você não é. — A brincadeira não deu muito resultado, porque ela recomeçou a andar com a testa mais franzida ainda.

— Eu falei alguma coisa errada?

— Não sei — falou com frieza, afastando-se.

Fiquei observando aquela menina andando dois passos à minha frente, se fechando para mim, naquele lugar...

Hoje eu fico pensando por que demorou tanto pra minha ficha cair, sabe? Era como se só naquele momento eu me desse conta de tudo. Você já desmaiou? Já sentiu uma onda sufocante invadir seu peito assim, tão de repente que você não consegue mais ficar de pé? Pois foi assim comigo. As imagens do acampamento voltaram com força. Aquela menina ali me fez lembrar a Isolda. Cara, eu estava apaixonado pela Isolda e agora eu nunca mais ia poder... Meu irmão! Onde é que estava o meu irmão? O que tinha acontecido com ele? Senti uma falta total dele. E minha mãe? E minha vida? Eu tinha perdido a minha vida!

Ela se voltou no momento que meus joelhos bateram no chão. As lágrimas saíam incontroláveis dos meus olhos. Uma saliva grossa enchia minha boca, vinda da garganta com um gemido grosso. Eu tinha perdido tudo, tudo, pra sempre, entende? Não sei se alguém que você gosta já morreu; mas se alguém morre você perde esse alguém pra sempre. Agora se é você que morre... Cara, você perde todos pra sempre!

— O que aconteceu? — Ela se aproximou cuidadosa, assustada com minha reação.

Queria muito um abraço, queria carinho, queria ajuda. Mas ela ficou paralisada, olhando para os lados como se aquela cena fosse constrangedora ou inapropriada. Fiquei com raiva daquela bosta de lugar. Será que ali homem também não podia chorar?

Ela nem se dignou a ajoelhar-se do meu lado:

— Quem é você?

Consegui ver os joelhos dela atrás da cortina de lágrimas que embaçava minha vista. Olhei pra cima e vi que ela estava com medo de mim! Você pode imaginar uma coisa dessas? Eu é que tinha que estar apavorado. Eu é que estava sozinho e perdido naquele mundo estranho. E a menina me olhava como se eu fosse um bandido?

— O que você está fazendo aqui?

— Chorando. Será que não dá pra perceber?

Além da atitude totalmente estranha dela — a gente sempre espera um mínimo de sensibilidade numa menina —, eu percebi que outras pessoas, não criaturas esquisitas como eu tinha visto antes, mas pessoas estranhas, ou sei lá o que eram, começaram a surgir ao longo dos chalés no topo do talude gramado que se erguia ao nosso lado. Todos nos olhavam de forma inquisitiva.

— Se você não me disser quem é você, vou reportá-lo como um intruso. Você será detido como perigo potencial pelos paralelos controladores.

De uma hora pra outra, meus canais lacrimais se fecharam. Uma febre apagou instantaneamente minha saudade. Eu estava em perigo.

— Desculpa — falei tentando me dirigir diretamente para dentro dos olhos dela. — Mas eu tenho muito mais perguntas que respostas.

— Olha, os controladores da Colônia estão vindo pra cá.

Realmente, três sujeitos grandes, vestidos com macacões grossos e botas pesadas, vinham descendo o talude que cercava o lago.

— E pra eles você vai ter que ter respostas.

— Tudo bem, tudo bem. — Me levantei limpando o rosto. — Meu nome é Alexandre e...

— Alexandre? — Ela deu um passo pra trás.

— Algum problema com meu nome?

— Você não pode estar aqui assim!

Eu estava em apuros, mas não conseguia nem entender por quê.

— Não te deram outro nome na Academia?

— Que Academia?

— Como assim, que Academia?

Se ela não estava entendendo nada, eu muito menos. E a presença dos três caras que vinham se aproximando num passo agressivo não ajudava muito a minha compreensão.

— O que esses três vão fazer comigo?

— Você é um intruso. — Consegui perceber um tom de preocupação na voz dela. — E eles não costumam gostar de intrusos que invadem a Colônia.

Eu estava ferrado.

— Olha, Ihmar — tentei usar o tom mais sincero que eu conseguia. — Eu não sou um problema. Não quero ser um problema. Ao contrário, eu *estou* com um problema. Um problema que eu nem sei qual é. Até pouco tempo eu estava com meu irmão e meus colegas dentro de um ônibus quando aconteceu um acidente e eu entrei neste... neste mundo de vocês e ninguém me explica nada. — Os caras estavam já bem próximos, e uma sensação de pânico me invadiu. — Me tiraram de uma bolha, me enfiaram em um tubo, conversaram com uma coisa gelatinosa, dizendo que um tal Conselho tinha me mandado pra cá. Olha, eu estou com medo e preciso que alguém me ajude a entender o que está acontecendo.

Disse a última frase quase num sussurro, porque os caras estavam a poucos passos.

— Tudo bem, Ihmar? — O que estava no meio dos três era bem mais alto e forte e perguntava se referindo a mim com um movimento do queixo. — Algum problema?

— Nenhum. — Pelo tom, ela parecia estar do meu lado, e dei graças por isso.

— Quem é você? — O olhar dele era frio como o de um policial.

— Ale...

— Alean. — Ela se antecipou. — O nome dele é Alean.

O cara apertou os olhos e veio andando devagar, desconfiado, até eu poder sentir o cheiro dele. Um cheiro áspero, que entrava raspando o interior das narinas.

— Alean?

Eu assenti tentando encará-lo.

— A Sala de Controle não informou a chegada de nenhum Alean. — Voltou-se para os outros dois. — Vocês estão sabendo de alguma coisa?

— Não, mas vou verificar. — O outro controlador, que devia ser um assistente, fixou os olhos num ponto do chão, e imediatamente todos os pelos do seu corpo começaram a se eriçar. Acho que era o jeito dele de fazer contato.

O grandão me circulou bem devagarzinho, dando uma geral, na cara dura. Por fim me estendeu a mão num gesto ostensivo.

— Seja bem-vindo. — Apertei a mão que era tão áspera quanto o seu cheiro. — Presumo que você tenha acabado de chegar.

— É. Cheguei agora mesmo. — Ele não largava a minha mão.

— E te instruíram a procurar os agentes de recepção? — Ele olhou para a moça.

— Ele está um pouco confuso. — Novamente Ihmar intercedia a meu favor.

— Curioso. Eu também estou confuso. — Tinha acabado de soltar minha mão e olhava para sua própria palma. Umas linhas brilhantes formavam nela uma espécie de gráfico, que ele conferia com interesse. — Bósons?

Ihmar se aproximou para olhar a mão do cara.

— Você está repleto de força-nuclear-fraca... — Era como se ele não quisesse manifestar seu espanto, mas não estava conseguindo muito. E um cara daquele ficar espantado com você é o tipo da coisa que não é legal.

— É, o gelatinoso lá do outro lado falou um troço assim mesmo.

Ele arqueou uma das grossas sobrancelhas:

— Essa força só se manifesta em condições extremas.

— Pois é, falaram dessa coisa de condições extremas, ou excepcionais, não me lembro.

De repente os pelos do controlador assistente, que estava com os olhos grudados no chão, voltaram ao normal:

— Conferi com a Sala de Comando, e não foi registrado nenhum acesso.

— Eu atravessei uma cortina de água logo ali. — Apontei para onde eu havia caído.

— Cortina de água? — Agora as sobrancelhas negras do grandão estavam tão unidas que pareciam uma só.

— Ele deve estar se referindo ao Portal de Contingência. — A voz de Ihmar era cautelosa.

— Isso é fora dos padrões. Vamos levá-lo para o Centro de Averiguações para rastrear qualquer inconsistência nesta história.

— Centro de Averiguações? — Ihmar se colocou entre mim e o sujeito. — Katric, se ele entrou pelo Portal de Contingência é porque existe uma razão acima das normas e não fora das normas.

— Sou eu quem cuida da segurança da Colônia. Foi detectada uma instabilidade no Sistema, e por isso eu vim até aqui. Alguma coisa está fora dos eixos, portanto, até eu saber do que se trata...

— Você vai submeter um enviado pelo acesso de contingência por ordem do Conselho a passar por um procedimento desagradável e invasivo?

Cara, acho que até dei um passinho pra trás. Claro que desagradável era um eufemismo que a menina estava usando, mas foi o invasivo que me fez lembrar uma mesa de autópsia.

— Se você é o responsável pela segurança, eu sou responsável pelo ajustamento dos recém-chegados. — A voz dela ganhou um tom imperativo que me agradou. — Ele está confuso, a situação é confusa, então o que temos a fazer é cuidar para que ele se restabeleça até chegarem as determinações do Conselho.

— Você parece se preocupar muito com este novato.

— Eu me preocupo com todos os novatos, e você sabe disso. — Ela me puxou pelo braço. — Agora vamos. Ele está sob minha responsabilidade.

Adorei ouvir aquilo enquanto nos afastávamos do tal Katric e seus dois amiguinhos.

35

Quenom ainda mantinha um olhar defensivo perante o Conselheiro.

— Se vocês me chamaram aqui, imagino que eu tenha a ver com esse problema. Ou pelo menos com uma camada dele.

O Conselheiro passou a mão pela testa:

— A primeira questão é sair deste nível. Nossa presença aqui pode gerar uma série de especulações e ações dos rebeldes que só vão nos atrapalhar ainda mais. A segunda é que para nos ajudar...

— O grande Conselho da Arcada precisa da minha ajuda?

O peso da ironia fez o Conselheiro fechar os olhos.

— Quenom, precisamos muito de você, mas, antes de tudo, é necessário que deixe esse sentimento de... Essa percepção de que estamos em patamares diferentes. É preciso que você realmente entenda que somos iguais. Não apenas nós, mas todas as existências que se equivalem na hierarquia...

O anjo atalhou:

— Por favor, se você quer uma conversa honesta, não vamos começar com essa ilusão de igualdade. Não me subestime. A hierarquia existe em todos os sistemas, e não vai ser um discurso que me convencerá do contrário.

Os dedos entrelaçados do Conselheiro agora estavam na altura da cintura.

— Não estou te subestimando, afinal, todos, absolutamente todos, são levados a pensar como você.

— Levados a pensar? Ora, por favor... Não é uma questão de pensar, mas de perceber. As diferenças hierárquicas são reais.

O outro não mexeu um músculo e manteve o olhar sereno.

— Por quê?

— Por quê? — Quenom se remexeu. — Ora... Porque por motivos justos ou injustos, por mérito ou acaso, algumas criaturas evoluem mais que outras e se alçam a patamares mais elevados. — Fincou os dois pés e cruzou ostensivamente os braços. — Eis aí o seu porquê.

— Quenom, tudo o que você falou é correto. Alguns, por diversas causas, acumulam conhecimento, poder, aptidões, habilidades... Tudo correto.

— Mas... — Quenom esperava o sofisma que viria como argumento a este fato.

— O único equívoco é acreditar no conceito de evolução.

Este foi um argumento inesperado, afinal, evoluir era o propósito da Existência. Isso era insofismável.

— A ideia de evolução é uma ilusão da miopia da perspectiva humana.

Houve um silêncio em que Quenom, com os olhos apertados, negava veementemente aquela frase.

— Você acredita na evolução?

— Claro.

— Então me dê um exemplo. Um só. Qualquer um.

Eram tantos que seus olhos vagaram pelo espaço tentando escolher.

— O ser humano. Isso! A evolução da espécie humana.

— Ótimo exemplo. — O Conselheiro fez um gesto com as mãos como se delimitasse um espaço em torno deles. — Como temos que sair daqui logo, vamos começar a partir dos símios, os ancestrais dos seres humanos. Em algum ponto de sua trajetória, alguns desenvolveram o dedo opositor. — Mostrou o polegar. — Outras transformações, e suas massas encefálicas ganharam tamanho e capacidade sináptica, inteligência.

— Ou seja, evoluíram.

— Sob a perspectiva humana, não há dúvida. Mas, como eu disse, essa visão é míope. Estou dizendo míope não no sentido pejorativo, mas como característica. A perspectiva humana não consegue entender a existência da pré-matéria. — Pediu paciência e atenção com uma das mãos. — Os símios viraram humanoides, estes que, por sua vez, começaram a criar e manipular ferramentas. Cultivaram a terra. Criaram armas para submeter tribos que não tinham essas aptidões... Vieram a Idade da Pedra, a Idade do Ferro, inteligência aumentando, e o *Homo Sapiens* dominou a Terra.

"Mais desenvolvimento, mais progresso, mais armas, mais poder, mais interferência nos ciclos da natureza, bombas atômicas, superpopulação, poluição e...

Chegamos ao limiar da destruição da vida inteligente do planeta. Dentro de pouco tempo, talvez dezenas, no máximo centenas de anos, a vida, essa coisa raríssima e preciosa, será extinta. — Fez uma rápida pausa. — Você acha mesmo que, na perspectiva universal, na planície sináptica da Inteligência Cósmica, a transformação do ser humano foi uma evolução?"

A boca de Quenom se abriu querendo contra-argumentar, mas os pensamentos se confundiam.

— Caso não houvesse o ser humano, continuaria existindo a inteligência, ainda que em níveis diferentes, inferiores apenas na escala de valor dos humanos. As sinapses cerebrais dos animais são equivalentes na Inteligência Cósmica. Essa Inteligência — eu vou falar sobre ela, mas não aqui, pois temos realmente que sair —, essa Inteligência precisa estar alocada em algo. O ser humano acha que é detentor da inteligência, mas é só um hospedeiro dela. E para a Inteligência, o que as pessoas estão fazendo com a vida do planeta não é, de maneira nenhuma, uma evolução. Se não houvesse a interferência humana, o planeta poderia seguir seu curso por milhares, talvez milhões de anos. Imagine a infinidade de manifestações existenciais que serão abortadas por isso que você e todos chamam de evolução?

Quenom coçou o nariz, balançou a cabeça, mudou o peso de uma perna para outra, mas não conseguia rebater aquela lógica.

— Transformação. Esse é o conceito que existe de fato. Evolução é um juízo de valor que alcançou o *status* de conceito puro por arrogância. O símio se transformou em ser humano. Fato. Não evoluiu para o ser humano. Ilusão da miopia. Porém, se a vida humana for destruída, também não terá sido uma involução, pois, numa perspectiva mais ampla, isso é irrelevante e a Existência encontrará uma forma de permanecer em novas transformações, independentemente dos humanos.

— E com isso você quer me fazer acreditar que não existe hierarquia? Que iniciantes, mestres e o Conselho estão todos no mesmo patamar?

O Conselheiro começou a dar mostras de impaciência.

— Quenom, compreenda. Pela primeira vez, a Sala do Conselho está vazia. Pela primeira vez, estamos sem contato com o Horizonte de Energia, praticamente sem contato com a Central de Comando, porque, nesta frequência tão baixa, é muito difícil estabelecer uma conexão clara.

— Isso prova a hierarquia! — Quenom espetou o dedo triunfal. — Você é o único nível que se comunica com o Horizonte. O que você acabou de dizer é que o Sistema está sem um chefe hierárquico.

As mãos do Conselheiro balançaram ansiosas.

— Hierarquia sim, existe, claro. Mas, por favor, abra-se para me ouvir. A hierarquia não tem níveis, nem patamares. Tudo o que você precisa compreender é que são hierarquias entrelaçadas.

— Entrelaçadas como?

— Numa hierarquia simples, em patamares, não há uma troca equivalente, o que cria uma barreira ilusória de que um é separado do outro e que existem de forma independente. Mas, se você ampliar sua compreensão, verá as coisas com muito mais clareza. As hierarquias existem, mas são tão entrelaçadas e interdependentes que não podemos identificar níveis de valor. — O Conselheiro passou as mãos pelos cabelos percebendo que estava sendo abstrato demais. — Tudo bem. Pense numa corda. Pois cada pequeno fio faz parte da hierarquia entrelaçada. Todos dependem de todos porque são iguais na essência. Uma vibração na corda repercute igualmente em todos os fios. Não há desigualdade. E se um fio se rompe, os outros sofrem igualmente mais pressão.

Pela primeira vez, Quenom baixou os olhos e meditou sobre aquilo. Havia entendido, mas era difícil aceitar. Queria ver esse sistema de fora.

— Para isso você precisa alcançar seu nível inviolado.

— E o que é isso?

O Conselheiro colocou a mão sobre o ombro de Quenom, que a esta altura já havia abandonado toda a sua agressividade.

— Eu vou te explicar, mas não aqui. Confie em mim. Temos que sair e ainda nem te falei sobre a terceira e mais terrível camada do problema que estamos enfrentando. Na verdade, o que eu vou te mostrar pode ser o início do apocalipse.

36

Ana Beatriz desceu a serra em seu pequeno carro mais rápido do que seria aconselhável, mas estava excitada e queria chegar cedo para organizar seus pensamentos. Havia deixado claro à Leila, em seu primeiro telefonema, que não estava fazendo uma entrevista investigativa para buscar causas ou responsáveis; fora um acidente e disso não havia a menor sombra de dúvida. A intenção era formar um perfil mais preciso e detalhado dos envolvidos na tragédia para dar mais consistência à matéria que estava escrevendo. Ainda assim esperava resistências e por isso, enquanto enfrentava as curvas acentuadas da estrada, traçava algumas estratégias prevendo vários tipos de desenlaces que aquela conversa poderia ter.

Foi um bocado difícil encontrar o café, que ficava em uma região de ruas estreitas e sinuosas. Teve que consultar o mapa duas vezes antes de achar o local. Estacionou a certa distância, pois na rua exata era proibido parar. Caminhou um quarteirão e meio e entrou. Era um lugar agradável e pouco movimentado. Escolheu uma mesa ao fundo, próxima a uma janela e deu início à sua espera.

Já estava em seu terceiro café quando uma senhora vestida em um terninho verde-escuro se aproximou. Tinha por volta de cinquenta e poucos anos e cabelos castanhos presos num coque austero. Usava óculos de armação leve e nenhuma maquiagem, exceto o batom discreto. Sentou-se rapidamente sem esperar qualquer tipo de convite.

— Ana Beatriz, não é? — Leila estendeu a mão num tom mais de constatação que de pergunta.

— Muito prazer. — A repórter abriu um leve sorriso para tentar quebrar a sisudez da outra. — Fiquei preocupada em não nos reconhecermos, porque nem combinamos um...

— Eu conheço você. — Recolheu a mão e fez um gesto para o garçom. — Assisti a sua matéria algumas vezes hoje.

Ana Beatriz não pôde deixar de sentir uma onda morna de contentamento com o comentário.

— Realmente foi algo muito... muito impressionante. Imagino que no colégio todos vocês...

— É. Foi um dia difícil, e os próximos não serão mais fáceis.

A mulher parecia um feixe de nervos prestes a se romper. Olhava impaciente para o garçom que não vinha. Ana Beatriz percebeu que precisaria de muito tato para entrar no assunto.

O funcionário do café se aproximou, e Leila pediu uma água sem gás.

— Que garantias eu tenho de que você não vai citar meu nome se eu lhe falar alguma coisa?

— Infelizmente, a única garantia que eu posso dar é minha palavra. — O franzir de lábios da outra mostrava que ela não gostara do que tinha ouvido. Ana Beatriz percebeu e completou firme. — Mas você pode ter certeza de que, se eu revelar uma fonte, isso vai comprometer completamente minha carreira, e eu garanto que a coisa mais importante pra mim é a minha carreira. Não cometeria a estupidez de colocar minha credibilidade em risco.

Leila relaxou um pouco, ou ao menos se recostou e colocou na mesa a bolsa que até então segurava firmemente.

Ana Beatriz aproveitou para abrir o bloco de anotações.

— Você quer saber exatamente o quê?

— Como disse não é uma investigação...

— Sei, sei.

O garçom serviu a água numa taça que ela não tocou.

— Me interessa os personagens, quero dizer, as pessoas que estavam...

— Havia mais de quarenta adolescentes e dois professores naquele ônibus, além do motorista que, obviamente, eu não conheço. — Deu, pela primeira vez, um sorriso que a repórter não soube como interpretar. — Você não pretende que eu discorra sobre cada um deles, não é?

— Bem, na verdade eu...

— Na verdade, você quer saber sobre a Noêmia e o Gílson. — Foi uma afirmação tão direta que fez Ana Beatriz remexer-se. — E talvez alguma coisa sobre o Vitor e o Alexandre. Estou errada?

A mulher era direta e, apesar do nervosismo, parecia saber exatamente o que queria revelar, então não havia por que perder tempo com rodeios.

— Sim. A maneira como a professora Noêmia surgiu, você viu a cena, foi algo impressionante. — Leila assentia com a cabeça dando um primeiro gole na água. — E depois essa coisa de um irmão sobreviver e outro não também é algo bastante inquietante. — Rabiscou algumas linhas procurando as palavras. — Mas, além de tudo, o fato de o rapaz parecer não reconhecer a mãe... Claro, tem o choque emocional, mas...

— Mas?

De uma forma curiosa, agora era Leila que se inclinava na direção da repórter esperando por uma informação.

— Isso também é algo que eu preferia que ficasse entre nós. — A mulher estava completamente atenta. — O que achei estranho é que Noêmia, a mãe, também não reconheceu o filho. Pior. Segundo os policiais, ela disse que só tem o Alexandre e que não sabe quem é Vitor.

Para espanto de Ana Beatriz, Leila soltou uma risada de desprezo:

— Típico.

— Típico? Como assim?

As mãos de Leila pareceram ganhar vida sobre a mesa, como duas aranhas com unhas vermelhas nas patas, prontas a arranhar a madeira. Ela não usava aliança.

— Noêmia sempre foi uma falsa, dissimulada, dessas que enredam as pessoas tão a fundo que, tenho certeza, em sua perversidade doentia, só consegue enxergar a realidade de acordo com o que lhe convém.

Realmente a moça não estava preparada para aquela avalanche violenta, mas instintivamente ia tentando anotar cada palavra que era dita, sem interromper o fluxo.

— Imagino que, para a sua mente distorcida, a culpa pelo que aconteceu deve recair no pobre menino morto, e não nela mesma, que foi quem teve a ideia daquele maldito acampamento.

— Você acha que... Está dizendo que a professora Noêmia tem algum tipo de culpa pelo acidente?

Leila lançou a mão no ar com descaso:

— Culpa criminal, judicial, não, nada desse tipo de coisa. Mas ela sempre consegue que todos façam exatamente o que ela quer.

As palavras foram anotadas, e em seguida Ana Beatriz tomou o resto de seu café que já estava meio frio e muito amargo. Na sequência, puxou um cigarro.

— Não. Pelo amor de Deus, eu detesto cigarros.

Por um momento, a repórter paralisou seu movimento, pensando que ela também detestava pessoas que diziam pelo-amor-de-Deus-eu-detesto-cigarros. Mas era uma profissional com um objetivo de fazer a outra falar. Então fez deslizar maciamente o cigarro para dentro do maço.

— Imagino que você tenha muitos exemplos dessas atitudes negativas da professora Noêmia.

Leila abriu os braços e disse num esgar:

— Minha vida é um exemplo. Essa mulher acabou com a minha carreira. — Olhou pela janela e continuou, com um fio de ódio na voz. — Acabou com a minha vida.

— Será que você... — Puxa, como ela precisava de um cigarro. — Você pode ser um pouco mais específica?

O ódio de Leila, por um momento, se dirigiu totalmente contra a repórter, que teve que se esforçar para não desviar o olhar.

— Claro que posso. Vou ser bastante específica. — Aprumou a coluna. — Eu sou uma profissional extremamente competente. Sempre fui. Trabalho no colégio há mais de vinte anos. Fiz mestrado em pedagogia, MBA em administração e estava preparando minha tese de doutorado, quando fui covardemente atacada por aqueles dois.

— Noêmia e Gílson?

— Quem mais? Ela e seu amigo. — Enfatizou a palavra fazendo aspas com os dedos, detalhe que Beatriz não deixou passar despercebido. A outra continuou: — Eu seria a diretora. O cargo era meu. Dona Ondina, que dirigiu a escola por anos, havia me indicado e eu mantinha uma ótima relação com os donos. Além de ser a mais preparada, claro.

— E o que aconteceu?

— Armaram um plano maquiavélico. Tenho certeza de que Noêmia passou a me investigar procurando um meio de me apunhalar pelas costas. Como profissionalmente eu era inatacável, usou o banana do Gílson. — Parou por um instante e tomou de uma vez o copo de água. — Eu era solteira. Sou. Mas estava tendo um relacionamento muito sério. — Parou de novo e depois despejou tudo rapidamente. — Ele era casado. Mas que fique registrado que era um casamento de fachada. Tínhamos planos. Íamos oficializar tudo assim que o divórcio dele saísse. Mas essas coisas não são da noite para o dia. Você é muito jovem, e não sei se entende o que seja um relacionamento sério e maduro. O nosso era. Mas eu não queria que ninguém soubesse até tudo estar, assim, perfeitamente regulamentado. Então a dona Ondina morreu. O processo de transição começou, e eu já estava pronta para assumir quando... — Respirou fundo olhando as mãos. — Quando fomos passar um final de semana em um hotel fazenda para comemorar. Tenho certeza de que fui seguida, porque dei de cara com o paspalho do Gílson no mesmo hotel! Ele e os pais idosos. Ah! Desculpa esfarrapada, levar os pais pra um hotel fazenda! Estava me seguindo. E descobriu.

Ficou em silêncio o tempo suficiente para Ana Beatriz achar que deveria estimular que ela prosseguisse.

— Então?

— Fui chamada pra uma reunião com os donos do colégio, que disseram que eu não poderia ser promovida a diretora.

— Você acha que...

— Tenho certeza de que o Gílson foi correndo contar. Não duvido que ele tenha tirado fotos. O maldito vivia com uma câmera pra cima e pra baixo. *Hobby*, ele dizia. Coisa nenhuma. Vivia me espionando, isso sim.

— Você acha que os proprietários não efetivariam uma profissional tão competente por causa de questões pessoais como essa?

Leila voltou a encarar a repórter.

— O meu... Ele era vice-diretor do principal concorrente do nosso colégio.

Dessa vez, foi Ana Beatriz que respirou fundo e recostou-se.

— Entendo.

— Entende? — O tom de voz da outra subiu ao ponto de algumas pessoas se voltarem para elas. — Entende coisa nenhuma! Olhando de fora, poderia parecer um conflito de interesses, mas estava tudo acertado entre nós. Ele ia se divorciar e em seguida pediria demissão. Como diretora, eu poderia contratá-lo, e tudo estaria resolvido. Mas aquela vigarista acabou comigo. Fiquei arrasada, perdi o cargo que era meu por direito, e ele não se divorciou. Logo depois aceitou uma transferência para uma unidade no sul e... Esses dois não valem nada. Pode escrever aí.

Ana Beatriz realmente escrevera tudo. Mas já estava consciente de que nada daquilo interessava realmente. As supostas denúncias não passavam de um desabafo rancoroso, e sua matéria não tinha o objetivo de tratar de casos amorosos entre professores de meia-idade.

— Bem, eu devo agradecer à senhora por me receber. Suas informações poderão ser muito úteis e...

— Não, calma. — A mão de Leila segurou a de Ana Beatriz sobre o bloco. — Ainda nem começamos. Se esses dois jogaram luz sobre parte da minha vida que eu não queria que soubessem, acho justo agora eu fazer o mesmo. Vamos pedir mais um café, e eu lhe conto todos os podres desses dois.

Quase duas horas depois, Ana Beatriz saía do café ainda meio atordoada. Leila fora embora tão rapidamente quanto aparecera, deixando com ela não só a conta como também aquela história de um passado nebuloso entre Gílson e Noêmia.

Apesar de ter falado compulsivamente, tudo o que Leila dissera sobre os dois professores era confuso. Sabia agora que eles tinham se conhecido na juventude, havia a suposição de que tiveram um relacionamento. Depois Noêmia se casara, tivera filhos, e Gílson reapareceu, escondendo de todos o passado deles. Mas o mais importante era Ricardo, marido de Noêmia, o qual morreu no Iraque. Gílson estava lá. Voltou e praticamente assumiu o papel de pai dos gêmeos. Leila não poupara insinuações de que a morte, dita acidental, poderia não ter sido bem assim.

Ana Beatriz balançou a cabeça enquanto saía do café. Aquilo não podia ser provado, mas era intrigante. E a semelhança dos gêmeos com Gílson? Leila tinha perguntado maliciosamente se a repórter não havia notado. Não, não notara. Mas também não havia reparado.

E também não reparou que estava sendo seguida por dois homens quando ia em direção ao seu carro.

37

O chalé de Ihmar era basicamente igual a todos os outros pelos quais passamos. Construções pequenas, com uma porta de madeira e uma janela envidraçada não muito grande na frente e na parte de trás outra porta menor. E só. Os chalés ficavam no centro de quadrados gramados demarcados por finos fachos de luz verde. Nada de cercas, portões, grades ou muros.

Dentro, tudo era também muito simples: dois cômodos, sendo o principal um conjugado de sala e cozinha, separados por uma bancada, e outro que devia ser o quarto, mas estava fechado. Logo depois da porta de entrada, tinha um sofá de dois lugares e uma poltrona. No centro do ambiente, uma mesa redonda cercada por quatro cadeiras bem comuns. Não havia tapete, nem plantas, vasinhos, estantes, enfeites, quadros, nem nada dessas coisas que normalmente uma menina colocava na sua casa. Ah! Tinha uma cortina de tecido bem fino na janela e, entre a poltrona e o sofá, uma luminária alta. Era tudo.

A cozinha eu ainda não tinha visto de perto, mas notei que não tinha nem fogão nem pia, só uma grande geladeira e uma bancada com vasilhames, potes e uns instrumentos que eu não sabia identificar.

Assim que entramos, ela pediu que eu me sentasse à mesa e ocupou uma cadeira bem de frente.

— Bem, vamos tentar entender tudo com calma. — Ela apoiou o cotovelo na mesa e pôs a mão em concha tapando os olhos, assim que nem um médium, sabe? — Pelo que você falou, os Receptores te acolheram e te encaminharam para o Centro de Recondicionamento. — Até então eu não sabia que era esse o nome do hospital-estúdio, mas fui concordando. — Lá, você ficou um tempo muito inferior ao mínimo necessário, e esse é o primeiro ponto estranho. Depois, foi colocado no tubo de aceleração de partículas, certamente com o intento de provocar o decaimento dos seus elétrons. Isso é outro procedimento bem estranho pra quem acaba de chegar. — Continuei só assentindo com a cabeça. — Mas, como parece que isso não deu resultado, então te levaram ao Controle Geral do Sistema, onde receberam a ordem do Conselho para te enviar pra cá.

Ela fez uma pausa, e eu achei que devia falar alguma coisa:

— É, tipo num resumão básico, foi isso aí.

— O mais estranho de tudo são os bósons com que eles te revestiram.

— Por quê?

— Os bósons são...

Daí eu interrompi:

— Não, não precisa tentar explicar. Já fizeram isso, e eu continuei boiando.

— Boiando?

— Tipo sem entender nada.

Como ela ficou um tempo naquela posição de Chico Xavier, eu resolvi me levantar e dar uma geral no lugar.

— Você mora aqui?

— Sim.

— Gozado. — Eu já estava na cozinha. — Não tem fogão, né? Ah, já sei. Vocês devem comer aquelas comidas de astronauta.

Só então ela saiu de sua posição de receber santo e me olhou intrigada. Eu ignorei e apontei a porta fechada:

— E ali? É seu quarto?

Ela respondeu devagar, num tom defensivo:

— É o meu laboratório.

Olhei mais uma vez em torno:

— E onde você dorme?

— Dormir?

— É, dar uma relaxada, sabe? Desconectar.

Com um jeito mais desconfiado ainda, ela apontou a geladeira.

— Tá de sacanagem. Aí dentro?

— É minha câmara de resfriamento hipobárica. — Fiquei imaginando aquela menina dormindo em pé no frio. — Fazem as antipartículas se descomprimirem e desacelerarem, ou mesmo mudarem a rotação dos *spins* quando precisamos alterar nosso estado de consciência.

— Hã? — Eu não tinha entendido nada, pra variar.

Os olhos dela se apertaram.

— Você é bem estranho.

— Eu?! — Cara, só não fiquei puto porque ela era muito linda. — E esse lugar? O que eu estou fazendo aqui?

Ela fez um gesto pra eu me sentar do lado dela. Meninas lindas têm um poder que é foda. Sentei bem mansinho.

— Sinceramente não sei por que você está aqui. Você é muito, muito diferente de todos os que já foram enviados pra cá. — Colocou a mão levemente no meu braço. — Queria que você me explicasse algumas coisas.

— Mas sou eu que não estou entendendo nada.

Ela mordeu o lábio e enviesou um pouco o olhar.

— Certo. Vamos começar então com as suas dúvidas.

Eu queria perguntar tanta coisa, mas sabe quando você está diante de uma professora que quer te ajudar, mas você está tão por fora que nem sabe quais são as suas dúvidas?

Aproveitando que a mão dela ainda estava no meu braço, coloquei a minha em cima.

— Você está sendo muito legal comigo. É a primeira vez que alguém quer me ouvir, conversar, desde que eu... — parei, porque era difícil verbalizar a ideia. Daí a pergunta veio do nada. — Por que você mentiu a meu favor pra aqueles caras?

— Mentir? — Ela meditou um instante sobre a palavra. — Você realmente não passou pela Academia, não é?

— Mas que Academia?

Ela continuou.

— Verdades e mentiras. Seria simples te explicar se você já tivesse compreendido que não existem esses conceitos absolutos: bem e mal, verdade e mentira... Tudo isso é relativo. — Ela percebeu meu franzir de sobrancelhas e continuou. — Como sua situação é bem estranha, Katric ia te submeter a procedimentos devastadores. Eu não podia deixar isso acontecer, afinal, você disse que o Conselho te mandou. Eu obedeço ao Conselho, já Katric segue outras convicções.

— Como você pode dizer que não existe o mal? Se você não tivesse dito aquela... aquela mentira relativa, o grandão ia me fazer um mal bem absoluto.

— O propósito de Katric é agir contra o desequilíbrio. Ele não estaria fazendo o mal, estaria do lado oposto ao nosso, cumprindo o propósito dele de acordo com as circunstâncias.

— Tá, tá legal. Mas, de qualquer forma, ainda bem que eu caí nas suas mãos, e não nas dele.

Os olhos dela eram receptivos. Ficamos um tempo em silêncio.

— O que mais você quer perguntar?

Sobre o Vitor. Sobre a minha mãe. Sobre o que ia acontecer comigo. Claro que era isso que eu devia querer saber, mas é engraçado, parece que dentro da nossa cabeça tem uma cabeça pensando por conta própria.

— Tem uma coisa que me deixou intrigado.

Ela apoiou o queixo nas mãos esperando.

— Por que você ficou tão esquisita depois que eu disse que você era uma menina?

O olhar dela escureceu:

— Porque eu não sou uma menina.

— Desculpa. É que você não parece ser uma mulher, assim, adulta. Parece bem jovem.

Ela fechou os olhos um instante.

— Não, você não entendeu. Não existe isso de menina. — O tom dela ficou um pouco mais seco, e aproximou seu rosto do meu. — Nós não temos sexo aqui.

Cara, achei que ela estava pensando que eu queria dar uma cantada nela. Juro que eu não tive a intenção, mas, com ela ali tão perto, fiquei estremecido só de pensar na possibilidade.

— É algum tipo de regra? — Minha boca ficou seca. — É, tipo, pecado fazer isso?

— Não estou falando do ato sexual. — Ela articulou devagar cada palavra. — Nós não temos sexo.

Involuntariamente me afastei um pouco para olhar para o corpo dela.

— Como assim?

Ela percebeu meu olhar e se levantou rapidamente. Achei que tinha ficado chateada, mas com uma agilidade incrível ela descalçou as botas, depois sem pestanejar arrancou a blusa pelo pescoço, jogou na cadeira e, antes que eu respirasse, desabotoou e baixou as calças, chutando-as pra longe.

— Entendeu?

Cara, ela ficou pelada!

A pele branca, as pernas torneadas, a barriga lisa, os dois peitos tamanho médio-perfeito, firmes, com dois maravilhosos mamilos deliciosamente durinhos.

Aquilo era uma menina. Cem por cento. Mesmo que a presença daquele corpo pelado já fosse uma prova cabal, eu podia jurar pela alma do meu pai que ela era uma menina só pelo fato de que eu fiquei mais bobo que nunca.

Ela abriu os braços e deu uma volta em torno de si devagar, pra eu poder ver com detalhes suas costas parcialmente escondidas pelos cabelos compridos e a bunda mais redonda, arrebitada e durinha que eu podia imaginar. Estava absolutamente extasiado quando ela repetiu:

— Não temos sexo. Entendeu agora?

Eu não sabia o que ela queria dizer com aquele não temos sexo, porque no meio das pernas dela havia um triângulo delicado de pelos castanho-escuros cobrindo uma proeminência deliciosamente côncava.

— Está vendo? — Claro que eu estava vendo. Definitivamente estava vendo tudo. — Entende quando eu falo que não temos sexo?

Tive que engolir um litro de saliva antes de falar:

— Que nome vocês dão pra isso então? — Falando politicamente correto, a genitália desnuda dela me magnetizava.

Ihmar colocou as mãos na cintura notando que eu não conseguia desgrudar os olhos do ponto abaixo do seu ventre e começou a se olhar também.

— Você?... — Passou a mão pelo corpo displicentemente. — Você está vendo uma mulher?

Como eu não conseguia falar, não conseguia me mexer, ela deu um passo à frente, pegou minha mão e colocou sobre aquilo que ela falava que não tinha.

— Não há nada, entende? — A única coisa que eu entendia era a sensação úmida, quente e macia na palma da minha mão.

Eu podia ser meio lento com as meninas, mas não era nenhum eunuco. Segurei suas costas com a mão livre e puxei seu corpo devagar. Encostei o rosto na barriga e comecei a me levantar da cadeira enquanto beijava sua pele.

— O que você está fazendo? A surpresa dela parecia genuína.

Passei levemente a língua em seu peito, circulando devagar o mamilo com a língua, e fui retirando com cuidado a mão do meio de suas pernas para poder agarrar a bunda dela com firmeza.

38

Mais uma vez, o rosto da repórter encheu a tela da pequena TV da sala de espera do hospital. A matéria, em tempo real, mostrando todo o horror do que aconteceu logo após o acidente havia sido incessantemente exibida durante todo o dia.

— Essa aí tirou a sorte grande. — Comentou o recepcionista do turno da noite do hospital. O telefone ao seu lado tocou. — Alô.

— Conseguiu a matéria da vida dela. — Concordou uma jovem de óculos grossos e redondos em referência à repórter que continuava dominando a tela.

— Ela está de serviço agora, não dá pra chamar. — O recepcionista falava ao telefone enquanto as outras pessoas continuavam entretidas com a TV.

— Ela merece. Sempre foi uma menina muito esforçada. — Uma mulher de pernas inchadas falava com o orgulho de alguém que conhece uma celebridade.

— Tudo bem, eu vou avisar. — O recepcionista desligou e disse pra si mesmo enquanto pegava o interfone. — Cada uma!

— Sorte. Muita sorte. Agora é capaz de a Ana Beatriz ganhar até um lugar na emissora da capital. Já pensou ela como moça do tempo?

Gílson já estava farto das cenas e comentários como aqueles. Levantou o corpo, que agora lhe parecia mais pesado que nunca, e imediatamente todos na saleta ficaram em silêncio, lembrando-se de que o homem que ia até a garrafa de café conhecia as vítimas.

O recepcionista falava agora pelo interfone:

— Ele disse que precisa ver você agora.

O café estava frio como era de se esperar, mas Gílson bebeu até o fim, antes de atirar o copinho na lixeira. Queria jogar no lixo tanta coisa. Virou-se e levantou os olhos novamente para o aparelho de televisão que magnetizava a atenção de todos. Aquilo tudo tinha acontecido tão rápido. Parecia irreal. Tudo tão absurdamente distante. Sentiu vontade de fumar e respirou fundo passando a mão pelo rosto, já áspero pela barba meio crescida.

A porta do corredor interno abriu-se, e por um momento todos se voltaram. Era uma enfermeira, preocupada, que acabava de vestir seu casaco indo na direção do recepcionista.

— O que aconteceu?

— Não sei. Ele disse que estava te esperando no carro lá fora.

A moça saiu, e o recepcionista falou em tom de reprovação:

— Namorados!

Gílson pensou em sair também em busca dos cigarros que havia meses não fumava. Mas desistiu. Não queria passar por um casal brigando, ou fazendo o que quer que fosse.

Encheu mais um copinho.

— Você acha que amanhã a Ana Beatriz vai vir aqui fazer mais entrevistas? — A moça de óculos grossos falava com a mulher de pernas inchadas.

— Ah, vai. Uma coisa dessas não acontece todo dia.

O som de um bipe estridente começou a tocar no interior do hospital. Gílson voltou-se para o recepcionista:

— O que é isso?

Durante um momento, uma leve tensão envolveu o ambiente. Atrás do balcão, o rapaz tentava se manter calmo.

— Tem gente lá dentro para cuidar disso, pode ficar tranquilo.

O bipe continuava, e uma forte inquietação tomou conta do professor.

39

O bairro, composto por ruas estreitas e muito arborizadas, era um lugar geralmente agradável, mas não quando se circulava à noite por suas calçadas desertas. E era exatamente isso que Ana Beatriz fazia naquele momento.

Com passos curtos e acelerados, tentava se aproximar do carro, já tendo percebido as duas figuras que vinham no seu encalço. Enfiou a mão na bolsa buscando as chaves, na esperança de poder se trancar antes de ser alcançada.

Um arrepio frio subiu por sua nuca ao notar com o canto dos olhos um dos homens passar correndo à sua esquerda, na calçada oposta. Continuou vasculhando o interior da bolsa com dedos ávidos, procurando algo que servisse como proteção.

Mais alguns segundos, e, para seu desespero, a situação se definiu. O homem que correra pela esquerda atravessou novamente a rua e agora vinha em sua direção.

Estava cercada.

Olhou em torno.

Estava sozinha.

— Tudo bem, tudo bem. Vocês podem ficar com o dinheiro. Sem problemas. — Levantando a mão ela tentava manter o controle da situação.

Os homens se olharam, sorrindo, agora avançando com passos desafiadoramente gingados.

— Tudo bem, eu dou o dinheiro numa boa.

Eles pararam cada um a dois passos. Ela podia sentir o cheiro de suor e bebida. Ambos certamente não viam água e sabonete havia vários dias.

— Vai dar o dinheiro? — O que vinha no mesmo sentido que ela era mais alto e gordo, cruzou as mãos diante do peito falando com ironia: — Como ela é boazinha.

— O lance é que ia ser bem legal dar uma voltinha com você nesse seu carrinho. — Os dois riram. — É seu, não é?

As intenções deles não podiam ser mais explícitas.

— Melhor continuar boazinha mesmo, porque a gente não quer te machucar.

— Pelo contrário.

O estômago dela se contorceu ao olhar o homem que viera no sentido contrário. Magro, cabeludo, com uma barba amarfanhada, segurava um grande caco de vidro verde.

Suas chances de escapar eram reduzidas. Se gritasse, receberia no mínimo um corte profundo.

— Olha, eu vou pegar o dinheiro, e vocês me deixam ir, tá legal? — Enfiou novamente as mãos na bolsa.

— Dinheiro coisa nenhuma. Dá isso aqui!

Num gesto brusco, o gordo arrancou-lhe a bolsa, mas os dedos dela conseguiram manter em seu poder um cilindro de metal.

— Pega a chave — disse para o outro enquanto remexia os objetos no interior.

Assim que o cabeludo baixou o caco de vidro para com a outra mão tentar agarrar-lhe o braço, ela deu um passo de lado e enfiou a mão livre no bolso da calça.

— Boazinha.

Antes que ele tentasse um novo movimento, Ana Beatriz, sem sequer pensar no que estava fazendo, puxou do bolso o isqueiro, riscou a pedra no mesmo instante em que apertava o pino do cilindro de desodorante aerossol.

A imensa labareda lambeu o rosto, o cabelo e a barba do magrelo, que se atirou no chão aos urros. O gordo não teve tempo de entender o que estava acontecendo quando viu outra labareda vir na sua direção.

— Filhos da puta!

O fogo parecia não vir apenas do desodorante com álcool, mas também faiscava nos olhos daquela mulher em fúria.

O ataque repentino fez o gordo virar-se sobre o tronco e começar a correr pela rua.

— Meu bloco! Minha matéria, seu desgraçado!

Ana Beatriz saiu em perseguição do homem sem medir nenhuma consequência.

Desajeitado, o grandalhão tropeçou no meio-fio e caiu de quatro, com o traseiro levantado e as pernas abertas. A repórter não hesitou um instante: travou a respiração e, com todas as suas forças, acertou por trás os testículos do homem com a ponta de sua bota.

O gemido foi um ganido apertado e comprido.

Imediatamente ela pegou a bolsa no chão e voltou correndo na direção do carro.

O cabeludo, com o rosto totalmente chamuscado, permanecia caído, contorcendo-se enquanto ela abria a porta e em seguida dava a partida no carro guinchando os pneus.

40

O som do bipe eletrônico parou de soar no interior do hospital.

— Viu? Nada de importante.

Todos olhavam para Gílson, que, mesmo com o silêncio, ainda sentia um desconforto. Precisava entrar e ver se Noêmia e Vitor estavam bem.

— Desculpa perguntar. — Era a mulher de pernas inchadas que se dirigia a ele. — O senhor é o pai do garoto?

Por um momento, Gílson teve ímpetos de chutar aquelas pernas.

— Quero dizer, o senhor é o marido?

— Não, sou apenas um amigo.

— Sei, sei. — O professor percebeu que a dona já farejava ingredientes para uma boa fofoca. — Terrível isso tudo que aconteceu, né? — Apesar da falta de resposta, ela não se intimidou em continuar: — O senhor estava lá? No lugar do acidente?

Gílson passou a mão pelos cabelos vendo um velho de barba branca, que parecia estar ali mais por hábito que por necessidade, prender um cigarro entre os lábios. Não, ele não ia pedir nada a nenhuma daquelas pessoas.

— E o marido? O senhor sabe dele? — A dona das pernas inchadas continuava buscando assunto pros mexericos. — O marido não vai aparecer?

— Ela é viúva — disse o velho se levantando lentamente pra ir fumar lá fora — Deu na rádio agorinha.

— Santo Cristo, eu perdi essa parte. Sem marido e agora sem um filho.

"Lixo, tudo é lixo", pensou o professor. Aquilo era demais pra ele. Com um gesto, informou ao recepcionista que ia entrar. O outro assentiu com a cabeça, e o professor empurrou a porta de acesso aos corredores internos, arrastando seu cansaço e ouvindo os comentários crepitarem atrás dele.

— Pelo menos sobrou um.

— Mas dizem que ficou bobo, não foi?

— Esse povo conversa muito. O paciente está em estado de choque. — O tom do recepcionista assumia orgulhosa autoridade profissional.

— Coitada. Viúva, com um filho morto e outro bobo. — A mulher de pernas inchadas parecia ter encontrado o mote pras conversas do dia seguinte, e não seria o palpite de um funcionário que ia lhe tirar isso.

Ao fechar a porta, Gílson cortou o som daquela conversa nojenta. Só havia um médico plantonista atendendo numa sala no início do corredor.

O professor andava devagar, um pouco pelo cansaço e muito pela ausência completa de estímulos. Estava vazio por dentro. Assistiu a tudo sem poder ajudar, sem conseguir desempenhar, senão o papel de motorista. Depois, foi apenas o acompanhante inútil. Sem informações para esclarecer nada, sem autoridade para tomar decisões, sem ideias, sem palavras, sem pensamentos. Sentia-se mais do que nunca um mero coadjuvante. O gosto amargo do café combinava com seu humor. Percebia que não significava nada, porque nada tinha a oferecer. Não servira para nada relevante durante todo o dia e agora, com excesso de tempo e de amargura para pensar, via que em tudo na sua vida ele era do mesmo jeito. Nunca tivera nada a oferecer de especial a ninguém. Nem à mulher, com quem não tivera filhos e de quem havia se separado, ou aos alunos a quem ensinava sem paixão, nem aos seus velhos pais, que visitava uma vez por mês. Não era importante em nenhum sentido. Se ele estivesse naquele ônibus, ninguém sentiria a sua falta.

Segurou a maçaneta da porta do quarto de Noêmia e balançou a cabeça para espantar esses pensamentos. Não parecia muito apropriado ficar se sentindo mal na presença de alguém que estava tão pior.

Tinha autorização para permanecer junto da amiga naquela noite. No dia seguinte, de acordo com os exames feitos nela e no filho, voltariam para a capital. Ficar ali era difícil, voltar parecia um pouco pior.

Entreabriu a porta e percebeu através da penumbra a diretora dormindo. Tinha recebido doses extremas de tranquilizantes, que custaram um bom tempo para acalmá-la. Mas agora o corpo havia cedido e certamente dormiria por horas. Ele apoiou a testa na porta, sem entrar nem sair, pensando em como seria difícil para ela o momento de acordar. Os primeiros instantes de lucidez seriam terríveis. Mais uma vez, ele não sabia se gostaria de estar ou não junto dela. Resolveu fechar a porta sem entrar, com a certeza de que não era apenas um inútil, era um covarde, ou melhor, era ambas as coisas, e uma era a consequência da outra.

Seus passos foram puxados em direção ao quarto de Vitor, duas portas adiante. Entrou tentando afastar a angústia que o levava até ali. Interpretou isso como a vontade de fumar e, num gesto mecânico, bateu nos bolsos da calça à procura de cigarros, para no segundo seguinte se lembrar, pela décima vez naquele dia de que havia parado. Se conseguisse vencer aquela madrugada, certamente não fumaria nunca mais, mas naquele instante ele duvidava muito que fosse conseguir. Seus olhos procuraram, num cacoete, por algum maço perdido em cima dos móveis. Talvez sair à procura de um bar aberto fosse a melhor coisa a fazer.

Foi então que percebeu. Virou-se rápido e sentiu um calafrio. A cama estava vazia. Vitor não estava ali. Já ia se precipitar para fora quando viu a porta do banheiro entreaberta.

— Vitor? — Esperou um instante. — Você está aí? — Deu dois passos cautelosos, apurando os ouvidos à espera de um ruído qualquer.

41

— O que você está fazendo?

Ihmar repetiu sem raiva nem excitação, apenas confusa. Mas, quando puxei o quadril dela fazendo seu corpo se colar ao meu, ela deu um grito de espanto pulando pra trás.

— O que é isso? — Ela olhava para o volume nas minhas calças como aquelas atrizes de filme de terror. — Não é possível! Isso não é possível!

Na hora eu pensei no grandalhão do Katric. Já imaginou se a menina desse parte de mim por abuso sexual?

Mas o terror dela foi se transformando lentamente em interesse. Agora era ela que estava magnetizada olhando entre minhas pernas, onde o tecido da calça não conseguia conter meu ímpeto. Só que não era um interesse de mulher. Ela vinha olhando minha calça estufada como uma cientista olhando um espécime a ser estudado.

— Você... — Ela avançou a mão cuidadosamente e segurou meu pênis. Minhas pernas bambearam, e fechei os olhos desejando desesperadamente que aquela mão pequena começasse a se movimentar. — Você ainda tem... — Mas a mão saiu no instante seguinte. Abri os olhos para encontrar os dela fixos nos meus. — Você tem sexo! — Falava como se constatasse o maior de todos os absurdos.

Sabe quando eu falei de ficar estúpido sem saber o que falar com uma menina? Fiquei desse jeitinho.

— E você realmente me vê como uma mulher?

— Disso eu tenho certeza. — A voz saiu apertada, e o meu membro estava latejando como um touro trancado.

Aí aconteceu o pior. Ela começou a recolocar as roupas com a mesma agilidade que tinha tirado. Cara, era muito frustrante ver aquilo.

— Isso é errado? Nós não podemos nos comportar como um homem e uma mulher aqui? É isso?

Tudo o que eu queria era arranjar as palavras certas e evitar que ela se enfiasse nas calças.

— Eu não sou uma mulher. — Olhou pra mim com firmeza. — Na verdade nem sei se algum dia fui uma mulher.

— Você é uma mulher. Eu estou vendo uma mulher.

Ela terminou de se vestir e voltou pro seu lugar como se nada tivesse acontecido.

— Vamos tentar entender esta situação com calma. Sente-se.

Calma? Sentar? Mas caramba! O que eu podia fazer? A atitude dela era prática, sem clima pra nenhum tipo de aproximação. Mesmo sentindo um desconforto terrível entre as pernas, obedeci.

— Você não foi recondicionado, por isso mantém os padrões de antes, e assim seu desejo projeta em mim a imagem de uma mulher.

— Se você não é uma mulher, o que é então?

— Sou um paralelo funcional. — Aquelas palavras não faziam o menor sentido pra mim. — Existem os Mestres, os Mensageiros, os Guardadores, os Guardiões, os Controladores, os Receptores e os Funcionais. — Ela tentava ser didática, enquanto eu só pensava no que quase tinha acontecido. — E entre os Funcionais existem várias categorias, com diversas incumbências. A minha é ajudar os que se sentem perdidos a se encontrar, e no... — Daí ela parou intrigada. — Para estar aqui você deveria... — Os olhos dela fugiram por um instante para meu membro que agora já estava menos entusiasmado sob a braguilha. — Mas você ainda tem sexo! — Ela passou a mão pela testa tentando organizar os pensamentos. — E ainda tem um nome humano. Alexandre, não é isso?

Fiz que sim com a cabeça.

— Você não poderia estar aqui. — Ela olhou para os lados e baixou a voz. — Nem sei o que Katric faria se te descobrisse aqui. Achei que você fosse um intruso rebelde, mas é muito pior. Você é quase uma pessoa!

Uma vertigem me fez segurar firmemente na borda da mesa. A náusea subiu em espiral até alcançar a garganta.

— Quase? O que eu sou então?

Os dedos dela tamborilavam na mesa enquanto pensava.

— Já sei! Os bósons!

Ah, não! Aqueles malditos bósons de novo?

— Eles são muito pesados, têm um alcance curtíssimo e decaem muito rápido. bósons não têm matéria, mas servem pra mascarar suas partículas que se comportam ainda como matéria humana, com um peso muito leve e um alcance longo.

— E?

— Acho que, nem na Sala de Recondicionamento, nem na Central de Controle, eles souberam precisar o que você era. — Tapou a boca com a mão, arregalando os olhos. — Nem o Conselho! Nem o próprio Conselho deve saber o que você é e por que você está aqui! Isso é um absurdo! — Balançou a cabeça tentando encaixar as peças lá dentro. — Mas não vamos pensar nisso agora. O fato é que certamente te envolveram com bósons, porque eles criaram um campo de antipartículas em você, e assim você pôde passar pelo Portal de Contingência. O Controle Central deve ter imaginado que, se partículas tão exóticas como as suas fossem detectadas aqui dentro, você teria sérios problemas com o Katric.

Fazia sentido, mas...

— O Conselho não podia simplesmente avisar que essas minhas partículas exóticas estavam entrando, pra assim não foderem de cara comigo?

A boca dela se contraiu, e ela ficou fazendo que sim com a cabeça.

— Realmente. O Conselho tinha que ter comunicado. Não faz sentido. — Levantou-se rápido. — Comunicação, é isso. Precisamos estabelecer contato. — Com passos decididos, avançou até a porta do tal laboratório, abriu e sumiu lá pra dentro.

Comunicação? Então ela ia me comunicar para aqueles caras?

42

Minutos atrás Vitor havia aberto a porta de seu quarto e olhara o corredor certificando-se de que estava vazio. Não havia mais sentido. Nem dor, culpa ou qualquer sentimento. Simplesmente não havia mais por que continuar.

No meio do corredor, ficava o balcão de enfermagem. No vazio absoluto de sua mente, restava apenas a certeza mansa do que devia ser feito. E um plano se estabelecera de modo frio e preciso, como se ele fosse um profissional nesse tipo de ação, e não mais um simples estudante. Seu objetivo se encontrava em uma porta fechada atrás do balcão em que duas enfermeiras faziam plantão àquela hora. De onde estava, podia ouvir a conversa delas. Era preciso tirá-las dali.

Andou decidido na direção de um dos quartos. Abriu com cuidado e voltou a fechar em seguida. Não servia. Lá dentro o paciente estava acompanhado por alguém que dormia no sofá ao lado da cama. Seguiu para a próxima porta. Seus pés descalços não produziam nenhum ruído. Ouvia a risada das enfermeiras que continuavam a conversa. Abriu a segunda porta. Lá dentro estava escuro, mas a luz do corredor o fez perceber seu alvo. Um velho dormia sozinho conectado a alguns aparelhos. Puxou com cuidado uma cadeira e usou-a para impedir que a mola da porta voltasse a fechá-la. A pouca luz era suficiente para que ele visse que o velho tinha um respirador preso em sua cabeça por um elástico. Não hesitou. Puxou o tubo desconectando-o do aparelho. Não se lembrava onde havia aprendido aquilo, mas sabia que levaria alguns poucos minutos para que o alarme do aparelho fosse disparado, alertando sobre a falha na ventilação. Nem sequer olhou para o velho ou pensou no risco a que o estava submetendo. Não importava. Nada importava.

Voltou rapidamente para seu quarto e foi direto ao telefone. Nas últimas horas, sua mente estivera completamente vazia, sem passado ou perspectiva de futuro, talvez por isso tivesse sido tão fácil reter as informações que precisava para levar a cabo seu plano. Tinha na memória o número da recepção. Ligou. Guardara também o nome de uma das enfermeiras e do namorado dela, que ouvira numa conversa trivial enquanto tentavam fazê-lo almoçar. O recepcionista atendeu, e foi natural para Vitor usar uma entonação de urgência. Colocando-se no papel do namorado, disse ao recepcionista que pedisse à enfermeira que fosse encontrá-lo imediatamente no estacionamento. Desculpou-se dizendo que era um caso de extrema importância.

Desligou e pegou na mesinha a alavanca usada para inclinar o leito a qual ele já havia retirado antes. Foi até a porta segurando-a. Abriu apenas uma pequena fresta e aguardou. Ouviu o interfone soar no balcão do corredor. Calculou que em segundos o alarme do respiradouro soaria também.

Logo a enfermeira passou vestindo um casaquinho de lã cinza sobre o avental enquanto corria para a recepção. O alarme começou a tocar seu bipe estridente. Ouviu o ranger dos sapatos da segunda enfermeira indo em direção ao quarto do velho. Era agora. Tinha pouco tempo.

Saiu rápido pelo corredor e logo estava no balcão vazio. Contornou-o e abriu a porta da sala de enfermagem, logo atrás. Foi na direção do armário de medicamentos. Trancado, como ele já previa. Uma das pontas da alavanca terminava em uma lingueta estreita e comprida, para que se encaixasse no mecanismo do leito. Servia perfeitamente como um pé de cabra. Enfiou o objeto na fresta da fechadura da porta e fez força. Num estalo ela se abriu. Rapidamente passou pelas mãos diversos frascos, até encontrar o medicamento que procurava. Pegou dois vidros de benzodiazepínicos, tendo o cuidado de fechar a porta de maneira que numa olhada rápida não fosse possível perceber o arrombamento. O bipe parou de soar. Voltou para o corredor, consciente de que tinha poucos segundos. Entrou em seu quarto e instantes depois ouvia a porta no final do corredor ser aberta. Era a enfermeira voltando do estacionamento com passos irritados, certamente tentando se decidir se fora o recepcionista ou o namorado que lhe pregara aquele trote.

Andou com passos decididos até o banheiro.

43

Mesmo imaginando que Ihmar podia estar chamando o brutamontes do Katric, não conseguia me mover. Ir pra onde?

Mas logo ela voltou com um copo de vidro longo contendo um líquido transparente. Colocou no centro da mesa e sentou de novo na minha frente.

— Só temos uma coisa a fazer.

— Que por acaso seria... — Bom, pelo menos parecia que ela não tinha chamado ninguém.

— Induzir sua mente a revelar todo o mistério. — Fiquei olhando incomodado pro líquido.

— É pra eu beber isso?

— Como suas partículas ainda possuem esse estado exótico, de alcance longo e decaimento lento, o que aconteceu está registrado nelas.

— Isso é alguma droga?

Ela entrelaçou os dedos, e eu me coloquei na ponta da cadeira pra ouvir.

— A habilidade de lembrar eventos se reflete em uma combinação de estratégias. O que nos interessa aqui é a estratégia que não requer participação consciente. Para isso vamos ativar suas estruturas não corticais. — Fiz um gesto vago pra ela continuar. — Circunstâncias extremas podem impedir que o campo sináptico se manifeste, e o que aconteceu se perde no labirinto das possibilidades que não chegaram a se consolidar como imagens ou pensamentos.

— É essa coisa de inconsciente?

— Não. O inconsciente ainda é uma manifestação local da mente. Vou induzir um estado supraconsciente para resgatar suas sinapses que não colapsaram em mensagens. Vamos tentar entender a situação entre a pré-memória das suas infinitas possibilidades de ter sido.

Ela segurou o copo entre os dedos fazendo o líquido girar lentamente.

— Estas são enzimas proteicas sintetizadas quanticamente para uma ação não local. Elas vão colapsar as ondas de memória que quase existiram.

Peguei o copo da mão dela. Eu já estava cheio dessa história de quase. Olhei pro líquido incolor com medo do efeito que aquilo poderia causar, mas nada podia ser pior que ficar totalmente ignorante sobre o que eu era e sobre o que estava acontecendo. Aproximei meus lábios do copo preparado para sentir um gosto diferente de tudo o que já havia experimentado, mas ela me interrompeu.

— Espera. — Puxou sua cadeira para mais perto. — Pode não ser agradável o que você vai sentir, mas não precisa ter medo.

Alguém já disse pra você Não precisa ter medo? Claro que já. Acho que todo mundo já ouviu isso. É uma frase idiota. Só serve pra aumentar ainda mais nosso temor. Mas, mesmo assim, meu medo era muito menor que a necessidade que eu tinha de respostas. Tomei um gole grande.

Já tinha ouvido falar de um personagem de um livro que, quando comeu um biscoito, foi invadido pelas lembranças da infância. Não sei se você conhece essa história, mas o que eu quero dizer é que comigo aconteceu uma coisa parecida. Parecida, mas diferente. Quando o líquido ocupou minha boca, não senti gosto nenhum. Não percebi aquele líquido com o paladar, mas com o tato, sabe? E era a coisa mais fina e leve que eu já havia tocado. Senti o contorno do líquido. Era como se ele fosse oco, vazio, um balão de história em quadrinhos em branco.

Foi então que eu vi o Vitor. Cara, você pode não botar a menor fé nisso, mas de olhos fechados eu assisti ao tal filminho a que todo mundo fala que a pessoa que está abotoando o paletó assiste. O lance é que não era *eu* quem estava morrendo. O filme era a vida do Vitor. Mais precisamente os últimos capítulos.

Vi o acampamento. A fogueira. O vinho. Depois ele andando pelo lugar, procurando a Cecília, me procurando. Ainda estava feliz, porque não sabia de nada. Vi o Osvaldo, um babaca, contar, rindo, pra ele que o irmão estava rolando na grama no maior amasso com a Cecília. Senti a dor na mão quando Vitor deu um murro na boca do cara. Senti a angústia dele procurando a gente. Árvores, fachos da lanterna iluminando o mato. Ele bufava. Estava me caçando! Um garrafão de vinho apareceu. Muito vinho passando pela garganta. Ele chorou. Dormiu. Acordou. Não podia ser verdade. Não perdoou. Entrou no ônibus, olhou pra mim lá no fundo com o boné enterrado na cabeça como um covarde. Não quis falar com ninguém. Era o sofrimento em estado bruto nele. Vi o tanto que ele gostava da Cecília. O tanto que ele gostava de mim! Era muito forte a dor dele. Difícil respirar. Senti o gosto amargo na boca, no peito.

Um mundo sem beleza. Pessoas horríveis, fracas. Ondas de egoísmo destruindo sua noção de felicidade. A dor era tão absurda que ele não ia aguentar mais o peito arrombado. De repente, uma anestesia macia cobriu sua pele. A dor foi embora. Suspirou. Sem dor tudo mudava. Ele viu como as pessoas eram frágeis. Sentiu compaixão pela minha carência. O beijo era só vontade de ter carinho. O carinho que ele sentia correr pelo corpo. Foi então que ele sentiu alguém tocar seu ombro. A sensação de conforto o abandonou como se puxassem o cobertor que o anestesiava. Olhou pra trás e me viu! O estômago contraiu de angústia. Abandono. Eu era a causa daquela angústia. Me empurrou. Me viu cambalear no corredor do ônibus. Viu meus olhos em pânico olhando para frente. Virou-se e viu também. A mureta. O abismo além da estrada. O baque. A trombada. Corpos subindo e descendo ao seu lado. Mais um baque, e ele voou. A terra e o mato raspando a pele. O barulho de ferro se torcendo. Muita poeira. Parou de bruços sem sentir dor. O ônibus que afundava na água.

Sem pensar em nada. Sem sentir nada. Vazio. Só o contorno de um vácuo. A luz do sol incomodava. Andou até as árvores. Sentou e ficou. Então começou a sentir frio. O frio do abandono. Toda a sinfonia desarmônica de emoções havia cessado. Silêncio dentro dele e gritos do lado de fora. Sirenes. Bombeiros. Trator. Polícia. Cada vez mais pessoas. Alguém de cavalo ao seu lado. Água. Muita água. Um homem com uma menina nos braços. Quem era? E quem era aquela mulher correndo? Frio. A picada no braço. Escuridão. O teto branco. Lençol verde que não aquecia. Médicos. O professor Gílson falando com ele. Ele não sentia nada, e não era possível continuar. Precisava acabar. Era fácil. Todo um plano na cabeça. As pílulas na mão. A água engolindo muitas pílulas. Escuridão.

Meu Deus!

Abri os olhos. Não aguentava mais.

— Tudo bem? — Os olhos de Ihmar eram atentos.

Empurrei o copo que deslizou pela mesa.

— Que porra foi essa que eu acabei de ver?

— Calma. Eu disse que seria difícil encarar o que aconteceu com você.

Comecei a andar de um lado para o outro me sentindo enjaulado.

— Não. Eu vi o que aconteceu com o Vitor! Meu irmão gêmeo. Vi tudo pelos olhos dele. — Sentei balançando com força a cabeça pra afastar a imagem do que eu tinha visto.

Ihmar estava quase tão assustada quanto eu.

— Você entrou em contato com a consciência do seu irmão? — Ela também balançava a cabeça sem entender. — Mesmo vocês sendo gêmeos, isso é muito estranho.

Afundei a cabeça entre as mãos. Cara, era bem foda. Mesmo agora é bem horrível lembrar aquela cena. Uma coisa é acontecer um lance ruim com você, outra muito pior é acontecer com a pessoa que você mais ama. E você não fazer nada!

— Ele não morreu no acidente. Conseguiu se salvar.

— Mas isso não é bom?

Levantei os olhos.

— Ele se matou logo depois. Meu irmão se matou!

44

O manto flamejante do Conselheiro subiu em espiral, envolvendo Quenom numa ondulação de energia. Instantaneamente entrou em contato direto com a mente de Quenom e passou a transmitir imagens.

Vitor caído no banheiro. Uma das mãos segurava um vidro vazio.

Um homem gordo entrou no banheiro precipitando-se sobre o corpo inerte. Sacudiu. Gritou. Logo surgiram duas enfermeiras. A constatação do ato foi imediata, e a enfermeira saiu para acionar o médico de plantão.

Em seguida, a cena apagou-se da mente de Quenom, que voltou a encarar a forma humana do Conselheiro.

— Desculpe, mas eu não entendi. Um membro do Conselho se desloca até o nível de frequência mais baixo só pra me fazer assistir ao suicídio de um rapaz?

— Tentativa de suicídio. Ele não morreu ainda. Ingeriu os comprimidos há poucos minutos. O guardador daquele senhor conseguiu criar um nível de ansiedade suficiente para que ele se movimentasse até o rapaz. Esperamos sinceramente que ele seja salvo pelos médicos.

— Neste instante, milhões de pessoas estão correndo tanto ou mais riscos, e, obviamente, não existe um Conselheiro se dedicando a cada caso. — Quenom não via motivos para não ser direto. — O que há de especial aqui?

O Conselheiro segurou os dois ombros de Quenom olhando firme e suavemente para ele.

— Vou ser sucinto e direto. Você sabe o que significa entusiasmo, não é? É um conceito que vai muito além do que o senso comum entende por empolgação. — Apertou um pouco a pressão das mãos. — *Entheusiasmus*: repleto de Deus. Estar repleto pelo sopro da Existência. Esse rapaz que você viu perdeu todo o entusiasmo. E antes que você argumente que várias pessoas perdem o entusiasmo e também passam a achar que existir não vale a pena, vou dizer o seguinte: pela primeira vez, a perda do entusiasmo foi causada pelo Horizonte de Energia! Por ordem de Deus, esse rapaz ficou vazio Dele! — Soltou as mãos e as deixou largadas ao longo do corpo.

Quenom estava absolutamente perplexo.

— Não podemos continuar essa conversa aqui.

— Vamos para a Arcada?

— Não. Nem a própria Arcada é um local totalmente seguro neste caso.

— Pra onde então?

— Precisamos que você deixe que visitemos o mais recôndito de sua consciência.

O Conselheiro queria ser convidado a visitar o porão do seu ser? Mas como, se sua individualidade e memória já tinham sido havia tanto tempo abandonadas?

— As individualidades abandonadas não se apagam, apenas se soltam no labirinto do movimento cósmico se transformando na Energia que impulsiona o universo. Devido a esta necessidade extrema, conseguimos isolar as vibrações da sua existência em vida. Mas isso é apenas a metade de uma chave. A sua permissão é o complemento do código de acesso.

Quenom permanecia sem realmente entender o que se passava.

— Vamos bater um papo dentro da minha cabeça?

— Por favor, temos urgência. — A luz do Conselheiro era sincera. — Ouça bem: nós precisamos de você, e você precisa de nós. Para continuarmos existindo, temos que trabalhar juntos, interdependentes.

Quenom estava sentindo um medo como nunca havia experimentado.

Coragem é enfrentar o medo.

E ele sempre fora um corajoso.

— Você é bem-vindo.

— Obrigado.

Uma explosão de luz cegou o entendimento de Quenom.

45

— Suicídio?

Ihmar colocou-se de pé num pulo, como se a palavra tocasse um nervo exposto. Não esperava uma reação tão forte dela. Quero dizer, suicídio é horrível, claro. Mas ela não conhecia o Vitor, nem me conhecia direito.

— Como foi? — Nunca tinha visto uma expressão como aquela.

— O Vitor caído com comprimidos...

— Não. Não a cena. — Ela estava petrificada. — Você disse que se sentia como ele... Então, o que você sentiu?

Cara, era difícil lembrar o que meu irmão tinha sentido, ainda mais agora, comigo sentindo tanta coisa.

— Que diferença faz o que ele sentiu? O problema é que ele se matou.

— Toda a diferença. Concentre-se. O que Vitor sentia quando engolia os comprimidos?

Voltei àquele momento terrível. Me esforcei para perceber os sentimentos dele.

— Nada. A única coisa era a certeza de que tudo tinha que acabar.

Sabe alguém totalmente horrorizado? Ela ficou pior. Gemeu e deixou-se cair na cadeira.

— É horrível. É o máximo do horrível.

Então eu tive aquele tipo de pensamento que quer acordar a esperança, mesmo que seja aos socos.

— Se ele morreu, então deve estar em algum lugar por aqui, não é?

O problema é que o olhar dela não tinha sequer uma réstia de calor pra me confortar.

— Decidir se vale a pena ou não viver é fronteira extrema da consciência. — Ela parecia não ter coragem de me olhar. — E o suicídio do seu irmão, com a consciência da certeza de que não vale a pena, foi absoluto.

— Como assim? Por acaso tem um jeito relativo de se matar?

— Sim.

— O quê? — Eu só não soquei a mesa porque ela estava mais abatida que eu. — Que papo é esse?

Finalmente ela levantou os olhos.

— O simples ato de se matar não significa necessariamente uma derrota da existência. Existem pessoas com diversos tipos de alteração mental que se matam, mas na verdade elas foram levadas a se matar, ou se mataram sem consciência do que faziam. Existem também pessoas que, por diversas razões, se veem completamente perdidas, então o gesto é uma tentativa desesperada de achar um caminho. Se você não tem caminho, buscar um é válido, como quem se atira de uma janela de um prédio em chamas. Querem existir, ainda que por alguns segundos mais. E ainda existem as que querem atenção, carinho, amor. Estas pessoas não querem deixar de existir, querem ser salvas, resgatadas.

Ficamos em silêncio alguns instantes.

— E o Vitor?

— Alexandre, é muito difícil o que eu vou lhe dizer.

Eu tremia inteiro, gelado, suando.

— Pelo que você sentiu, Vitor estava lúcido, consciente de que não estava perdido, ao contrário, estava certo de seu caminho rumo ao fim, e sem se importar com a atenção de ninguém. — Ela segurou a minha mão. — Ele simplesmente abandonou a caminhada. Desistiu de existir.

Alguma força subia por dentro, dizendo que, se era assim, então Vitor ia precisar muito de mim, pois a coisa tinha ficado realmente feia pra ele.

— Então ele fez uma puta besteira, a maior de todas, não é? E agora ele vai ser castigado pra caralho, é isso? — Eu lutava pra fazer nascer a esperança. — Mas eu posso ir lá e mostrar que a culpa não foi dele, que eu é que...

— Ninguém vai castigar ninguém. — Eu quase fiquei feliz, mas ela continuou. — É muito pior. Ele se apagou.

— Mas ele foi pra algum lugar, não foi? Tem que estar em algum lugar — eu continuava chutando a esperança pra ver se ela acordava.

— Nada é capaz de apagar a luz da existência. — Era isso que eu precisava ouvir. — Nenhum assassinato, nenhuma doença, nenhum acidente, nem mesmo esses suicídios que eu falei antes. A existência comporta todos esses eventos.

"Ótimo, então por onde começamos a procurar?", era o que eu queria dizer. Mas ela continuou:

— Só a própria pessoa é capaz de se apagar.

Não. Isso não.

— Você está dizendo que ele sumiu? É isso?

Ela tinha a cabeça entre as mãos, como se não conseguisse me olhar.

— É pior.

Porra! Pior ainda? Nada podia ser pior que não existir. Se ele existia, existia em algum lugar, e eu ia encontrá-lo de qualquer jeito.

— Quando alguém desiste, ninguém pode encontrá-lo. Ele continua existindo preso dentro de sua própria escuridão.

Imaginar o Vitor encarcerado em si mesmo e invisível a todos, sem possibilidade de ajuda, de salvação, e ainda assim existindo... Isso era realmente o pior que eu podia conceber.

— Tem que ter um jeito de eu encontrar meu irmão!

Comecei a andar de um lado para o outro como um louco. Não dava pra aceitar aquilo. Não dava pra continuar sem fazer alguma coisa pelo Vitor. Isso simplesmente não era uma alternativa.

— Está errado! Se aqui vocês ajudam quem não tem fé, então as pessoas que se matam são as que mais precisam da ajuda de vocês.

— Não é possível alcançá-lo onde ele se encontra.

Onde ele se encontra? Aquilo martelou meu peito. Então ele se encontrava em algum lugar.

— No inferno? — A raiva me fazia espumar. — É isso? O Vitor foi pro inferno?

Ela sorriu triste. Eu fervi e entornei o caldo.

— Sabe o que eu acho? Que vocês são um bando de covardes, que ficam aqui nesta coloniazinha massageando os outros que são ainda mais covardes — botei o dedo na cara dela. — E sabe por quê? Porque vocês têm medo do inferno! Um bando de bundões! Mesmo esse Katric filho da puta do caralho é um bundão que fica bancando o xerife de meia-tigela — aproximei meu rosto irado do rosto triste dela. — Mas sabe de uma coisa? — Rodei pela sala e dei um chute na poltrona, que acertou a luminária fazendo minha sombra dançar pela sala. — Eu vou até o inferno pra ajudar o Vitor. E não tem demônio nenhum que vai me impedir!

Ela continuava triste acompanhando meu acesso de fúria.

— Pois eu vou lá. Vou e arrebento a boca de qualquer capeta que cruzar na minha frente. Porque o Vitor é tão bom quanto eu. É melhor que eu! E por causa de um gesto de desespero, depois de passar por um acidente como aquele, não é justo ele ser condenado enquanto eu fico aqui — comecei a me esmurrar. — Eu é que sacaneei com ele. Sou eu que tenho que ir enfrentar esses demônios desgraçados! — Segurei os ombros dela com violência. — Eu quero ir pro inferno! Você entende? Me ajuda, me mostra o caminho pro inferno!

46

Quenom abriu os olhos na completa escuridão. Estava deitado de costas. Ao tentar erguer o pescoço, bateu a testa na madeira. Imediatamente foi tomado por um terror claustrofóbico. O lado esquerdo de seu corpo estava espremido. Instintivamente, virou-se sobre o ombro direito e percebeu um telhado que subia em diagonal até uma cumeeira não muito alta. Alívio. Pelo menos não estava em um túmulo.

Piscou para se acostumar ao escuro. Ficou olhando finíssimas partículas de poeira dançar iluminadas pelos fios de luz tentando entender o que se passava.

Lentamente ergueu o tronco sentando-se na enxerga de palha. O corpo estava pesado, lasso, meio dormente. A posição era incômoda, o teto inclinado pressionava sua cabeça ainda turva e confusa. Começou a se arrastar, sentindo a madeira rústica sob as mãos, e lentamente foi se afastando do canto daquele sótão.

Sótão?

Congelou. Como ele sabia que aquilo era um sótão? Claro, havia o teto inclinado, o chão de madeira, mas... Foi então que viu as próprias mãos. Soltou um grito invertido — um soco de ar rompeu sua garganta dilatando seus pulmões. Estava respirando! A dor produzida pelo ar que invadia seu peito foi tão grande que os braços cederam e ele bateu forte com o rosto no assoalho.

Ficou um longo tempo naquela posição, com a boca amassada no chão. Só se preocupava com o doloroso exercício de respirar. Doía demais. Mordeu os lábios com força.

Mas a consciência era mais difícil de amordaçar que a dor. E foi a consciência do medo que lhe revelou que ele estava vivo! Era impossível negar isso. Respirava. Sentia o peso do corpo, cada membro sendo puxado sem nenhuma gentileza pela gravidade. Sentia as veias latejando, o estômago se contorcendo, os poros expelindo suor. Vida biológica! Não havia dúvidas. Mas como aquilo tinha acontecido?

Seja pelo chão empoeirado, seja pela falta de intimidade com o ato de respirar, começou a tossir. Primeiro de forma abafada, mas logo a tosse se converteu num acesso violento, sufocante. A vida frágil que ele começava a experimentar mostrou sua força de querer sobreviver. Virou-se, contorceu-se, abriu os braços, movimentou-se buscando ar. Num instante estava sentado, e a tosse foi se abrandando. Restou a dor que perfurava suas têmporas, mas isso não impediu que ele se colocasse em ação. Precisava saber onde estava e o que tinha acontecido.

Levantou-se trôpego balançando a cabeça numa negativa. Lembranças. Aquilo não era possível, simplesmente não era possível. Cambaleou até a parede e reconheceu a mesinha tosca junto da cadeira de palha. A janela de madeira fechada por uma tramela. O caixote com alguns poucos livros. O baú de roupas ao lado. A vela e a talha de barro. Reconheceu o lugar onde estivera deitado. A luz era pouca, mas ele reconhecia tudo. Estava em seu quarto. O sótão da casa de seus pais!

Estava de volta a um lugar que ele tinha abandonado havia muito tempo. Como?

Imediatamente correu para a janela no intuito de abri-la e conferir se lá fora estariam as cabras, a carroça, as galinhas, o jirau com as panelas ao sol. Tentou girar a tramela, mas ela não cedeu. Fez força, e nada. A janela permanecia emperrada, isolando-o do mundo exterior de sua juventude.

Desistiu, encostando a testa no antebraço, sentindo os dedos doerem. As mãos, os braços. Passou em detalhe cada centímetro do próprio corpo. A pele morena, queimada de sol e áspera pelo trabalho. Músculos e veias protuberantes. Passou as mãos pelo rosto e sentiu a barba rala. Contornou com os dedos o nariz fino e agudo. Delineou as sobrancelhas grossas e os olhos fundos. Os dedos penetraram nos cabelos fartos, negros e oleosos. Olhando pra baixo, viu seu torso vestido com uma camisa branca de algodão, com barbantes trançados sobre o peito, revelando a pele morena sem pelos. As calças eram negras, largas nas coxas e se apertando nas canelas cobertas por botas gastas de couro. Na cintura, havia uma faixa vermelha e, enfiada nela, um punhal. Puxou lentamente a arma de sua bainha e ficou a tocá-la. Uma amiga antiga, íntima. Todas as peças se encaixaram e ele teve a noção exata de toda sua vida, com a memória emergindo vigorosa depois de um longo repouso.

Um ranger da madeira fez com que ele girasse rapidamente o tronco assumindo uma posição de defesa com o punhal em riste. Ouviu o som de passos pesando sobre degraus. Logo batidas reverberaram no chão. Estavam batendo na tampa do alçapão que dava entrada para o sótão.

— Curgo! — Era o apelido que não ouvia havia tempos. — Abre pra mim, Curgo.

Não havia dúvidas. Era a voz de sua mãe! Ele todo tremia. Não sabia se seria capaz de usar as palavras.

— Anda, Licurgo. Abre pra mim.

Licurgo era ele. Ou fora ele. Voltava a ser. Foi se aproximando do alçapão. Não tinha vontade de abrir, mas a ordem da mãe tinha uma força ancestral. Recolocou o punhal na bainha e, apoiando um dos joelhos no chão, alcançou a grande argola de ferro, girou e puxou a tampa. Uma coluna de luz emergiu do chão, trazendo odores variados, como mato, esterco, cebola e o suor. Deu dois passos pra trás, duvidando que fosse capaz de resistir ao encontro. Viu a figura surgindo aos poucos. O lenço verde na cabeça, os braços fortes e gordos, os peitos generosos, as saias sobre saias com tons de marrom. Estava absolutamente focado nos detalhes das sandálias e nos dedos roliços dos pés quando ouviu o alçapão se fechar num estrondo.

— Que demora, hein? — A mulher se adiantou lentamente até a mesinha. — A gente tem muito pra falar.

— Mãe? — A palavra saiu submissa olhando as faces rechonchudas.

Um instante de silêncio. A mulher fechou os olhos levantando as sobrancelhas enquanto abaixava a cabeça apertando os lábios. Suspirou numa negativa triste:

— Lamento, Licurgo. Ou melhor, lamento, Quenom. Não sou sua mãe.

Breve esperança!

Raiva? Desapontamento? Alívio? Ele não conseguia decidir o que sentia enquanto se arrastava até a cama para se largar sentado.

— Conselheiro? — Não era fácil assimilar aquela mistura de universos.

— Aqui poderemos falar em segurança.

— Então estamos na minha mente? — Quenom abriu os braços abarcando o sótão.

— Estamos em um nível inviolado. Certamente sua parte mais recôndita. — A mulher sentou-se com sua dificuldade gorda na cadeira de palha, que gemeu sob o peso. — Você nos trouxe até aqui porque é certamente um lugar inacessível a todos.

— Meu quarto?

— Sua memória mais secreta.

Foi como se o punhal que tinha na cintura fosse cravado entre seus olhos. A lembrança há muito escondida emergiu inteira. Lembrança secreta. Lembrança maldita! Ele sozinho naquele sótão, olhando incrédulo por uma das frestas do chão que se abria sobre o quarto da irmã. O pai bêbado arrancando as cobertas da filha. Se deitando sobre ela. Os gemidos. Os pedidos em vão da criança para que o pai parasse. O resfolegar nojento. O ranger da cama. O choro abafado de vergonha.

Ele tinha esquecido tudo isso!

Tinha negado!

Era pra ficar esquecido pra sempre!

Fugiu de casa por vergonha, não só do pai, mas vergonha, de si mesmo, por não conseguir enfrentá-lo. Vergonha por abandonar a mãe e a irmã nas mãos daquele velho imundo. Correu o mundo querendo se perder daquela lembrança. Lutou. Matou. Morreu para esquecer. E conseguiu. A morte o libertou. E ele abandonou para sempre aquela cena monstruosa. E agora estava ali de novo? O Conselheiro estava certo. Era um terreno sepultado com cimento e rocha que ninguém jamais conhecera ou poderia penetrar.

— Sei que não deve ser fácil para você voltar aqui, e estamos gratos a você por esta concessão.

Quenom apertava os olhos com as mãos.

— Por que a minha mãe?

O corpo gordo que o Conselheiro assumira respirou fundo:

— Certamente era a pessoa em quem você confiava incondicionalmente.

A dor da lembrança era tremenda, mas era preferível enfrentar diretamente para que tudo acabasse logo:

— O que vocês querem comigo?

— Ótimo. — O Conselheiro ajeitou a gordura o melhor que pôde na cadeira, claramente disposto a ser direto. — Eu já te disse que todo o Sistema está em risco.

— Quando o senhor diz Sistema, quer dizer...

— Tudo. A existência corre o risco de ser afetada em sua essência. — Quenom agora fixava atentamente os olhos de sua mãe. — Se isso acontecer, toda a ordem estabelecida estará perdida, e nem nós do Conselho podemos prever o que acontecerá depois. Mas certamente não será nada bom.

Ouviu muito sério e relutou com uma pergunta, uma ideia tão presente na imaginação de todos em todas as eras.

— O apocalipse?

— Sim.

O medo o percorreu, e ele se encheu de energia.

— Estamos à beira de uma catástrofe? — Estava agora totalmente a postos.

— Não acontecerá como um Armagedom, um juízo final ou uma explosão universal. É pior. Se acontecer, será tão imperceptível que não teremos como agir sobre algo tão sutil.

Mexiam-se inquietos, pela seriedade do que estava sendo dito e pelo desconforto de estarem em corpos humanos.

— Se a essência do Sistema for abalada...

Houve um silêncio.

— Essência? Nós estamos falando, por acaso... de Deus?

Havia uma ponta de incredulidade.

O Conselheiro levantou-se e circulou pelo pequeno sótão parecendo escolher as palavras.

— Não. Estamos falando de algo anterior a Deus.

47

Ao abrir a porta interna que dava para a recepção do hospital, a luz de um refletor se acendeu com violência sobre os olhos de Gílson. O professor tentou barrar a potente iluminação com o antebraço, mas não teve como deter o ímpeto do repórter empunhando um microfone e praticamente se jogando sobre ele.

— Por favor, professor, uma palavrinha para nossos telespectadores. — Atrás do repórter, um câmera e um sujeito segurando o refletor também avançavam. — O que aconteceu com o rapaz sobrevivente do acidente?

Indefeso, Gílson olhou em volta buscando auxílio, mas a única coisa que podia ver era mais repórteres que se precipitavam com seus gravadores em sua direção. *Flashes* explodiam à sua volta.

— Professor, é verdade que ele tentou o suicídio?

— O senhor estava presente? Como foi?

— Qual é o estado do garoto?

— A mãe dele já sabe que o filho tentou se matar?

As perguntas eram disparadas numa sequência frenética que deixaram o homem tonto.

— Eu não sei de nada, por favor, eu não tenho nada pra falar.

Com movimentos de braços que pareciam querer afastar uma nuvem de insetos, o professor tentava se defender do ataque implacável.

Enquanto isso, Ana Beatriz, a mais nova celebridade do mundo jornalístico, não fazia valer suas prerrogativas de primeira repórter a dar visibilidade ao assunto. Ao contrário, mantinha-se afastada, procurando não ser vista pelo professor. Ela sabia que ele não ia falar nada de especial numa situação como aquela. E a repórter já não se interessava pelo acidente em si; queria saber do antes. Queria completar o quadro daquela história e não conseguiria isso simplesmente fazendo perguntas diretas. Tinha que ser muito mais habilidosa para penetrar nos segredos daquele homem. E pra isso já tinha uma estratégia delineada.

— Mas este é um caso de interesse nacional, professor. — Insistiu o primeiro repórter, tentando manter às cotoveladas sua posição. — E o senhor estava presente, não estava?

— Os espectadores têm direito a informações. As pessoas querem saber o que está acontecendo.

Quis dar um safanão no microfone e no repórter de rapina que o segurava. Público? Direitos? Interesse das pessoas? O que tinham a ver com isso? Mas Gílson sentia-se intimidado demais para qualquer reação.

— Desculpem, por favor. Não tenho nada a falar.

O martírio continuaria inapelável, não fosse a súbita aparição de sua colega Clarissa, que, junto a outro professor, rompera o cordão de jornalistas para acudir o entrevistado.

— Ele não está em condições de dar nenhuma declaração. — Clarissa abria a porta atrás de Gílson, empurrando-o de volta para o corredor de onde ele havia saído. — Por favor, compreendam que não é um bom momento.

Mesmo repelidos pelos professores, os ávidos repórteres não pareciam dispostos a recuar.

— A senhora é parente da vítima? Pode nos dizer o que sabe sobre o caso?

— Com licença, por favor, com licença.

Finalmente os professores conseguiram passar pela porta que foi imediatamente fechada.

Roberto, o professor que ajudara na blindagem de Gílson, apoiava seu peso contra a porta temendo uma invasão.

— Será que não tem ninguém pra botar ordem nisto?

Clarissa abraçou o professor que parecia esperar apenas um gesto como aquele para romper num choro tímido.

— Tudo bem, Gílson, tudo bem. Calma, a gente está aqui.

— Por que vocês demoraram tanto? Isto é um pesadelo sem fim. — Enxugava o rosto com a manga da camisa. — Parece que faz um século que estou neste filme de terror.

— Os sócios do colégio convocaram uma reunião de emergência. Todos estão perdidos sem saber o que fazer.

— Lá também estava um caos. — Roberto falava ainda segurando a porta. — Pais, repórteres, advogados, polícia. Um pandemônio.

— Alguns foram para o IML; outros, para a delegacia...

A pressão dos jornalistas na porta cedeu. Os três ouviram do outro lado vozes em tom enérgico pedindo que acabassem com aquela balbúrdia. Ouviram também os protestos dos representantes da imprensa reivindicando seu direito de trabalhar.

— Finalmente alguém pra conter essa loucura. — Roberto respirou aliviado limpando o suor da testa.

— Onde está a Noêmia?

Gílson indicou uma porta mais adiante.

— Dormindo. Sedada.

— Que tragédia, coitada.

O professor apenas assentiu.

— Há alguma coisa que a gente possa fazer?

— Não sei. Estou completamente perdido.

Clarissa abaixou um tom de voz:

— E essa história sobre o Vitor, é verdade?

Um médico e duas enfermeiras surgiram por um corredor perpendicular. As mulheres seguiram para a sala de enfermagem, e o médico, notando a presença de Gílson, veio em sua direção.

— Doutor, eu sou Clarissa, colega da Noêmia e do professor Gílson. — Se antecipou estendendo a mão. — E este é o professor Roberto.

Depois dos cumprimentos protocolares, o médico retirou a touca e ficou brincando com ela entre os dedos.

— A paciente está sedada e deve permanecer assim. Estava programada a transferência para logo cedo, mas em vista do que aconteceu com seu filho esta noite...

— Como está o Vitor?

— Foi muita sorte o senhor ter ido ao quarto dele naquele momento. A quantidade de comprimidos que ele ingeriu certamente seria fatal caso o socorro demorasse um pouco mais.

— Quer dizer que ele está bem? — Clarissa fez a pergunta tentando encontrar um motivo para sorrir.

— Fizemos a lavagem estomacal, e, ao que tudo indica, ele vai se recuperar.

— Graças a Deus.

— Mas precisará ficar sob cuidados por algum tempo.

Estavam para começar a discutir quais seriam os procedimentos mais convenientes, quando o bater de uma porta fez todos se voltarem assustados.

— Noêmia? — A voz de Gílson saiu abafada ao ver a amiga vir completamente trôpega, porém determinada, na direção deles.

— Meu filho! — Ela balbuciou, mancando e tropeçando nas talas presas às próprias pernas. — Meu filho! — Era uma visão aterradora. A mulher tinha os cabelos desgrenhados, os braços engessados e trazia a agulha do soro ainda espetada nas costas da mão, deixando escorrer um filete de sangue. O protetor de pescoço a apertava, fazendo o rosto ficar inchado; e os olhos, vermelhos e injetados. — Meu filho!

O médico correu para amparar a paciente, pensando em quem poderia ter cometido a imprudência de revelar a ela o ato suicida do garoto.

— Meu filho, meu filho está em perigo! — Assim que o médico a segurou nos braços, os olhos congestionados se arregalaram numa súplica, — Você precisa ajudar meu filho!

— Ele está bem. — Noêmia se debateu, não aceitando o comentário. — Confie em mim, ele está bem agora.

A diretora lançou-se sobre o professor:

— Meu filho, Gílson! Ele está precisando de ajuda!

O corpo grande e macio do professor envolveu-a num abraço afetuoso.

— O Vitor vai ficar bem.

Ao ouvir o nome, Noêmia repeliu o abraço e lançou um apelo a todos.

— Não estou falando de nenhum Vitor! — Por um instante houve uma paralisia geral. — O Alexandre! O Alexandre precisa de mim!

Todos se entreolharam sem saber como dizer àquela mãe que ela nem ninguém podiam fazer nada pelo filho morto.

— Noêmia, o Alexandre... Devemos acreditar que ele está bem.

— Não! Ele precisa de mim!

Uma enfermeira já se adiantava vindo do balcão com uma seringa nas mãos trocando olhares com o médico, enquanto a mãe lançava gestos no ar e gemia.

— Ele está em perigo, eu sei! — A agulha picou seu braço. — Não! Eu não posso dormir. O Alexandre precisa de ajuda. Ele está em perigo.

A droga agiu rápido, e as pálpebras e os joelhos começaram a ceder.

— O Alexandre. Eu sei. Em perigo.

48

— Katric, veja isso aqui.

A Sala de Controle da Colônia de Suspensão era um ambiente amplo, com paredes foscas, revestidas de algum elemento entre o sólido e o gasoso. Não havia janelas, apenas uma pequena porta, feita de um tipo de plástico metalizado. Várias esteiras se estendiam pelo chão, e sobre elas, diante de mesinhas baixas de um branco-reluzente, havia criaturas em posição de lótus. Eram praticamente iguais, completamente calvas e vestidas com batas translúcidas. Mudavam sutilmente de cor, como se fossem iluminadas internamente pelos corpos que envolviam. Manipulavam com grande habilidade varetas de vidro luminoso, que também mudavam de cor de acordo com a posição em que eram colocadas sobre a superfície da mesa.

Najahr, assistente de Katric, estava diante de uma dessas criaturas, observando atentamente suas ações com as varetas. Katric se aproximou tenso.

— O que foi?

— Veja, Elo 23 detectou uma manifestação atípica. — O assistente apontava as varetas. — Nunca vi esse tipo de vibração antes. — Assim que a criatura recolocou as varetas, uma delas começou a pulsar numa iluminação bastante diferente das demais. — Aqui. Veja, sem padronização ou registro.

— Isso não é uma intrusão rebelde. — Os olhos de Katric se estreitaram.

O Elo 23 falou em tom monótono.

— Não há manifestação dos elétrons mais comuns, como léptons. Detectamos apenas elétrons mais instáveis, como os múons e os taus. Como estes decaem em um milionésimo de segundo, não é possível uma detecção precisa.

— Tem que haver uma maneira de saber o que é isso! — Katric falava entre dentes.

Mas o Elo 23 não parecia se afetar com o tom do outro e concluiu, sereno:

— Impossível. Como todos os elétrons possuem capacidade regenerativa, a cada decaimento eles se transformam em elétrons novos, sem carregar nenhuma informação. Por isso não temos como colher dados em decaimentos tão curtos.

Najahr se voltou com certo pânico para Katric:

— Fomos invadidos por algo que não possui referência nos sistemas.

O rosto de Katric endureceu, como se a pele se transformasse em pedra. Foi um instante em que tudo parou. O movimento das varetas, a circulação dos controladores, todos pararam sentindo a atmosfera tremer.

Foi quando a porta se abriu, e surgiu L.U.C.A.

Imediatamente todos baixaram suas cabeças, como súditos diante de um imperador. Era uma figura sólida e imponente, uma torre de força e poder que irradiava uma energia tão potente que todas as telas de medição se desestabilizaram.

— L.U.C.A.? É uma honra... — Mesmo o grande Katric parecia reduzido a um grão de poeira diante da torre pétrea que se movimentava para dentro da sala. — Estamos...

L.U.C.A. deteve a fala do outro:

— Quero um posicionamento preciso da situação.

Aquela figura quase nunca aparecia. Muitos apenas o conheciam de histórias que se tornaram míticas. Referiam-se a ele como a coluna que sustentava o Sistema. O poder paralelo ao Conselho, que tinha como único objetivo manter a segurança. Ninguém sabia onde ele ficava. Era um ser não local. Permeava toda a dimensão da antimatéria como um arquétipo, e não um ser individualizado. Mas ele estava ali. Real. E esperava uma resposta.

— Será que alguém aqui entendeu a minha ordem?

— Sim, claro. — Começou Katric num tom humilde que todos desconheciam. — Estamos enfrentando uma manifestação exótica.

— Dados. — L.U.C.A. aproximou-se do Elo 23, que conseguira captar a tal manifestação.

Imediatamente todos os Elos voltaram a manipular suas varetas, assim também os controladores freneticamente passaram a tentar obter informações dos painéis que já haviam voltado a estabilizar-se.

— Infelizmente, não há dados precisos. A situação é ilógica. — A voz do Elo 23 ainda era monótona, mas não isenta de tensão.

L.U.C.A. olhou para as varetas com seus olhos vazados de um negro absoluto:

— Onde ocorre o absurdo?

— Não podemos precisar uma movimentação quântica tão instável.

L.U.C.A. não aceitou aquela explicação. Deu passos largos pela sala.

— Atenção, todos os Elos. — A voz retumbou grave. — Quero que parem todas as medições que estão fazendo.

Imediatamente o som das varetas cessou. O monólito fechou os olhos e determinou:

— Que todos os Elos entrem em estado meditativo em sincronia não local. — Enquanto as vibrações luminosas dos Elos iam se modificando buscando encontrar um padrão único, L.U.C.A. andava entre eles. — Quero que a mente de todos se sincronize em um sistema quântico unificado de medição.

— Qual é o seu plano, L.U.C.A.? — Katric observava, inquieto, todos os Elos começarem a vibrar em um anil muito intenso.

— Há uma maneira de um mecanismo quântico aplicar-se à macroestrutura. — Parou diante de uma tela gelatinosa. — Quero que o estado meditativo de vocês se sincronize e se manifeste aqui. — Apontou a tela. — Quero que suas medições se manifestem como supercondutores de *laser*.

Katric e Najahr se entreolharam.

Claro. Pensou Katric. Raios *lasers* eram exceções. Fenômenos quânticos que se manifestavam no macrocosmo. Um feixe de *laser* ia e voltava da Terra à Lua mantendo a espessura de um lápis, sem difração, porque os seus fótons existiam em uma sincronia coerente, o que não acontecia com nenhuma outra macroestrutura. E já fora evidenciado pela experiência que a coerência exibida pelo *laser* podia ser replicada em estados meditativos da mente.

— Meros mortais já conseguiram tatear esse estado, mesmo que com resultados não totalmente precisos. — A voz de L.U.C.A. era tão sólida quanto seu corpo. — Agora quero que vocês, que dedicam suas existências a isso, façam um pouco melhor. — A ironia das palavras também era sólida.

Todos visivelmente estavam se esforçando ao máximo diante da figura mítica.

— O grau de coerência é diretamente proporcional ao grau de percepção pura. — Sublinhou as palavras como socos numa rocha. — Percepção pura, entenderam?

Katric e Najhar continuavam se entreolhando, percebendo que já deveriam ter pensado naquilo. A coerência que os Elos meditadores estabeleciam em suas ondas mentais, mesmo estando separados um do outro, não era um fato espantoso. Ali, todos conheciam o processo através do qual várias mentes podiam estabelecer uma sincronia por meio de suas consciências não locais. L.U.C.A. só estava elevando esta capacidade a um nível ainda nunca experimentado. Mas ambos tinham que admitir: o Titã estava no caminho certo.

Não demorou para que a sincronicidade das partículas começasse a produzir raios que convergiam dos Elos diretamente para a tela. Quando o sistema de medição já estava suficientemente municiado de informações, L.U.C.A. determinou:

— Faça um esquadrinhamento geométrico de área.

Linhas corriam freneticamente diante deles.

— Está se manifestando na posição 103 Norte. — Najahr apontou assim que um ponto começou a pulsar. — Este é o chalé... de Ihmar.

Claro! Novamente Katric se martirizou por não ter pensado nisso.

Sem perder tempo, L.U.C.A. foi até uma superfície lisa e brilhante que se estendia ao longo de uma das paredes. Espalmou a mão sobre um círculo luminoso.

— Emergência nível 3.

Subitamente, a superfície da bancada se retraiu revelando teclas semelhantes às de um piano. Ele pressionou algumas delas num acorde que não produziu nenhum som, mas sim uma vibração magnética fazendo com que todo o ambiente reverberasse visualmente em ondas que se expandiam, como ondas de calor no asfalto fervente. Era o alarme máximo.

Surgiram várias figuras paramentadas com aparelhos que se pareciam com instrumentos cirúrgicos.

— L.U.C.A., isso não é tudo. — Katric se dirigiu à outra criatura que manipulava varetas na extremidade de uma das esteiras.

O tom de voz firme ganhou ainda mais agressividade.

— Alguma informação que eu ainda não sei?

— Não é exatamente uma informação. — O Controlador mostrou-se intimidado. — O Elo 12 recebeu uma mensagem incompleta do Conselho. Ia repassar ao Sistema de Detecção assim que fosse decodificada, mas...

— Mensagem? — L.U.C.A. empurrou algumas criaturas que estavam à sua frente e avançou em passos largos.

— Como eu disse não é bem uma mensagem, e nós...

— Diga logo o que é. — L.U.C.A. se dirigia diretamente à criatura sentada que mexia suas varetas brilhantes.

— Estamos ... elemento ... não codificado. ... proceder ... segurança. ... ficar ... especial ... até ... contato ... constitui ... fundamental ... eliminar desequilíbrio ... Arcada.

L.U.C.A. virou-se com violência para o Controlador:

— Você deixou de comunicar uma mensagem dessa gravidade?

— Mas não foi completamente decodificada ainda. — Katric tremia sob o olhar faiscante. — Partes se perderam por causa de interferências. Veio do nível de frequência sete negativo. Neste local, praticamente só há estática.

— O Conselheiro no nível sete negativo? — A situação era mais grave do que ele imaginava. — Essa mensagem é uma ordem clara do Conselho. Devemos eliminar o intruso.

— Mas não está completa. O sentido pode ser outro. Estamos tentando...

L.U.C.A. avançou, colocando seu peito sólido a centímetros do rosto do Controlador:

— A única coisa que não está clara é por que esta informação não foi passada antes.

Katric se empertigou tentando não se mostrar subjugado.

— Minhas instruções, senhor, são para não passar adiante informações inconclusivas.

Por um instante, os dois confrontaram silenciosamente seus olhares. Só se ouvia o retinir das varetas de outros Elos que pareciam alheios ao conflito.

Por fim, L.U.C.A. girou sua estrutura e dirigiu-se aos agentes que se mantinham à distância:

— Vamos para a posição 103 Norte.

— Faço um relatório desta ação à Sala de Controle do Sistema?

— Não. — O grande Titã sorriu num esgar irônico. — Apenas quando você tiver informações conclusivas sobre o que fizermos a essa criatura. — Imediatamente sua voz voltou a ser imperativa. — Não quero a intervenção de ninguém da Academia aqui na Colônia. Seja quem for, ou o que for essa manifestação, não é bem-vinda, e vamos detê-la.

49

Conversar com o Conselheiro através da figura da mãe já era por si só uma coisa que fazia Quenom temer perder a razão, mas ouvir o Conselheiro falar sobre algo anterior a Deus...

Percebendo que estavam se movimentando em um terreno extremamente sensível, o Conselheiro levantou-se pesadamente e deu alguns passos pelo pequeno sótão, indo pegar calmamente a talha.

— Talvez seja bom você beber um pouco de água. — Encheu uma caneca.

— Obrigado, mas não é disso que tenho sede agora.

— Bem, se me permite, eu vou beber um pouco.

Alheio à expectativa de Quenom, o outro levou a caneca aos lábios e bebeu com evidente prazer. Parte da água escorria pelo queixo e caía sobre os peitos volumosos. Peitos que um dia alimentaram Quenom, que lhe deram momentos de plenitude quando ele existia sem medo.

— Muito bom. Não poderia me furtar a este prazer. — Enxugou os lábios. — Gostaria que você bebesse um pouco também.

Estendeu a caneca a Quenom, que segurou a superfície de ágata desgastada repleta de lembranças.

— A água é uma estrutura molecular especial porque tem uma propriedade solvente vital à criação da vida. — Esticou o braço e verteu o líquido na caneca que o outro segurava. — Um trio imperfeito, essa é a maravilha da água. O átomo de hidrogênio é maior e domina um dos lados da estrutura, e as duas pequenas moléculas de oxigênio ficam do outro lado, quase unidas. — Sorriu ao terminar de encher. — De um lado atrai e do outro repele. Causa um desequilíbrio, dissolve. A Terra é privilegiada por ter esta substância preciosa, não acha?

— O que eu acho é que o senhor está se desviando do assunto. — Era estranho chamar de senhor a figura de sua mãe.

— De maneira nenhuma. Você vai precisar dissolver muita sujeira racional para entender. Seria importante você estar limpo para continuarmos.

Quenom deu o primeiro gole rapidamente para retomarem o assunto. Mas a água o invadiu de maneira inesperada. Escoou refrescando e revigorando cada célula. Foi um despertar sensorial que atingiu a epifania. Um momento em que sentiu apenas o prazer de estar vivo. Bebeu sôfrego, sentindo os goles grossos atravessarem sua garganta. Com os lábios molhados, arfou experimentando a delícia de se sentir saciado.

— Bom, não é? — Ouviu o riso da mãe.

— Muito. Muito bom. Não me lembrava de nada que pudesse ser tão bom.

— Prazeres simples. — Novamente o Conselheiro fez o corpo da mãe sentar-se na cadeira de palha. — Não damos a devida importância ao que é essencial para sair em busca do extraordinário. Não acha curiosa essa tendência?

O torpor cedeu espaço para um ceticismo impaciente.

— Estávamos falando sobre o antes de Deus.

— E estamos.

— Ah, claro. — Já estava acostumado a cantilenas como aquela. — A origem de Deus está nos pequenos prazeres que deixamos de desfrutar...

— Você é um espírito livre, Quenom, sempre foi.

— Não sei se sou livre de nada, só sei que não tenho paciência pra esse tipo de conversa.

— Um livre-pensador geralmente se perde na arrogância por se achar superior aos que não desenvolveram um pensamento próprio.

— Não me sinto superior. Seguidores é que são inferiores, justamente porque precisam seguir.

Sentiu raiva ao dizer isso. O Conselheiro estava tentando enredá-lo, como tantas vezes fizera, para terminar no discurso de que ele precisava ser mais humilde. Levantou-se para tentar dissipar um pouco a irritação.

— O irônico disso tudo é que você é o ser mais capacitado a nos ajudar e ao mesmo tempo o mais inadequado. Mas, mesmo assim, escute. Nós precisamos de você.

Ele sentou-se ouvindo na memória a voz de sua mãe que tantas vezes repetia: “Senhor, vós que me trouxestes até aqui, certamente sabereis me guiar até o fim do caminho”.

— Sua mãe era uma mulher de fé.

— E viveu iludida por essa fé, esperando a recompensa por suas dores.

Estavam sentados um diante do outro, não amigavelmente, mas prontos para serem sinceros.

— Esqueça a religião. A fé religiosa não tem nada a ver com o que estamos falando aqui.

— Não preciso esquecer o que nunca tive. Mas do que, afinal, estamos falando? Achei que fosse me dar a resposta.

— Você quer a resposta. — Balançou a cabeça. — Sim, todos querem. Toda filosofia baseia-se em curiosidade ampla e visão limitada. O problema é que queremos saber mais do que podemos ver.

— Então esta conversa não vai levar a nada. — Ele já ia se levantar.

— Calma. Eu vou explicar como, quando e por que Deus surgiu. — A frase fez Quenom sentar-se. — Vamos esquecer a religião e apenas pensar sobre o assunto, afinal, para os crentes, Deus existe no princípio das coisas; para os pensadores, está no final de toda reflexão. Mas na verdade eu te digo que nem o início nem o fim são o mais importante.

Fez uma pausa para ver se o outro havia entendido.

Nenhum dos dois teve certeza.

— Muito bem. Você realmente precisa entender um pouco mais sobre o funcionamento do sistema para nos ajudar. — Bateu as mãos. — É hora de pensar além da razão.

50

O leve sorriso que arqueou os cantos da boca de Ihmar só aumentou a tristeza dos seus olhos.

— Não sei nada sobre inferno. Nem sobre demônios ou qualquer dessas invenções do medo humano.

— Invenções? — Caí de joelhos na frente dela. — O Vitor não merece. Ele não merece.

Ela me envolveu e começou a falar com carinho:

— Não existe inferno, Alexandre. Simplesmente não existe essa coisa de demônio, de mal.

— Como não? Se meu irmão está sofrendo esse mal?

— Não há uma entidade que possamos chamar de o mal. São circunstâncias intrincadas que levam a acontecimentos e suas consequências. Atos maus são cometidos por seres, por pessoas, e não por algo fora delas. Se um ser lhe faz uma maldade, haverá consequências sobre você e também sobre ele. Não como punições absolutas, mas transformações no movimento da existência. Mas, quando é o próprio ser que desiste conscientemente, ele fica sozinho com as causas e efeitos resultantes, sem a possibilidade de interagir para se transformar.

— É terrível.

— Tão terrível que muitos acreditam que seria melhor queimar no fogo que desaparecer. — Voltou a falar suavemente. — Você está sofrendo como um humano, Alexandre. E precisa entender que este sofrimento é uma ilusão que não faz parte desta dimensão.

— O que eu estou sentindo pelo meu irmão não é uma ilusão. Dói. É real.

— Não aqui. Não nesta dimensão. Nada aqui é absoluto. O absoluto também é uma ilusão humana. Dor e prazer podem parecer muito diferentes, mas no processo amplo se equivalem. São manifestações da existência.

Cara, não sei se era possível, mas eu estava entendendo, só que não queria entender. Não aceitava! Não podia abandonar o meu irmão, e nada que qualquer um me falasse ia mudar isso. Eu tinha que ajudar o Vitor!

— Você já foi humana, não foi? Quero dizer, antes de morrer. Então deve entender como a gente sofre por alguma coisa irreversível.

Ela descruzou as pernas e colocou minha cabeça no seu colo, acariciando meus cabelos.

— Claro que eu já fui uma pessoa. Vivi e morri. Mas tudo isso, minhas dores, meus prazeres, meus pensamentos, tudo ficou pra trás quando eu fiz a transição de fase e percebi a diferença entre a vida e a existência.

— Diferença?

Ela pensou um pouco antes de responder.

— Você, Alexandre, é uma ilusão transitória. Essa identidade e essa percepção de que você é separado da existência são uma ilusão causada pelo medo de deixar de existir. Mas, quando a gente entende que o medo é só um grito desesperado da nossa razão que quer continuar com suas lembranças e pensamentos, então percebe que ser alguém é irrelevante. Quando o medo se evapora, a gente vê por trás dele que a Existência permanece.

— Você não se lembra de quem você foi?

— Não.

Um calafrio contorceu minhas entranhas. Ela percebeu.

— Isso é o medo. Esse é exatamente o medo de saber que o Alexandre vai também desaparecer quando você fizer a transição de fase. — O calafrio continuava apesar dos afagos dela.

— Eu vou me transformar em outra... outra coisa?

— Sim.

— E esquecer minha vida? Minha mãe? Meu irmão?

— Tudo isso vai se tornar obsoleto, desnecessário, como um sopro no vento que já cumpriu sua parte girando a roda da Existência.

A ideia me acalmou por um lapso de momento, mas, nesse instante de prazer fugaz, meu peito doeu de culpa.

— Eu não posso ficar aqui enquanto o Vitor está... — Olhei no fundo dos olhos dela. — Eu sei que você está sendo legal, mas eu vou pedir mais de você. Eu peço que me dê tudo que tiver pra eu ajudar o meu irmão — me ergui, erguendo-a também, puxando suas mãos sem me desgrudar dos seus olhos. — Você vai me ajudar, não é? Você é a única coisa que eu tenho — agarrei a mão dela. — Você disse que ele está preso na escuridão. Deve ter um jeito de a gente lutar contra essa escuridão.

— A escuridão não existe como coisa absoluta.

Acho que eu devo ter franzido um pouco os olhos, mas falei o mais delicadamente que podia:

— Foda-se o absoluto, Ihmar. Eu estou falando do Vitor, não de filosofia.

Ela devia ter muita experiência com situações assim, porque ficou bem calma, me olhando, enquanto minha raiva contida ia sendo consumida devagar.

— Se você quer minha ajuda, me ouça. — A resposta dela veio numa vibração lisa, limpa e lenta. — Escuridão é simplesmente quando não existe luz. A escuridão não existe como coisa. A luz é a coisa.

Naquela hora, olhando a beleza e o brilho suave dela, entendi que realmente não existia nada que fosse capaz de escurecer a luz.

— Você entende o tamanho da dor? — A tristeza brilhava nos olhos dela. — Seu irmão se apagou. E só ele pode se acender de novo. Se o que você viu realmente aconteceu, então vai depender de ele querer...

De repente a esperança renasceu, porque não tem nada mais teimoso que a esperança.

— Se? Você disse se o que eu vi aconteceu?

Ela falou, cuidadosa, porque eu via que a esperança estava se acendendo nela também, e era um sentimento perigoso:

— Nunca vi ninguém penetrar na consciência de outro.

Minha mão sentiu a pressão macia dos dedos dela. Queria que ela falasse mais sobre aquilo, mas uma vibração forte percorreu seu corpo. Ela fechou os olhos. Eu vi as íris se moverem rapidamente embaixo das pálpebras, como se ela estivesse lendo muito rapidamente uma mensagem.

— Temos que sair daqui. — Ela se movimentou puxando minha mão. Começou a tremer. — L.U.C.A.! Ele está aqui!

— Como assim? Quem é essa porra de Luca? E meu irmão?

Ela calou minhas perguntas segurando firmemente meu rosto.

— L.U.C.A. é o poder máximo e deu o alarme. Ele está vindo pra cá. Você está em perigo, porque ele vai esquadrinhar sua consciência em busca de respostas.

— Mas eu não sei nada de nada.

— Mas ele tem certeza de que você sabe.

A situação não parecia nada agradável.

— Se esse cara é tão poderoso, eu posso falar com ele...

— L.U.C.A. não ouve argumentos. Ele quer respostas.

Se havia alguma coisa absoluta, era o ódio que eu senti por esse Luca.

— E como você não tem respostas, ele vai levar o processo tão a fundo que... Vai devastar sua consciência.

E aquele papo todo de não haver mal? Como podia haver invasores então? E essa história de só haver luz? Foi então que num gesto passei a mão diante da luminária, e a sombra do meu braço lambeu a parede. Em seguida peguei o braço dela e passei também diante da luz. Sabe aquela lampadazinha que se acende quando a gente tem uma ideia? Pois a minha se acendeu.

51

— Olha, ele está ali.

Katric apontou para a janela do chalé de Ihmar. Na cortina se delineava a sombra de uma pessoa.

— Já vi. — L.U.C.A. deslizou com o grupo até os limites do quadrante. — Cerquem o chalé.

As ordens foram imediatamente obedecidas pelos agentes controladores. L.U.C.A. ultrapassou o limite demarcado no solo e penetrou no território de Ihmar.

— Vamos invadir? — O tom de Katric mostrava certa apreensão. Invadir o chalé de um paralelo como Ihmar era uma atitude extrema.

L.U.C.A. deteve-se. A vontade de capturar o intruso que estava tão perto era quase incontrolável. Era um obcecado pela limpeza do Sistema. Para ele, as manobras dos rebeldes contra o equilíbrio geral deviam ser sumariamente extirpadas. Mas sabia que o Conselho considerava tais ações apenas como parte do próprio Sistema. Ele estava em perpétua oposição à complacência do Conselho, mas, mesmo não estando submetido a ele, não podia agir apenas pelos próprios impulsos.

— Vou entrar em contato com Ihmar, fazer o comunicado da situação, e entramos para proceder a captura. — O tom mostrava que não havia espaço para hesitações. Porém, contrastando com a firmeza de suas palavras, L.U.C.A. recuou até o limite do quadrante.

Nem bem ele fechou os olhos para fazer a conexão, e a porta do chalé abriu-se. Ihmar surgiu. Diferentemente da percepção de Alexandre, para os demais, Ihmar não era uma garota jovem e linda. Era um ser de pequenas proporções, que revelava a sua experiência avançada através da intensidade de sua luz, que produzia uma figura sólida e estável. Todos a respeitavam.

— L.U.C.A.! Que surpresa encontrar o Ancestral aqui. — Ela tentava controlar-se diante do monólito à sua frente. — Não precisa dar-se ao trabalho de estabelecer uma conexão. Estou aqui, podemos falar diretamente.

A segurança do pequeno paralelo não o intimidou.

— Ótimo. Isso garante a brevidade do que tenho a comunicar. — L.U.C.A. deslizou para dentro do quadrante.

Ihmar percebeu o significado implícito do gesto, mas sorriu.

— Por favor, pode entrar. Você é bem-vindo.

Ele deteve-se, desconfortável.

— Não temos tempo a perder com formalidades. A Sala de Controle acusou uma presença não determinável aqui em seu chalé.

— Não determinável? — Ihmar cortou, levemente cínica. — Então vocês não sabem com o que estão lidando e certamente fizeram um comunicado ao Conselho para estabelecerem um procedimento, é isso?

L.U.C.A. já havia se confrontado com a habilidade de Ihmar em outras ocasiões, quando ela o colocara em situações difíceis como aquela, simplesmente por expor tudo de maneira simples e clara, porém totalmente em desacordo com a clareza com que ele próprio entendia a mesma situação.

— Em primeiro lugar, não preciso lembrar que tenho autonomia para agir em casos de riscos quânticos. E é exatamente este o caso, pois esta presença não determinada pode ser um elemento com potencial para levar a Colônia ao princípio da incerteza.

— O princípio da incerteza faz parte do Sistema Geral, você sabe disso.

— Mas não desta Colônia, que é um estágio regido por regras determináveis e objetivas, e você também sabe disso.

— E quanto ao Conselho? Está informado desta presença não detectável?

— A Sala de Controle não conseguiu uma conexão clara com o Conselho.

— Como assim? — Ihmar percebeu que ali havia algo muito sério. — Estamos sem conexão com o Conselho?

— Exatamente por isso não podemos correr nenhum tipo de risco. Peço a sua licença para entrar.

Por um instante, ela não sabia o que pensar. A falta de conexão com o Conselho era algo que nunca acontecera, assim como uma presença quase humana, como a de Alexandre. As coisas estavam correndo de maneira realmente preocupante. Talvez o correto, nessas circunstâncias, fosse mesmo entregar o garoto.

L.U.C.A. e Katric, seguidos por mais quatro controladores, já deslizavam bem próximo à porta de entrada e estavam passando por Ihmar, a ponto de entrar na sala.

Não. Algo nela intuía que Alexandre é quem estava em perigo.

— Um momento. — Ihmar colocou-se diante de L.U.C.A. — Eu preciso de um momento a sós com ele. — Apontou para a sombra na janela. — Estou terminando minha avaliação.

— A situação exige a máxima diligência. Você pode terminar sua avaliação em local mais adequado. — Forçou o ombro buscando passar.

— Não estou pedindo. — A estrutura de Ihmar tornou-se mais sólida. — Estou exigindo terminar minha avaliação. Os dados que estou recebendo são extremamente importantes em um caso não determinável.

— É uma situação de risco, Ihmar.

— Risco? Ele é uma criatura perdida, frágil. Não me pareceu um risco tão grande assim. — Todos olhavam para a sombra que se mantinha inofensivamente parada na janela. — Será que ele lhe dá tanto medo ao ponto de trazer um batalhão? — L.U.C.A. inflou-se. — Mas não se preocupem, terminarei minha avaliação em segurança, principalmente sabendo que estou protegida por tantos bravos agentes.

De repente, para L.U.C.A., o grande contingente que trouxera pareceu extremamente exagerado.

— A situação está sob controle. — Ordenou a Katric, que estava atrás de seu ombro. — Pode dispensar todos. — Em seguida falou, sarcástico: — Vamos ficar apenas nós dois esperando que Ihmar termine a sua preciosa avaliação.

Ihmar sorriu, virou-se e bateu a porta.

52

Quenom respirou fundo e deixou as mãos apoiadas sobre os joelhos. O Conselheiro falava mansamente:

— Para as religiões é simples, Deus criou o mundo, e nada o criou, sempre existiu. Curiosamente, a razão quer acreditar na mesma coisa. A ciência também quer a resposta. — Fez um gesto teatral. — A Teoria Final que unificaria tudo o que existe. — Inclinou seu corpo e sublinhou as palavras. — Toda transformação é resultado do desequilíbrio. Isso é o importante de entender. A origem de tudo depende das assimetrias. É hora de deixar pra trás a velha estética que acredita que a perfeição é bela e que a beleza é a verdade.

Uma atmosfera leve havia baixado sobre eles.

— A criação vem do desequilíbrio. — O Conselheiro segurou as mãos de Quenom através das mãos da mãe dele. — Isso é difícil de aceitar, porque sem um equilíbrio perfeito, nada parece ter sentido.

Apesar do toque macio, Quenom foi invadido pela angústia.

— Então realmente não existe uma razão de ser para...

— Mas existe um propósito. — A outra mão também segurou a dele. — Perpetuar a Existência. Esse é o propósito. — Aproximou ainda mais seu rosto e sussurrou. — Deus depende da Fé na Existência.

Um calafrio percorreu o corpo de Quenom ao ouvir aquilo. Fé era o que ele sabia não possuir. O Conselheiro percebeu a reação e segurou a mão de Quenom com mais firmeza.

— Por favor, me acompanhe. Seres como os mésons conduzem a energia para seres maiores, como os *quarks*, que, por sua vez, conduzem energia aos prótons e aos nêutrons. A Existência é o movimento dessa energia. Esse movimento existe. E o que interessa é isso. Existe!

— Minha mão vai deixar de existir se você continuar apertando assim.

O Conselheiro se deu conta de sua excitação e soltou a mão num sorriso.

— A existência perpassa várias dimensões e não depende da lógica racional. Pense na luz como exemplo. Contrariando a lógica, os fótons são partículas sem massa, sem matéria, e ainda assim a luz existe! E, dependendo de como é observada, mostra-se, como onda ou como partícula. Dois estados contraditórios. Isso é uma impossibilidade lógica. Mas a luz insiste em existir simultaneamente nas duas propriedades. A existência sem matéria pode parecer absurda, mas alguém duvida da existência da luz? E mais, a velocidade da luz é sempre a mesma, sem aceleração ou desaceleração, e isso é diferente de tudo o que a razão conhece. — O Conselheiro recostou-se na cadeira e abriu os braços. — Há existência além da razão.

— Numa cela um pouco menos apertada, é isso?

O Conselheiro fechou os olhos:

— Acho que entendo agora por que intuí que só você poderia nos ajudar. Um espírito livre como o seu possui a semente da existência que é, ao mesmo tempo, o seu pesadelo.

Um suor frio minava da pele de Quenom.

— Você possui o paradoxo essencial. A dúvida que cria o movimento da existência e o medo que é a semente de sua destruição.

— Medo?

— O medo de não existir.

Um arrepio percorreu a espinha do corpo em que Quenom estava. Ele conhecia bem esse medo. E quando se lançara nas frentes de batalha, não era por coragem, e sim por medo. Um medo tão grande que ele se jogava sobre o fio das espadas para acabar com tudo. Acabar com o medo.

— Mas você não conseguiu, não é? — O Conselheiro seguia os pensamentos do outro. — Você conquistou sua morte, mas não conseguiu que ela acabasse com seu medo, não foi?

Quenom concordou lentamente, com a cabeça. O medo era um companheiro inseparável.

— Quando eu disse que sua mãe era uma mulher de fé, não me referia às orações que ela repetia por hábito. Ela possuía o sorriso interior.

— E isso é capaz de espantar o medo?

— Mais que isso, é uma profunda ligação com a natureza, uma celebração contínua à vida, apesar das dores e prazeres transitórios. O sorriso interior faz o medo se tornar irrelevante.

53

Agachado ao lado de Katric, em frente ao chalé de Ihmar, L.U.C.A. vibrava em uma frequência perigosamente próxima ao ódio. Um grave ponto fraco que ele tentava evitar. Estava com a atenção fixa na sombra que se mantinha estática. Não havia o que temer, portanto, não precisava odiar. Era o que L.U.C.A. se esforçava para pensar. Mas era terrivelmente difícil se conter diante de um invasor.

Sua natureza irascível o havia colocado muitas vezes em posição de confronto com o Conselho. Não conseguia deter o impulso de destruir tudo o que se apresentava contra as regras do Sistema. Não aceitava que o Conselho simplesmente não anulasse os rebeldes. Não admitia que todas as existências se equivalessem, como dizia o Conselheiro. Seria mais simples extirpar tudo que agisse contra o equilíbrio. Um Sistema livre de rebeldes seria um campo mais propício à existência e ele poderia, então, avançar para além do Horizonte de Energia e reencontrar-se com suas origens. Era a presença de rebeldes como aquele ser não determinável que o impedia de atingir esse objetivo, era o que pensava.

— L.U.C.A., como o Conselho permitiu a entrada de um ser como esse? — A pergunta de Katric tirou-o de seus devaneios. — Nunca vi uma criatura que fosse capaz de barrar a trajetória dos fótons e projetar sombras.

Por mais que não quisesse admitir, aquela sombra também o inquietava. Havia tempos não mantinha contato com humanos. Havia muito tempo não via uma sombra. Naquela dimensão isso nem deveria ser possível.

— Logo vamos descobrir.

Não via a hora de esquadrinhar aquela consciência e descobrir as respostas. Talvez estivesse perto de provar que manifestações transcendentes do mal eram uma realidade. Queria encontrar um motivo para se colocar em ação e criar um Sistema perfeito.

— L.U.C.A. — Novamente Katric o puxava de seus pensamentos. — A Sala de Controle está tentando fazer contato.

Aqueles pensamentos o faziam vibrar numa frequência que o colocava fora de alcance. Rilhou sua estrutura ao se permitir esse deslize.

Concentrou-se fechando os olhos.

— Onde o senhor está? — O nível de ansiedade na pulsação do operador fez L.U.C.A. se levantar.

— Estamos diante do chalé para proceder a captura.

— Como assim?

— Seja mais específico. — Sem esperar, L.U.C.A. já deslizava em direção à porta.

— O ponto de energia exótica não está mais no chalé.

— O quê? — L.U.C.A. deixou que o ódio o inflasse por completo enquanto olhava a sombra que permanecia estática. — Estou mantendo contato visual neste momento.

— O ponto se moveu. Achamos que estavam trazendo-o pra cá, mas ele foi em direção oposta.

L.U.C.A. colocou abaixo a porta. Katric vinha logo atrás. Ambos pararam sem entender a sala vazia.

— Eles fugiram! — Katric passava o alerta.

Foi então que L.U.C.A. percebeu as roupas de Alexandre, arrumadas sobre cadeiras, projetando sombras na cortina.

54

Quenom desejava perguntar para a figura da mãe diante de si como conseguir o tal sorriso interior. Ele, que lutara em batalhas humanas e missões entre dimensões, nem sequer entendia o que sua mãe, uma camponesa, havia conquistado.

Novamente o Conselheiro deitou o líquido na caneca.

— E esse sorriso interior... seria a fé?

— Não. Um produto da fé. O mais importante, mas ainda assim um produto.

O Conselheiro fez um gesto, e Quenom bebeu a água, com renovado prazer.

— A origem de Deus... — Levantou o corpo gordo na direção da janela. — Posso abrir?

— Está emperrada.

A um leve gesto do Conselheiro, a janela se abriu. Quenom não conteve o impulso de olhar o quintal de sua infância. Mas lá fora tudo era luz. Uma luz que não ofuscava, não ofendia os olhos, mas preenchia tudo.

— Veja só. Este é o vasto espectro de ondas que se estende desde as ondas de rádio até os raios gama. A luz visível é uma pequeníssima fresta deste espectro. — Piscou um dos olhos. — Mas, como estamos vendo além da razão, você pode perceber agora o que ninguém nunca viu.

Fora da janela, ondulava uma dança de frequências excepcionais. Quenom percebeu num estalo.

— A luz da Inteligência!

O Conselheiro assentiu num sorriso:

— E como você sabe, toda partícula só sai do campo das probabilidades para o campo real quando é observada. Mas, como os seres vivos só podem observar uma pequena faixa desta luz grandiosa, que observador a faz existir?

— Deus?

O Conselheiro fez o corpo da mãe respirar fundo e falou devagar.

— Não. Deus não criou a Existência. Ele é um produto da Existência.

Quenom estremeceu. Deus, um produto?

— O Universo é autoconsciente. Observa-se a si mesmo.

Quenom piscou diversas vezes diante da luz, tentando entender aquilo.

— Como? — O espanto impedia qualquer raciocínio.

— Pelo movimento de Eterno Retorno. Um ciclo não geométrico, um salto quântico que transforma o final em início, eternamente.

Quenom estava confuso, e os braços da mãe balançaram sua gordura impedindo que ele pensasse. Apontou as ondulações luminosas.

— Faça-se a luz! E a luz se fez. — Voltou-se para Quenom. — É assim que começa o *Gênesis*, não é?

— Acho que sim.

— Olhe que interessante: segundo as Escrituras, a luz se fez. Muitos séculos depois, os cientistas chegaram à mesma conclusão com a teoria do *Big Bang*. — Envolveu os ombros de Quenom, e ficaram contemplando a imensidão luminosa. — Mas Deus não criou a luz, assim como o *Big Bang* jamais existiu.

Aquela afirmação, feita de maneira trivial, era chocante.

— Foi muito parecido com isso na forma, mas não na essência.

Quenom mostrou seus olhos incendiados.

— Como foi então?

— É preciso ir com calma para entender algo tão simples. — O outro esperava ser realmente simples como o toque que envolvia seus ombros. O toque da mãe, que tantas vezes o levara a uma sensação de paz diante da perplexidade do mundo. — Pedi que você esquecesse a religião, agora peço que esqueça a ciência. Esqueça a Teoria da Relatividade e a Mecânica Quântica. Foram descobertas fantásticas, com efeitos comprovados, mas o problema é que uma contradiz a outra! Não vamos cair na armadilha de buscar uma Teoria do Tudo. Quem tenta essa unificação está no caminho errado.

— Porque não entendem a natureza da fé?

O Conselheiro fez a cabeça da mãe de Quenom inclinar-se levemente para o lado enquanto os olhos se fechavam num arquear de sobrancelhas, mostrando que Quenom estava certo e errado ao mesmo tempo.

— Mas como surgiu a fé na Existência?

— Essa pergunta é uma aproximação errada da questão. Você precisa antes entender o que é a Existência. — Os olhos de sua mãe voltaram-se macios para ele. — O que é a Existência para você, Licurgo?

— Comer, respirar, sonhar, sentir dor, matar...

As mãos desmancharam carinhosamente os cachos dos cabelos do filho.

— Você é uma criatura simplória e ignorante, Curgo. — Sorriu e assumiu um novo tom. — Mas agora me diga, o que é Existência para você, Quenom?

Imediatamente ele percebeu que tudo o que acreditava como Licurgo não fazia sentido para ele como Quenom.

— Não sei.

Como se estivesse cansado de fazer suspense, o Conselheiro voltou-se para a luz no exterior da janela.

— Existência é conflito! Não pense em guerras, em ideologias, em nenhuma dessas coisas grandes. Pense em Dominique. — Uma saudade morna encheu o peito de Quenom. — Um cérebro despido de conceitos racionais. Pense menor ainda. Pense nas células do cérebro dele. Continue pensando menor e vai chegar aos átomos. Aí se inicia o processo da existência, o conflito entre o positivo e o negativo.

— O bem e o mal? — Foi uma pergunta perplexa.

— Não! — Bateu a mão com força na madeira da janela e se afastou. — Pense pequeno! Esqueça essas grandes questões! Bem e mal? Isso embota o entendimento!

— Desculpe.

O Conselheiro se acalmou.

— Certo. Me desculpe também. Claro que você não seria tão obtuso ao ponto de levar juízos de valor ao plano da energia pura.

Não estava escuro, mas o Conselheiro foi acender uma vela.

— A polaridade positiva não é boa, assim como a polaridade negativa não é ruim. É fundamental ter isso claro. São apenas polaridades livres, que no momento em que se encontraram... — Riscou o fósforo. — Surgiu a criação.

— Mas, então, houve a grande explosão?

— Não foi com estilhaços de galáxias voando para todos os lados, essa imagem supõe erroneamente a existência de um centro do universo. E o erro continua ao imaginar o universo rígido, com tudo se expandindo apenas por causa da força do movimento inicial. O universo é elástico, e existem muito mais forças atuando assimetricamente.

Ansioso por ver um sentido mais claro, Quenom gesticulou para que o outro continuasse.

— Conflito entre polaridades. Isso produziu uma radiação avassaladora que gerou a Existência. — Terminara de acender agora um candeeiro e voltou para a janela. — Em trilionésimos de segundo, essa energia extremamente quente e de altíssima pressão fez surgir a partícula essencial: o Bóson de Higgs. Existência sem massa, sem uma estrutura material. — Fez uma pausa — E durante 400 mil anos depois do início, a energia continuou tão avassaladora que nada podia manter-se estruturado. Os átomos, nem sequer existiam. Essa é uma fronteira, uma cortina opaca, afinal, não havia luz. Nem os fótons conseguiam se estruturar nos primeiros 400 mil anos! Mas havia energia positiva e negativa pulsando livres de estruturas.

— Mas, então, houve um ponto em que tudo explodiu?

O Conselheiro contornou Quenom e colocou as mãos em seus ombros numa terna massagem.

— É incrível como a mente não consegue se livrar do mito da unidade; tudo tendo sua origem em um ponto primordial. É uma ideia absurda.

— Mas tem que ter havido um ponto em que tudo começou.

— Tem? Tem mesmo?

O outro ficou em silêncio, esperando.

O espaço naquele sótão era realmente pequeno, mas o corpo gordo da mãe de Quenom parecia não conseguir ficar quieto muito tempo. Então começou a arrumar os lençóis da cama do filho.

— A mente quer acreditar nisso porque não entende a existência sem a matéria. As pessoas, por serem feitas disso que é palpável, em que estamos agora, não entendem por puro condicionamento. — Chacoalhou um lençol antes de dobrá-lo. — Mas é simples. A primeira estrutura com massa só surgiu depois do início, portanto antes não havia nenhuma massa para constituir esse famoso ponto inicial.

Dobrados os lençóis e colocados dentro do baú, passou para os cobertores de pele.

— Para não perdermos o raciocínio: a expansão do universo criou a matéria, que criou a gravidade. Se tivesse havido apenas o impulso inicial de uma explosão, seria de imaginar que o universo começaria a desacelerar até atingir um ponto em que pararia ou mesmo começaria a se contrair.

— O *Big Crunch*?

— Exatamente. — Deu tapinhas nos ombros dele. — Mas a natureza é muito mais criativa do que podemos supor. Só agora foi feita uma medição para calcular o grau dessa desaceleração. E qual foi a surpresa? O Universo não está desacelerando. Ao contrário, está se expandindo, e em velocidade cada vez maior!

Quenom buscou com olhos espantados os do Conselheiro. Um Cosmo em expansão acelerada era bizarro demais!

— Que força é essa que está acelerando o universo?

Depois de tudo perfeitamente arrumado, a mãe olhou em torno procurando ainda algo a fazer. Como não havia nada, sentou-se resignada.

— O universo é composto por matéria estruturada em átomos e energia luminosa, certo? — Quenom fez que sim. — Errado. Isso é apenas quatro por cento do cosmo! — Observou o espanto do outro. — O restante é Matéria Escura, uma teia elástica e complexa que interconecta todas as galáxias e que não é composta por átomos. — Sorriu saboreando o mistério. — E Energia Escura, que é a força misteriosa que está acelerando o universo.

Quenom tinha deixado sua boca abrir-se levemente.

— É, meu caro, noventa e seis por cento do universo é composto por algo que ainda não foi conhecido.

— Isso a gente não aprendeu na Academia. — As mãos ásperas coçaram a barba rala. — Mas, se não é atômica ou eletromagnética... Que energia é essa?

— A Energia Escura é a agitação quântica que permanece no espaço vazio. — Mostrou em seguida as palmas das mãos reconhecendo que havia sido vago. — É uma energia de Repulsão.

— Como a repulsão magnética?

As munhecas da mãe jogaram num gesto aquele pensamento para longe.

— Não. Muito mais poderoso que isso.

Os olhinhos da mãe brilharam num sorriso, e puxou Quenom até a mesa. Com o dedo, traçou um gráfico imaginário no tampo.

— Aqui, logo após o início, a gravidade estava no alto, mas com a expansão do cosmo, ela foi perdendo força. Simultaneamente a Energia Escura estava embaixo e foi subindo. Com isso o universo era freado cada vez com menos eficiência. Veja, aqui: o traço descendente se encontra com o ascendente. Esse encontro aconteceu há 5 bilhões de anos, quando o Sol e a Terra estavam nascendo.

— Então, desde que nós existimos, o universo está indo cada vez mais rápido?

— Sim. E só há poucos anos descobriram isso.

— Acho que vou beber um pouco mais. — Com goles de água, ele tentava reorganizar seu entendimento.

— Essa Energia se propaga acima da velocidade da luz.

— Mas nada pode ultrapassar a luz. — Quenom protestou com certa veemência, afinal, tudo o que ele tinha como certo estava sendo destruído.

— Esse limite só é aplicável à matéria. O espaço entre a matéria, como eu disse, é elástico, não possui átomos e, assim, pode crescer em qualquer velocidade.

Quenom conhecia velocidades extremas, mas algo mais rápido que a luz?

— Para gerar uma expansão superluminal, uma ideia bem excêntrica, seria preciso haver algum tipo de energia também excêntrica para gerar essa pressão negativa.

— Pressão negativa? Que, ao invés de fazer contrair, distende?

— Exato. — O Conselheiro segurou as duas mãos de Quenom. — Agora começamos a falar sobre o que ninguém sabe. — Fez uma pausa diante da revelação que seria feita. — A pressão negativa da Energia Escura que distende a matéria... O que ninguém sabe é que ela é causada por cada morte ocorrida no universo.

55

— Mais depressa!

Pode ter certeza de que eu estava descendo na maior disparada aquela encosta do morro. Meus pés descalços estavam se ralando nas pedras do cascalho, e mesmo assim Ihmar gritava pra eu ir mais rápido. Pra ela devia ser fácil, deslizava sem tocar o chão!

— L.U.C.A. logo vai descobrir o truque e vai vir como um louco atrás de nós.

Eu nem sabia por que tinha que fugir, mas estava tentando. Juro que estava. Mas não dava pra acompanhar o ritmo dela, que deslizava pra frente e depois voltava como um raio.

— Enganar o Ancestral é inaceitável. — Ela estava descontrolada, falava o tempo todo. — Junto com o Conselho, ele é a autoridade máxima, você entende isso? — Como eu podia entender alguma coisa mais, correndo daquele jeito? — Nunca ninguém enganou L.U.C.A. Nunca! — Parou. Achei que ela fosse querer voltar, mas puxou meu braço. — Depressa!

Estava pelado, porque minha roupa tinha ficado naquela espécie de espantalho. Por isso, quando larguei a raiz de um tronco e escorreguei até o pé do morro, minha pele ficou toda esfolada.

— Anda, levanta. Vamos!

Corremos pela trilha que se embrenhava na mata de troncos púrpura.

— Quando não existem informações conclusivas sobre uma situação de risco, L.U.C.A. é o único com autonomia para agir primeiro e confirmar depois. — Caramba, como alguém podia correr e falar tanto ao mesmo tempo? — Acho que tamanho poder o enrijeceu. — Dava pra perceber que ela definitivamente tinha medo do filho da mãe. — A pressão de ser o último bastião da segurança fez dele um obcecado. Ele só vê perigos à sua volta.

Me segurou com força fazendo com que eu me agachasse na borda da trilha. Ouvia atenta e vasculhava o mato em volta com os olhos brilhantes como duas bolas de fogo.

— Mas sabe o que mais me impressiona em L.U.C.A.? — Eu não tinha condições de responder, meu peito ardia, mas ela continuou falando aos sussurros, ainda muito atenta. — É que esses perigos nunca são reais, entende? São distúrbios causados, vez ou outra, pelos rebeldes.

Segurei o braço dela e tentei puxar fundo o ar pra falar, porque aquela história de rebeldes e perigo não combinava nada com o que ela tinha me falado antes.

— Esses rebeldes... são do mal?

— Já falei que não existe o mal.

— Mas, então, por que esse imbecil do Luca tem que proteger? Por que ele está querendo me pegar? Acho que tem um bocado de mal nessa história toda.

— Agora não é hora pra explicar. Agora é hora de correr. Vamos!

Saiu me puxando. Tranquei os dentes e corri, concentrando-me em empurrar a terra com os pés o mais forte que eu podia. Eu ia explodir a qualquer momento com aquele esforço todo. E ela continuava tagarelando!

— Os rebeldes são criaturas que não aceitam se acomodar em algum dos perímetros do Sistema e vivem se infiltrando entre as conexões para provocar falhas. Mas não causam danos estruturais. Entende?

O quê? Ela queria que eu respondesse? Que eu entabulasse uma conversação enquanto meus músculos se afogavam em ácido lático? Soltei um ganido que ela deve ter interpretado como um não, porque falou mais devagar, mas continuando a correr como uma gata no cio:

— Imagino que, ao se outorgar o peso de protetor máximo do equilíbrio, L.U.C.A. acabou por se afastar do sentido da harmonia. — Ela acelerou mais e sumiu na minha frente uns instantes. Juro que tive vontade de entrar no mato e me esconder. Faria qualquer coisa só pra não ter que correr mais. Mas ela voltou antes mesmo de eu terminar meu pensamento e já foi me puxando pelo pulso. — É por ali!

Seguimos mais alguns metros pela trilha e, ao lado de uma pedra redonda que brilhava como se fosse feita de óleo, viramos à direita.

Fomos seguindo no meio de cipós trançados, que me fizeram lembrar aquelas ilustrações do Gustave Doré, na Divina comédia, sabe? Do Dante. Li só uns trechos, mas gostava de ficar vendo os desenhos. Eram de arrepiar. Aquela mata onde a gente estava se enfiando era realmente a expressão de um dos círculos do inferno. E o que me chapou de vez foi perceber que tudo era preto e branco. Já tinha me acostumado que cor naquele lugar era um conceito pra lá de vago, só que ficar sem cor nenhuma foi uma sensação muito estranha. Eu só não pirava porque a Ihmar não me dava tempo nem pra isso. Ficava me empurrando e me puxando o tempo todo. O chão era completamente instável, estava escuro, tinha obstáculos a cada passo. O que ela queria que eu fizesse? Mas daí ela parou um instante e me olhou. Mesmo exausto, vi o medo nos olhos dela.

— Talvez eu esteja errada. — Ela falava mais pra si mesma. — E se forem as ações preventivas de L.U.C.A. que garantem a segurança do Sistema?

Cara, ela ficou me medindo, avaliando se eu era realmente um perigo. Eu mesmo comecei a olhar pra mim, pelado, magrela, ralado. Acho que até levantei um pouco os braços, tipo, pra mostrar que, se eu era um perigo, era o perigo mais ridículo que podia existir.

Acho que ela fez a mesma consideração, porque balançou a cabeça convicta.

— Não. Minha missão é cuidar dos que chegam, principalmente dos mais frágeis. E você é a criatura mais fragilizada que eu já vi. — Posso garantir que não é muito agradável ouvir uma mulher falar isso pra você quando você está pelado na frente dela. Segurou meus ombros. — Eu vou te ajudar. — Ainda bem, eu estava mesmo a ponto de desfalecer. — Agora precisamos subir por aqui. Venha!

Subir?

Não era esse tipo de ajuda que eu tinha em mente.

Havia um amontoado de rochas formando uma muralha na nossa frente. Começamos a galgar uma a uma. Minhas pernas tremiam, minha cabeça latejava.

— Não aceito que L.U.C.A. tome você como um inimigo simplesmente por ser diferente.

Não sei como, mas chegamos ao alto das rochas.

Foda-se. Sentei. Não aguentava mais um passo.

— Não podemos parar ainda. — Puxou meu braço tentando me levantar.

— Eu não consigo mais. Não posso respirar.

— Então não respire! Você não precisa disso aqui.

Experimenta ouvir isso depois de subir vinte andares correndo! Qual é? Se tinha uma coisa que eu realmente precisava, era respirar. Coloquei a cabeça entre os joelhos decidido a não me mover mais. Ela se agachou do lado.

— Não existe oxigênio aqui.

Isso eu sentia. Abria a boca num esgar desesperado. A garganta ardia, o peito queimava.

— A respiração é uma ilusão que atormenta todos os que chegam. Mas é apenas um cacoete.

— Se eu não respirar, eu morro!

— Você já morreu.

56

— Como assim, força das mortes?

O Conselheiro foi até a talha em busca de mais água, mas ela estava quase seca.

— Desculpa, eu bebi quase tudo.

— Ótimo, esta água é mais importante pra você do que pra mim.

Quenom estava ansioso para ouvir as revelações.

— Como as mortes podem gerar a Energia Escura?

— Calma. Pra entender isso, temos que voltar antes do início. — As saias foram arrumadas em torno das pernas roliças. — Na verdade, o início era para ter sido o fim. Quase foi.

— Como o início poderia ser o fim se antes...

O Conselheiro atalhou:

— Se antes não havia nada. É isso que você ia dizer, não é? — Quenom concordou. — Nada pode ser criado do nada. — Fez uma pausa ajeitando a gola da blusa que deixara escapar parte dos peitos volumosos. — Antes havia a Perfeição.

O silêncio permaneceu enquanto a gola voltava a esconder as carnes. Foi também o tempo para Quenom tentar abstrair aquele conceito.

— Se a Perfeição continuasse regendo o universo no momento inicial, seria o final de tudo. O final da Existência. Não uma transformação ou transição. Estou falando de fim.

Nada se mexia, Quenom muito menos.

— A perfeição teve que ser rompida para que a Existência continuasse.

— Não entendo.

— Voltemos ao instante que concentrava toda a energia. — Limpou a poeira no tampo da mesa. — Não foi uma explosão, afinal, não houve nenhum estrondo, pois o som não se propaga no vácuo, e também não houve nenhuma luz, afinal os fótons nem sequer existiam.

— Uma explosão silenciosa e invisível...

— Vamos chamar de primeiro impacto. — Limpada a mesa, limpou as mãos uma na outra. — Antes dele era o Tudo, porém, sem matéria. Energia livre. — Colocou a mão sobre a cabeça de Licurgo, e Quenom sentiu sua consciência diluir-se. — Para imaginar o antes, é preciso pensar em um universo sem matéria.

O Conselheiro olhava a luz fora da janela.

— A energia se mantinha em um equilíbrio perfeito. Sabe por quê?

— Porque não havia conflito?

A mão continuava na cabeça dele:

— Exatamente. Mas por que não havia conflito?

— O positivo e o negativo estavam separados. — A mente de Quenom de repente percebeu um mundo equilibrado, sem a mínima vibração.

— Isso. Polaridades separadas. Duas não dimensões. Uma repleta de energia positiva e outra de energia negativa. Existiam sem estar em lugar nenhum. Isso não é difícil de entender, pois, não havendo matéria, não havia ocupação de espaço.

— Dois universos separados?

— Separados, sim, mas não uma separação geométrica. Esse conceito nem sequer existia. Eram energias isoladas não localmente. Toda energia que existe hoje estava lá. Sem massa, sem espaço, sem conflito.

— Por quanto tempo durou isso?

O Conselheiro coçou sua barriga de mulher.

— Tempo. Essa é uma dimensão poderosa. Agora mesmo estamos aqui subjugados pelo tempo porque algo aconteceu que precisa ser resolvido e não temos muito tempo. Mas temos que nos dar tempo para que você entenda o que ele é. Veja, se agora eu tenho que me apressar, então o tempo é como um Senhor que subjuga tudo, certo?

— Certo.

— Errado de novo.

Quenom coçou a testa.

— O tempo não é senhor, é refém do movimento. — O Conselheiro sorriu. — É simples. Se nada se move, se tudo está em total equilíbrio, o tempo não existe. E quando as energias estavam estáticas, o tempo nem tinha nascido.

— Sem tempo e sem espaço. — Quenom falou para si mesmo, aceitando a afirmação.

— A Existência estava presente antes do tempo e dominava tudo o que havia sem estar em lugar nenhum. — Agora foi a vez de o Conselheiro coçar a testa. — Não existem palavras para descrever como era. Só havia um único conceito: existir. — Ele balançou as mãos à sua frente. — Mas vamos dizer, apenas para ilustrar, que equivaliam a dois bolsões infinitos paralelos.

— O que houve então?

Respirou fundo:

— Uma mínima imperfeição em uma das não dimensões. Uma imperfeição que viria a destruir o equilíbrio: a intuição.

— Intuição?

— Sim. Intuição. A mais livre e misteriosa manifestação do universo. Livre porque não pode ser controlada, e misteriosa porque não pode ser explicada.

— Mas não é a mente que produz a intuição?

— Não. A intuição é pré-racional. Uma força quântica, porque nada pode determinar quando irá surgir, por que surge, ou que caminho vai tomar. Ela já nasceu mostrando que não se sujeitava à Perfeição. A razão nos puxa para trás na busca pelo reencontro com a perfeição, e a intuição desestabiliza o equilíbrio porque aponta para o novo.

Quenom se levantou e foi até o parapeito da janela. Segurou fortemente nos batentes de madeira olhando a luz que dançava à sua frente.

— E como aconteceu?

Os olhos do Conselheiro se fecharam, buscando o conhecimento que tivera através do contato com o Horizonte de Energia.

— Nos não espaços tudo era harmonia. Mas em um deles a unidade foi rompida pelo lampejo da intuição. Uma energia ainda mais sutil que a energia negativa ou positiva. A centelha que leva ao ato criativo.

— Mas que lampejo foi esse?

Com as mãos roliças de sua mãe, o Conselheiro bateu de leve nas bochechas de Licurgo.

— Um lampejo que todos conhecemos muito bem. — Girou os pulsos. — E se?

— E se, o quê?

— Só.

Quenom estacou um instante.

— Só isso?

— Foi o bastante para começar a derrocada da Perfeição. Em um universo totalmente equilibrado, essa leve manifestação se destacou.

Quenom deixou a janela e foi sentar-se sobre os calcanhares, mantendo o olhar fixo nos olhos de sua mãe.

— Então a outra não dimensão percebeu esse lampejo?

— Sim. Algo havia ocorrido além. Entende a magnitude disso? Antes tudo era estático e compreendia o Todo, e, de repente, surge uma faísca fora, só que o fora não existia, e ainda assim essa faísca mostrava que havia algo lá.

— Mas... o que causou o primeiro *e se*?

O corpo da mãe entregou seu peso ao espaldar da frágil cadeira, que parecia a ponto de se partir. O pescoço pendeu para trás, como se estivesse buscando as palavras em algo muito remoto.

— Causa e efeito. Ação e reação. — Falou soltando o ar com uma respiração pesada. — Todo efeito tem uma causa, e toda ação gera uma reação, certo?

Quenom hesitou:

— Eu diria que sim, mas imagino que o senhor vai dizer que eu estou errado.

Os lábios da mãe sorriram o sorriso do Conselheiro.

— No mundo dominado pela razão, isso é mais que certo, é óbvio. O primeiro lampejo gerou a primeira reação do outro lado, correto?

— Por favor, não me faça perguntas, me dê respostas.

— Respostas antes das perguntas... Você está dedilhando o caminho. Se entendesse isso, eu não precisaria explicar mais nada.

— Não. — O gesto foi de súplica. — Eu não entendo. Continue.

— Tudo bem. — E o Conselheiro continuou. — Assim como eu disse que é absurdo pensar em um ponto quando ainda não havia matéria, é também absurdo levar um questionamento racional para antes da existência da razão. Não houve uma causa para o surgimento da primeira intuição. Esse conceito não se aplica.

— Então... foi o acaso?

Os olhos da mãe ficaram um tempo dentro dos de Quenom.

— Acaso é a saída mais fácil. A resposta que damos quando não encontramos resposta. Existe uma resposta sem uma causa. — Segurou a cabeça do filho e a balançou levemente. — Vamos inverter tudo. Ao invés de pensar no passado, vamos ver o futuro.

Puxou Quenom pela mão, e novamente se postaram diante da janela onde viam as ondulações luminosas.

— Lembre-se. Há 5 bilhões de anos a Energia Escura ultrapassou o gráfico de força da gravidade. O Universo começou a se acelerar de maneira exponencial e continuará assim.

Quenom esfregou os dedos descendo até o queixo.

— Agora você pode entender a composição da Energia Escura. Essa aceleração é causada pela força liberada em cada morte no universo através das transições de fase. — Era difícil encontrar as palavras, e os dedos da mulher começaram a mexer nos lábios. — Cada partícula do cosmo que morre se desconecta de sua carga existencial. A partícula se transforma em Matéria Escura; e sua bagagem, em Energia Escura.

— Que bagagem pode ter uma partícula que vive um trilionésimo de segundo?

— Por mais curto que seja o tempo, é suficiente para que se forme a consciência de existir. Consciência da temperatura, do movimento, das reações à radiação. Isso é bagagem existencial.

Os olhos de Quenom acompanhavam os movimentos frenéticos das mãos de sua mãe.

— Estamos falando de trilhões de trilhões de transições de fase acontecendo a cada milissegundo. Um holocausto imensurável e constante de partículas inflando a Energia Escura. — O Conselheiro uniu as mãos, fazendo com que estas tremessem. — À medida que surgiam e morriam mais partículas, a repulsão crescia, e, quando se tornou mais forte que a gravidade, a velocidade explodiu. — As mãos se separaram, e o Conselheiro abriu os braços. — O freio se rompeu justamente quando surgiu a Terra, e com ela a vida biológica, os seres vivos. A bagagem existencial largada nas transições de fase multiplicou-se.

Os braços estavam tão esticados que o decote do vestido por pouco não se rompia, e, mesmo o Conselheiro estando a falar de algo tão magistral, Quenom temeu mais que tudo o constrangimento de ver os peitos da mãe expostos. Mas, antes que isso acontecesse, o Conselheiro desceu os braços.

— A carga existencial não pode simplesmente sumir. Nada se cria, nada se perde, tudo se transforma. Esta é a máxima universal. — Puxou Quenom novamente para a janela.

— O que você acha que acontecerá no futuro?

O olhar dele foi de perplexidade. Se não entendia o presente ou o passado, como entenderia o futuro? Preferiu o silêncio.

— A Energia Escura continuará aumentando; a expansão do universo, se acelerando cada vez mais... Inversamente, a gravidade irá perdendo a sua força. — Novamente colocou as mãos sobre a cabeça de Quenom. — Quando a Energia Escura atingir seu ponto máximo, a gravidade atingirá o zero.

— Então tudo vai... — Não teve coragem de completar a pergunta.

— Sim. Sem nenhuma força de atração, todas as partículas do universo vão se dissociar e se transformar em energia pura.

— Nenhuma matéria.

— O positivo e o negativo estarão novamente separados. A própria Energia Escura deixará de se manifestar.

— Sem atração, sem repulsão...

— E, sem conflito, o movimento vai subitamente desaparecer, e, com ele, o tempo. — Virou o corpo de Quenom para si sorrindo. — Por isso a matéria não ultrapassa a velocidade da luz. Ao bater no limite superluminal, voltaremos num salto quântico ao que havia antes do primeiro impacto. O Eterno Retorno. Voltaremos à perfeição absoluta. Estática. Plena.

— O ciclo se completa. — Concluiu Quenom.

— Cuidado. Ciclo, não círculo. — Quenom assentiu rápido. — O Eterno Retorno é uma constante cósmica, e não uma abstração geométrica ou filosófica. — Passou o braço pelo ombro do filho e contemplou sem se cansar a dança das ondas. — Só posso acreditar em um Deus que saiba dançar.

Quenom franziu os olhos.

— Tudo irá se repetir sempre e eternamente.

— O Eterno Retorno não significa, necessariamente, uma repetição. Tudo poderá recomeçar de maneira totalmente diferente. Poderá ser colapsado outro universo em que as leis da gravidade não existem? Não haverá biologia? Talvez não seja a água o solvente universal, e sim a amônia? Talvez não seja o hidrogênio o elemento predominante, mas o lítio?... — De novo o dedo indicador foi taxativo batendo na madeira. — O certo é que vamos voltar ao início. Agora, como será o reinício... Vai depender da escolha que o universo autoconsciente fizer.

O sorriso interior da mãe foi lançado pelo Conselheiro sobre Quenom, que não soube se o gesto era triste ou iluminado.

— E nós não estaremos mais aqui. — Tinha decidido que o sorriso era de tristeza.

— Claro que estaremos! — Viu, então, a iluminação total. — Nós juntos formamos a Consciência do Universo! O que importa a forma, a identidade? O fato é que a Inteligência irá sempre se perpetuar na Existência.

O Conselheiro fechou a janela para depois se dirigir novamente à frágil cadeira de palha.

— Mas... — Havia uma ponta de ansiedade em Quenom. — Eu ainda não entendi a resposta sem causa que formou o primeiro lapso de intuição.

Viu sua mãe sentar-se sorrindo complacente, arrumando eternamente as saias num cacoete.

— Achei que tivesse sido claro.

— Então seja mais que claro. Eu sou um simples camponês ignorante.

— Você não imagina meu prazer em ouvir o Campeão da Academia admitir isso.

Quenom sentou-se.

— Tudo bem. Vou ser mais explícito. — Terminou de alisar as saias. — Você sabe que os átomos não carregam memória, se regeneram e são sempre novos. — Quenom concordou. — Portanto, as energias livres voltarão a ser novas, sem nenhuma memória dos bilhões de anos pelos quais acabaram de passar. O equilíbrio lançará tudo na amnésia absoluta. Mas não podemos deixar de lado a Energia Escura.

— Mas ela não desaparece quando atinge seu ponto máximo? — Quenom massageou as têmporas, confuso.

— Nada desaparece. Lembre-se disso. No estado Perfeito, a Energia Escura se transforma na força mais poderosa do universo.

— A fé — Quenom falou sem saber o que o havia levado a pensar nisso.

— Sim. Mas calma. Aqui é o momento de entender o que é a Fé. — Postou as mãos com os dedos junto aos lábios e falou devagar: — A fé é a Força Intuitiva Constante. Força, porque tem o poder da criação. Intuitiva, porque também é quântica, não determinável. Mas é a sua constância que a coloca em um estado mais que exótico. Essa força intui continuadamente que a existência é algo possível.

Quenom se levantou e começou a falar como se houvesse uma consciência independente dentro dele. Ele não sabia por que falava, nem de onde vinha seu entendimento.

— Uma certeza sem causas. A consciência sem memória.

— Bravo. — O Conselheiro segurou os ombros de Licurgo. — Você realmente entendeu o que é a fé!

Quenom ficou petrificado ao constatar que sim, podia admitir o sentido da fé.

— A Força Intuitiva Constante é a resposta para a primeira fagulha de intuição, porque, entre as não dimensões dos universos equilibrados, ela pairava em potência. Latente, mas precisava do estalo que a fez se manifestar.

O Conselheiro levou a mão à talha, mas logo se lembrou de que não havia mais água. A boca estava seca, mas, a despeito disso, continuou:

— A existência era um infinito silêncio. Nenhum mistério. Nenhum desafio. Conhecimento absoluto. O Imutável. O Perfeito. O Para Sempre.

O Conselheiro segurou o rosto de Quenom entre as palmas acolchoadas:

— Induzida pela Força Intuitiva Constante, a perfeição acabou por não se conter em sua existência equilibrada. E nesse instante de cansaço de tanto saber, a intuição lampejou: E se? Sem causa! Ou por infinitas causas. E depois, veio a reação da outra não dimensão que criou o conceito de além, e lá vamos nós.

Remexeu-se mudando de tom, como se voltasse a um capítulo mais frenético da história.

— A perfeição tentou calar a intuição, afinal, a harmonia não pode comportar a dúvida. Mas já era tarde. O processo já havia sido iniciado. Causa e consequência. A partir daí, elas já existiram. Era muito forte a percepção de que estava acontecendo algo fora do equilíbrio. As reações em ambas as não dimensões passaram a ser incontroláveis. Algo novo estava acontecendo e se mostrando cada vez mais presente.

Houve um breve silêncio do Conselheiro. Quenom, temendo que ele encerrasse a história, balançou ansiosamente as mãos.

— E o que aconteceu?

— Medo. Cada uma das não dimensões estava diante do desconhecido. Uma polaridade percebeu a possibilidade de existência da outra. E o medo transformou-se em pavor quando a atração, uma força que provém da interação, se manifestou. Pavor total. O universo estava prestes a entrar em movimento, e isso simplesmente criaria o espaço. As não dimensões estavam para se tornar dimensões! Apenas a intuição estalava acima do medo. Porque o medo vem do novo, e a intuição é o que cria o novo. E o novo se criou nos fazendo existir. — Levantou as duas mãos para o alto. — Graças a Deus!

Quenom deu um salto.

— Deus! Você disse que ia falar da origem de Deus!

— Eu já falei de coisas muito anteriores, mas vamos lá. Vamos descrever o momento em que Deus nasceu.

Quenom teve que apoiar-se zonzo na parede inclinada do sótão.

— Enquanto a Perfeição tentava em pânico restabelecer a ordem, as energias intuitivas de ambas as não dimensões deram um salto para se encontrar fora do domínio do positivo e negativo. E ao se encontrarem... — Sorriu. — Perceberam que precisavam de Deus. E que ele surgisse rápido para nos salvar.

57

— Você tem consciência de que morreu, não tem?

Meu amigo, olha, eu já tinha percebido isso... Mas uma coisa é você achar, outra é alguém te dizer isso assim, na lata. Acho que parei de respirar ali mesmo.

— Aqui a energia flui através da interação direta entre antipartículas.

Não entendia o que ela falava, mas queria que ela continuasse.

— Você já ouviu falar de meia-vida?

— Tipo assim, quando alguém não vive intensamente e...

Ela me cortou delicadamente:

— Meia-vida é o tempo que uma partícula leva para decair.

— Partículas? Tipo átomos, elétrons e essas coisinhas pequenas?

— Isso. Antes você era formado por átomos de matéria. Essas partículas estavam em contínuo processo de decaimento. Se transformando sempre. Daí você morreu. A morte biológica é uma meia-vida, um decaimento abrupto de todas as partículas. — Parou, tentando lembrar-se do que havia acontecido com ela mesma. — Na sala de recondicionamento, eles fazem com que a gente entenda que não é mais uma organização de partículas de matéria, e sim de antimatéria.

Eu continuava cansado, cheio de dor, com câimbras, mas não estava mais respirando. Sei lá como, percebi a tal troca de energia.

Ela levantou-se pra olhar ao redor no topo da montanha. Atrás de nós, havia a mata densa e, na frente, um vale muito árido. Mais adiante outras montanhas. Não dava pra ver nem vestígios da Colônia.

— Acho que saímos do perímetro de rastreamento simples. — Aquilo devia ser uma boa notícia. — É como se você estivesse fora do alcance do faro de L.U.C.A. — Então era mesmo uma boa notícia. Estendi meu corpo doído sobre a rocha. — Mas seus sinais vitais ainda podem ser captados pela Sala de Nêutrons. Não estamos em segurança ainda. Vamos continuar.

Ah, como a felicidade pode durar tão pouco...

58

Quenom fez estalar a madeira da cadeira ao se sentar para ouvir as palavras ditas lentamente:

— O conflito entre as duas forças intuitivas formou a primeira sinapse da Inteligência Cósmica.

— Deus?

— A Inteligência é ainda anterior a Deus. Vamos com calma.

— Sim, sim. — De calmo, Quenom não tinha nada.

— O primeiro fagulhar da Inteligência foi perceber imediatamente as consequências do que estava para acontecer. Assim que se tocassem, as não dimensões positiva e negativa iriam se anular, e o universo mergulharia na não existência. E como o relógio do tempo já havia sido acionado, pela primeira vez houve a pressa. Foi nesse momento que se manifestou a Força Intuitiva Constante.

— A fé. — Quenom ainda estremecia ao pronunciar aquela palavra.

— Ouça. Entenda. A intuição é uma manifestação inconstante e incontrolável. Mas a Inteligência percebeu que essa força poderia se manter ativa no tempo. E ao ser observada, a Força Intuitiva Constante, até então em potência, se manifestou. Nesse instante, estava criado o terceiro conceito do universo: a Fé.

Extasiado, Quenom via que fé não era algo vago ou místico. Era uma constante cósmica.

— A fé também é algo não determinável, porque não pode ser explicada. Mas é uma força constante, e não esporádica como a intuição. Em última instância, é a negação da certeza do Perfeito. A crença na imperfeição criadora. A dúvida do que virá, mas com a certeza de que algo virá.

Quenom apertou a mão do Conselheiro.

— E Deus?

O Conselheiro fixou os olhos.

— Pois chegamos agora a Ele. A Fé é constante e estática, enquanto a Inteligência é inconstante e frenética. — Fez uma pausa e proclamou. — O casamento da Inteligência com a Fé criou Deus para nos salvar.

Quenom estava suando. O Conselheiro também.

— Não era possível evitar o encontro das energias positivas e negativas, então o que fazer?

O outro continuou calado.

— Como quase sempre, a solução estava no enunciado do problema. Se aquele evento fora causado pela quebra da perfeição, a solução seria fazer com que esse choque acontecesse de maneira imperfeita. E Deus era a solução.

Quenom franziu a testa. Seria possível?

— Deus é...

O balançar lento de cabeça e o aparecimento do sorriso interior nas feições de sua mãe foram a resposta.

— Sim. Deus é a máxima imperfeição!

Quenom tremia.

— Inteligência e Fé criaram a Fórmula Imperfeita, capaz de evitar a anulação das energias. E mais que isso, só uma regra imperfeita poderia reger o desequilíbrio durante todo o desenrolar do movimento do universo que estava para nascer. — Percebendo o espanto de Licurgo, a mãe o abraçou, como quando ele era um menino confuso. — Meu filho, Deus garante a permanência do conflito universal com o propósito de criar a vida. Garante a perpetuação da existência através da dúvida.

Ele era incapaz de falar, apenas mantinha-se aquecido no abraço.

— A perfeição anterior significava simetria, harmonia e equilíbrio. Mas, uma vez que o rompimento da Perfeição levou à atração entre as energias, se o encontro fosse simétrico e perfeito, resultaria na anulação total.

O corpo grande da mãe soltou o corpo do filho e começou a andar pelo pequeno sótão, tentando reproduzir fisicamente o que acontecera antes do primeiro impacto.

— Havia pressa. Deus nasceu em um momento crítico. Foi expelido sem nenhuma gentileza no momento em que a Fé se uniu com a Inteligência, instantes

antes do colapso, para gerenciar o caos. E o mais maravilhoso dessa regra, o mais fantástico em Deus, é que Ele é a Equação que nunca vai se fechar.

— Nem mesmo Deus pode dar fim à nossa angústia?

— A sabedoria de Deus foi fazer com que toda existência continuasse a buscar a perfeição impossível. É isso que nos leva adiante e não nos deixa afundar. Porque Deus é generoso e mostra que, além da imperfeição, além Dele, existe o Eterno Retorno, quando reencontraremos o equilíbrio da Perfeição.

O Conselheiro espalmou a mão sobre o peito de Quenom.

— Da mesma forma que, quando o Universo era pleno, a fé mostrava que havia algo fora, agora, quando estamos mergulhados na imperfeição, ela indica que existe a perfeição do outro lado. Esta é a maravilha! A fé não nos deixa ficar parados. E para dissolver a angústia, basta entender que não existe uma meta. Existe o caminhar eterno. A Existência é o propósito em si. — Apontou para a janela. — Salte para fora do Sistema e atinja o seu nível inviolado. O aqui e agora. Exista sem passado ou futuro, pois é tudo uma coisa só. — De repente já não havia janela, nem parede, nem sótão. Estavam dissociados nas ondas de luz. — Você é o todo, sempre foi e sempre será, e nada nem ninguém tira isso de você.

Aquilo foi um sopro que aliviou totalmente a angústia de Quenom que queimava no peito de Licurgo.

No instante seguinte, estavam novamente envolvidos pelo sótão, com o Conselheiro fazendo a mão da mãe passar carinhosamente os dedos pelos cabelos do filho.

— Quando Deus foi criado, estabelecendo as novas regras, manifestou-se simultaneamente nas não dimensões. — O tecido da blusa dela estava empapado de suor. — E proclamou as novas regras. Ficava estabelecida uma nova ordem cósmica. — O Conselheiro bateu as mãos. — Não estavam sendo negadas as antigas regras perfeitas, simplesmente elas não funcionavam mais e precisavam ser libertadas. — Fez gestos tortuosos com os braços, tentando girar a cintura larga. — E, digamos, todas as coordenadas para o impacto foram refeitas. O encontro que faria colidir simetricamente todas as partículas deu uma... Como eu posso dizer? — Enviesou o corpo. — Deus fez o contato ser imperfeito. — Parou, com os braços abertos e as mãos espalmadas, sublinhando o silêncio e a quietude. — E houve o primeiro impacto silencioso e invisível. Não a partir de um ponto, mas no Todo não local. E o que não era passou a ser. — Voltou a movimentar os braços como duas hélices. — Radiação pura. Tão quente que é impossível imaginar. Um triliionésimo de segundo, e nascem os Bósons de Higgs, e daí... — Arfou, inflando os peitos e soltando o ar pela garganta rouca. — Daí... Foi tudo como eu já falei...

Ela arquejou até a mesa. Quenom a ajudou a se sentar. O esforço físico de reproduzir o nascimento de Deus tinha sido demasiado. Levou a talha vazia à boca tentando absorver algum mínimo filete de água. Tossiu. E foi se aquietando. Então arrancou o lenço da cabeça atirando-o na cama.

— Sim, Deus é um produto imperfeito. — Limpou com as mãos o suor que brotava nas raízes dos cabelos ásperos e grisalhos. — Mas o perfeito não é bom, e o imperfeito não é ruim. — Começou a prender os grampos que estavam soltos, colocando alguns na boca, o que a fazia falar com os lábios apertados. — Deus é um produto que produziu a Existência! No momento em que foi feito, fez. — Arrumado o cabelo, pediu com um gesto que o filho lhe devolvesse o lenço antes desprezado. — Deus é uma fórmula ímpar. Não matematicamente. E nós só estamos aqui... — Quenom entregou o lenço. — Obrigado. Nós só existimos por causa dessa sobra da soma de um mais um.

Levantou e curvou-se com dificuldade para remexer dentro de um baú menor que havia ao lado da cabeceira da cama.

— O que está procurando?

— Um espelho. Suas coisas de barbear ficam aqui, não é? — Levantou um pequeno retângulo com bordas de cobre. — Achei. — Olhou-se nele um instante.

— Ficou bom?

— Ah? — Quenom olhava para a janela fechada.

— O lenço. Ficou direitinho?

— Ah, sim. Ótimo, sim.

Alisou as saias mais uma vez e guardou o espelho com cuidado.

— Em que você está pensando?

— Não sei. Na fórmula ímpar.

— Ah, sim. Em Deus, claro. — Olhou em torno. — Adoraria um gole de água.

— Embaixo do travesseiro tem, quero dizer, eu costumava ter uma pequena garrafa de aguardente.

O Conselheiro botou as mãos na cintura e falou com uma ironia divertida:

— Eu sabia que você não era nenhum anjo!

Enfiou a mão sob o travesseiro e trouxe com ela a garrafinha de vidro envolvida em couro. Puxou a tampa e deu um gole. Fez uma careta e estendeu o frasco a Quenom, que recusou com um gesto. Bebeu, então, outro gole mais longo, sentiu o líquido aquecer o corpo. — Nada mal. — E voltou a guardar o pequeno tesouro. — Espantado?

— Não sei. Achei que seria algo incompreensível, mas é tão simples.

O Conselheiro soltou uma risada curta.

— E existe um registro oficial deste primeiro milagre divino.

Mesmo imaginando ser brincadeira, Quenom virou para ouvir a prova do que fora dito.

— É cientificamente comprovado que, para cada bilhão de partículas de antimatéria do universo, existem um bilhão e uma partículas de matéria. — Mediu a expressão de Quenom, que arqueava as grossas sobrancelhas. — É a cada uma dessas partículas que sobreviveram à aniquilação que se deve toda a existência. Num impacto perfeitamente simétrico, o excesso de matéria não seria gerado, e não estaríamos aqui pensando sobre isso.

— Entendo.

— Mesmo? — Meneou a cabeça. — Achei que fosse ainda perguntar o que criou a energia livre e quem determinou o movimento do Eterno Retorno.

Quenom sorriu sem mexer os lábios, experimentando pela primeira vez o Sorriso Interior.

— Não preciso da pergunta, porque sei que a resposta existe.

O Conselheiro permaneceu olhando-o com atenção tranquila. Quenom prosseguiu:

— Sim. Quando a dúvida se tornar obsoleta, talvez o último véu caia e possamos ver além do Horizonte. Ou não.

— Exatamente. Ou não. — Esticou a mão para Quenom, que a tomou num aperto firme e carinhoso. — A Fórmula nos mantém em movimento através da fé na dúvida. Enquanto duvidarmos, existiremos. E existir é tudo.

59

A fúria de L.U.C.A. reverberava pelas ruas da Colônia fazendo os chalés vibrarem em imagens instáveis. Os ocupantes olhavam apavorados sem saber o que estava acontecendo.

Aquele era o lugar fisicamente mais sólido do Sistema, e o tumulto causado por L.U.C.A. produzia o efeito contrário ao desejado por todos que buscavam refúgio ali. Corria uma onda de medo. O oásis de tranquilidade estava sendo devassado pela energia furiosa do Ancestral.

— Eles precisam ser encontrados imediatamente! — gritava L.U.C.A. a Katric.

— Já determinei o plano de busca, e estamos fazendo o possível para...

— Esqueça o possível! O possível é o limite dos incompetentes! Quero que eles sejam capturados e não aceito nenhuma argumentação contrária! — Katric se surpreendeu com a veemência extrema. — O que está esperando? — Ondas rascantes empurraram o outro com violência.

Possível! L.U.C.A. quis cuspir aquela palavra. Se os imbecis que se apegavam àquele conceito ao menos suspeitassem o quanto ele era ilusório, conseguiriam entender que a consciência nunca tendia à inércia do possível.

Passou pelos Postos de Verificação de Constância, e sua vibração acionava alertas de desequilíbrio. Mas não se importou com isso.

Possível!

Sentiu-se solitário em meio a tantos seres inúteis. Mesmo Ihmar! Como ela deixara se enganar por um maldito rebelde e traíra o Sistema? Como podia ter feito isso?

Deixou para trás o último Posto de Verificação. Ele só pensava em agir. Não se satisfazia com a ignorância do possível. A matéria nascia da energia, e a energia é ação. Não podiam existir limites para a ação!

A vibração de seus pulsares mostrava que a Sala de Nêutrons tentava estabelecer contato. Respondeu sem qualquer laivo de cordialidade:

— Será que finalmente vocês foram capazes de estabelecer a posição do rebelde?

— Os Elos meditativos captaram os sinais vitais nas coordenadas 3-42-25. — L.U.C.A. deteve sua marcha.

— Perfeito. Vamos cercar as coordenadas e proceder a captura.

Já ia desconectar-se quando percebeu que as coisas não eram tão simples.

— Não, L.U.C.A. Os sinais vitais não estão se comportando com a continuidade esperada. Desapareceram e foram reaparecer nas coordenadas 3-15-18. Novamente desapareceram e pularam para 2-44-64. Simplesmente a movimentação não aponta um sentido lógico!

A expressão de L.U.C.A. contraiu-se:

— Você está me dizendo que um mero e desprezível quase humano está se movendo de maneira quântica?

— Quando conseguimos estabelecer a velocidade, perdemos a noção de posicionamento e vice-versa. — L.U.C.A. não acreditava no que ouvia. — Não é possível determinar exatamente o ponto em questão em seu instante futuro. — Possível! Novamente o argumento idiota! — Certamente, um corpo que emite sinais vitais não poderia movimentar-se de maneira não local...

— É claro que não!

— Mas é isso que está acontecendo. Ele deixa de existir em determinada coordenada para voltar em uma coordenada diferente.

— Ele está se transmutando. — A constatação do ódio frio de L.U.C.A. fez a resposta da Sala de Nêutrons soar cuidadosa.

— Não acreditamos nessa possibilidade. Mesmo que ele estivesse fazendo uma transição de fase, o que é improvável fora de um ambiente controlado, ainda assim poderíamos acompanhar a trajetória, que ora se apresentaria como sinais de matéria e ora como de antimatéria. A transmutação não quebraria a continuidade da energia.

L.U.C.A. concordou sentindo sua densidade interna aumentar.

— Estou indo para aí imediatamente.

Estavam diante de uma manifestação nova que precisava ser detida.

60

Desculpa se eu fico repetindo certas coisas o tempo todo, falando que não estava entendendo coisa nenhuma, mas era isso que acontecia! O que eu posso fazer? Não entendia nada, e, quando achava que tinha começado a entender algo, ele logo perdia o sentido! Cara, eu vou te dizer, não existe nada mais atormentador que isso.

Por exemplo, estávamos no alto daquela montanha enorme, que eu certamente não entendia como tinha conseguido escalar, e a louca da Ihmar logo queria descer de novo. Como descer se eu não tinha asas? Mas você acha que eu conseguia argumentar com ela? Sem chance. Ela me puxava pra baixo, e simplesmente meus pés iam batendo nas pedras atrás dela, que deslizava com uma facilidade irritante. Não é questão de machismo, como você pode pensar, mas era foda uma mulher ficar te mandando fazer coisas impossíveis enquanto ela fazia essas mesmas coisas com facilidade, mostrando que nem era tão difícil assim. Eu já estava de saco cheio dela, essa era a verdade.

Quando a gente parou na beira de um penhasco, com um vazio sinistro até o chão, me lembrei da primeira vez que eu estava com o Vitor na varanda do apartamento da Cecília. Ele ficou se inclinando sobre a mureta com os braços abertos e gritando. Estava se mostrando, claro. Só que eu também estava com a Isolda, e ele ficou me provocando, dizendo que eu não tinha coragem. As duas meninas riam excitadas com aquela demonstração de heroísmo fajuto. Então, eu também fui lá me inclinar. Cara, a vertigem era como uma mão apertando forte por dentro, puxando minhas tripas. E o prédio só tinha uns poucos andares. Agora, ali com a Ihmar, a parada era muito pior. Muito mais alto e sem mureta nenhuma.

— E agora, o que a gente faz? — Eu estava tremendo feito uma vara verde nas mãos de um idoso com *Parkinson*.

— Os controladores não estão longe, eu posso sentir. Temos que continuar.

— Tá legal, mas continuar pra onde?

— Adiante, vamos.

Na beira do precipício, eu tremia tanto que não sabia se estava rindo ou tendo uma convulsão.

— Você está respirando de novo? Para com isso!

Foi nessa hora que eu vi lá longe, longe mesmo, atrás das cadeias de montanhas, um rolo de fumaça subindo de um incêndio gigantesco.

— L.U.C.A.! — O nome escapou pela boca dela.

Aquilo era o Luca? Uma torre de fumaça que serpenteava como uma naja querendo dar o bote?

— Esta é a manifestação mais horrível que já vi dele.

Senti minhas pernas ficarem quentes.

— O que você está fazendo? Você...

Cara, eu tinha me mijado todo! É isso aí. Pelado, mijado, chorando, machucado, fodido...

— Me entrega e acaba com isso de uma vez.

Ela me abraçou.

— Você não tem ideia do suplício que é ser devassado molécula por molécula. Eu não vou deixar ele fazer isso com você.

Dentro do abraço dela, eu senti vergonha da minha fraqueza. Mas era bom demais ser abraçado daquele jeito. Alguém que abraça assim é porque gosta da gente, e eu senti que, quando não temos mais nada, tipo, perdemos tudo, um gesto desse passa a ter um valor indizível.

— Isso. Não respira. Você não precisa mais de nada disso. — Os olhos dela ainda eram os olhos da menina mais linda que os meus já tinham visto. — Você confia em mim?

— Confio.

Se você já foi sincero numa resposta, sabe como isso faz bem. Alivia tudo.

— Então vamos pular.

— Juntos?

— Vamos.

Uma coisa eu posso dizer: não tinha certeza da minha capacidade de vencer o abismo, mas sabia que ela ia estar ao meu lado.

Pulei.

E é isso que eu te falo de não entender nada. Pulei, mas não senti a queda. Nem o pouso. Nada disso. Só sei que, quando vi, estava correndo do lado dela de novo, ou melhor, atrás dela, feito um maluco.

E a gente foi rompendo aquela extensão árida. Os dedos dos meus pés empurrando com força a terra e meu calcanhar sentindo a terra de novo lá na frente. Não respirar ajudava, e a gente corria mais rápido que antes, numa velocidade que nem o cansaço do meu corpo conseguia acompanhar.

Ela ia mudando a direção como se seguisse um mapa que eu não conseguia ver. Então nossa corrida terminou em um muro de metal, ou sei lá do que aquilo era feito. Parecia um enorme casco de navio enferrujado.

— Eles estão nos cercando. Não sabem onde estamos, mas estão delimitando um perímetro de probabilidades.

— Eles colocaram esse muro de ferro aí?

— Muro?

Olhei pra estrutura sólida que barrava nosso caminho. Não, aquilo não era um muro, óbvio. Era só ilusão, claro. Fui em direção dele para dar um chute e sentir se, afinal, ele estava ali de fato.

— Não! — Ela se colocou na minha frente. — Não toque nisso.

— Nisso o quê? Pelo jeito que você falou, não deve existir muro nenhum, só uma projeção da minha...

— Não interessa como cada um de nós vê seu próprio limite! — Ela falou bem preocupada, com os olhos se mexendo para todos os lados. — Mas, se você fizer contato com seu limite, vão conseguir determinar nossa posição e tempo.

— O que a gente faz?

— Não sei. A delimitação funciona por exclusão. Não sabem onde estamos, mas vão determinando onde nós não estamos. É um círculo que se fecha. — Pela primeira vez, ela parecia cansada. — É uma questão de tempo pra nos acharem.

De repente, ela me olhou com um olhar de pasmo total.

Imediatamente também olhei pra mim mesmo e tomei um susto. A primeira coisa que notei é que eu não tinha mais um pênis! Nem saco, nem pelos. Estava liso como uma boneca. E minha pele estava furta-cor, meio transparente, oscilando entre tons de luz.

— O que é isso, Ihmar? — Comecei a dar uns pulinhos ridículos, me sacudindo de mim mesmo. — O que eu estou virando? — Ela tinha que ter uma resposta, ela tinha que ter!

— Não sei.

Caralho, eu estava desaparecendo!

— Acho que você passou por um processo de desestruturação.

Passei não. Estava passando. Estava em desestruturação total naquela hora.

— O modo como eu te estimulei, o jeito como eu te acelerei... De alguma forma, isso deve ter feito suas partículas de matéria compreender, antes da sua consciência, que você não existe mais como humano. — Ela fechou os olhos e se concentrou. — Seus sinais vitais estão fracos, intermitentes. Por isso não nos detectam. Sua matéria está se transmutando em antimatéria.

— Então estamos salvos? Não podem mais acionar nenhum radar, nenhuma coisa pra sacar onde eu estou?

— Sua consciência continua condicionada. E isso é um completo despropósito.

Então seu pescoço se ergueu, como uma gazela que antevê a presença do leão.

— Temos que mudar de posição, os controladores estão muito perto. Hora de correr.

Dessa vez, eu a acompanhei sem fazer esforço. Tanto que, mesmo naquela disparada no meio das rochas, eu consegui até trocar uma ideia.

— Então eu sou tipo a água que já não é mais líquida, está evaporando, mas ainda não virou vapor? Estranho tipo assim?

Ela brecou de repente.

— É isso! Água!

Ia perguntar o que isso tinha a ver, mas antes ela gritou.

— Corre!

Disparei mais rápido que ela. Pela primeira vez, senti a presença dos controladores a uma fração de segundo de mim.

61

Eram 3h40 da manhã.

O relógio na parede encardida do corredor do hospital marcava aquela hora vazia, em que a esperança do sono já ficara pra trás e a luz da manhã ainda tardaria uma eternidade.

Gílson observava o ponteiro dos segundos pular preguiçosamente, soltando seus monótonos cliques. Lembrava-se do Brás Cubas, que imaginava um grande diabo sentado entre dois sacos de moedas, um meio cheio e outro meio vazio. Inexpressivamente, o diabo ia trocando as moedas de um saco para o outro no ritmo dos segundos que se esvaíam: menos um, menos um, menos um...

O professor ajeitou seu corpanzil na cadeira de plástico. O estômago chiava com a azia provocada pelos salgadinhos da cantina. A saliva estava pastosa, revirando na boca o amargor do café. Pensar em Machado de Assis não tinha sido uma boa coisa. Lembrava-se da escola, dos alunos desatentos, lembrava a inutilidade de ficar ano após ano ensinando uma matéria que seria logo esquecida.

Menos um, menos um, menos um...

Tinha deixado a vida passar e agora ele era só um corpo flácido cheio de dores e incômodos, uma cabeça cansada e uma esperança cada vez mais fraca de um dia fazer algo importante.

Passou as mãos pelo rosto sentindo a pele oleosa. Um rapaz quase se matara, uma amiga estava sedada pra suportar o sofrimento, dezenas de estudantes haviam morrido, e ele ficava pensando no vazio de sua vida?

Ele era isso. Um expectador. Assistia à tragédia desenrolar-se na sua frente sem fazer realmente parte dela.

Deu um tapa no rosto para espantar a inveja daqueles que tinham sofrimentos reais! Só podia estar ficando louco pra sentir isso. Era a exaustão. Era a maldita vontade de fumar. Era aquele relógio que não parava de martelar. Era a solidão miserável da madrugada que criava monstros dentro da cabeça.

Levantou-se apenas para se mexer, porque não tinha pra onde ir.

Tentou pensar nos problemas concretos que a manhã traria. Os colegas tinham ido para um hotel e voltariam cedo, junto com os médicos que deixaram os plantonistas vagando pela madrugada do hospital. Logo teriam que tratar da remoção de Noêmia e Vitor. Ele teria que se encontrar com os donos do colégio. Falar com os pais dos alunos mortos. Velórios pela frente, enterros, missas... Depois aulas, e a casa vazia, e as contas pra pagar, e a mãe pra visitar nos finais de mês...

Ele precisava fumar! Um cigarro amenizaria tudo. E depois ia tomar um porre, quem sabe com os mesmos comprimidos que Vitor... Outro tapa, desta vez bem mais forte. Notou que estava diante da porta do quarto de Noêmia. Percebeu de repente que ele era tudo o que restara a ela. Viúva, um filho morto, o outro... Sim, alguém precisava dele.

Entrou silenciosamente. Ela parecia dormir.

Aproximou-se devagar e pousou a mão na testa dela, não porque tentasse medir a temperatura, apenas parecia um gesto apropriado.

— Alexandre! — Ela abriu os olhos como se estivesse havia muito só esperando que ele se aproximasse. Mas ela devia estar dormindo! A dose de tranquilizantes tinha sido extrema! — Você tem que ajudar o Alexandre!

— Ele está bem. — A voz saiu tão ridícula quanto as palavras.

— Está em perigo!

— Você precisa descansar, Noêmia.

— Alguém tem que fazer alguma coisa! — Ela começou a se erguer. Não estava propriamente acordada, parecia sonâmbula. — Temos que fazer algo agora! Você tem que acreditar em mim! O Alexandre está em perigo!

— Noêmia, o que podemos fazer por ele? — Ela olhava intensamente para o vazio, agarrada no braço dele. — Você sabe. É terrível. Foi terrível. Mas agora está em paz.

Ela batia a cabeça de um lado para o outro numa negativa violenta.

— Temos que pensar no Vitor.

Ela parou confusa.

— Você precisa ser forte para ajudar o Vitor!

— Por que vocês ficam falando nesse Vitor?

Um vapor gelado correu pelas veias do professor. Deu um passo pra trás ante o horror de uma mãe que continuava negando um filho.

Como? Por quê?

As órbitas dos olhos dela ficaram completamente brancas. Entrou em um transe violento. Tremia e murmurava com uma voz que parecia não sair dela:

— Alexandre. Salve o Alexandre. Salve o Alexandre...

Era um mantra apavorante e interminável. Gílson saiu correndo atrás de ajuda, ainda ouvindo a vibração inumana daquelas palavras.

62

As mãos de dedos roliços se apoiaram no ombro do anjo.

— Todo o Sistema está em risco. Tudo. A existência. E é por isso que precisamos de você.

— Eu? Eu não posso! Eu... — Quenom escorregou pela parede até o chão.

O silêncio baixou pesado sobre o ambiente.

O corpo da mãe fez um extremo esforço para se ajoelhar ao lado.

— Eu não posso porque... — Os olhos dele estavam desfocados. Não podia continuar guardando aquela sensação. — Na verdade eu...

— Você pode não acreditar no Sistema, pode não entender a Hierarquia Entrelaçada, pode imaginar que não exista justiça nas determinações do Horizonte de Energia, mas...

— Simplesmente não posso.

— Quenom, você está se escondendo.

Estava. Claro que estava. Queria gritar isso. Mas não conseguiu.

— Só sei que estou com medo!

— Eu também estou, Quenom.

Então o grito saiu:

— Você não entende o meu medo!

— Medo de morrer, Licurgo? — Agora foi o Conselheiro que levantou a voz puxando o punhal do cinto do outro. — Mas por que você nunca fez uso disto? — Silêncio. — Porque seu medo nunca foi suficiente para atingir a desistência! Seu medo nunca o levou a ter a certeza do fim. Mesmo nas batalhas mais ferozes, era pela dúvida que você lutava.

— Eu sou imperfeito demais para esta missão.

A voz do Conselheiro ribombou como um trovão:

— Você não é estúpido, e eu não admito que finja ser. Você não é perfeito porque a perfeição não existe nesta dimensão! Vou precisar repetir isso quantas vezes? Pare de se esconder! — Estalou a mão no assoalho, que tremeu. — Deus, o imperfeito, Deus, a origem da nossa existência imperfeita... — Segurou com força os ombros dele. — Deus está em perigo porque a Fé está terrivelmente ameaçada. Sem fé não há Deus, sem Deus não há movimento, e sem movimento não há Existência.

Talvez um minuto ou dois, talvez uma eternidade tenha se passado naquele sótão. Foi o tempo para Quenom olhar para o punhal e reconhecer que jamais poderia usá-lo contra si mesmo ainda que odiasse existir com tantas dúvidas. E se isso era fé, isso ele tinha.

O Conselheiro o puxou de seu canto, e voltaram a ficar frente a frente.

— O que vocês querem de mim? Como eu posso ajudar Deus? — Limpou as lágrimas e o nariz, sem acreditar que estava fazendo aquela pergunta.

O Conselheiro atirou displicentemente o punhal sobre a cama.

— Como eu disse, não se trata de nenhuma luta definitiva entre o bem e o mal.

Quenom assentiu.

— Trata-se de um erro da Cadeia de Desígnios.

— Um erro? — Estremeceu, gelado.

Será?

O Conselheiro percebeu a mudança da expressão dele:

— O que foi?

Quenom hesitou. Não, não era possível. Ou era? Não teve coragem de se decidir e fechou-se.

— Não sabemos o que aconteceu exatamente, por isso não sabemos o que fazer. Mas temos a intuição de que você possa ajudar a consertar o que foi feito.

Quenom ficou no dilema de revelar sua dúvida, afinal, se a dúvida era exatamente a fé que ele tanto queria possuir, não podia se livrar dela. Não. Descobriu que a dúvida era sua fortaleza.

O Conselheiro continuou:

— A ordem de um mensageiro foi descumprida. Mas não há culpados. Os envolvidos desempenharam como podiam suas funções, mas um desígnio se rompeu.

Quenom continuou paralisado.

— As consequências são o problema. Primeiro, temos na dimensão da antimatéria a manifestação exótica de um ser que deveria estar vivo. Como não havia um plano de acolhimento, o enviamos para a Colônia de Suspensão até que possamos recondicioná-lo. — O Conselheiro espremeu a testa com a mão. — Mas o trágico é o rapaz que foi salvo erroneamente. Ele não possui mais o direito à vida. Seu propósito na dimensão humana não existe.

— Isso é horrível.

— Nenhuma criatura suporta a leveza do vazio. E não há dúvidas de que ele vá se matar.

Lembrou-se da visão do garoto caído no hospital.

— Eu devo protegê-lo? — O entusiasmo começou a encher o coração dele diante da possibilidade daquela missão. — Devo impedir que isso aconteça?

— Não podemos proteger uma vida que não tem mais o direito de existir.

Um pensamento passou pela cabeça de Quenom. Achou-o horrível. Cruel. Mas deixou-o sair:

— Mesmo sendo terrível, será mais um suicídio que...

— Não! — O grito fez Quenom sobressaltar-se. — Não será apenas mais um suicídio. Será um suicídio provocado pela vontade de Deus.

A tensão atingiu seu nível máximo. Até a madeira da janela estalava.

— Mas, se é isso que dita a Fórmula, não deveríamos respeitar?

— Não! Deus não está acima da Existência. Uma falha da Fórmula não pode causar o fim da Existência. — Agarrou Quenom. — Deus foi criado para preservar a Existência através da Fé. Essa Fórmula não pode determinar que um ser tenha a certeza do fim, pois isso seria o primeiro passo para o niilismo. Que crédito pode ter uma Fórmula que atenta contra aquilo que a criou? Deus seria um parricida! E essa certeza de que a Existência não faz sentido iria se multiplicar exponencialmente entre todos os seres até que o caos se instalasse completamente, sem a ordem imperfeita para gerenciá-lo. Entende, Quenom?

Ele não tinha condições de responder.

— Se não fizermos nada, a fissura vai se expandir. Um universo sem regras! Cada ser, cada pessoa, cada bactéria, cada átomo vai deixar de ter um propósito. Por isso, pela primeira vez, temos que agir contra o desígnio de Deus!

Agora que Quenom havia vislumbrado a fé, não podia deixar nem mesmo que Deus a apagasse:

— Eu vou fazer o meu melhor, senhor.

63

A gente corria pra cacete! Deslizava. Mas o louco não era eu estar conseguindo quase voar como um fantasma. Naquele mundo maluco, isso era o natural. O louco mesmo é que, pra mim, Ihmar continuava sendo muito de carne e osso. Apesar de as minhas partes íntimas terem desaparecido, eu continuava achando uma delícia estar agarrado a ela enquanto driblávamos o batalhão de agentes num labirinto cada vez mais estreito. O medo devia ser o meu principal sentimento, mas não era. O principal era o desejo louco por Ihmar. Não fazia sentido, eu sei. Mas você pode me dizer o que faz sentido desde que eu comecei a contar esta história?

— Vamos reentrar nos limites da Colônia.

Claro que eu achei que voltar pra perto do tal do L.U.C.A. era loucura.

— Você precisa se proteger dentro d´água.

— Por quê?

— Assim a Sala de Controles terá mais dificuldade em te encontrar.

— Eles não conseguem ver embaixo da água? — Pra mim era difícil imaginar aquela limitação, afinal, os atrasados humanos têm sonares há décadas.

— Você ainda tem um corpo material, mas a densidade dele está próxima de zero.

— E?

Rapidamente ela elucidou minha ignorância. Mecânica quântica é um papo complicado, mas foi mais ou menos assim que ela explicou: um corpo pode ter determinada sua posição e tempo no espaço através da medição por ondas. É como uma bola de plástico dentro de uma sala totalmente escura. Não dá pra ver a bola. Mas, se você usar um radar para encontrá-la, as ondas que ele emite vão se chocar com a bola e voltarão mostrando exatamente onde ela está. Mas, se a bola não é um corpo, é apenas uma partícula quase sem matéria, tão leve quanto as próprias ondas que o radar emite, então não dá pra medir, entende? Imagina que a tal sala escura esteja cheia de água e a bola de plástico esteja paradinha, flutuando. Para determinar onde a bola está, o radar usa as ondas de água para fazer a localização. Só que essas ondas que se deslocam fazendo aqueles círculos têm densidade parecida com a da bola. Daí a bola se mexe quando é tocada. Neste caso, as ondas voltam para o radar e mostram onde a bola estava, mas, uma vez tocada, não está mais lá. Dentro do Princípio da Incerteza, não se pode dizer onde a partícula está, porque ela se move cada vez que é observada.

Bom, enfim, isso foi só pra dizer que, assim que a gente chegou à Colônia, Ihmar me jogou no lago.

Ia ser muito bom poder descrever a sensação de ser menos denso que a água. Eu não afundava!

— Você vai ter que fazer todo o esforço para se manter no fundo, e sempre se movimentando.

— Mas eles vão acabar percebendo que eu estou dentro deste lago, mesmo que não consigam saber exatamente onde.

— Vão.

— Então continua sendo só uma questão de tempo?

— Eu vou encontrar ajuda, de alguma forma.

Tinha outro jeito? Eu tinha que confiar naquela menina.

64

L.U.C.A. atravessava a enorme praça em direção à Sala de Nêutrons. Sua vibração estava tão pesada que cada um de seus átomos parecia a ponto de entrar em fusão, o que fazia do Ancestral uma estrutura nuclear potencialmente perigosa.

Ninguém se atrevia a aproximar-se.

Ao passar pelo último perímetro, um campo de pósitrons o impediu de avançar. Era um mecanismo de defesa que se ativava sempre que algum elemento muito carregado se aproximava.

A primeira reação foi de perplexidade por ter sido barrado. Em seguida foi tomado por uma fúria contra todos os incompetentes que o cercavam.

Mas, então, teve um estalo de lucidez. Teve repentinamente ódio de si. O que ele próprio havia feito até então para capturar o rebelde e a traidora? Apenas o possível! Ele apenas se limitara a usar o máximo de seu sistema sensível, captando emissões térmicas e vestígios de amônia e nitrato de sódio, que revelam a presença de pânico. Usara sua acuidade auditiva para analisar todas as vibrações sonoras. Finalmente emitira ondas de rádio e mapeara todos os corpos existentes no raio de seu alcance. Não tinha encontrado nada. A questão é que o alcance de cada uma dessas ferramentas era restrito. E o que ele fizera então? Agira acima dos limites do possível? Não! Tremia de ódio ao se dar conta de que estava se comportando como um ser comum que não conhecia nada além de sua própria dimensão. Ele não era comum! Ele havia jurado defender a perpetuação da Existência contra qualquer interferência, e era isso que estava acontecendo. Estavam ousando contra o Sistema! Era o momento de agir além dos limites do possível.

Foi necessária uma concentração extrema para que ele se libertasse das leis que regiam aquela dimensão. Aos poucos, foi deixando-se preencher pela Radiação de Fundo, a incandescência dos limites do universo. Suas vibrações decaíram abaixo do infravermelho — uma conexão com a energia tão antiga que não se manifestava como luz, eram as micro-ondas do início do cosmo. Se conseguisse estabelecer as ligações com a radiação essencial, certamente teria poder para destruir o maldito rebelde.

De início, L.U.C.A. achou que estava entrando em sintonia com a Radiação de Fundo, mas em seguida percebeu que perdera seu brilho, se tornando opaco.

— O que está acontecendo?

Seu espanto foi maior ao constatar que sua própria voz era tragada para dentro dele mesmo. Estava atingindo um nível crítico. Uma fronteira que, uma vez ultrapassada, não admitia regresso. Passar desse limite era se jogar na densidade infinita de um buraco negro.

"Quem entrar aqui abandone qualquer esperança." A frase luziu em sua mente.

L.U.C.A. percebeu que havia criado uma armadilha para si mesmo. Ao liberar toda a sua imensa energia para buscar o poder na Radiação de Fundo, aquela energia passara a interagir diretamente com os Campos Escalares. Quanto maior era a interação, maior se tornava a densidade das partículas de energia. Como não conseguia expelir sua descarga brutal contra um alvo, estava prestes a se aprisionar em seu próprio peso.

— Não pode ser! — A frase foi engolida antes de ser gritada.

Sentiu-se girando internamente em uma espiral. Formava-se dentro dele um redemoinho que o conduzia para o interior dele mesmo!

Equilíbrio. Precisava encontrar o equilíbrio naquela vertigem. Não podia ser tragado pela sua própria força!

L.U.C.A. era antigo. Antiquíssimo. Uma existência elementar. Formara-se na época em que a Inteligência Pura habitava elementos básicos como os isótopos do hidrogênio e do hélio. Existira quando a Inteligência estava nascendo, ao unir dois elementos para produzir um terceiro. Ele era produto de uma dessas primeiras interações. Era produto de uma colisão a altas energias.

Equilíbrio. Precisava encontrar um estado de equilíbrio!

Por se tratar de um ser originado quando o universo era composto apenas por elementos químicos sintetizados em altíssimas temperaturas, L.U.C.A. carregava uma astronômica quantidade de energia. Essa bagagem enorme estava agora voltando dos recônditos das dimensões pelas quais tinha passado. Toda a sua existência anterior estava sendo atraída pela força gravitacional de sua densidade.

Atordoado, viu cada etapa de sua trajetória voltar. Viu-se como energia livre de matéria. Instantes depois já era pré-matéria hiperleve, ardendo na radiação incandescente dos primeiros instantes. Ele era a própria dança caótica que criava o espaço numa velocidade mais rápida que a luz.

Reviveu sua capacidade inigualável de analisar o cenário das possibilidades. Fora um estrategista hábil desde o início, sempre se colocando na linha correta do trajeto da Inteligência Cósmica. Revira as escolhas certas para que suas partículas não colapsassem a temperaturas muito altas. Tinha sido um dos primeiros quarks a conseguir formar prótons e nêutrons, se unindo em seguida a elétrons para formar átomos definidos. Ele fora um dos primeiros átomos a superar a força mortal da densidade crítica! E presenciara centenas de trilhões de outros fazendo opções diferentes e desaparecendo para formar a matéria escura do cosmo.

Como ele agora estava a ponto de desaparecer?

Conseguira perceber a existência de seus pares cósmicos, suas antipartículas. Tivera a habilidade de um esgrimista para se desviar de todas as rotas de colisão que levariam à anulação. Vira bilhões de outras partículas deixando de existir por se chocarem com suas antipartículas. Mas ele continuou!

Como agora ia se anular em sua própria força?

Muitos elementais viam o fato de portarem força como sendo uma ausência de limites, o que os fazia aumentar sua força forte indiscriminadamente. Mas L.U.C.A. percebera que era uma armadilha. Aqueles seres ficaram presos numa extensão muito limitada. Tornaram-se gigantes que mal podiam se mover, e assim a roda da Inteligência os deixara para trás. Ele não! Soubera transmutar-se para partícula de força fraca, escolhendo a humildade de não aumentar sua massa. O que o interessava era ampliar seu alcance. Sendo pouco denso, ampliou-se por vastidões do universo.

Como agora ele podia ser vítima do aumento desmesurado de sua massa?

Intuiu o acontecimento biológico do Sistema. Como um profeta, soube antes de todos que a Inteligência se dirigia inexoravelmente para algo ainda a se formar. Foi assim que demandou todo o seu esforço sensível para descobrir elementos até então desprezados: o oxigênio, o carbono e o nitrogênio. Interagiu de tal forma com esses elementos que conseguiu se desconstruir, se reinventar. Abandonou tudo o que fora antes para, literalmente, mergulhar na água que nascia. Passou a fazer parte da sopa pré-biótica, que iniciava sua ebulição. Poderia ter sido um erro fatal, mas ele novamente estava certo.

Ele era vitória após vitória.

Via a remota lembrança de que ele fizera parte da centelha da vida. Estava no momento exato, no lugar exato em que a Inteligência passou a habitar os primeiros seres celulares. Deixar de ser uma estrutura de partículas para se tornar uma molécula foi um processo estranho e descontínuo. Mas L.U.C.A. nunca quis entender o que se passava. Seu objetivo era estar no meio do que acontecia. Ele apenas se transformava e aceitava as transformações.

E que transformações!

Ele não era mais energia cósmica. Ele era vida!

A era físico-química havia ficado para trás, condenada a continuar encarcerada em regras fixas, sem mais a capacidade de criar o novo. O poder da criação havia entrado em sua era biológica.

Como ele podia ter conseguido sobreviver a uma quebra de paradigmas tão profundos e não conseguia agora reverter o caminho que apontava para sua destruição?

No princípio do período biológico, L.U.C.A. era o único elemental. Não havia mais elementais no universo. Todos os seus companheiros haviam se tornado elementos químicos sem capacidade cognitiva. Mas ele não! Ele se misturou às primeiras proteínas e circundou seu grupo de reagentes em uma membrana, tornando-se uma célula primitiva. Era preciso se proteger. Tudo ao redor era perigo e destruição. Isolados do exterior, os compostos químicos de L.U.C.A. reagiram entre si de forma mais eficiente. Ele ergueu-se, triunfal, como um Procariota, o primeiro organismo celular! Tornou-se, então, uma bactéria fotossintética autoreprodutora. Aceitou os novos conceitos da vida. Respiração, alimentação e reprodução. A Inteligência Pura estava a salvo, e L.U.C.A. se salvara junto. E juntos se transmutavam num ritmo tremendamente superior. Os bilhões de anos necessários para ocorrer alguma transformação foram reduzidos a centenas de milhões de anos. As células se multiplicaram, os seres passaram a se acasalar, ganharam novos contornos, se libertaram da água e se aventuraram pela terra.

No novo planeta hospedeiro da Inteligência, novos seres se formavam aos borbotões. A Terra era então habitada por uma população nativa, que iniciara sua trajetória a partir da sopa pré-biótica, apenas L.U.C.A. possuía uma origem cósmica.

Essa diferença essencial não era percebida, e L.U.C.A. esqueceu-se de suas existências anteriores. Mas mantinha-se nele a sede de existir. A sanha descontrolada de estar sempre junto da Inteligência. Sua mente novamente anteviu que a transformação estava para criar o primeiro ser capaz de reproduzir em si o que a Inteligência Pura fazia. Desenhava-se o surgimento do animal racional.

Foi aí que L.U.C.A. se tornou um humanoide. Uma mente que sabia!

Várias transições descontínuas, e se tornou um ser humano. Uma mente ainda mais complexa, porque sabia que sabia. Viveu como pessoa a glória suprema do poder da inteligência. Porém, como humano, sentiu pela primeira vez o medo. Antes só havia a vontade de existir, mas não o medo, pois ele vivia paralelo à Inteligência. Agora a Inteligência era ele mesmo.

Foi um choque definir-se como eu no meio de tantos que também se entendiam como eus. Todos acreditando que eram separados uns dos outros. Ele não. Ainda pulsava nele a Força Intuitiva Constante. Tinha a fé na dúvida e, intimamente, não acreditava na ilusão do eu. Uma ilusão causada pela capacidade de pensar. Sabia que não era o eu que pensava, pois não havia como resolver se era o eu que formava seu conjunto de pensamentos ou se, ao contrário, o eu era formado por esses pensamentos.

Tentou não cair na armadilha da mente. Manteve a humildade suprema de saber que não era um eu independente. Mas possuir, mesmo que por meros anos, a racionalidade foi seu maior problema. Viveu seu estágio mais dramático dentro das complexidades de um cérebro que tinha medo e queria respostas. Fora um estágio curto e doloroso. Comparado aos seus outros estágios de existência, era menos que um piscar, ridículas dezenas de anos. Mas foram os mais difíceis e os que mais o atormentaram, pois temeu pela primeira vez a morte. E L.U.C.A. morreu biologicamente.

Que satisfação morrer!

Apenas teve que deixar pra trás aquela identidade que o aprisionava, atormentava e amedrontava. Fez isso como quem larga um fardo e transmutou-se em um ser paralelo. Ao entrar na dimensão da antimatéria, reencontrou-se com sua condição de Elemental. Tornou-se o Ancestral. Único.

Percebeu na nova dimensão que a Inteligência, na infinita sabedoria contida na Fórmula, previa o desaparecimento do hospedeiro humano. Afinal, a raça humana, que detinha por ora a Inteligência, dependia fragilmente das condições do universo, e estas se mantinham na trajetória da entropia, rumo ao colapso.

Por isso havia os seres paralelos. A vida biológica começara com data de validade, e a Inteligência criara uma existência simultânea, uma dimensão paralela para se resguardar. O ser humano não poderia, em sua condição efêmera, ser o guardião da Inteligência.

Então L.U.C.A. fez um pacto consigo mesmo para sempre lutar pela perpetuação da Inteligência. Não queria sentir medo. Nunca mais. Por isso seria o mais feroz defensor do Sistema. Faria o que fosse necessário para que nada alterasse seu curso.

E agora? Ali no meio do turbilhão que tragava tudo o que ele fora, estava vendo novamente a morte em sua face mais horrível! Inexistir!

Dezenas de séculos escorreram para dentro do buraco negro, e só então ele entendeu tristemente, agora que o fim se mostrava irreversível, que sua falha fora a obsessão cega que criou nele o sentido do ódio. Mesmo sendo suficientemente antigo para saber que o mal não existia, acabou por criar o mal dentro de si para defender a Existência.

Agora, todo o ódio desaparecia, cedendo lugar à aceitação do fim. Uma paz serena e vazia. Livre do ódio, pôde ver claramente que esse sentimento era desnecessário e também era uma ilusão.

Ódio contra o quê?

Acostumara-se a odiar o que era diferente, o que era transgressor, subversivo.

Como fora tolo.

Pensava agora, numa tristeza de despedida, que para defender a Existência se esqueceu de olhar o Horizonte de Energia, que emanava a Existência em toda a sua diversidade de manifestações.

Um tolo! Um Elemental que tinha vivido eras infinitas deixara-se contaminar pelos conceitos morais da mente humana durante aqueles irrisórios anos racionais!

Em seu momento final, segurou-se na mão da dúvida.

E se houvesse realmente um perigo concreto para a Existência naquele instante? Não um rebelde, não um subversivo, mas algo muito mais poderoso e sutil?

A dúvida trouxe de volta a fé na intuição. O Sistema realmente estava em perigo!

Então sua tristeza foi ainda maior. Se ele estava desaparecendo por uma reação a algo que atentava contra o Sistema, então a própria Existência também poderia estar a caminho de seu fim.

Então, pela primeira vez, L.U.C.A chorou. Não por saber que estava se extinguindo, mas por saber que falhara miseravelmente no seu pacto de proteger a Existência.

65

Um puta trovão!

Um estalo estremeceu tudo debaixo d'água. Cara, tinha acontecido alguma coisa muito grande lá em cima.

Havia ondas por todos os lados tentando me detectar. Sentia quando elas me tocavam, me movimentando. Eu estava mesmo muito leve. Só conseguia continuar no fundo por causa das lembranças. Saquei isso no momento em que Ihmar me deixou boiando e eu me lembrei do Vitor. Daí, eu afundei. Mas logo um monte de ondas veio pra cima de mim. É doido, mas acho que elas percebiam o peso da minha memória. Eu estava sendo sacudido pelas ondas. Daí tentava não pensar no passado e me concentrava no movimento, só sentindo a água. As ondas imediatamente perdiam minha referência e sumiam. Mas, então, eu começava a subir e tinha que pensar no passado de novo. Cara, um jogo maluco aquele tipo de perseguição. Eu tinha decidido que ia ficar nesta fuga o máximo de tempo que pudesse, pois sabia que a Ihmar devia estar tentando fazer algo por mim lá em cima.

Então veio o estouro.

Mesmo sabendo que tinha uma porrada de controladores na minha cola e que, se eu saísse da água iam me pegar, ainda assim tinha que ver o que tinha acontecido.

Emergi do lago e vi.

Nem reparei direito que Ihmar estava detida por dois controladores a poucos metros da margem. Nem ela me percebeu. Nem nada percebia mais nada. Todas as atenções estavam voltadas para uma curvatura no céu! A abóbada tinha rompido e se virava para dentro, estreitando-se em direção ao solo como um funil.

— A singularidade! — O grito vinha de um dos controladores que tinha soltado Ihmar e caía de joelhos.

E eu sei lá o que era singularidade. Mas fiquei travado, vendo relâmpagos com a força de mil raios virem de fora do limite do céu e cruzar o cone com violência.

Aquele espetáculo de horror me paralisou.

— L.U.C.A. está lá! — Era Ihmar quem gritava, desesperada. Ela não estava com medo do cara, estava com medo por ele! Completamente apavorada, olhando pros lados, gritando pra alguém ajudar o tal do L.U.C.A.

Daí ela me viu e veio correndo. Me arrancou da água e foi meu puxando.

— L.U.C.A. precisa de você!

— O quê?

— Entendi as vibrações dele. Você é a causa! — Percebi, desesperado, que ela me prendia como uma garra e deslizava alucinada na direção do ponto em que aquela energia toda estava concentrada. — Você precisa fazer alguma coisa!

Se eu ainda tivesse cabelos, eles teriam ficado imediatamente brancos, como os do carinha do conto do Poe que desceu no redemoinho, porque era exatamente isso que estava pra acontecer comigo!

66

Os braços de Noêmia estavam apertados por correias, e, onde não havia gesso, marcas roxas marcavam a pele. Algumas eram de hematomas das contusões; e outros, feitos por agulhas que exploravam a carne na busca de veias.

Estava rígida, sofrendo rápidos espasmos. Os olhos vidrados pareciam querer perfurar o teto do quarto.

— Ela não dorme! — O espanto da enfermeira era dirigido ao médico plantonista.

— Ministrar mais um miligrama pode ser fatal.

Gílson estava um passo atrás do médico, mas podia perceber na luz incerta do começo da manhã o movimento mínimo, mas intenso, dos lábios da amiga.

— Salvem meu filho! Salvem o Alexandre!

67

De repente, o Conselheiro apertou as mãos sobre o peito. Sua fisionomia expressou a angústia que Quenom vira tantas vezes quando a mãe pressentia algo.

— O que foi? — Amparou o corpo gordo até uma cadeira. — O que está sentindo?

Os olhos do Conselheiro eram de agonia.

— Não sei. — Apertava o peito. — Uma dor... Uma pressão... Uma coisa ruim está pra acontecer.

— Uma mensagem da Sala de Controle?

— Não. — Ele o fitou com olhos desesperadamente confusos. — Estou sentindo... — Era absurdo, mas como negar a dor? — Estou sentindo um peso no coração.

Quenom pensou que o corpo da mãe estava tendo um infarto.

— Calma. Tenta descansar.

— Não. Temos que voltar agora!

O tom de urgência que o Conselheiro imprimiu na voz de sua mãe assustou Quenom.

— Nunca recebi uma mensagem assim... Não sei como codificar, mas... Mas uma mãe está me dizendo que o filho está em perigo.

Quenom sabia que o coração de sua mãe jamais se enganava.

— Você precisa salvar Alexandre!

— Mas não era o Vitor?

— Não. Alexandre. Salvar Alexandre. Temos que ir!

— Pra onde?

Mesmo sem compreender completamente a mensagem recebida, o Conselheiro foi rápido:

— A Colônia. Temos que ir para a Colônia de Suspensão!

Como num piscar de olhos, a existência de Licurgo, o sótão, sua mãe, tudo foi abandonado nas ondas da Energia Escura.

Menos de um instante, e surgiram na Sala de Controle Central, exatamente diante do painel de entrada da Colônia.

— Conselheiro?

Nenhum dos dois se importou com o espanto do controlador que guardava o acesso.

— Vá!

— O que devo fazer?

— Nós confiamos em você. — Quenom novamente via o sorriso interior. — Eu confiei no coração de sua mãe. Confie em você mesmo agora.

Quenom se precipitou sobre o plasma aquoso do painel.

Desapareceu.

68

Assim que atravessou o portal, Quenom caiu de bruços sobre o gramado da Colônia. Mal suas mãos tocaram a relva, levantou os olhos assustados e viu a singularidade.

Não tinha como tentar entender aquilo, e não sabia o que fazer para evitar o colapso. Mas era preciso agir. Arremeteu-se na direção do cone de energia sabendo que podia estar indo de encontro ao seu fim.

— L.U.C.A.!

O Ancestral? Estavam gritando pelo Elemental do Cosmo! Mas onde estava ele? Procurou de onde vinha o grito desesperado. Os sons reverberavam como que chicoteados pelas paredes do universo que se curvavam.

— L.U.C.A.!

Era difícil precisar a posição de qualquer corpo naquele caos.

— Estamos aqui, L.U.C.A.!

Percebeu que, no limite do campo de atração, um pequeno ser paralelo mantinha um corpo preso em seus braços, um quase humano! Aquela aberração deu-lhe a certeza de que ali estava o motivo para o desequilíbrio de energia.

Atirou-se sobre os dois antes que eles dessem mais um passo.

Ihmar e Alexandre foram fortemente envolvidos por Quenom quando estavam a ponto de romper o limite gravitacional. Segurou-os cravando fortemente os pés no chão, refreando a força das partículas que os fustigavam com fúria. Um centímetro mais, e nada poderia ser feito para resgatá-los.

— Quem é você? O que está fazendo? Me largue! — Presa pelo abraço potente, Ihmar se debatia ainda segurando Alexandre, — Me solte! L.U.C.A. está colapsando!

— Por quê? O que está acontecendo?

— Ele é a causa disso tudo! — Ihmar se referia a Alexandre, que estava dominado de tal forma pelo pânico que só poderia ser descrito como um boneco de gelo.

— Eu vim para proteger este rapaz.

— Nós precisamos salvar L.U.C.A.!

— Como? Estamos na margem extrema de um buraco negro! O que você pretende fazer? — Ao ouvir isso, Ihmar deixou de se debater. — Ele é excepcional. Está sob minha proteção agora.

Ambos olharam para Alexandre.

— Mas precisamos fazer alguma coisa. L.U.C.A. é o guardião da Existência. Não pode colapsar.

Quenom conhecia L.U.C.A. Sabia que, se o Ancestral penetrasse no plano da inexistência, provocaria uma ruptura imprevisível. Aquilo estava muito além de sua compreensão ou dos conhecimentos adquiridos pelo treinamento. Estava presenciando um caso único, para o qual não havia procedimentos estabelecidos.

Os olhos de Quenom focaram a boca do buraco negro. Mesmo ofuscado pelo núcleo daquela implosão atômica, Quenom viu a figura do Ancestral, que ainda resistia. Era preciso fazer contato sem avançar. Era preciso ir até ele sem dar um passo. Era preciso ser sem estar. Era elementar. Era simples. Tinha de avançar para o passado, completar o ciclo e encontrar o Ancestral fora do tempo e do espaço.

Assim que atingiu a consciência de sua manifestação não local, a distância entre L.U.C.A. e ele desapareceu. O tempo igualmente sumiu.

Ao ser abandonado pelas correntes da percepção do possível, Quenom penetrou no estado de latência, quando o leque das probabilidades ainda não havia escolhido qual delas ia se manifestar como realidade. Entrou em uma gota de pré-existência. No sono da consciência.

Estava diante de L.U.C.A., ou melhor, estava entranhado no mesmo redemoinho existencial dele. Eles eram a mesma estrutura sistêmica.

— O Horizonte de Energia me enviou para salvar o rapaz. — Estavam em conexão direta, misturados como punhados de areia.

— Eu sei. — L.U.C.A. não se surpreendeu com o contato. — Errei em meu julgamento. — Era uma vibração tristemente calma. — Imaginei que ele fosse um rebelde com poderes extraordinários. Mas é muito mais que isso.

— Ele não é a questão.

— Falhei na missão de proteger o Sistema.

— Ele não é o problema.

A Existência se definia como um sistema fora do estado de equilíbrio, mas estável em sua forma dinâmica de constante absorção de energia e liberação de resíduos. Era isso que acontecia naquele redemoinho no qual os dois se encontravam transformados. A energia fluía potente e autorregulada, criando sua forma de cone enquanto era criada por essa forma. Tal estabilidade fora do equilíbrio só existia porque ele e L.U.C.A. estavam sincronizados na percepção do instante. Mas Quenom anteviu que L.U.C.A. ia fazer perguntas que ele não poderia responder. Não poderia revelar os segredos que o Conselheiro lhe confiara e ao mesmo tempo não podia negar nada a L.U.C.A. Eles eram um. Não responder romperia a unidade, separando aquele que sabe daquele que ignora. Se isso acontecesse, o conceito de distância novamente se instauraria entre os dois.

— Confie. O ódio é desnecessário. Aceite. O problema existe, mas não está aqui.

Em sua sabedoria básica, L.U.C.A. harmonizou-se com o estado que tornava sem sentido as perguntas.

— Precisamos voltar para o futuro. Você está provocando uma grande confusão lá.

O Sorriso Interior de Quenom fazia parte de ambos. Há quanto tempo L.U.C.A. não sorria...

— Estou sendo um tolo.

— Não importa o que você está sendo, importa o que você é.

Houve o entendimento do que ele era, independentemente das suas ações. Independentemente de seus pensamentos. Ele era humildemente o todo.

— Vamos.

O Ancestral concordou com uma ponta de tristeza. Como seria bom permanecer naquele território do não ser, como era doloroso voltar a encarar as imensas limitações que havia acabado de descobrir em si.

Mas o mecanismo da existência em movimento não podia ser negado. A existência não local e atemporal era, paradoxalmente, um estado temporário da existência. Um refúgio, um momento em que a consciência se reintegrava ao ser, mas no qual não podia permanecer. Ficar neste refúgio não local seria transformá-lo em um local em que se está, e isso romperia a unidade.

O caminho é sempre o futuro.

69

Para Ihmar e Alexandre, tudo se passou num espaço inferior a um soluço. Num instante, a implosão atômica simplesmente cessou. A curvatura da abóbada se desfez, e os ruídos apavorantes desapareceram.

O equilíbrio foi restituído tão abruptamente que todos foram atirados ao chão.

70

— Foi como se um soco gigante e invisível tivesse acertado a gente, e daí, você sabe, todo mundo caiu. Cara, eu não sei o que você fez. Não deu pra perceber, quero dizer, parece que você nem saiu dali do nosso lado, mas, ao mesmo tempo, eu sei que você, naquele momento, fez alguma coisa. Não fez? Não adianta ficar me olhando com essa cara, porque eu sei que você fez alguma coisa sinistra ali naquela hora. E... Olha, valeu. Seja o que for, você me salvou daquela louca que ia me jogar naquele buraco negro, cara.

71

A cabeça de Noêmia se entregou ao travesseiro. Gílson percebeu o sutil movimento de relaxamento em todos os músculos da amiga.

— Noêmia! — Precipitou-se sobre ela, imaginando-a morta.

O médico deteve seu avanço com o braço firme, olhando tenso para a enfermeira que conferia nos equipamentos a pulsação, respiração e temperatura.

— O que houve com ela?

— Parece... — A enfermeira hesitou. — Acho que ela dormiu. — Os olhos dela procuravam confusos os do médico.

— Melhor assim. Acho que finalmente os medicamentos fizeram efeito.

Como numa nota aguda que rapidamente desce a escala até atingir o grave mais profundo, uma onda de alívio desceu sobre a atmosfera do quarto. Como num ato ensaiado, todos suspiraram ao mesmo tempo.

TERCEIRA PARTE

72

— E foi isso que aconteceu.

De repente o surto incontrolável que havia feito Alexandre falar sem parar extinguiu-se, e o que sobrou foi um profundo cansaço.

Luzes foscas se erguiam em paredes disformes, isolando-os de tudo. Recostou-se e fechou os olhos tentando relaxar. Estavam no núcleo da Sala de Nêutrons, e ali ele podia se descomprimir.

Era disso que ele precisava, pois seus nervos tinham sido esticados ao ponto do insuportável. Só queria ficar quieto e não pensar em Ihmar ou em L.U.C.A., que tinham sido levados para a Sala do Conselho. Não sabia o que aquilo significava e pouco se importava. Só queria descansar.

No silêncio, mesmo de olhos fechados, continuou percebendo a presença de Quenom ao seu lado. Não tinha ânimo para dizer mais nada. Tinha contado tudo, cada detalhe. Estava exausto. Mas não conseguia relaxar sabendo que o outro parecia esperar ainda alguma coisa. Abriu os olhos e constatou a atenção do ser fixa nele.

— Foi só isso. — Tinha passado o diabo, já tinha falado um monte... Será que ele não podia ficar sozinho um pouco agora? — Cara, contar tudo isso foi muito cansativo, e eu realmente não tenho mais nada pra falar de mim.

— Sua história pessoal não me interessa.

Pela primeira vez, ouvia a voz de Quenom. Mas a confiança que tinha sentido nele, que o havia feito falar sem parar, não combinava com aquelas palavras duras. Quenom realmente não tinha nenhum tato, e algo se retesou em Alexandre.

— Ah, desculpa. Eu achei que você estava aqui...

— Para te ouvir? — Balançou a cabeça. — O que era importante eu já sabia. Você é que precisava falar.

— Então por que continua me olhando deste jeito?

Quenom o encarou por um instante.

— Eu tenho uma missão pra cumprir.

— Só espero que não seja me proteger, porque o último... — Alexandre mediu a estrutura firme ao seu lado. — O último ser que disse que tinha a missão de me proteger, quase me fodeu.

— Minha missão também não é foder com você.

O rapaz esperou um instante pra perceber se aquilo era humor, mas ali não havia nenhum.

— Minha missão é preparar você.

— Então vou conhecer a famosa Academia? — A frieza suscitava o tom de sarcasmo. — E você vai ser meu treinador?

— Você ainda não é digno de ser treinado. Nem sequer tem uma estrutura aceitável.

Alexandre se sentou, ofendido.

— Não sou digno por quê? Porque não sou um sacana como vocês?

— Esse seu comentário também não interessa.

— Qual é a sua, afinal? — Estava perdendo a paciência. — Tudo bem, você me salvou de ser jogado no meio daqueles raios todos por aquela doida, obrigado, valeu mesmo, mas, se pra me preparar você tem que me irritar, começou muito bem.

— Sua irritação também não interessa.

"Ah, então, foda-se!" Foi o que pensou deitando com força na cama de neutrinos, que eram subpartículas funcionando como fiéis escudeiros das partículas maiores. Elas tinham a função de contrabalançar o desequilíbrio. Era o local mais confortável que já havia se deitado, e resolveu que permaneceria assim.

A raiva foi diluindo-se. De olhos fechados, deixou de pensar na figura ao seu lado, em treinamentos e missões. Sobrou a tristeza. Estava mais que triste. Estava decepcionado. Na verdade, pensava em Ihmar. Confiara nela. Gostara dela. E ela... Ah, começou a se sentir exatamente como no acampamento em que a Isolda não quis ir com ele. Parecia que as meninas sempre o traíam quando ele achava que estava se tornando importante pra elas. Acreditou que Isolda gostava dele. Acreditou que Ihmar estava gostando dele. Idiota! "Achava que ela gostava de mim." Pensou de olhos ainda fechados.

— Quem? Ihmar ou Isolda?

A pergunta o arrancou de seu devaneio.

— Por acaso você pode ler meus pensamentos?

— Você é uma estrutura tão simplória que posso ver tudo em você.

Alexandre rilhou os dentes.

— Mas pelo jeito tem alguma coisa nesta estrutura simplória que te interessa, não é?

Quenom arrastou sua cadeira incolor para mais perto.

— Vamos ser diretos. Tenho uma missão, e ela te envolve, por isso, querendo ou não, vamos ter que trabalhar juntos. Certo?

Alexandre se absteve de responder. Se não tinha opção, qualquer coisa que dissesse seria inútil. O outro continuou:

— A primeira parte da preparação é você deixar de achar que é o centro dos acontecimentos. — Alexandre colocou o braço sobre os olhos se preparando para um sermão. — Não acredito que Ihmar fosse realmente atirá-lo na singularidade. Ela queria salvar L.U.C.A. Atraí-lo. Fazê-lo parar. Ele é fundamental para o Sistema, e Ihmar estava certa em tentar evitar isso. — Alexandre fingia não ouvir. — E quanto à Isolda, em vez de ficar nesta atitude egoísta de autopiedade, você deveria pensar que certamente houve um motivo mais importante que você para ela não ter ido ao acampamento. Já parou para pensar que ela se salvou do acidente?

De fato, só agora pensava que Isolda estava viva! A escolha de não viajar a tinha salvado. Talvez o motivo fosse realmente mais profundo do que querer estar ou não com ele.

— Tá certo. É que não está sendo nada fácil tudo o que eu tenho passado.

— O fácil é para os seres comuns, e de comum você não tem nada.

Alexandre apertou a cabeça entre as mãos. Aquilo era em um jogo absurdo. Ele era simplório, mas não era comum. Não era o centro das atenções, mas precisavam dele.

— O que está acontecendo? — A pergunta era um pedido sincero de ajuda.

Quenom começou a falar e foi direto ao ponto. A Cadeia dos Desígnios os colocara naquela situação. Mesmo sendo difícil se referir à falha, que produzia um peso vazio no peito, tinha se comprometido com o Conselheiro. Alexandre era uma peça que também precisava entender a gravidade da situação.

Uma onda de alegria tomou conta do rapaz quando Quenom revelou que Vitor ainda estava vivo.

— Quer dizer que ele está bem?

Sem nenhuma dificuldade em cortar aquela súbita onda de felicidade, Quenom explicou que, ao contrário, Vitor era a expressão máxima da tragédia.

Apesar dos neutrinos, a angústia forçou sua entrada.

— Assim como você não deveria estar aqui, seu irmão não tem mais o direito de estar entre os vivos.

— E o que vai acontecer com a gente agora?

— Essa é uma situação sem precedentes. Você não pode simplesmente voltar a viver, terá que fazer uma transição de fase exótica, que nunca foi feita. Mas creio que isso não seja impossível. Mas seu irmão... — Hesitou. — A questão é que ele...

— Tem que morrer?

— Pior que isso. Sem propósitos na vida, uma pessoa se vê diante da única solução que consegue imaginar.

— Se matar?

O silêncio era uma confirmação, para desespero de Alexandre. Quenom levantou-se e se inclinou sobre o garoto envolvendo-o em um abraço. Alexandre, a princípio, ficou constrangido com aquele gesto inesperado, mas relaxou aos poucos, sentindo as vibrações deles se sincronizarem.

— A primeira etapa da preparação é você entender que estaremos buscando a liberdade. — Alexandre gostou dessa parte. — Mas liberdade não significa estar completamente solto. Ao contrário. A ausência de limites leva à paralisia. A liberdade verdadeira não existe em si e deve ser conquistada através da superação. Por isso, o treinamento acontece sob regras muito rígidas, dentro de condições bastante rigorosas. Quando o limite é muito estreito e a vontade continua imensa, acontece o salto quântico que leva à liberdade verdadeira. — Soltou o garoto do abraço e lhe penetrou os olhos. — Você está pronto pra isso?

Não era necessária uma resposta.

73

O corpo de Gílson se apoiava na grade lateral da cama onde Vitor estava sedado. Noêmia dormia no outro quarto. O mundo inteiro parecia repousar.

Só ele continuava sua vigília.

Um clique na parede atraiu sua atenção para o relógio. Seus olhos se moveram ainda a tempo de ver o ponteiro grande balançar levemente ao se alinhar com o número doze.

Eram 4 horas da manhã.

Voltou-se para o rosto de Vitor, e então todos os seus pelos se eriçaram.

O rapaz estava com os olhos abertos!

Duas órbitas completamente brancas como pequenas bolas de sinuca. Arregalados e voltados para dentro.

Uma convulsão?

Não, o corpo de Vitor estava totalmente inerte.

Um choque provocado pela sedação?

Tinha que fazer algo. Chamar alguém. Gritar por ajuda.

Mas não conseguia se mover, magnetizado por aqueles olhos de marfim.

74

— Não dá pra enxergar o fim!

Quenom e Alexandre estavam agarrados a tubos de cristal, sendo fustigados por uma tempestade de furacão. Em torno deles, o chão branco se estendia para todos os lados. Infinito era uma palavra que definia bem aquele lugar. O teto era alto e também se estendia até sumir da visão. Não havia como precisar o horizonte.

Apenas o turbilhão de ondas e partículas que tentava arrancá-los dos canos.

— Agora você vai explicar o que eu tenho que fazer?

— Não existem explicações. Existe treinamento — Quenom gritou. — Este é um ambiente que reproduz as condições do espaço-tempo nos primeiros milionésimos de segundo do Universo.

O rapaz franziu o rosto:

— Você está dizendo que no início o Universo era assim? — Indicou, com uma careta, o turbilhão que queria tragá-los. — Um redemoinho branco?

— Eu não sou um mestre. Sou um guardador que recebeu a missão de treiná-lo. Então, não adianta ficar fazendo perguntas, porque ou eu não sei responder ou elas são irrelevantes. Ou ambas as coisas.

Aos poucos, ainda que chicoteados pelas ondas, iam se harmonizando com aquele caos de partículas.

— Você precisa de um mínimo de conhecimento para encontrar uma forma de evitar o suicídio do seu irmão. E esse conhecimento não se adquire com perguntas, que só servem para levar a respostas que abrem mais perguntas. Entendeu?

Alexandre só entendia era que precisava salvar o irmão.

— O conhecimento é uma questão de fazer. — Voltou a gritar. — E a sabedoria é adquirida pela ação!

Deu-se um instante em que os dois permaneceram se olhando.

— Você só vai estar pronto para a primeira lição se parar de tentar entender antes de fazer.

O rapaz concordou. Mesmo que em sua mente girassem tantas perguntas como as partículas que passavam por eles, tentou focar-se em Vitor.

— Quando este simulador for acionado, estaremos em meio à energia que criou a partícula essencial da matéria. Tão intensa que este campo estará em seu estado transparente.

Alexandre se mantinha atento.

— Vou colocar você em contato com algumas noções básicas. Mas sem perguntas.

Quenom soltou um dos braços do tubo e o esticou na direção de Alexandre. Estirou o dedo indicador, que ficou suspenso no ar por um instante até o rapaz perceber que era um convite. Então ele também segurou firme na estrutura de cristal com um braço e estendeu o outro, também com o dedo estirado. Tocou levemente a ponta do indicador de Quenom.

Uma interjeição de surpresa soltou-se da garganta do garoto. Os dedos fundiram-se como se fossem feitos de mercúrio líquido. Uma vibração sutil, em ondas, foi invadindo sua consciência que percebia assustada a comunicação direta que revelava as informações do Conselheiro.

— Para atuar você precisa entender a assimetria. Na dimensão da matéria, quase todos acreditam que a natureza é simétrica. Todos querem ver uma ordem inerente a todas as coisas. Se ela não existe, constatam estar diante do feio, de algo ruim. Mas devemos ir além da simetria. A beleza não é a verdade, e a verdade nem sempre é bela. A verdade é assimétrica. Incomoda. Expõe medos profundos.

Pela primeira vez, havia um ser paralelo e uma pessoa em comunicação direta, ambos com o firme propósito de cumprir uma missão que não sabiam ao certo qual era.

— É preciso que você entenda que tudo depende da fé na assimetria. A fé no imperfeito. E o suicídio do Vitor, causado por um erro na Cadeia dos Desígnios, pode romper essa fé através da certeza do fim.

— Não vamos deixar isso acontecer. — Alexandre respondeu com vibrações diretas.

— Ótimo. — Quenom ficou satisfeito com a prontidão do rapaz, se bem que não sabia se aquela certeza era a fé como ele a entendia, uma vez que sua própria fé se amparava na dúvida.

A casa do Pai tem muitas moradas.

Se aquela frase surgiu tão límpida em sua mente, era porque devia fazer sentido. Certamente, se não existia uma verdade absoluta, também não haveria apenas uma demonstração absoluta de fé.

Quenom revelou a Alexandre a formação da matéria.

A concentração do rapaz era absoluta, e seu entendimento captava toda a estrutura que compunha o mundo subatômico.

— A chave básica para o processo de movimento é a transformação que acontece através das transições de fase: processos em que uma mudança nas condições externas leva a uma mudança na estrutura interna das partículas.

— Me dê um exemplo.

— Uma forte mudança externa leva as partículas do carbono a se reordenarem, e o grafite se transforma em diamante. Essa é uma transição de fase.

Alexandre tinha entendido sem perguntar.

— As partículas existem em duas fases, determinadas pelo campo escalar com o qual elas interagem. Se o valor do campo for zero, então, as partículas não têm massa. Mas, se for acima de zero, todas as partículas ganham massa através dos Bósons de Higgs. — Houve uma pausa para acentuar a frase seguinte. — O fóton é a única exceção. A única partícula que não possui massa, independentemente do valor do campo. — O rapaz pareceu compreender, e Quenom prosseguiu: — Atualmente o campo cósmico tem um valor acima de zero, por isso as partículas possuem massa. Mas, quando a energia deste simulador cair para zero, este campo em que estamos entrará em sua fase transparente, todas as partículas se desorganizarão, e não haverá nenhum tipo de massa.

Alexandre continuava encarando o outro, em meio ao turbilhão, indicando que este poderia prosseguir.

— Nessa circunstância, todas as partículas terão interação fraca, com longo alcance, e vão agir de modo semelhante ao eletromagnetismo. Por essa razão, a altas energias, as interações são unificadas na força eletrofraca.

— E eu terei de agir através de uma transição de fase eletrofaca. — Era mais uma constatação que uma pergunta.

Quenom percebeu esse entendimento e resolveu voltar a acontecimentos passados.

— Sabe por que não o detectaram de imediato na Colônia?

Alexandre sorriu. Lá vinham os bósons de novo.

— A antimatéria é estruturada pela interação forte entre os quarks. Isso está fora da percepção humana. Mas, no nível subatômico, os quarks são sólidos como tijolos. — Absorveu energia do redemoinho e prosseguiu: — Quando você foi banhado nos bósons, que são partículas muito menores e muito mais instáveis que os quarks, você se tornou indeterminável.

Quenom percebeu pelo sorriso do rapaz que este se sentia até um tanto íntimo daquilo.

— Sua ação no treinamento será experimentar a unificação das duas forças nucleares, forte e fraca, ou seja, sentir na prática que não há diferenças entre as forças essenciais do universo.

Quenom retirou o dedo, deixando Alexandre encantado com a visão límpida que tivera de toda a composição nuclear.

— Está pronto?

Alexandre voltou a agarrar o tubo com ambos os braços.

— Sim.

— Muito bem. Logo estaremos nas condições dos primeiros trilionésimos de segundo. Tudo simplesmente fluirá.

Alexandre não queria sentir medo e se esforçava para não perguntar como eles fariam para permanecer ali. Mas a pergunta não feita produziu uma resposta imediata.

— A energia do simulador fará com que entremos em um estado de consciência latente. Sem matéria. — Gritou mais alto: — Preste atenção, isto é importante. Você, por estar acostumado a perceber a vida através da matéria, pode não conseguir entender a existência que prescinde desta estrutura. Mas acredite, a consciência não é algo que alguém possa simplesmente possuir. A consciência é um estado transcendente da matéria.

De certa forma, Alexandre achou que entendia o que aquilo significava; pelo menos sentiu um espécie de alívio por vislumbrar algo tão encantador.

—Vamos ligar!

Quenom fez um gesto, e imediatamente o gigantesco simulador entrou em ação.

Além de uma vibração extremamente sutil, nada ao redor deles mudou de fato. Eles é que mudaram. Tornaram-se contornos levíssimos de suas formas. Mas as suas presenças não foram alteradas.

Imediatamente as ondas violentas desapareceram, e eles passaram a flutuar no espaço.

— O campo está transparente agora. Estamos convivendo com as mais altas energias que já existiram. O furacão que acabamos de passar é um milionésimo desta energia. Você não sente a violência porque não possui massa para sentir. Prepare-se para começar.

Sem imaginar o que devia fazer para se preparar, Alexandre ficou apenas atento.

— Agora o simulador passará novamente para energia zero. Todas as partículas ganharão massa instantaneamente. Ganhando massa, irão se atrair de maneira brutal numa fusão nuclear. Apenas os fótons permanecerão sem massa.

O medo se instaurou instantaneamente. O rapaz queria desesperadamente perguntar o que teria que fazer. "Entendimento sem perguntas, ação sem respostas." Repetia ferozmente para si. E veio a resposta.

— Velocidade. Quando as partículas passarem a interagir com o campo, você deverá fluir para fora deste ambiente.

O rapaz olhou novamente em todas as direções sem conseguir enxergar os limites daquele lugar.

— Este simulador tem uma superfície de vinte e sete quilômetros de diâmetro.

Se fantasmas tivessem olhos, os da consciência de Alexandre teriam saltado das órbitas ao ouvir aquilo.

Diante deles, um disco metálico, como uma moeda de prata, surgiu flutuando.

— Quando essas partículas ionizadas tocarem o chão, a energia do campo irá baixar violentamente. Tudo virará matéria, e será como se o teto desabasse sobre nossas cabeças.

— Quanto tempo? — Se arrependeu no instante em que perguntou.

— Quando o disco tocar o chão, teremos 1,8 segundo para sair.

Toda a serenidade o abandonou.

— Mas isso é... tipo impossível!

— É tempo mais que suficiente pra você fluir pra fora.

— Você tá ficando louco? — O grito não tinha paredes pra ecoar.

— Pelo contrário. Eu tenho plena consciência de todas as minhas partículas e sei que elas estarão fora daqui assim que o campo se resfriar. Preparado?

— Não, não! Pelo menos me explica o que eu tenho que fazer.

— Já disse. Não existem explicações, existe treinamento.

A moeda começou a cair.

Ao seu lado, Quenom se transformou num facho de luz que sumiu como um raio na direção do horizonte branco.

A fusão!

O disco tocou o pavimento brilhante, e uma implosão reverberou na direção do infinito.

Tudo começou a se atrair furiosamente prestes a explodir.

75

Brancos. Ou quase. Globos oculares iam ocupando cada vez mais a mente do professor. Ele foi atraído para uma cegueira clara. Tudo se embranquecendo num brilho leve. Sua visão foi tomada por uma alvura gelatinosa.

Onde estava Vitor?

Já não via sequer seus olhos, apenas o esbranquiçado se estendendo na imensidão nívea. Percebeu muito longe o contorno pálido de um corpo.

Vitor? Perdido dentro de seus próprios olhos?

Era possível?

Sim. Via o rapaz com roupas inefáveis sobre a pele cândida. Era difícil distinguir-lhe as formas, mas era ele.

O professor se esforçou para se aproximar. Avançou tentando não perder a referência daquele branco translúcido, e a figura foi se tornando mais definida.

Vitor estava parado com alguma coisa nas mãos. Um objeto que brilhava como louça. O rapaz olhou o professor sem expressão, sem surpresa.

O que estava na mão direita do garoto era uma garrucha, uma arma antiga de dois canos. Linda, imaculada.

Gílson quis gritar, sem sucesso. O rapaz, impassível, abriu o cano, puxando-o para baixo.

Não!

Para o horror de Gílson, Vitor enfiou os dedos na cavidade ocular e arrancou um dos olhos!

O olho que ele vira havia poucos instantes, que o magnetizara e que sugara sua mente agora estava sendo empurrado para dentro do cano da garrucha. Em seguida puxou o outro olho e enfiou dentro do segundo cano.

Não!

Era difícil se deslocar naquele ambiente derrapante. Seus passos deslizavam. Mas precisava detê-lo. O cano da arma foi colocado sobre a têmpora pálida.

Tinha que impedir aquele gesto.

Vitor puxou o cão da arma, engatilhando-a.

O professor dava longos passos lentos.

O dedo começou a fazer pressão sobre o gatilho.

76

Quanto é 1,8 segundo?

Nem dava pra fazer a pergunta. Não teria tempo para um movimento e tinha que percorrer vários quilômetros antes de ser esmagado!

O teto desceu vibrando nas ondas do ambiente.

Ondas!

Sentiu o corpo também vibrar. No instante em que observou suas ondas, aconteceu o fenômeno. Estava ligado a uma rede que se propagava pelo espaço. Seu corpo se colapsou em fótons.

Cruzou a imensidão numa velocidade alucinante sem o mínimo esforço. Deslizar sobre o gelo seria uma comparação áspera demais. Sem atrito, sem impulso, sem matéria. Fótons propagando no vácuo.

Colidiu com um anteparo. Gravou-se como um ponto na superfície. Quenom estava sentado ao lado. Seu corpo voltou a organizar-se. Novamente percebia-se como uma estrutura, grudada em uma parede. O outro sorria calmamente.

Só então aconteceu a explosão.

Distante, muito distante, uma linha incandescente formou-se no espaço negro como uma bomba atômica linear. Uma explosão silenciosa e ofuscante.

— Caceta!

— Lindo, não é? — Quenom continuava sorrindo.

Alexandre entendeu que a luz era a única manifestação que, ao mesmo tempo, possuía as propriedades de onda e de partícula.

— Como?

— Auto-observação.

— Como é possível um lance desses?

— O Universo é autoconsciente. Toda partícula só passa a existir quando é observada, isso é um fato. Se o Universo é o todo dessas partículas, então ele só pode existir através da auto-observação. Uma lei universal. Você olha para si e imediatamente se transforma. Esta é uma das regras principais.

— Cara. Só sei que foi muito louco o jeito que eu saí.

— A onda é uma perturbação do equilíbrio que se propaga.

— Mas como eu virei ondas?

— Você é o que observa e o que é observado. — Ao dizer isso, Quenom lembrou-se de seu mestre com seus paradoxos. Levantou-se, criando um ângulo de noventa graus com o corpo de Alexandre e começou a caminhar como se andasse em uma parede. — Parabéns por ter passado no teste de preparação. Agora podemos começar o treinamento *Sakharov.*

Por um instante, Alexandre pensou em protestar pelo absurdo de caminharem perpendicularmente ao... ao... chão? Que chão? Não havia chão. Simplesmente se levantou, e a perspectiva se alinhou. Logo ele estava caminhando sobre a superfície opaca, cercado pelo nada. Apressou o passo para alcançar o outro que se afastava.

— Muito legal, cara. Foi mais que legal, foi indizivelmente sensacional. — Ultrapassou Quenom e se colocou em sua frente. — Mas talvez fosse bom você me dizer como é que consegui fazer isso, porque, de repente, se eu precisar de novo...

— Fazer antes de entender. — Contornou o corpo de Alexandre e continuou caminhando. O rapaz ficou um instante digerindo aquilo e tornou a correr no encalço do anjo.

— Peraí. — Colocou-se ombro a ombro na caminhada. — E se eu não tivesse feito nada? Você me largou lá, e eu podia ter sido esmagado. Eu podia ter simplesmente explodido.

— Sim.

— Então o seu treinamento é isso? Me colocar em perigo pra ver se eu escapo? — De novo bloqueou a passagem do outro. — E se na próxima prova eu não conseguir?

Quenom olhou dentro dos olhos dele.

— O que você acha que vai acontecer?

— Eu vou... — Os olhos do garoto se arregalaram numa revelação. — Eu já morri! — Abriu os braços e deu um pulo fazendo um círculo no ar. — Então não posso morrer de novo! — Pulava eufórico. — Tipo aquele lance de não poder ser condenado duas vezes pelo mesmo crime, não é?

Quenom teve que sorrir.

— A comparação é péssima.

— Mas é verdade, não é? É isso que você queria que eu entendesse, não é? Que eu não vou morrer de novo.

— Ah, a lógica dos humanos...

O rapaz gritou numa felicidade incontida:

— Pra sempre jovem! Puta sorte morrer com dezessete anos! — Seus olhos brilhavam.

Alexandre continuou esfuziante de alegria, enquanto Quenom o observava balançando tristemente a cabeça.

— O que foi? Por que você tá me olhando assim? — A felicidade cansou de pular. — Vai dizer que não tem nada a ver o que eu tô falando?

— Não tem nada a ver o que você está falando.

Os braços de Alexandre caíram ao longo do corpo. Claro que nada podia ser tão bom como parecia. Que idiota!

— Então eu posso morrer de novo?

— Vamos continuar.

Andaram por um tempo impreciso em direção à aurora bruxuleante que se formava muito longe.

— Morrer é um conceito ligado à vida, não à existência. — A voz de Quenom rompeu o silêncio. — A morte é o fim da manifestação biológica. Disso você está realmente livre.

Caminharam em direção à luz esfumaçada até chegarem à extremidade da superfície plana. Lá embaixo viram um enorme, gigantesco... escritório?

77

O tiro era iminente.

Gílson duvidava que fosse capaz de deter aquele ato, mas arremessou o braço num gesto desesperado. No instante seguinte, sentiu uma dor aguda na polpa de sua mão.

Não houve a explosão do tiro, mas sim a fisgada que subiu pelo braço até a axila. Uma dor aguda que o fez ganir.

Vitor estava bem diante dele, ainda segurando a arma que havia cravado a agulha do cão na carne branca.

Nem sequer pôde sentir o gosto do sucesso por ter impedido o suicídio do rapaz, pois este, com uma expressão vazia de olhos ocos, largou a garrucha e começou a se afastar.

O peso da louça branca o levou ao chão. Caiu de joelhos com a arma ainda mordendo sua mão. Travou os dentes e conseguiu soltar a agulha. Esperava ver o sangue vermelho, mas o que escorria era um líquido viscoso como leite condensado.

Doía. Muito. Apertou o braço junto ao corpo e levantou os olhos buscando o garoto. A dor não importava. Ele precisava deter a determinação do rapaz que se afastava já quase sumindo na claridade.

78

— O que é isso?

Alexandre permanecia pasmo diante da visão de milhares de cubículos kafkianos lá embaixo.

— Começaremos a primeira fase do treinamento *Sakharov*, que consiste em agir dentro da assimetria. Você já entendeu que a estrutura subatômica é feita de bárions, com seus prótons e nêutrons, e de léptons, constituídos por elétrons, múons e taus. Certo? — Alexandre concordou. — Pois para que o Universo existisse, no início teve que haver a bariogênese, um excesso de bárions sobre os antibárions, ou seja, de matéria sobre a antimatéria. Você vai experimentar diversas condições de simetria e depois violá-las. Só assim terá a consciência de que a Existência se dá pela imperfeição.

— Fale deste treinamento. — Alexandre já conseguia prosseguir o raciocínio evitando perguntas.

— Você deverá praticar as três condições necessárias para haver matéria no universo. Primeiro: a conservação do número Bariônico terá que ser violada. Segundo: a conservação de Conjugação de carga e de Paridade terá que ser violada. Terceiro: O Equilíbrio térmico durante a geração de matéria terá que ser violado.

— Muito bem. — O rapaz apontou para baixo. — E imagino que esse monte de baias de escritório tenha a ver com o treinamento.

— No mundo material, a baixas energias, cada bárion está preso em seu próprio espaço através de seu número bariônico. Mas não podia ser assim no início do Universo, senão não haveria a assimetria entre matéria e antimatéria.

— E não haveria existência.

— Exato. Assim como aconteceu agora há pouco no simulador, tudo é uma questão de energia. No início, elas eram muito altas, e os bárions podiam saltar livremente. Agora você deve encontrar um meio de violar o número bariônico.

Alexandre olhou com cara de ponto de interrogação, mas não teve tempo de perguntar nada. Quenom o empurrou, e ele despencou para dentro de um dos cubículos.

79

Tudo branco. Tudo claro. O professor estava se deslocando perdido em meio a um ambiente completamente isento de tons.

A mão doía, e dela escorria o sangue grosso e alvo. Mas não podia desistir. Tinha que deter Vitor. Tinha que encontrar o rapaz.

Não via nada a não ser a brancura se estendendo por todos os lados. Não ouvia nada a não ser... a não ser um silvo agudo!

Era o som de um assobio. O som de um gás que parecia escapar com força.

De onde?

Em meio à branquidão completa, concentrou-se no som. Caminhou furiosamente em meio à névoa até distinguir contornos de cilindros. Continuou correndo, derrapando, sentindo o sangue leitoso descer pelo braço.

Havia cilindros ao lado de Vitor. Mas não de oxigênio. Suas narinas foram invadidas pelo odor forte do metano. O gás o deixou imediatamente tonto. Então viu que o rapaz tinha nas mãos um isqueiro branco.

Estava muito distante e não teria como impedir que o dedo pálido girasse a pedra provocando a faísca fatal.

Vitor ia se explodir!

Não!

Mais uma vez atirou o braço, agora sem a esperança. Era um simples gesto de desespero.

Mas a explosão não aconteceu.

O sangue leitoso foi lançado sobre o isqueiro afogando a chama antes que esta nascesse. Vitor largou o objeto no chão, sem raiva, e virou-se.

O professor ergueu a outra mão para que ele parasse, mas era tarde. O rapaz havia novamente desaparecido na nuvem.

80

O espaço era claustrofóbico. Um quadrado de dois por dois com paredes de metal altíssimas sem teto, porta ou janela. Dentro, uma mesa abarrotada de papéis, calculadora, canetas, lápis, um cinzeiro com um cachimbo, fumo e um isqueiro. No centro, havia uma cadeira montada sobre uma mola e caixas com pastas de documentos. Mal dava para se mexer.

Aquilo era o mundo bariônico? Sentiu a necessidade imediata de violar aquela simetria, porque a perspectiva de passar algum tempo ali era angustiante.

A primeira coisa em que pensou foi empilhar as caixas sobre a mesa, mas logo percebeu que não atingiria a altura das paredes. E estas eram lisas, tirando qualquer esperança de que pudessem ser escaladas.

A cadeira de molas. Impulso.

Subiu nela e pulou várias vezes. Porém, por mais que se esforçasse, não alçava mais que alguns centímetros.

Estava preso.

Tentou não se apavorar. Aquilo era só um treinamento, e logo tudo estaria bem. Não havia perigo.

Não? Será que não?

O treinamento não era uma brincadeira, uma gincana. Aquilo era cruel. Se não ultrapassasse seus limites, estaria ferrado.

O pânico foi tomando conta dele enquanto revirava o conteúdo das caixas em busca de uma solução. Apontadores de lápis, furadores de papel, carimbos, clipes, blocos, contas, cadernos de anotações, e mais papéis. Não imaginava como qualquer daquelas coisas pudesse ajudá-lo.

Bateu na parede de metal. Sólida. Jogou um grampeador pesado com toda a força. A parede não sofreu nem um arranhão.

Tinha que ter paciência. Era isso. Nervoso, foi juntando tudo o que poderia servir para construir uma ferramenta. Usando fita-crepe, criou um objeto que deixava sair uma régua de metal como ponta. Começou a raspar um local da parede. Com força, concentrando-se no mesmo ponto. Raspou, raspou, raspou... Não adiantava. Nunca conseguiria fazer um buraco!

Atirou fora o objeto estranho, este produziu nas paredes um ruído que ecoava pelos outros milhares de cubículos que o cercavam.

Milhares de cubículos!

Mesmo que levasse anos pra fazer um buraco, ia apenas passar pra baia do lado.

Foi tomado pelo medo paralisante, sentou-se na cadeira de molas e ficou balançando-se para frente e para trás como um autista.

Se não completasse a etapa da missão não poderia ajudar o irmão que estava para se matar!

Aquele pensamento o colocou de pé. Tinha escapado de uma explosão nuclear, não era um escritório de contabilidade que iria detê-lo.

Por que um escritório de contabilidade?

Contas!

Ele tinha que encontrar uma fórmula escondida, um código secreto que abriria todas as paredes.

Começou a rabiscar anagramas, cálculos, equações, buscando algo que fizesse sentido. Nada. Amassava os papéis, apertava a cabeça e começava tudo de novo. Tombou sobre a mesa, exausto, pronto para aceitar o fracasso e se deixar existir para sempre naquele lugar.

"O sono da razão gera monstros."

Não. No caso dele, o sono da razão gerou o vazio. E o vazio foi preenchido pelo entusiasmo.

Fótons! Ele tinha conseguido se transmutar em fótons. Se fizesse isso de novo estaria fora daquela prisão.

Fechou os olhos. Concentrou-se. Imaginou-se como estrutura de partículas. Precisava observar-se para que a transformação em ondas ocorresse. Alguns instantes se passaram, e, por mais que se concentrasse, nada acontecia. Ele permanecia ali, preso, sólido.

Faltava a energia para fazer a transição. A energia do simulador o fez transmutar-se. Mas que energia poderia haver num escritório minúsculo?

A única coisa que tinha o mínimo de energia ali era o isqueiro. Acendeu. Uma pequena labareda surgiu dançando diante de seus olhos. Luz. Calor. E se colocasse fogo em todos os papéis?

Energia. Propulsão.

Agachou-se olhando de perto a mola da cadeira. Percebeu que, se a tencionasse ao máximo, o impulso seria maior. Colocou a mesa sobre a cadeira e depois tudo o que havia ali de mais pesado. A mola atingiu seu ponto mais contraído. Usou todo o estoque de fitas adesivas e barbantes para amarrar a cadeira com a mola naquele estado. Depois tirou cada uma das coisas que colocara sobre a cadeira e viu satisfeito que as fitas e os barbantes conseguiam segurar a pressão. Agindo como um louco, fez uma pilha com todas as caixas de papel e, em seguida, escalando a montanha de lixo, colocou a cadeira no topo. Ficou de cócoras sobre a cadeira e fez surgir novamente a chama. Ia botar fogo em tudo o que havia abaixo dele. O fogo ia queimar as fitas e barbantes, e a energia da mola iria catapultá-lo para fora.

E foi isso que ele fez.

O fogo começou brando e logo se alastrou raivoso.

Uma das vantagens de já ter morrido era não ter medo de ser carbonizado. Ele tinha que sair dali.

A mola soltou-se, e ele voou alto sobre a parede. Descreveu no ar uma parábola e caiu em outro cubículo, três números adiante.

Outro escritório, outra prisão, tudo de novo?

Não importava. Refez com uma velocidade incrível todo o movimento com a cadeira e criou mais um incêndio.

E saltou de novo.

E caiu três números para o lado.

Repetiu novamente a operação, cada vez mais rápido. Logo estava pulando de uma baia para outra, como se estivesse num colchão de ar de um parque de diversões.

81

— Basta. — O Conselheiro ordenou, olhando Vitor vagando na imensidão branca em diversas superfícies ao seu redor.

— Basta? Mas ainda não anulamos a equação. — Diante do Conselheiro, L.U.C.A. se recusava a aceitar o fracasso. — Se pararmos, o rapaz vai acabar por encontrar novas possibilidades de se matar.

Estavam cercados por imagens de Vitor em milhares de situações que este poderia seguir. Imagens de padrões matemáticos complexos, em que o garoto e Gílson eram colocados em diversas equações na busca por um equilíbrio dinâmico que não resultasse no suicídio.

— A questão é que o comportamento humano é uma equação não linear, e equações não lineares tem infinitas soluções.

— Podemos aumentar as possibilidades de fechar a equação utilizando mais agentes. Certamente não é apenas esse professor que possui ascendência emocional sobre o garoto.

O Conselheiro fez uma ondulação negativa:

— Ainda que este rapaz não estivesse tão terrivelmente abandonado, mesmo que pudéssemos colocá-lo diante de novas perspectivas, ele ainda se comportaria como uma estrutura humana. E você está pensando em termos de equações lineares clássicas, L.U.C.A., pelas quais é possível fazer previsões. Mas seres humanos não são forças físicas puras, ou apenas reações químicas. Encontram a todo o momento um ponto de bifurcação e podem escolher dentre vários caminhos. E cada escolha depende da história que individualmente carregam combinada com as condições externas. As condições iniciais não são esquecidas, como nos elementos naturais. O fator emocional torna a estrutura humana aleatória e irredutível.

— Não há como aceitar que um simples garoto cause o colapso do Sistema e que não possamos impedir que isso aconteça. — Confrontou sua energia diretamente com a do Conselheiro. — Você dispõe de todo o conhecimento científico existente e não pode fazer nada?

— Infelizmente, o conhecimento científico nos oferece apenas uma janela limitada para o Universo.

Em torno deles, as imagens foram desligadas. As equações da matemática complexa, que traziam Vitor e Gílson entre símbolos e algarismos, desapareceram. Diante deles, ficou apenas a imagem do quarto de hospital em que o professor se apoiava na cama do rapaz sedado.

— Eu não vou desistir.

— Ninguém falou em desistência. Apenas precisamos encontrar uma nova maneira de...

L.U.C.A. estalou.

— Equilíbrio! O equilíbrio químico e térmico só ocorre quando todos os processos vitais param. Um organismo em equilíbrio é um organismo morto. Organismos vivos se mantêm continuamente num estado afastado do equilíbrio.

— O garoto precisa ser afastado do equilíbrio. — Concordou o Conselheiro. — Mas como?

Ambos voltaram a olhar para o quarto de hospital. Nele, o professor piscava confusamente tentando entender a enxurrada de imagens que o assaltara. Olhou novamente para o relógio e constatou perplexo que os ponteiros continuavam fixos marcando pontualmente 4 horas da manhã. Exausto, concluiu que dormira e sonhara uma eternidade no espaço de um segundo.

Já não aguentava mais.

— Vamos deixar o homem em paz. — Assentiu L.U.C.A. — Você está certo. Temos que encontrar um novo fator que provoque um desequilíbrio interno nesse rapaz.

Mas o quê?

Era a pergunta que ambos se faziam.

82

— Parabéns. Você concluiu a primeira etapa do treinamento *Sakharov*.

Para Alexandre foi um susto encontrar Quenom dentro do cubículo em que acabava de cair. Mesmo que o tom do elogio fosse frio, era uma alegria rever Quenom.

— Brincadeira de criança. — Piscou um olho, mas o paralelo ignorou o gracejo.

— Agora vamos para a segunda etapa.

Imediatamente a alegria se foi. Não lhe davam tempo nem pra uma comemoração? Mas imediatamente a lembrança de Vitor fez com que agradecesse estar perto de alguém que não permitia que ele se desviasse do foco.

— Estou pronto. O que vai ser agora?

— A violação de C e de CP que ocorre na interação fraca.

Tudo bem, sem perguntas. Queria ir para a ação.

— A segunda parte será mais fácil.

— Tomara, porque eu não faço ideia do que seja C ou CP.

— Não precisa entender o significado. Só o seu efeito. Você estava pulando aleatoriamente. Mas, para que haja a assimetria, é preciso que esse movimento seja sempre na mesma direção, caso contrário as partículas podem anular-se. Você, agora, precisa saltar sempre na mesma direção.

— Vou fazer o meu melhor.

— Vai ser brincadeira de criança.

Antes que Alexandre percebesse o humor cúmplice, o mundo se inclinou. Pelo menos o cubículo em que estavam se virou e ele foi lançado contra uma das paredes, com a mesa, cadeira, caixas e tudo o mais caindo sobre ele.

Quenom havia desaparecido.

Foi um tanto complicado refazer o sistema naquela inclinação, mas assim que conseguiu e saltou, entendeu por que Quenom disse que seria mais fácil. Toda a imensa vastidão de baias de escritórios estava agora inclinada, como se tivesse sido construída sobre uma ladeira. Assim, nem precisou fazer esforço para cair nos cubículos que vinham mais abaixo. E repetiu a operação, descendo sempre na mesma direção.

— Parabéns de novo. Você satisfez à segunda etapa do treinamento *Sakharov*.

Toda a estrutura de cubículos desapareceu, e eles se viram novamente sobre a superfície opaca, cercados pelo nada.

Alexandre sorriu.

— Se tudo fosse fácil assim.

Não havia sorriso em Quenom:

— Mas não é. A terceira etapa é a violação do equilíbrio térmico, e experimentar isso não será nada agradável.

— Uma explosão atômica... O confinamento em um cubículo... O que pode ser mais desagradável que isso?

— A próxima fase é extremamente complexa, e nenhuma pergunta irá ajudar.

— Certo. Vamos lá.

— Você terá que fazer uma transição de fase a partir de si mesmo e unificar partículas externas fora do equilíbrio térmico. Ou seja, sua transição de fase terá que gerar esse desequilíbrio térmico.

— Já que o entendimento é desnecessário, tudo bem, porque eu continuo não entendendo nada. Mas o que vai ser agora?

— Eu já disse.

— Sim. Mas antes tinha o tal simulador, depois foram aqueles escritórios. E agora? Onde será a terceira etapa?

— Em qualquer lugar.

— Como aqui, por exemplo.

— Sim.

— E como começamos?

— Você vai ter que fazer isso sozinho.

— Fazer o quê?

— Já disse, violar o equilíbrio...

— Isso eu entendi. Mas como?

— Também já disse. Você tem que fazer tudo sozinho.

Alexandre balançou as mãos ao lado do rosto num protesto:

— Não, aí não. Fazer sem entender, tudo bem. Mas, agora, fazer o quê? Partindo de onde? Pra resolver um problema, é necessária uma questão. — As mãos se estenderam num pedido. — Qual é a questão?

Quenom ficou um instante medindo a figura de Alexandre com uma expressão inescrutável.

— Você é um ser extremamente racional.

— Obrigado.

— Eu não estou te elogiando. — Era aquele tom de navalha de novo. — A inteligência racional é diretamente proporcional ao grau de estupidez da consciência.

Alexandre esfregou nervosamente as mãos no rosto.

— Então eu sou estúpido porque sou inteligente?

— Inteligente não. Você é racional! A razão é um vírus que contamina o fluxo da inteligência com suas perguntas que nada mais são que medo. A racionalidade é o refúgio do medo.

— Mas eu passei por vários dos seus treinamentos! Acho que eu não deveria ser chamado de estúpido e medroso.

— Estúpido, medroso e presunçoso! Você acha que fez grande coisa? Você nem entendeu que o treinamento não é um mero desenvolvimento de habilidades. Isso aqui não é uma academia de esportes!

Quenom estremeceu ao falar isso e começou a se afastar. Alexandre correu atrás dele.

— Quer que eu peça desculpas? Eu peço. Perdão.

Tentou acompanhar a caminhada pesada do outro, que continuava falando enquanto andava.

— Você nem sequer entendeu que o treinamento é justamente a consciência de que todos, tudo, têm o mesmo valor. Habilidades! Isso não é nada.

Quenom parou ao perceber o que estava dizendo. Falara uma verdade que ele mesmo jamais entendera antes. O que ele próprio havia feito até então senão desenvolver habilidades? Lembrou-se da mãe sorrindo. Pela primeira vez, sentiu-se pequeno por achar-se o campeão da Academia.

— Por favor, me diga o que eu tenho que fazer.

Quenom segurou firme a nuca de Alexandre, aproximando seu rosto quase com brutalidade.

— A fase mais difícil, o momento mais importante é este. Não existem ordens nem direcionamentos. Não existe sequer uma questão para ser resolvida. Neste momento crucial, nós passamos a ser a questão. Somos a pergunta e a resposta. O começo e o fim.

Quenom se afastou em passos vacilantes, segurando a própria cabeça como se estivesse com uma tremenda enxaqueca. Dissera tudo aquilo para Alexandre ou para si mesmo?

— Você vai me abandonar?

Quenom contemplou o rapaz indefeso que estava sendo jogado à própria sorte. Sentiu-se confuso e incomodado, um nó se formando em sua garganta. Nunca havia sentido aquele tipo de ternura.

— Vou te deixar com o que meu mestre me disse certa vez. — Fez uma pausa. — Luz são partículas e ondas. Como partícula, o fóton é indivíduo. Como onda, o fóton é coletivo.

Em seguida sumiu.

83

Sozinho.

Alexandre estava na escuridão do Cosmo.

Sem luz. Sem calor.

Sem perguntas ou respostas.

Sem direção.

E o que mais doía era saber que Quenom estava certo. Que calor a razão poderia lhe proporcionar agora? Qual luz a razão poderia acender?

Frio.

O que ele sentia cada vez mais intensamente era o frio de não ter nada. De não ser nada.

Talvez apenas um viajante perdido no meio das dunas de um deserto ou um náufrago flutuando em uma tábua no oceano pudesse entender esse significado. Não. Nem eles. Nem um astronauta desgarrado estaria tão só. Esses viajantes perdidos têm a morte rondando em círculos. E a morte é sim uma companhia. A certeza de que serão resgatados. Mas o que restava a Alexandre? Sua morte estava no passado, e ele agora vagava sem presente ou futuro. Mesmo para o mais desesperado dos seres, a solidão era um estado transitório porque teria fim. Alexandre só tinha o nada.

Seu avô sentiu o frio da morte, e ele agora se sentia congelando sem possibilidade de morrer.

Nem uma réstia do calor da esperança.

Saudade do calor humano.

Saudade do calor da dúvida.

Estava congelado pelo medo de existir sozinho. Só ele podendo se ajudar. Se a razão era o último refúgio do medo, ele agora via o medo revelado, sem caverna pra se esconder.

E o medo é frio. Gelado.

Não era a pele, não era a carne, não eram ossos que sentiam frio. O frio vinha de suas partículas que pareciam ir perdendo energia e se condensando. Cada elétron desistindo de girar.

Estava se transformando em um cristal de gelo de dentro para fora. Um floco de neve perdido no nada.

"O inferno é este frio eterno?" Pensava. "Esta vigília constante sobre si mesmo? Esse nunca começar e jamais terminar? Este tempo que, como uma rosa dos ventos em três dimensões, expande suas setas em todas as direções, fazendo com que uma anule a outra e tudo fique estático?"

O acidente no ônibus. A mãe. O beijo na namorada do irmão. Tudo a mesma coisa. A bolha, a Colônia de Suspensão, Ihmar com seu corpo nu e perfeito, a perseguição de L.U.C.A., o buraco negro, o teto desabando sobre sua cabeça. Tudo a mesma coisa. O abandono, a solidão. Tudo estático.

— E se? — A antedúvida brilhou, mas a pergunta não chegou a se formar.

Sentia suas moléculas se cristalizando em gelo.

— Mas e se?

Seus átomos enregelados iam parando sem órbitas.

Um frio fora dele?

Mas não havia fora. Ele estava só.

— Mas e se?

Cristais de gelo externos se juntando a ele?

Finalmente abriu sua percepção. Ele estava tão frio que congelava partículas invisíveis em seu entorno.

— E se eu estiver congelando algo além de mim?

Empedrado em gelo, não via nada. A temperatura se esvaía. Suas moléculas desaceleravam e liberavam calor.

"Estou induzindo partículas vizinhas a se resfriarem, como acontece nas nuvens?"

Agora já eram perceptíveis ao seu redor outras partículas, talvez de outras dimensões, também se enregelando.

Já não estava só. Resfriava outros. Seu frio se espalhava já numa camada densa.

Ele estava provocando uma transição de fase! E o calor daquele processo se libertava e fluía para fora dele.

Estava violando o equilíbrio térmico! Cumpriu a terceira etapa do treinamento *Sakharov*! A alegria foi congelada pela sua inutilidade. Não poderia mais ajudar Vitor. Estava desaparecendo. Já nem era Alexandre. Era parte de um enorme bloco prestes a se equilibrar.

As últimas partículas se rendiam quando sentiu braços gordos e quentes o envolvendo em seu último instante.

84

O rangido dos sapatinhos de sola de borracha, o martelar do relógio na parede e um bipe que soava distante formavam o trio solitário de ruídos daquela hora.

Eram quase 4h30, e Ana Beatriz precisava agir rápido. Em menos de uma hora, o hospital receberia o turno da manhã, e ela não teria mais como circular por ali. Tinha que colocar em ação um plano, sem ter a noção de qual resultado pudesse ter. Respirou fundo e pensou que, se não sabia onde aquilo podia terminar, já tinha estabelecido exatamente por onde começar, e para o momento era o que bastava.

— Com licença, posso incomodar um instantinho?

O professor, que tinha os olhos grudados na ranhura de um ladrilho, virou-se com dificuldade. Olhou com uma expressão vazia para a moça vestida como enfermeira e não respondeu. Ela sorriu sabendo que ele não estava em estado de raciocinar. Isso era bom. Não tinha sido reconhecida sob a touca verde e por trás dos óculos falsos.

— Prometo que vou ser breve.

Ele raspou com as pálpebras os olhos vermelhos, e, como se isso se equivalesse a um consentimento, a moça sentou-se ao lado.

Calculadamente ela deixou passar um instante de silêncio.

— O senhor é um homem forte — disse com a cabeça baixa, um jeito tímido, de maneira quase inaudível, mas o suficiente para fazê-lo piscar algumas vezes.

— O quê? — A boca pegajosa e os lábios grudados quase não deixaram a pergunta sair.

— É muito difícil a gente encontrar alguém assim.

Ainda com os olhos baixos, ela deixou que um novo silêncio se instalasse. O professor tentou ser discreto ao passar a língua pelos dentes para que a saliva grossa soltasse um pouco as palavras.

— Assim como?

Os olhos tímidos dela se encontraram com os olhos turvos dele.

— Numa cidadezinha como esta, as pessoas vivem ocupadas em falar da vida dos outros, mas não conheço ninguém forte o bastante para se dedicar aos outros como o senhor está fazendo.

Aquele elogio inesperado fez com que ele franzisse o rosto enquanto remexia o corpo gordo na cadeira dura. Era o tipo de coisa que não combinava com a sequência de acontecimentos terrivelmente desagradáveis que ele vinha experimentando nas últimas vinte horas.

— Mas eu não fiz nada.

Ela mexeu-se na cadeira, ficando de frente para ele.

— Tem circunstâncias em que o que vale é a postura.

Ele passou a mão pelos olhos que ardiam.

— Acho que estou muito cansado e não estou te entendendo.

— Desculpa. Eu não quero continuar incomodando. — Fez menção de se levantar.

— Não, você não está incomodando. — Esboçou um sorriso. — Eu é que estou um pouco lento.

— Está sendo muito duro para o senhor, não é?

Ele concordou com um suspiro.

— Por isso eu só queria dizer que admiro muito a sua atitude.

— Obrigado, mas nisso tudo eu só tive uma atitude patética de expectador.

— Patética? — O tronco dela se afastou bruscamente, e o professor quase pediu desculpas. — Patética? — Ela realmente parecia indignada. — O senhor é a âncora desse caso todo, a referência, o pilar de segurança.

Várias respostas passaram pela cabeça dele, mas não conseguia escolher uma para a moça desconhecida.

— Será que você não me confundiu com outra pessoa?

— Todo mundo ficou muito chocado, claro, foi uma tragédia terrível. — Assumiu novamente o ar envergonhado. — Agora, o que me comove mesmo é você.

Na confusão dos seus pensamentos, ele não percebeu a mudança na forma de tratamento, nem no tom que se tornava mais doce.

— Eu?

— É.

— Por quê?

— De todos os envolvidos nessa história, você é o único que está aqui por opção.

Ele apertou os olhos e balançou um pouco a cabeça.

— Eu realmente não consigo acompanhar o que você está dizendo.

— Eu não quero parecer uma boba, mas é que admiro mesmo uma pessoa que se preocupa de verdade com os outros. — Lançou um olhar para o corredor vazio. — Os médicos, os policiais, os outros professores que vieram... cadê todo mundo? — Levantou a mão se adiantando ao protesto dele. — Não, não estou julgando ninguém. Mas é bonito ver a sua força.

Força? Logo ele que estava se sentindo inútil. Fora de lugar. Apenas vendo desgraças desfilando à sua frente.

— Eu sei que você é um obstinado, que não quer arredar o pé daqui, mas... — Ela apontou para o final do corredor. — Ali fica a cozinha, e será que eu posso lhe oferecer uma xícara de café com leite?

Definitivamente, aquela moça destoava de todo o resto.

— Claro.

Levantaram-se. Ela tentando não deixar sua ansiedade ultrapassar os movimentos lentos e pesados dele.

— Daqui a pouco, acho que muitas providências terão que ser tomadas e um pouquinho de descanso vai ser bom. Vão precisar muito do senhor.

— Acho que você está me superestimando.

Entraram na cozinha. Um cômodo pequeno com um fogão e uma grande geladeira bege em um dos cantos. Uma mesa de fórmica azul-clara ficava no centro, cercada por quatro cadeiras. Outra enfermeira estava sentada lendo uma revista e levantou os olhos assim que eles passaram pelo umbral da porta.

Ana Beatriz se movimentou com leveza até a mesa, erguendo a enfermeira pelo braço.

— Esta é a Marisa, a enfermeira de plantão. — Marisa cumprimentou o professor tentando disfarçar certo desconforto com um sorriso profissional. — E Marisa, este é... — Colocou a mão sobre a própria boca, brincalhona. — Meu Deus, que atrapalhada eu sou. Nem perguntei o seu nome.

— Gílson. — Sorriu para Marisa. — Nós já nos conhecemos, em circunstâncias não muito agradáveis no quarto do Vitor.

Ficaram em silêncio um instante.

— Falando nisso, por que você não vai lá ver como ele está? — A repórter conduziu Marisa pelo braço até a porta, delicadamente, mas com convicção.

— Se aparecer alguém, você me avisa. — Sussurrou enquanto praticamente a empurrava porta afora.

— Você é louca Bia, completamente maluca. Se te pegarem aqui, quem se ferra sou eu.

— Confia em mim, vai dar tudo certo. — Sorrindo, olhou firme dentro dos olhos da amiga. — E depois, você me deve essa.

— E estou pagando, com juros. — Começou a se afastar. — Vê lá, hein.

Bia, ou Ana Beatriz, voltou para dentro da cozinha. Gílson estava ainda de pé, meio perdido. Ela guiou o corpo pesado do homem até uma poltrona que ficava do lado oposto à entrada.

— Descansa um pouco aqui. É usada pra amamentação. Muito confortável.

— Obrigado. — Deixou-se desabar sentindo o estofado macio acomodar seu cansaço. — Realmente é bem melhor que aquelas cadeiras no corredor.

— Vou preparar o café. — E com gestos precisos. colocou a água para ferver.

O professor teve que se esforçar para não fechar os olhos.

— Também não sei o seu nome.

— Pode me chamar de Bia.

A repórter, que havia conseguido o uniforme e o acesso ao hospital através da amiga enfermeira, estava determinada a espremer até o fim a grande oportunidade que se apresentara em sua carreira; tinha decidido que os quinze minutos de fama eram insuficientes. Sabia que, assim que os personagens da tragédia se transferissem para a capital, tudo cairia no esquecimento, e ela desejava muito mais que simplesmente voltar a fazer reportagens sobre buracos e falta de energia elétrica nos subúrbios. Nada disso. Aquela matéria em que investigaria todos os pontos dramáticos seria o seu salto. Para isso ela precisava fazer com que o gordo sonolento que tomava café com leite à sua frente lhe desse detalhes para complementar as histórias da amarga professora Leila, além de todas as informações que colhera em tudo o que havia sido publicado sobre eles e sobre o colégio em que trabalhavam.

— Você conhece a paciente, a sra. Noêmia, há muito tempo?

— Nos conhecemos no Iraque. — Ele deixou escapar sem pensar.

— Iraque? — Até aí batia com o que Leila falara. Começaram bem. — Me desculpa a curiosidade, mas não é muito comum a gente conhecer amigos no Iraque.

— Uma construtora fechou um contrato de alguns anos lá, e o colégio fez uma parceria para dar aulas aos filhos dos funcionários. — O professor se sentou na ponta da poltrona, mais para não se deixar vencer pelo sono que por um grande interesse pelos fatos do passado. — Éramos jovens, eles pagavam um pouco mais, então, por que não, né?

— Quando uma oportunidade aparece, temos que aproveitar. — A expressão dele denunciava que a oportunidade não havia sido tão bem aproveitada assim. — Quando foi isso?

— Treze anos atrás.

— Então a professora Noêmia já tinha os gêmeos, certo? — E emendou rápido: — Perguntei pra Marisa, e ela disse que o Vitor tem dezessete anos.

Ele assoprou o café longamente.

— É. O Vitor e o Alexandre eram pequenos na época.

— O marido dela também era professor? Pergunto porque imagino que ela não ia deixar filhos pequenos aqui.

— Era, era sim.

Ele fixou novamente a atenção na xícara, e a repórter percebeu que estavam em um terreno delicado.

— Ela tem sorte de ter um amigo como o senhor. — Estendeu um vidro com biscoitos.

— Obrigado. — Ele pegou um, sem muito interesse.

— Imagino que uma amizade que nasce num país estranho, ainda mais como o Iraque, deva ser algo sólido. — Falava enquanto comia, tentando parecer o mais natural possível. — O senhor deve ter sido um grande amigo para o casal depois que voltaram.

— Ele não voltou. — Gílson colocou o biscoito inteiro na boca como se tivesse se arrependido imediatamente do que falou.

— Desculpa, mas ele ficou por lá?

— Ele morreu no Iraque. — Passou a mão limpando a boca, como para encerrar o assunto.

— Meu Deus, que horror. — Fez um esforço enorme para não deixar a xícara tremer com a excitação. Ela não ia deixar um assunto daqueles ficar pela metade. — Alguma coisa a ver com a guerra? Ainda estavam em guerra com o Irã?

— Tinha acabado havia pouco tempo. — Passou com força as mãos pelas coxas.

— Eu sou péssima com datas. Deve ter sido um tremendo choque perder o marido, ainda mais num outro país.

Gílson manteve o silêncio. Não seria inteligente perguntar nada diretamente, mas não podia deixar que mudassem de assunto.

— Meu Deus. Sair em busca de uma oportunidade e voltar com o caixão do marido. — Silêncio. — A única coisa boa nisso era ela ter um amigo como o senhor junto.

O professor tomou mais um gole. Ela, então, se levantou, circulou a poltrona e ousou o gesto de colocar as duas mãos sobre os ombros dele.

— Imagino que agora não seja a primeira vez que você assume o papel de anjo da guarda.

O toque dela, manso, leve, fez algo desmoronar dentro daquele corpanzil, que se encolheu enquanto ele fechava os olhos.

— Você não sabe de nada.

Mas como ela queria saber! Como precisava saber! Fez uma leve pressão de massagem, pensando no que deveria falar pra fazê-lo prosseguir.

Não foi preciso. O professor falou como se precisasse se livrar daquilo.

— O Ricardo, era o nome dele, pisou numa mina. — Ela massageou mais forte, sentindo o corpo dele tremer. — Por minha culpa. — Respirou fundo erguendo as costas. Se fosse mais ágil teria se levantado. — Que horas são? Os médicos devem estar chegando. Talvez eu devesse...

— Não são nem 5 horas ainda.

A massagem poderia ser uma maneira de mantê-lo sentado, mas não seria apropriado. Ela precisava de uma nova estratégia. Andou rápido até a porta.

— Não tem ninguém — disse olhando pra fora. — Eu posso ir lá nos quartos... se bem que a Marisa está lá, mas se o senhor for ficar mais tranquilo...

Ficou parada olhando pra ele, que havia retirado a carteira do bolso do paletó e remexia em papéis, parecendo apenas procurar algo pra fazer.

— Sabe o que eu acho terrível neste mundo? — Pegou as vasilhas do café e abriu a torneira para lavá-las. — As pessoas insensíveis acabam sendo mais felizes.

— Sentia que ele estava emocionado, e a emoção era o caminho certo. Apertou as narinas e os músculos do queixo. — Sensibilidade é uma espécie de maldição. — Conseguiu embargar a voz. — É isso mesmo. — Fez uma pausa, de costas pra ele, tentando puxar alguma emoção contraindo o abdome. — A gente ser sensível é uma merda! — Jogou com força o bule dentro da pia encolhendo-se e fazendo força para chorar. — Desculpa — disse num fio de voz e soltou o melhor soluço que conseguiu.

— O que aconteceu? — Gílson tentou arremeter o corpo da poltrona sem sucesso. — Está tudo bem com você?

Ana Beatriz voltou-se rápido, fingindo enxugar as lágrimas na manga, e ajoelhou-se aos pés dele, evitando que ele se levantasse, mas sem encará-lo.

— O que me revolta é que pessoas boas sofram. Tanta gente ruim aí andando de cabeça fresca, e as pessoas realmente boas ficam levando nas costas as culpas do mundo. — Quando percebeu que seus olhos já estavam injetados o suficiente, ergueu-os para a admiração dele. — Eu sei como é isso. Meu pai era igualzinho a você. Bom. Amigo. Mas sempre achando que tudo era culpa dele.

Pensar no pai, que já havia morrido, e colocá-lo na história ajudou. Passou a chorar com mais facilidade.

— Calma, não precisa ficar assim.

Invertera o jogo. Ótimo. Agora era ele que pousava com cuidado a mão na cabeça dela.

— Por que você está chorando?

— Não é justo. Você é como meu pai. Ele não teve culpa de nada, e eu tenho certeza de que você também não.

— Você não sabe nada sobre mim.

— Então me conta. — Era a cartada decisiva. — Me conta por que pessoas boas sempre se acham culpadas. Por que meu pai se sentia culpado de uma coisa que ele não fez?

Ele se recostou acuado pelo pedido de uma filha.

— Como você pode se sentir culpado por um acidente?

— É complicado.

— Fala pra mim. Me ajuda a entender.

Ele respirou fundo, e, sem saber por quê, nem como, a história foi fluindo sem que ele tivesse controle do que falava.

Contou que era o último dia deles no Iraque. O último! Estavam prontos para viajar no dia seguinte. Ele era fotógrafo amador e, quando foi para o país em conflito, não tinha grandes ambições como professor. Seu sonho era conseguir fotos dramáticas e fortes, justamente para poder deixar de lecionar e se dedicar profissionalmente à fotografia. Mas eles viviam encerrados no acampamento da construtora, saíam raramente em carros fechados para passeios sem graça, sempre longe da vida real do lugar. Só tinha conseguido fotos distantes de tanques abandonados, quando muito de uma patrulha cansada que ia pela estrada. Passou todo o tempo sem conseguir realizar o sonho que o levara até lá. E quando estavam para partir, não conseguia conviver com a ideia de que estava deixando uma grande oportunidade para trás. Aquele último dia era o único que eles tinham livres. A construtora tinha relaxado nos procedimentos de segurança. E ele, que nunca corria atrás do que queria de verdade, que sempre adiava seus planos, foi tomado pela obsessão. Precisava circular, fotografar, encontrar a grande foto da sua vida que iria libertá-lo das salas de aula.

Convidou Ricardo a ir com ele até uma pequena aldeia. Seriam poucas horas. Não havia perigo, nem bombas ou tiros. Só escombros. Argumentou, insistiu e finalmente o convenceu. Passaram horas circulando. Ele fotografava prédios em ruínas, pessoas, olhares de medo. Fez fotos muito boas, mas não queria parar. Ainda não. Não tinha encontrado a grande foto. Entraram por um beco, passando por arames farpados, foram até uma trincheira abandonada. Alguma coisa o puxava pra lá. Ele clicava tudo, freneticamente. Foi então que ouviu o estrondo. Pedras o atingiram. Caiu. Poeira pra todo lado, e ele clicando sempre. Ouviu os gritos de Ricardo rompendo a surdez que bloqueara seus ouvidos. Correu no meio da nuvem de pó, fotografando alucinado. Foi aí que viu o amigo caído. Metade dele. Já não tinha os membros inferiores. Gílson estava possuído, não conseguia tirar os olhos do visor nem largar o botão do disparador. Pela lente viu o amigo estender as mãos numa súplica! Um último gesto de vida. Era como se ele não estivesse ali, como se fosse um pesadelo do qual era só expectador. Então o tronco destruído tombou sobre o sangue e a poeira. Ele acordou de seu transe. Só então correu em pânico para socorrer o amigo. Era tarde. Ele estava morto.

O professor parou de falar. Arquejava. Reviver aquilo parecia ter sido demais para ele.

Ana Beatriz estava aturdida com a história. Quando planejara colher informações, não imaginava que fosse dar com algo tão sensacional. Duas tragédias se uniam naquele personagem sentado à sua frente. Arrasado. Devastado pelas lembranças. Uma matéria que valia prêmio, não tinha a menor dúvida.

— Acho melhor eu caminhar um pouco.

A moça imediatamente se agarrou às pernas do professor. Aquela história não podia escapar.

— Desculpa, eu realmente preciso...

Ela segurou-o mais forte, consciente de que, se algum médico entrasse e a encontrasse naquela posição, estaria em sérios apuros.

— Você não é culpado de nada! — Falou com a boca grudada no tecido da calça dele, enquanto ele mantinha as mãos suspensas, sem saber que reação ter. — Foi um acidente. Assim como o meu pai.

— Não sei quanto ao seu pai, mas eu tenho motivos de sobra pra levar este fardo. Agora, por favor...

— Mentira! — Ela olhou furiosa. Tinha que mudar o ritmo, mudar a tática, tinha que espremê-lo de alguma forma. — Você não pode mentir assim pra mim.

— Do que você está falando? — Tentou se desvencilhar do absurdo daquela situação.

— Meu pai não era culpado. Você não é culpado. É mentira!

— Menina, eu nem sei por que eu te contei tudo isso.

— Sabe o que eu acho? — Ergueu-se levando seu rosto para próximo ao dele. — Que você está criando esta fantasia toda só pra sentir pena de você mesmo.

— Como você pode falar isso? Você não sabe de nada.

— Você é bom. É forte. Mas fica igual ao meu pai, desperdiçando toda a sua energia com esta autopiedade.

— Eu não tenho nada a ver com seu pai.

Ela resolveu ultrapassar todos os limites e segurou com força o rosto dele entre as mãos.

— Você não tem culpa de nada.

— Você tem o direito de pensar o que quiser. — Os olhos dele começaram a brilhar de raiva. — Agora me larga.

— Você não matou ninguém.

— Eu falei pra me largar.

— Não provocou a morte do marido da Noêmia.

Tentou empurrá-la, mas as mãos prendiam seu rosto com força.

— Você é um mentiroso!

Uma espuma branca borbulhou nos lábios dele, que lutava para se libertar.

— Você não fez nada! Fica sentindo pena de você mesmo por nada!

Um rompante feroz explodiu nele, e a repórter foi atirada ao chão.

— Não? — Espumou entre os dentes. — Não fiz nada? — Começou a vasculhar os bolsos internos do paletó. — Não sou culpado de nada? — Arrancou a carteira e tirou um papel dobrado, que esfregou no rosto dela. — Então o que é isto aqui? Me diz! Que merda é esta aqui?

As mãos dela pegaram o papel com avidez. Arrastou-se para perto de um dos pés da mesa. Era a fotografia.

— Está vendo? — Gílson arfava limpando a baba que escorrera pelo queixo. — Está vendo o que eu fiz?

Era maravilhoso. Terrivelmente maravilhoso. Uma mão em primeiro plano, com os dedos estirados. Apesar de estar levemente fora de foco, ou talvez por isso mesmo, era possível sentir a pulsação de cada dedo. Logo atrás, a expressão do rosto do homem era de tirar o fôlego. O foco da lente parecia ter mirado dentro das pupilas. A nitidez do desespero. Os olhos estavam saltados, refletindo súplica. A dor na contração dos músculos do rosto, a boca repuxada para o lado. E abaixo o horror se completava. O homem estava apoiado pela mão esquerda e pelo ventre totalmente aberto. Estava apoiado nos rolos azulados e brilhantes de seus intestinos! O sangue e a poeira que emolduravam aquela figura davam ao conjunto uma perfeição, um equilíbrio estético próximo ao impossível.

Marisa apareceu na porta e ficou paralisada vendo a amiga quase embaixo da mesa.

— Eu... só vim avisar que os médicos estão chegando.

Ana Beatriz dobrou a foto.

— Tudo bem, Marisa. — Sua voz soou límpida e tranquila. — Espere um instante aí fora para acompanhar o professor.

Marisa fez que sim e saiu confusa.

— Você viu que eu tenho motivos para me sentir culpado. — Apesar do tamanho, Gílson parecia tão frágil que a repórter teve uma sincera vontade de abraçá-lo.

— O que eu sei é que você é um homem bom. E isto... — Referiu-se à foto dobrada em suas mãos. — Isto é a prova de que só alguém muito forte pode suportar tanta dor.

Aproximou-se dele e abriu seu paletó.

— Deixe esta foto guardada aqui. Não mexa nela. Deixe que ela seja o seu amuleto. — Enfiou delicadamente a mão no bolso interno sem deixar que os olhos dele escapassem dos seus.

— Quem é você, afinal?

— Só alguém que agora te admira ainda mais. — Ajeitou as palas do paletó. — Agora vai lá falar com os médicos.

Ajudou-o a se levantar, desamassando sua roupa. Caminharam para a porta e viram a figura assustada da enfermeira no corredor.

— Você vem? — A voz do professor continuava frágil.

— Não. Agora não. A Marisa te acompanha. — Apoiou com ternura a mão sobre o peito dele. — E não se esqueça. Não mexa nela. Deixa ela aqui te protegendo.

Gílson parecia querer falar alguma coisa, mas ela girou nos calcanhares e se afastou enquanto uma dupla de médicos surgia no fundo do corredor.

— Vamos? — Marisa falou delicadamente.

Ele apenas assentiu vendo Ana Beatriz transpor uma porta de vidro fosco, sem perceber que ela fazia escorregar para a mão, de dentro da manga do jaleco, a foto dobrada.

85

— Mas que porra... — A primeira coisa que Alexandre percebeu ao abrir os olhos foram as pernas das carteiras. — Mas que porra é esta? — Apoiou-se nos cotovelos. Estava deitado no chão da sua sala de aula!

Virou-se rapidamente e esbarrou nas carteiras do corredor estreito. O som estridente do metal produziu nele uma efusão de alegria. Colocou-se de joelhos e empurrou uma cadeira de encontro a outras. Eram sólidas! Suas mãos eram sólidas! Riu olhando o uniforme que estava vestindo. Nunca achou tão linda aquela calça de brim cinza e a camiseta branca. Levantou-se num pulo sentindo a força de suas pernas. Os pés bateram com força no piso. Estava com o velho e surrado tênis de lona branca.

Soltou um grito de júbilo.

Reconhecia perfeitamente o lugar. As mesmas paredes cor de creme. Os dois ventiladores de teto. A grande lousa verde-escura dominando a parede da frente. Nela viu com prazer equações de física rabiscadas com giz. A lei da conservação da energia, as leis da termodinâmica e outras coisas que tinha se acostumado a detestar, mas que agora eram para ele tão comoventes como fotos de infância.

Então ele estava certo! Desde o primeiro momento, aquela loucura fora um pesadelo cebola! O mais terrível e demorado que ele jamais experimentara, mas apenas mais um pesadelo que tinha chegado ao fim.

As cortinas das janelas estavam cerradas; e a porta fechada. Dormira ali? Que dia era hoje? E o acampamento? Fora sonho também? A partir de onde começava o pesadelo? Forçou a memória para entender em que momento da sua vida estava. Que momento separava o sonho da realidade?

Não importava. Bastava ir pro corredor, e tudo ia se encaixar. Precipitou-se até a porta na ânsia de encontrar alguém que lhe desse uma referência. Um olhar, uma palavra, um esbarrão, e tudo ia retornar ao normal.

Girou a maçaneta. A porta estava trancada.

— Mas que porra... — Forçou mais uma vez, e nada. Como assim? Uma brincadeira? Será que tinha havido uma festa, e os babacas estavam aprontando uma com ele? Bebidas? Drogas? Não se lembrava de nada, mas só podia ser alguma coisa estúpida assim.

As janelas.

A sala ficava no terceiro andar do prédio e dava direto para o pátio interno. Teve certeza de que ao abrir as cortinas ia ver um bando lá embaixo rindo da cara dele. Que rissem! Queria acabar logo com aquilo. Correu as cortinas.

Nada.

Suas sobrancelhas se uniram sem entender. Tudo escuro lá fora. Nenhum contorno. Breu total. Aproximou o rosto do vidro com as mãos em concha ao redor dos olhos. Nada.

— Mas que merda! — Aquela brincadeira definitivamente não tinha a menor graça.

Deu um murro no vidro sem calcular que, se ele fosse quebrado, iria cortá-lo todo. Mas não se partiu. Atirou uma cadeira com toda a força na janela. A estrutura nem balançou. Levantou outra cadeira e a arremessou com mais força ainda. O mesmo resultado. Segurou outra pelo encosto e bateu tanto e com tanta força que logo as pernas de ferro se entortaram. Desistiu apoiando as mãos nos joelhos.

— Ah, não... — Foi então que percebeu que, apesar de todo o esforço, não estava arfando. — Não é possível... — Largou-se de joelhos. Não estava respirando.

A droga do pesadelo continuava. Quis sair quebrando tudo, mas não tinha ânimo. Por que estavam fazendo aquilo com ele? Quis gritar revoltado, mas nem pra isso tinha forças.

Ouviu a chave na fechadura. A maçaneta girava, e ele não tinha ideia do que iria ter que enfrentar agora.

A porta, então, se abriu.

86

Bom deixar aquela cidade. Era o que Gílson pensava vendo os enfermeiros colocarem a maca de Noêmia na ambulância. Vitor já estava em outra, estacionada ao lado. Ambos ainda dormiam sedados. Ele também queria dormir. Esquecer. Acordar distante de tudo aquilo.

Ainda estava sob o impacto de ter revivido a história da morte de Ricardo quando os médicos do hospital explicaram que a transferência aconteceria no começo da manhã. Assinou documentos sob forte dor de cabeça — ele agora era o responsável. Falou mais uma vez com policiais, atendeu a telefonemas de advogados e mais uma vez negou declarações aos repórteres.

Alívio? Era isso que sentia?

Deixar pra trás a cidade do acidente e toda aquela confusão. Era nisso que se esforçava para pensar.

Os colegas ofereceram carona, mas ele preferia ir na ambulância com Noêmia. Despediram-se, então, com a promessa de se encontrarem na capital para dar todo o apoio.

Apoio... Naquele momento, parado no estacionamento do hospital, parecia não haver nenhum. Eram apenas os três. Mãe, filho e ele. Uma mulher e um garoto que ele amava. Aquilo era amor? Alguém que ama destrói a possibilidade de felicidade de uma família? Apertou com o braço o casaco que carregava o peso da sua culpa. Uma família da qual ele não fazia parte. Ou fazia? Que importava? Claro que importava. Precisavam dele agora. Mas e ele, tinha direito a estar do lado daquelas pessoas?

Alívio? Vazio? Ou um peso enorme?

Já estava para entrar na traseira do veículo com um enfermeiro de expressão ausente, quando a enfermeira Marisa o alcançou correndo.

— O senhor deixou cair isto. — E lhe estendeu a foto.

O coração dele parou.

Apalpou o bolso interno do paletó. Vazio.

Como? Deixara cair? Impossível. Nunca havia se separado daquela foto.

Os motores foram ligados. De dentro o enfermeiro chamou.

— Onde achou?

A moça mexia nervosamente os olhos sem encará-lo.

— Lá atrás. — Fez um gesto vago.

Atrás onde? Queria saber. Onde ele podia ter deixado cair aquela lembrança que nunca o abandonava?

O enfermeiro chamou de novo.

A moça se afastou rápido. Era a exaustão, só podia ser. Olhou mais uma vez para o desespero do amigo na imagem do papel. Abandonado por ele em seu último momento... Como ele pudera abandonar aquela foto num momento como aquele?

Abandonar. Impossível.

Entrou na ambulância enfiando a foto no bolso.

O enfermeiro começou a fechar a porta.

— Espere!

Não sabia por que tinha gritado.

— Só um momento, eu preciso...

Rasgou a foto e atirou os pedaços no asfalto do estacionamento.

Respirou fundo. Impossível abandonar? Por quê?

— Tudo bem? — perguntou o enfermeiro.

Sem responder, Gílson caminhou abaixado até a maca e debruçou-se sobre a amiga num abraço. Talvez fosse possível deixar tudo pra trás.

— Podemos ir? — O outro ainda segurava a porta aberta.

— Sim, claro — disse ainda passando as mãos delicadamente no rosto de Noêmia.

87

Escondida atrás de seu carro, com a câmera apoiada no teto, Ana Beatriz captava os movimentos do professor na ambulância. Suas expressões de angústia solitária, a conversa com Marisa, o espanto diante da foto e — o que era mais estranho — o gesto inesperado de rasgar o papel e voltar-se para abraçar Noêmia.

Já compunha mentalmente o texto que aquelas imagens ilustrariam.

Nem bem as duas ambulâncias partiram, ela correu para os pedaços da fotografia e clicou várias vezes. Era ainda mais dramático ver a imagem daquele homem largada aos pedaços no chão. Como se tivesse sido estilhaçado pela segunda vez. Novamente por Gílson?

Recolheu cada pedacinho e correu para seu carro vermelho.

88

Ajoelhado no chão da sala de aula, Alexandre não esboçou reação ao ver um oriental pequeno entrando pela porta. Vestia um jaleco sobre a camisa bege e uma calça marrom. Mas logo lhe transbordou uma tremenda raiva daquele sujeito que carregava pilhas de apostilas e que se dirigia diretamente para a mesa do professor, lançando-lhe um olhar rápido.

— Olha aqui, não precisa desse disfarce todo, tá legal? Nós sabemos que você não é um professor, então me poupe dessa representação.

— Sente-se.

— Porra nenhuma! — Continuou ajoelhado entre as carteiras. — Não tenho que fazer porra nenhuma, falou?

— Por favor, não temos muito tempo. — O homem magro falava conferindo os papéis. — Sente-se e acalme-se.

O tampo de uma das carteiras foi esmurrado várias vezes.

— Não, não e não! — O pior é que sua mão nem doía. — Primeiro eu quero saber... — Era tanta coisa. — Quero saber... Eu estava... Por que agora eu estou aqui na minha sala de aula?

— Porque você quis assim.

— O quê?

— Mais especificamente, a sua razão nos trouxe aqui.

Alexandre coçou a cabeça com ambas as mãos, com força.

— Do que você está falando? Eu estava lá... Congelando e...

O mestre levantou um dedo pedindo para falar.

— Quando você violou a última das três condições de *Sakharov*, o que fez com louvor, ficou em condições de fazer a transição de fase, mas infelizmente...

— Infelizmente o quê? — cortou raivoso. — Cumpri as missões que me mandaram, e ainda assim não foi suficiente? — Levantou-se numa postura agressiva. — O que mais vocês querem de mim? Vai me dar uma aula de reforço agora?

O pequeno homem largou os papéis sobre a mesa e retirou os óculos redondos.

— É exatamente isso que eu vou fazer. Agora, por favor, sente-se.

Ficaram se encarando alguns instantes. O oriental sorriu e referiu-se aos papéis.

— Aqui diz que você quer explicações, quer respostas, não é? — Alexandre fez força para não falar nada. — Então, sente-se, e eu vou tentar explicar o que está acontecendo.

Se alguém tivesse lhe dito aquilo antes, ficaria extremamente feliz. Tudo o que queria era entender sua situação. Mas passara por tanta coisa, se sentira tão sacaneado por todos os que vinham querendo ajudar, que não via motivos para ser diferente com aquele china magrelo. Mas que opção ele tinha?

— Muito bem. — Levantou-se devagar, caminhou até a primeira fila e sentou-se na carteira diante da lousa numa postura arrogante. — Qual é a matéria?

— Entendo que você esteja aborrecido com o curso dos acontecimentos desde a sua transição comum.

— Estamos falando da minha morte?

— Esta é a questão. — O homem apoiou os cotovelos na mesa. — Era para você ter se salvado no acidente.

— Ah, claro. — Deu um tapa na testa. — Como é que eu deixei isso acontecer? — Pendeu o corpo para trás. — Agora eu entendo. Tudo isso que vocês estão fazendo comigo é tipo um castigo por eu não ter tido competência para me salvar de um ônibus que despencou no abismo. — A postura combinava com o sarcasmo das palavras. — Então a aula que você vai me dar é sobre como me safar de acidentes fatais?

O homem coçou o queixo com dois dedos.

— Achei que você quisesse explicações, mas pelo visto seu maior interesse é exercitar sua ironia adolescente.

O rapaz ficou apertando os maxilares e balançando quase imperceptivelmente a cabeça. Estava tudo errado.

— Tá legal. — A cadeira voltou a se apoiar nas quatro pernas, e Alexandre levantou as palmas das mãos. — Não estou a fim de ficar fazendo nenhum jogo. — Fechou os olhos ainda mantendo as mãos abertas no ar. — Por favor, me ajuda.

O oriental recolocou os óculos.

— Vamos começar. Meu nome é Danih e sou mestre da Academia. Treino seres paralelos há muito mais tempo do que você pode imaginar. — Levantou-se. — Mas, apesar disso, seu caso é um grande mistério pra mim. — Ergueu uma das mãos. — Antes que você pergunte como posso explicar aquilo que não entendo, por favor, me ouça. — Sentou com uma das pernas sobre a carteira de Alexandre. — Não entender não é um problema.

Alexandre tapou o rosto com as mãos como se quisesse se esconder de tudo.

— Não adianta. — Balançou a cabeça. — Simplesmente pra mim não faz sentido o que vocês falam!

— Calma. — Colocou a mão sobre o ombro do rapaz, que não parava de balançar uma das pernas nervosamente. — Apesar do treinamento com Quenom, você continua sendo muito racional. Tente apenas me escutar, certo?

Ainda com o rosto tapado o rapaz fez que sim.

— Você foi realmente muito bem no treinamento. Mas, quando ficou diante da escolha entre fazer a transição de fase e recuar, você recuou.

— Como? — A voz saiu abafada pelas mãos. — Não me lembro de nada disso.

— Toda transição de fase é um processo autorregenerativo, sem memória. Acontece no universo subatômico, quando a estrutura está integrada ao todo e não carrega nada do passado.

Alexandre se lembrou de quando estava em contato com a consciência de Quenom, os dois com os dedos unidos. Ele havia entendido a propriedade regenerativa dos átomos. Com os dedos, puxou para baixo a pele do rosto:

— Eu escolhi?

— Sim. Não aceitou abandonar sua identidade à Energia Escura que impulsiona o universo. Sua razão quis que você continuasse a ser seu eu, ser Alexandre.

O mestre deu tapinhas no ombro do garoto tentando acalmá-lo.

— Não existe uma escolha certa ou errada, mas... — Fez uma pausa até que o rapaz o olhasse. — Acho que você, vítima de um engano tão singular, tem o direito de saber mais sobre a sua escolha antes de fazê-la.

Alexandre tentou falar e não conseguiu.

— Você já passou pela transição comum. Mas veja, não há nada especial em morrer. O ser biológico morre porque o ciclo é encerrado. Não há escolha. — O mestre acomodou-se na cadeira ao lado. — Mas a transição de fase é um processo consciente, pois só há transformação pela transcendência. É preciso largar o fardo da identidade para abrir-se ao novo.

Alexandre olhava em torno, tentando aceitar que ele escolhera voltar para aquele lugar.

— Sua razão, apavorada, veio se refugiar aqui.

Danih levantou-se e foi até um televisor num dos cantos da sala, usado para exibir vídeos. Ligou o aparelho, e na tela surgiram imagens de uma rua com pessoas circulando. Mas entre elas havia criaturas estranhas, opacas e vacilantes. Tristes figuras que vagavam a esmo.

— Estes são os seres obscuros. Fizeram a transição comum e também recuaram.

Mostrar aquelas imagens produziu um resultado forte. Alexandre sentiu-se contorcer por dentro ao se imaginar naquela situação.

— O medo racional as jogou nesta situação em que nada são e apenas esperam o impossível. Existem sem propósito no delírio da identidade racional. — O mestre falava olhando fixamente para a tela. — Todos eles tiveram a oportunidade do recondicionamento, mas optaram por permanecer assim. Mas você não teve a chance de ser acolhido de maneira correta, por isso acredito que deva ter a chance de conhecer um pouco mais para poder escolher.

O rapaz estava paralisado. Não sabia o que pensar. De repente uma força o sacudiu tirando-o daquele torpor.

— Vitor! Eu estava em treinamento para ajudar meu irmão! — Apontou para a TV. — Se eu ficar assim, não vou poder fazer nada por ele, vou?

O professor desligou o televisor e se voltou impassível.

— Não. Isso era o mais importante que você entendesse, e fico feliz que tenha chegado a esta conclusão. Não poderíamos usar esse argumento, pois seria uma indução na sua escolha.

Alexandre se aprumou rápido:

— Minha escolha está feita. Estou pronto para fazer qualquer transição que vocês quiserem.

O homenzinho caminhou até sua mesa e sentou-se.

— Não é tão simples. Você agora pode achar que quer ajudar, afinal, o condicionamento dos laços familiares é poderoso. A escolha deve ser livre até desses conceitos.

Houve um silêncio que Alexandre se forçou a não romper. Queria mostrar que estava disposto a ouvir.

Finalmente o mestre aquiesceu e voltou-se para a pilha de papéis.

— Já que você nos trouxe até sua sala de aula, vamos aproveitar e repassar a matéria. — Fincou os cotovelos na mesa. — A transição de fase exige consciência, algo muito além da razão, que é uma coisa muito boa no processo do conhecimento, mas apenas como um dos instrumentos, e não como a ferramenta principal. Você está me acompanhando?

— O Quenom me falou alguma coisa desse tipo.

— Ótimo. — Apontou para a lousa em que fórmulas estavam escritas. — Vê tudo isso? Reconhece?

— São leis da física, não são?

O homem foi na direção do quadro.

— Estas teorias foram fundamentais para estabelecer as bases do pensamento humano. Mas sabe qual é o grande problema?

— Não.

— Se tornaram o ponto-final da jornada do conhecimento. Por sua elegância e equilíbrio e, principalmente, por servirem aos anseios de um sentido conexo da mente humana, estas teorias foram alçadas ao nível de leis. E não existe ninguém capaz de determinar uma lei para o universo, porque nele não existem equações fixas. A mais simples das células não pode ser descrita pela matemática mais complexa, assim como uma mera nuvem não pode ser definida pela geometria mais sofisticada.

A aula tinha começado um pouco depressa demais, e era justo que o aluno ficasse um tanto confuso.

— Então, estas... teorias estão erradas?

— Não. Mas são limitadas. A gravidade, por exemplo. A atração de dois corpos é inegável no mundo material, mas, quando chegamos aos gases, com milhões de partículas, os cálculos para determinar essa atração falham miseravelmente. Se falarmos, então, nas partículas como elétrons, a gravidade simplesmente deixa de existir.

— Isto é muito confuso.

— Esta confusão é devido à ressaca causada pelo uso exagerado das ideias materialistas. A humanidade consome isso há milênios. É claro que as pessoas ficam confusas, porque é quase impossível ver as coisas claramente depois de se encharcar por tanto tempo com esta droga poderosa.

Enquanto Alexandre digeria aquilo, o mestre caminhou olhando as equações e fórmulas, meneando levemente a cabeça a cada uma delas.

— Já se passou mais de um século desde que a física quântica substituiu formalmente a física clássica. Mas a velha perspectiva continua a ser aceita. E como não é possível negar a física quântica, pois ela está presente de maneira inequívoca (transistores e processadores funcionam com base nela), as mentes querem unir o quântico ao clássico. Iludem-se em poder ter o novo sem abandonar o antigo, assim como os obscuros. — Aqui Danih foi enfático: — As leis e teorias devem ser abandonadas! Não negadas, mas entendidas e libertadas para que, assim, a mente se abra diante de uma nova onda de possibilidades. Se isso não ocorre, elas se transformam em correntes que aprisionaram o pensamento. — Começou a apagar a lousa. — Assim que conquistamos algum tipo de conhecimento, devemos digerir e nos livrar dele, para não estacionarmos. — Virou-se para o rapaz. — Você experimentou a violação das teorias, sabe que elas têm um alcance limitado.

Alexandre se mantinha quieto e atento, enquanto o mestre continuava a apagar tudo o que estava escrito.

— Libertar-se. Esta é a questão. Ficar vazio para que o novo possa ter espaço. — Assim que o quadro foi totalmente apagado, atirou o apagador sobre a mesa. — Ainda se acredita na percepção de que a matéria existe como coisas separadas umas das outras. — Colocou os dedos delicadamente sobre sua própria cabeça. — Mas e o pensamento? Ele não é material, porém existe. Então como explicar uma mente não material interagindo com o corpo material? — Virou-se de repente. — Já ouviu falar do Tau?

— Assim, assim — disse meneando a cabeça, imaginando que o oriental logo começaria a falar de Budas e Confúcios.

— Ótimo. Quanto mais você ouvir falar sobre o Tau, mais afastado estará do seu entendimento. — Abriu os braços diante da lousa vazia. — O Tau é isto. Simples assim. Qualquer explicação, e ele deixa de existir. Está me acompanhando?

O salto da física para taoísmo não ajudava muito a compreensão do rapaz, que apertou os olhos com os dedos.

— É que pra nós ocidentais é um pouco complicada esta coisa toda.

— Claro, claro. — Voltou para a mesa e remexeu os papéis. — Assim como aqui diz que você enxergou Ihmar, o receptor da Colônia, como uma moça sexualmente atraente... — Alexandre movimentou-se incomodado com a referência ao acontecido na cabana. — Você deve estar me vendo como um mestre zen ou coisa assim.

— Ou coisa assim. — Concordou disposto a usar da máxima sinceridade. — Mas devo estar enganado, e esses olhos puxados devem ser fruto da minha imaginação, não é?

— Da sua condição singular. Quando fazemos a transição comum, continuamos a projetar o mundo que nossa razão se acostumou a perceber. E como a sua foi, digamos, imprópria, é natural que sua consciência seja ainda tão humana. — Caminhou até o jovem e colocou a mão sobre seu braço. — Não interessa se eu pareço um oriental ou um africano. O que importa é que teremos que criar para você um processo novo de consciência. O treinamento não foi suficiente para você aceitar a transcendência. Está preparado para continuar?

— Eu tenho escolha?

— Não. — Sorriu e em seguida gritou para fora da sala: — Antar, pode trazer.

Imediatamente entrou um homem também com traços orientais, enorme. Por algum motivo, Alexandre logo entendeu que aquela espécie de lutador de sumô foi quem o tinha aparado com os braços gordos quando estava prestes a congelar. Trazia uma bandeja coberta por uma cúpula prateada.

— Sei que é tudo muito rápido, mas não há outro meio. Não temos tempo e precisamos de você em condições mínimas de poder atuar, por isso faremos um tratamento de choque.

Alexandre temeu perguntar o que seria o tal tratamento de choque. Permaneceu calado olhando a bandeja à sua frente.

O assistente saiu levando sua monumental figura porta afora.

Danih fez uma expressão divertida enquanto segurava a cúpula prateada.

— Tente não vomitar, por favor.

— Não, espera. — Segurou a mão do mestre. — Pelo menos me fala o que é que vai sair daí pra eu me preparar.

— Um cérebro. — Imediatamente o estômago do rapaz se contraiu. — O seu cérebro.

Alexandre não teve tempo de se afastar. O mestre puxou a cúpula revelando a massa cinzenta.

Ele já tinha ouvido falar que o tamanho do cérebro de uma pessoa equivalia aos seus dois punhos fechados unidos. E por mais que o mestre e ele próprio esperassem uma reação de asco, a primeira coisa que fez foi fechar as mãos para comparar os volumes. Com uma ponta de decepção, achou-o menor do que o que esperava possuir.

— É bem pequeno.

Danih riu.

— A velha preocupação masculina com o tamanho. É curioso que a expressão superdotado seja usada para órgãos tão diferentes. — Parou refletindo. — No fundo faz sentido. Afinal, esses órgãos são vitais para a perpetuação da existência.

O rapaz já não escutava. Observava fascinado cada detalhe daquelas protuberâncias e reentrâncias acinzentadas. Não duvidava que fosse seu. Já estava acostumado com tantos absurdos que eles até pareciam naturais. Ficou imaginando como, dentro daquela coisa, poderiam estar contidos todos os seus pensamentos, lembranças, medos, sonhos. Era incrível que aquela forma esquisita de aspecto meio nojento comandasse tudo.

— Ainda funciona?

— Se não funcionasse, você não estaria me perguntando isso.

Tinha lógica, mas que era estranho, isso era.

— Mas eu estou aqui e... pensando aí?

— Não adianta eu tentar explicar. Só a experiência vai fazê-lo compreender que não faz sentido esta noção de aqui e ali. E é isso que aprisiona a consciência. É uma questão de entender uma nova perspectiva. — Foi até o quadro e riscou uma linha. — Veja a fluidez. O fóton é radiação sem massa e cria elétrons com massa. — Traçou outra linha no sentido inverso. — E os elétrons, ao colidirem, se aniquilam em fótons de raio gama! — Atirou longe o giz. — Percebe? Energia vira matéria, e matéria vira energia! Não existe só um caminho. — Voltou a apontar o cérebro. — Veja esta estrutura. Uma grande maravilha e ao mesmo tempo um grande problema.

Como se só então tivesse um lampejo de lucidez, sentiu um forte calafrio percorrer todo seu corpo, fazendo-o estremecer.

— Eu fui enterrado sem ele?

Danih riu longamente.

— Não, meu caro, pode ficar tranquilo que não profanamos o seu cadáver. Seu cérebro material continua dentro da matéria do seu corpo, que já está iniciando o processo de decomposição.

O calafrio transformou-se em choques elétricos ao ouvir aquilo.

— Este aqui é seu anticérebro. Idêntico ao outro, porém, completamente oposto. Ele é sua projeção fora da dimensão do espaço-tempo.

O rapaz aproximou-se quase tocando o nariz na massa cinzenta.

— Acho que eu não entendi.

O mestre afastou-se com as mãos nas costas, buscando as palavras:

— Certo. Cérebro e mente são coisas distintas. O primeiro é matéria pura, como um músculo do braço. Já a mente é o conjunto de reações produzidas pela matéria em forma de percepções, pensamentos, ideias, memórias. Até aí me parece ser simples de entender, correto?

O rapaz apenas assentiu.

— Porém, mente e consciência também são coisas distintas. E este é o ponto mais sutil e importante. Sabemos que a mente é um epifenômeno da matéria.

— Epi o quê?

— Um subproduto. A capacidade de raciocinar é produzida pelas sinapses dos neurônios, ou seja, é produto da matéria do cérebro. Os órgãos capazes de realizar sinapses mais complexas e velozes fazem de seus donos pessoas mais inteligentes. Consegue entender?

— Acho que produzo sinapses suficientes pra isso.

Danih soltou uma leve interjeição de satisfação.

— Mas o que é mais difícil de ser compreendido, principalmente pelas pessoas mais inteligentes, é que a consciência não é produzida pelo cérebro.

— Não? — Alexandre não conseguiu processar aquela ideia.

— O fato de você estar aqui, agora, enquanto seu cérebro material está se enchendo de vermes, é uma prova disso, não é?

A imagem não era nada agradável, por isso Alexandre apenas pediu com um gesto que o outro continuasse.

— A mente é um epifenômeno da matéria, e a matéria é um epifenômeno da Consciência. Ou seja, a matéria é um subproduto da Consciência.

A frase ficou vibrando por alguns instantes na sala de aula. Alexandre tentou absorvê-la devagar, em pequenos goles.

— A Consciência faz a interação entre o cérebro material e a mente não material. — O mestre voltou para a mesa.

— Se é assim como o senhor está falando... — Sobrava um resto de ceticismo no rapaz. — Então minha consciência é capaz de produzir um tijolo, ou uma cadeira?

Danih alisava lentamente uma de suas sobrancelhas ralas.

— A questão é que não existe a sua consciência, nem a minha consciência. A consciência é o todo. A consciência é um singular para o qual não existe plural.

Os dedos de Alexandre novamente friccionaram vigorosamente seus cabelos, ou seus anticabelos, ele já estava se perdendo neste tipo de definição.

O mestre não perdeu um milímetro de sua tranquilidade e continuou penteando as sobrancelhas com os dedos.

— Como a consciência pode produzir a matéria?

O mestre cruzou os dedos sobre a barriga.

— Vamos ter que voltar um pouco. A Consciência é anterior à razão. Mas, para se perpetuar, a Consciência criou a Inteligência Universal. — Alheio às rugas na testa do rapaz, continuou: — As sinapses da Inteligência já ocorriam muito antes de esse órgão sonhar em nascer.

— Espera um pouco. — O rapaz não desgrudava os olhos da massa encefálica. — Como pode haver inteligência sem um cérebro, sem uma mente?

— Agora você tocou em um ponto fundamental. O grande problema é que este órgão maravilhoso é incapaz de enxergar a mente como sendo independente dele.

— Calma, calma. — O mestre sorriu, pois estava totalmente calmo. — Você falou de Inteligência Universal, eu já ouvi falar de antimatéria, eu já vi e passei por um monte de coisas malucas... Mas, na real, eu não consigo entender como pode haver mente sem cérebro.

— Qual é a relação entre a mente e o cérebro para você?

— Bom, sei lá. — As mãos dele faziam gestos imprecisos em torno da bandeja. — O cérebro tem neurônios, que produzem as ligações que formam o pensamento, que no conjunto... é o que é a mente. Não é?

— As estruturas cerebrais e as funções mentais estão intimamente ligadas, mas a exata relação entre mente e cérebro sempre permaneceu um mistério. — Danih voltou a andar lentamente de um lado para o outro diante da lousa. — O cérebro não é necessário para que a mente exista. A concepção geral da existência é muito mais ampla e não inclui, necessariamente, o pensar. Mente e matéria não são categorias separadas, são simplesmente dimensões diferentes do fenômeno de existir. A mente não é uma coisa, é um processo. O cérebro, sim, é uma coisa, uma das muitas estruturas em que esse processo opera.

— Existem outras coisas, outras estruturas com capacidade mental?

— Uma bactéria, ou uma planta, não tem cérebro, mas tem mente. São capazes de ter percepção e, portanto, de ter cognição. Percebem mudanças em seu meio, como diferenças entre luz e sombras, entre quente e frio, concentrações de substâncias químicas. E seres sem cérebro tomam decisões, como produzir determinadas substâncias ou mesmo se mover, no caso de um girassol. O processo de cognição é muito mais amplo que o pensar. Ele envolve percepção e ação. O ser humano tem três estruturas que unificadas formam a sua mente. O cérebro é apenas uma delas.

Alexandre ficou esperando o mestre dizer quais eram as outras.

— O cérebro faz parte do sistema nervoso, mas existem o sistema imunológico e o sistema endócrino. Eles, em conjunto, percebem o meio a sua volta e tomam decisões. — Apontou para o órgão sobre a bandeja. — Ele não determina sozinho que os glóbulos brancos ataquem um corpo estranho nem que algum tipo de hormônio seja produzido em maior ou menor escala. Todas as decisões e reações acontecem através da interação entre os três sistemas.

Muitos pensamentos surgiram diante de Alexandre, que tinha o olhar voltado para dentro de si.

— Sabe o que é mais louco? Quando eu era bem pequeno, imaginava que tinha exércitos dentro de mim, sabe? Vidas independentes me protegendo.

— Porque crianças estão abertas a outro sistema que completa o processo da mente. A intuição. Uma propriedade mágica que existe na interação desses três sistemas.

— Nem dentro, nem fora. É aquela coisa de não localidade que eu já ouvi um monte de vezes?

O som de uma palma ecoou nas paredes na sala de aula.

— Exato! A intuição é como o magnetismo, que não existe em lugar nenhum como algo em si, e só se manifesta na interação. O magnetismo liga todo o universo material, e a intuição liga a Consciência do universo.

— Então tudo o que é vivo possui mente?

— A mente é ainda anterior à vida.

Os olhos do rapaz piscaram rápido.

— A mente surgiu com o primeiro impacto assimétrico das energias livres e se expandiu produzindo a matéria, a massa dos corpos celestes e de seres como L.U.C.A.

Alexandre teve abrupta reação defensiva.

— Você conheceu L.U.C.A., não é?

Claro que ele tinha conhecido aquele filho da mãe que tentara acabar com ele, pensou.

— Eu sei que L.U.C.A. o tomou por uma ameaça. Mas isso já foi esclarecido.

O rosto do rapaz não se desanuviou. Era difícil não sentir medo e raiva ao ouvir aquele nome.

— O nome dele nem é esse. Ele tinha um nome dado na Academia, mas isso não era apropriado, porque ele é diferente de todos nós. É o único que atravessou todo o caminho da existência. Então, quando os cientistas o descobriram, na teoria, claro, ele foi batizado por brincadeira com o nome que os humanos deram para ele: *Last Universal Common Ancestor**. Uma grande ironia, porque é uma piada, e L.U.C.A. não possui o menor senso de humor.

O mestre ria, mas Alexandre se mantinha sério. Então o oriental limpou os óculos percebendo que o rapaz não queria falar do Ancestral. Era compreensível, daria esse tempo a ele. Mas logo Alexandre teria que enfrentar o encontro. Voltou a colocar os óculos calmamente. Por que assustá-lo com isso agora? Ele ainda estava para passar por outro grande susto.

— A Inteligência migrou por várias fases, mas existe uma questão. — Recomeçou voltando para a mesa. — A Inteligência só pode existir em uma fronteira limítrofe, na margem do caos. Em um sistema ordenado, não existe o conflito que

* Em tradução livre: Último ancestral comum universal.

gera a existência. Porém, nas profundezas de sistemas caóticos, os conflitos são tão avassaladores que, assim que acontecem, ao invés de produzir algo, se destroem. O universo sempre foi um ambiente hostil para Inteligência. Portanto, ela se estabeleceu nos domínios da Terra, não apenas em suas manifestações materiais, como a humana, mas também em todas as suas dimensões.

— Então... se o ser humano for extinto... Caramba! O planeta não vai estar nem aí e vai continuar existindo.

— Sim. E inteligente. E se transformando pelas transições de fase. Foram muitas até a Inteligência criar esta estrutura fantástica.

Voltaram a atenção para o cérebro sobre a bandeja, que por momentos havia sido esquecido.

— Se o ser humano for extinto, será um desperdício monumental, porque, pela primeira vez, foi criado algo que pode reproduzir em si as mesmas sinapses da Inteligência Universal. A Inteligência criou esta estrutura inteligente, consciente e autorreferente. Apenas neste órgão aqui. — Apontou a massa cinzenta. — Apenas ele se desdobrou de maneira plena. Ele faz o indivíduo ser ciente dele mesmo e de seus mundos interiores. O homem não somente sabe, mas, também sabe que sabe. Isso é um tipo de consciência que apenas o cérebro atingiu.

Alexandre voltou a olhar a massa cinzenta, magnetizado.

— O cérebro é o ponto mais alto da evolução?

O mestre bateu duas palmas para cortar aquele pensamento.

— Não. Esqueça a evolução. Ela é um termo falso e perigoso. Assim como as leis científicas, o conceito de evolução só se aplica na dimensão humana. A parte racional do cérebro criou este conceito justamente para se colocar em um pedestal. Isso é um erro, um risco.

O rapaz novamente preferiu o silêncio às perguntas, o que agradou ao mestre.

— Quando o cérebro se tornou autorreferente, criou o conceito do *eu*, que ilude o portador desta estrutura insinuando que ele é separado do todo.

Ambos sentaram-se, cada um em um lado da carteira onde a bandeja prateada estava colocada. Havia ali um par de luvas cirúrgicas, e o mestre as calçou com cuidado. Em seguida segurou delicadamente o cérebro, erguendo-o na altura dos olhos. Aquilo causou certa náusea em Alexandre, que, instintivamente, passou as mãos pela cabeça.

— O cérebro foi criado com capacidade de perceber o Todo. E isso de fato chegou a ocorrer em algumas culturas e em alguns momentos da história humana. Os hindus chamam essa consciência de Atman; os cristãos, de Espírito Santo; os budistas, de Nirvana.

Danih mostrava a Alexandre o cérebro, girando-o para que ele o visse sob todas as perspectivas.

— Essa consciência do Todo só foi atingida por aqueles que utilizaram o cérebro integralmente. Mas, como eu disse, a beberagem do racionalismo ingerida exageradamente por séculos e séculos produziu uma ressaca existencial terrível. Embotou partes da estrutura.

Danih apontou algumas regiões da massa cinzenta sobre a bandeja.

— O Córtex atingiu tamanho domínio que para o ser humano só há escolhas baseadas na lógica do pensar. — Olhou de modo enviesado para Alexandre. — Mas agora você vai perceber sua mente atuando fora desse limite.

— Mas...

— Não. Basta de conversa. — O mestre claramente tinha pressa em prosseguir. — Há muito a ser feito, e é por isso que eu trouxe seu cérebro até aqui.

— E como isso vai acontecer? Como eu vou conseguir perceber esse Todo que você diz?

O mestre estava atento às reações do garoto. Chegara muito próximo de conquistar o que queria e não podia deixar Alexandre recuar agora. Sorriu.

— É muito simples, meu jovem.

— Então, por favor, estale os dedos e me faça entender essa simplicidade.

Para surpresa de Alexandre, o mestre realmente estalou os dedos. Mas, em vez da luz reveladora da verdade, o que surgiu foi o grande lutador de sumô, como se estivesse o tempo todo do lado de fora da porta só esperando aquele sinal para entrar em cena.

— Vamos começar o tratamento.

O rapaz não sabia se era pela presença maciça do oriental ou por estar na iminência de um tratamento doloroso que ele sentia um tremendo frio na barriga. Na verdade, a razão mais provável talvez fosse as duas coisas, ou seja, que o lutador de sumô fizesse parte do tal tratamento.

O grandalhão olhou de passagem para Alexandre e sorriu. Sem saber por quê, ele não gostou nada daquele sorriso. E gostou menos ainda ao vê-lo entregar uma série de instrumentos que pareciam agulhas, seringas, tubos... A simples ideia de algo que se relacionava a uma cirurgia diante de seu cérebro exposto causou-lhe uma onda de pânico que o fez olhar para a porta pensando em sair correndo.

Percebendo a intenção, Danih ordenou, enérgico.

— Segure o rapaz.

Puta que o pariu. Ele estava certo! O grandão ia mesmo participar do tratamento. Tentou correr, mas, antes que tivesse dado dois passos, os braços gordos e fortes o envolveram.

— Peraí, o que vocês estão pretendendo fazer?

Viu, aterrorizado, um sorriso bastante sádico se formar na expressão do mestre.

— Falei que teríamos um tratamento de choque.

89

A ambulância rodava pela estrada. Veloz.

Gílson observava Noêmia sedada na maca. Sentia o movimento do automóvel no asfalto. Deslizavam macio.

Em silêncio.

Segurou a mão dela. Estava fria. Começou a esfregá-la até sentir o calor surgir aos poucos. Como era bom aquele toque, como sentia falta do contato daquela pele, daquele calor. Sempre fora assim entre eles: calor e frio. Calor e frio.

Quando eram jovens — meu Deus, há quanto tempo! —, havia mais que calor. Era uma paixão incandescente. Corpos que ficavam em brasa quando se aproximavam. E os arrepios gelados. Os primeiros beijos, as primeiras carícias dentro do carro do pai dele. Mãos nos seios, lábios no pescoço...

Fechou com força os olhos, apertando as lembranças que ardiam.

Naquela época, ele a amava tanto que o calor da paixão logo se transformara no inferno do ciúme. Noêmia era perfeita demais, e ele só conseguia pensar que os outros rapazes eram mais bonitos e mais inteligentes e mais fortes e mais altos e mais ricos... Que inferno era estar com ela cercado por tantos! Ele queimava ao mesmo tempo em que se sentia gelado de medo.

"Eu te amo."

Ela repetia sorrindo todas as vezes que ele se aborrecia com um olhar que ela largava sobre um colega, ou quando a encontrava conversando com outro nos corredores da faculdade.

Por quê? Por que você me ama?

Era a pergunta que ele sempre fazia em silêncio quando estava com ela. Sempre. Não havia um instante em que aquela dúvida não o açoitasse. Ela podia namorar quem quisesse. Era linda, brilhante, carismática. Por que tinha escolhido logo ele que não era nada, que não tinha nada?

A insegurança fazia ferver o ódio por tudo que a cercava. Seu ciúme passou a ser tão abrasador que ela foi esfriando. Ele a agarrava cada vez com mais força, e ela foi começando a deslizar. Ainda dizia eu te amo, mas cada vez mais tristemente, como uma lenta despedida. Ela não suportava mais tanto controle, tanto ardor possessivo. E então veio o inevitável, o que ele sabia que mais dia menos dia ia acontecer.

"Não dá mais."

Ainda podia ouvir aquela frase tão simples e tão cruel.

"Eu te amo, mas não dá mais pra viver deste jeito."

Ele podia mudar. Jurava que podia.

Ela não acreditava, ele sentia. Mas tentaram. Mais alguns dias.

Amordaçou o ciúme. Abafou como pôde as labaredas furiosas, até que veio a noite no cinema. Aniversário dela. Comemoravam. Ele deu de presente um anel que imitava tristemente uma esmeralda. Era o que o dinheiro dele podia comprar. Ela gostou. De verdade. Mas depois, quando a levou pra casa da mãe, a velha doente estava revoltantemente alegre. Tinham deixado um presente enorme. Um ramalhete monstruosamente grande junto com uma caixinha de música importada, linda e ultrajante. Ela gostou mais ainda. Sua pedrinha colorida foi humilhada, e ele ficou desesperado.

"Quem? Quem te mandou isso?"

Um admirador. Era o que estava escrito no cartão.

"Não sei quem é. Não tem importância."

E ele gritou.

E ela entrou em casa batendo a porta.

E veio o frio do abandono.

O fim da faculdade.

Cada um seguindo seu caminho, e ele caminhando sozinho. Uma solidão gelada, cheia de remorsos por ter provocado o fim de tudo. E se acostumou a viver uma vida fria, solitária e arrependida. Se nunca mais sentiria o calor de novo, se consolava acreditando que ao menos o frio não aumentaria mais.

A mãe dela morreu. Ele foi ao enterro. Ela agora estava só. Totalmente só. Mas não queria mais estar com ele. O frio o queimou ao perceber que a solidão era melhor que a sua companhia.

E o tempo passou, mas o inverno nunca acabava.

Então a temperatura caiu drasticamente.

O convite do casamento.

O peito congelado ao vê-la no altar com Ricardo, um amigo comum da faculdade. Petrificado, aceitou o fato. Claro, Ricardo era muito melhor que ele.

Mas, então, vieram as aulas. O mesmo colégio. Sem nenhum plano ou intenção, foi contratado para trabalhar junto ao casal. E tornaram-se amigos. O que passou passou, e veio a convivência morna e tranquila da amizade sincera.

Então a temperatura voltou a aumentar sem aviso algum. O amor entre ele e Noêmia ainda ardia levemente sob as cinzas. Sopraram com cuidado a brasa que não se apagara. E no peito deles aquele calor foi mansamente aquecendo-os. Calor secreto. Calor proibido que explodia nos olhares trocados nos corredores. Nas ausências de Ricardo. Em momentos tórridos em quartos de hotel.

Novamente as lembranças machucavam o professor que ainda mantinha a mão de Noêmia entre as suas enquanto a ambulância corria. Suava frio.

Como tinha sido bom aquele período em que ele apenas amava, sem precisar se preocupar em possuir. Nem doía admitir que se sentia confortável no papel do outro. Podia amar sem ciúmes. Não podia perder o que não tinha. E mesmo vivendo intervalos de invernos tenebrosos, quando Ricardo estava próximo demais, satisfazia-se com as rápidas ondas térmicas que os envolviam em instantes irregulares. Podia ter vivido feliz para sempre assim.

Mas de novo o frio empedrou seu coração. O nascimento dos gêmeos. Filhos de Ricardo, claro.

Claro?

Foi acometido por uma angústia tão forte que sua respiração se alterou. O enfermeiro perguntou se ele estava bem. Suava ainda mais.

Sim, tudo bem.

Mentiu. Nunca estivera bem. Nunca estaria bem.

Calor e frio se sucediam todas as vezes que ele via as crianças. Tio Gílson. A dúvida o corroía. Tio?

Encostou a testa na mão de Noêmia, que continuava inconsciente na maca. Ela tinha febre? Ou era sua mão que queimava?

Naqueles anos ela também tinha a consciência da dúvida. Sim. Nunca trocaram uma palavra sobre isso, mas havia entre eles o poderoso elo da possibilidade. E ele sempre permanecera por perto. O tio Gílson. O melhor amigo de Ricardo.

Seu corpo enorme agora tremia inteiro.

Amigo?

Sim, ele amava aquele cara. Como era possível? Amava e traía?

Calor e frio se misturaram com a morte dele no Iraque. A dor gelada e verdadeira de perder o amigo e uma bola de fogo feita pela esperança de ter Noêmia só pra ele novamente. Mas isso nunca aconteceu. A aproximação entre eles não aumentou, porém tampouco se afastaram. Encontraram um equilíbrio na convivência diária no colégio. Nas visitas à casa dela. Nos passeios. Sem frio, sem calor. Encontros termicamente equilibrados. A paixão que queimava no passado de namorados se transformara em uma morna relação de amantes ocasionais. Nunca se assumiram. Nunca terminaram. Ele era sempre o tio e o amigo para os outros. Para eles mesmos, não sabiam o que eram.

E o tempo passou com a rotina. Ela se tornou diretora, e ele engordou. Tudo se tornara diferente, e nada mudou de verdade.

E agora? O que ele sentia? É o que se perguntava ao responder mais uma vez ao enfermeiro que estava bem, apenas cansado. A explosão da nova tragédia queimava? Congelava? Perdera Alexandre, o sobrinho que amava como a um filho. Filho?

Apertou as mãos, contraiu os lábios, cerrou as pálpebras. Mas o choro começou a vazar pela respiração aos arrancos.

Não devia chorar. Não na frente de Noêmia. Mesmo sedada ela estava ali, precisando do apoio dele.

Os soluços saíram apertados, como se ele estivesse contendo o riso, ou tossindo, ou se engasgando.

O enfermeiro sugeriu um calmante.

Brasa e gelo corriam em suas veias. Um comprimido correu por sua garganta. E ele desabou a cabeça entre as mãos, chorando décadas de uma vida completamente sem sentido.

90

Estava completamente ferrado!

Braços enormes envolviam Alexandre num abraço de sucuri. Não sobrava espaço nem pra tentar se debater.

— Não. Por favor, não!

O sorriso do mestre revelava dentes miúdos e amarelados que o rapaz viu como pequenas presas afiadas.

— O que vocês vão fazer comigo?

Os olhos puxados se espremeram ainda mais e brilhavam como os instrumentos que o mestre segurava.

— Eu não fiz nada. Me solta! Por favor, não me machuquem.

Batia as pernas suspensas, então, de repente, elas penderam sem vida. Tentou gritar por socorro, mas notou desesperado que não conseguia sequer abrir a boca! Era como se as ordens do seu cérebro não estivessem sendo atendidas. Horrorizado, viu que o mestre pressionava um instrumento brilhante num ponto da massa cinzenta à sua frente.

— Viu? Não dói nada.

Realmente não sentira dor. Ao contrário, percebia que o abraço do gigante era surpreendentemente aconchegante.

— Antar só o está amparando para o caso de ocorrerem espasmos involuntários.

O sorriso do mestre era o mesmo, mas Alexandre não o achou mais tão sádico. Percebeu mesmo certa doçura. Será que aquilo era um tipo de técnica de tortura, dessas em que o torturador bate e depois acaricia?

Danih retirou os instrumentos da superfície nodosa do órgão. Instantaneamente voltou a capacidade motora, e Alexandre recomeçou sua luta.

— Socorro! Alguém me ajuda aqui!

— Não torne as coisas difíceis.

— O que vocês querem de mim?

— Você precisa experimentar o potencial total de seu cérebro, só então poderá fazer uma escolha além da razão.

— Tá bom, tá bom. Mas manda ele me largar, e a gente conversa na boa sobre isso.

— Este procedimento é necessário. Confie em mim.

Ele não confiava. Não confiava nem um pouco. Mas também não adiantava lutar. Entregou-se torcendo para que tudo acabasse logo e ele saísse dali ileso.

— Concentre-se no seu cérebro. — Retomou o tom professoral. — Cada parte, cada hemisfério, é responsável por um tipo de percepção da realidade. Acho que isso não é nenhuma novidade para você.

Até aí, tudo bem. E era isso que o preocupava, pois temia que a terrível novidade ainda estivesse por vir.

— O cérebro possui dois tipos de processamento. O esquerdo é serial, e o direito é paralelo. Processadores seriais e paralelos têm limitações e capacidades complementares. Os seriais são bons em precisão, tarefas racionais, mas não reconhecem padrões. Os paralelos, por sua vez, trabalham por associação, e não através de linguagem, e não seguem regras exatas.

Aproximou o cérebro do rosto de Alexandre, separando ao máximo as duas partes.

— Os dois hemisférios se comunicam através do corpo caloso. Fora isso, são tão independentes que podemos dizer que têm personalidades distintas.

Com um sorriso tranquilo, o mestre pousou novamente o órgão sobre a bandeja.

— Antes de continuar, antes de você perceber a deterioração da parte esquerda deste órgão, saiba que o hemisfério direito tem a ver com o momento presente, o aqui e agora. — As agulhas faziam evoluções nas mãos de Danih, mostrando partes do lado direito, mas Alexandre só conseguia pensar na palavra deterioração. — Para o lado direito, as informações fluem simultaneamente, na forma de energia, através de nossos sistemas sensoriais, e explodem em uma enorme colagem do momento atual; o cheiro deste momento, o gosto, o sentimento, o som... — As agulhas passaram para o outro lado. — O hemisfério esquerdo é muito diferente. Ele pensa linear e metodicamente. Tem a ver com o passado e com o futuro. Ele pega a enorme colagem do momento atual e começa a selecionar detalhes e depois seleciona os detalhes de cada detalhe. Categoriza e organiza todas as informações, associa com tudo que aprendemos no passado e projeta no futuro todas as nossas possibilidades. O hemisfério esquerdo pensa em linguagem. É uma conversa cerebral contínua. É aquela voz que diz eu sou. Ele separa aquilo que você é daquilo que ele acha que você não é. Transforma você em um indivíduo sólido, único, separado do fluxo de energia ao seu redor.

Era exatamente isso que Alexandre queria. Ser sólido. Único. E principalmente separado de todo aquele fluxo de energia que estava rolando ali.

— Como a dimensão humana se tornou cada vez mais ligada ao conceito racional, o cérebro passou a ser regido pelo hemisfério esquerdo, enquanto o direito ficou com a função de coadjuvante, um complemento. — Levantou os olhos para Alexandre e falou com certa cautela. — Preciso fazer com que você compreenda que a consciência ultrapassa os limites da racionalidade serial. Você precisa entender o Todo usando seu cérebro integralmente. Aqui na Academia, isso é feito de modo gradativo, mas no seu caso...

— Você vai fazer eu sacar isso na marra. — Os olhos dele estavam estalados.

— Na marra? Curiosa expressão. Mas é isso mesmo. Vou provocar o efeito de um derrame no lado esquerdo do seu cérebro.

Fodeu!

Lembrou-se de vários exemplos de derrame que vira pela TV ou em fotos. Todos horríveis. Pessoas paralisadas, expressões retorcidas, babas escorrendo pelo queixo. Não era nada fácil ser informado de que tudo aquilo ia acontecer dentro de instantes.

— Não tem outro jeito? Por favor!

— Acredite, esta é a melhor maneira.

Alexandre queria acreditar, queria muito, queria mesmo, mas isso era impossível vendo duas agulhas se aproximarem da sua superfície cerebral.

— Agora, sim, vai doer um pouco. Segure firme, Antar.

Fechou os olhos. Pelo menos podia escolher não ver aquilo.

Foi como se uma veia explodisse em sua cabeça. Sentiu uma dor aguda atrás do olho esquerdo. Era uma dor cáustica. E ele nem podia gritar. Nem gemer. Estava novamente paralisado. Sabia que, quando a gente sente dor, um palavrão sempre ajuda. Mas ele não tinha essa possibilidade de alívio, tinha que suportar a dor intermitente em um silêncio medonho e no escuro!

Mas seus olhos se abriram. Num ato contínuo, ele estremeceu na agonia dolorosa e apertou com força os dedos.

Foi então que reparou nas próprias mãos. Pareciam garras cravadas no braço acolchoado de Antar. Em seguida olhou para suas pernas trêmulas e não se reconheceu.

— Caramba, eu sou uma coisa muito esquisita!

Era como se a consciência tivesse saído da sua percepção normal. Enxergou-se fora de seu corpo. Mas a dor de cabeça estava piorando, e ele acabou perdendo a noção de qualquer coisa além dela.

O mestre mudou as posições das agulhas, e veio um alívio momentâneo.

O grandalhão o colocou de pé, com a delicadeza de quem pega um filhotinho de gato, e foi soltando-o devagar. Alexandre perdeu o equilíbrio e se apoiou no oriental obeso. Tomou um susto ao perceber sua mão se fundindo no braço do outro.

— Você está experimentando o fenômeno da psicastenia. — Danih falava com carinho, acompanhando sua movimentação. — Isso significa que sua mente perdeu a noção de onde termina você e onde se inicia o exterior. — O mestre estava bem diante dele, mas era difícil determinar o contorno do seu rosto que fluía em partículas. — Saboreie isso. Perceba como tudo é apenas uma única energia vibrante.

Alexandre estava acostumado com a voz de sua cabeça, que não parava de falar um segundo. Mas, naquela hora, sua voz mental se calou. Silêncio total.

No início ele ficou chocado por estar dentro de uma mente silenciosa. Mas logo veio o fascínio pelo esplendor que o cercava. E foi se sentindo enorme, se expandindo até sentir-se conectado com toda a energia que havia no universo. E teve certeza de que aquilo era a coisa mais linda que ele já tinha experimentado.

Só que, de repente, o hemisfério esquerdo conseguiu se ligar. — Ei, temos um problema! — E então veio o pânico. Imaginando que na verdade estava desaparecendo ao invés de crescer, voltou a se debater.

— O medo é natural. — A voz do mestre vinha de algum ponto que ele não podia precisar, mas sentia um sorriso nela. — Ver a identidade sumindo na imensidão da energia é o maior dos pavores humanos.

O mestre mudou os pontos que estava perfurando, e imediatamente Alexandre voltou para a consciência deliciosa de que ele era tudo o que havia em torno de si. Uma terra mágica. Naquele espaço, o medo e a ansiedade tinham desaparecido.

Sentiu-se leve. Via deliciado que todos os problemas ou as lembranças dolorosas, tudo tinha desaparecido. Teve a mais plena percepção de paz. Tinha se livrado de toda a sua bagagem emocional!

Mas seu hemisfério esquerdo voltou a se manifestar:

— Ei, cara. Você tem que se tocar e dar um jeito de sair dessa! Precisamos sair dessa!

Claro, era isso que ele tinha que fazer. Tinha que voltar ao estado normal. Tinha que voltar a ser ou seria engolido por aquele turbilhão de energia que empastava tudo num amálgama sem identidade. Ele podia ouvir o lado esquerdo gritando: eu não quero perder minha identidade!

Precisava agir. Tinha que fazer alguma coisa. Tinha que conseguir ir até aquele chinezinho idiota que estava espetando seu cérebro e dar uma porrada nele.

O mestre forçou mais a pressão das agulhas, e o pensamento de Alexandre mudou completamente.

— Mas isso tudo é tão legal! — Pensava. — Estou sacando um lance muito louco, muito radical mesmo!

Apesar da massagem constante do mestre, o lado esquerdo se debatia como um louco.

— Porra, cara, você só está se achando o tal porque o china ali tá fodendo seu cérebro! Qualquer Zé Mané pode sentir a mesma coisa se for burro o suficiente para deixar um cara meter o dedo na sua massa cinzenta!

Tinha que resistir.

Olhou para a lousa. Mesmo tendo sido apagada, ainda mostrava levemente o fantasma das linhas de giz que formavam as equações. Tinha que se concentrar nas equações lógicas! Tinha que combater aquilo com a razão.

Mas nada fazia sentido. Era como se ele só visse os *pixels* que formavam as marcas deixadas pelo apagador se misturando com os *pixels* da tinta verde da lousa. Ele era incapaz de separar as coisas que estava vendo. O hemisfério esquerdo estava perdendo a batalha. E ele assistia a isso. Já não percebia nem a parede, nem o lugar onde estava.

No fim dava tudo no mesmo. Tudo a mesma coisa.

E ele nem sequer sabia se essa certeza era boa ou ruim, porque ser bom ou ruim acabava também sendo igual.

Naquele momento, sem ter controle nenhum sobre nada, um passageiro dentro de um corpo desgovernado, ele foi se enrolando em posição fetal, como um balão que murcha. Ao mesmo tempo em que seu corpo encolhia, sua consciência expandia. Havia em torno dele uma pressão negativa que o fazia inflar-se numa velocidade enorme. Será que aquilo era a tal transição de fase?

O tratamento devia ter atingido o objetivo, pois, de repente, se voltou completamente para sua percepção material. Era Alexandre de novo. Inteiro. Completo. Sólido.

Sentiu o choque de perceber que ainda existia em contornos tão definidos.

— Já basta — disse o mestre, largando o cérebro e os instrumentos na bandeja.

Não, não bastava, não. O peso e os limites da matéria não eram muito agradáveis. Pela primeira vez, teve a noção de que aquilo era um invólucro que o aprisionava. Não queria se contentar com tão pouco. Soltou-se internamente e voltou a sentir a integração com o ambiente. E foi melhor ainda, pois era ele que agora se entregava voluntariamente. Voltou a não identificar a posição do seu corpo no espaço, se sentiu absurdamente enorme e se expandindo cada vez mais. Era muito bom planar livre, deslizando por um mar de euforia silenciosa.

Pensou se era por isso que representavam o Buda sempre gordo. Será que o Nirvana era se inflar tanto até deixar de ser si mesmo pra ir envolvendo todo o universo?

E no meio do êxtase, se divertia pensando em como é que ia enfiar aquela coisa enorme em que ele havia se transformado no seu corpo minúsculo.

Via-se existindo em um mundo repleto de seres lindos, pacíficos, compassivos, amorosos, em paz e sem conflitos competitivos, apenas conflitos puros entre polaridades, criando o movimento. Não lado a lado, mas entrelaçados.

Era o fim de Arquimedes! O grego que saiu pelado pelas ruas gritando *Eureka* estava errado. Dois corpos podiam, sim, ocupar o mesmo lugar ao mesmo tempo. Dez, mil, bilhões de corpos ocupavam o mesmíssimo espaço no mesmíssimo tempo. Ser sem estar. Ser o hemisfério esquerdo e direito ao mesmo tempo, sem separação.

Como um bebê que descobre suas primeiras habilidades, começou a brincar indo do seu hemisfério esquerdo, onde ele se tornava o Alexandre, envolvido em seus setenta quilos, para, em seguida, voltar para o hemisfério direito e ser novamente a galáxia de moléculas de energia que brilhava se expandindo e se misturando a bilhões de outras galáxias, preenchendo tudo com brilho e alegria. E depois ia para o meio, fazendo sua consciência de Alexandre voltar a ser sua referência e ao mesmo tempo partilhando seu ser com o que o cercava.

Às vezes, ia tanto para o lado esquerdo que perdia o sentido das emoções. Transformava-se num plano lógico, muito bem definido e esquematizado que relacionava com eficiência total todas as suas ações do passado com as projeções de futuro. E então, num pulo de amarelinha, ia pro extremo oposto, onde ele nem sequer entendia o conceito de passado e futuro. Lá no extremo direito da sua mente, o tempo não tinha sua seta apontada para frente. Nem havia seta. Nem havia tempo! Nem espaço. Nem tamanho.

E ficou nessa brincadeira, sem conseguir parar, porque cada vez ia descobrindo mais nós dentro dele mesmo. Ele era infinito em suas possibilidades de ser.

91

— Tudo bem por aqui? — A pergunta vinha do vão da porta onde a figura esmaecida de Quenom estava parada.

Alexandre estranhou a falta de brilho do paralelo que o tinha treinado com tanta energia até então. Algo parecia errado com ele. Tentando entender aquela mudança no entusiasmo do outro, voltou-se para seu hemisfério esquerdo. Mas já não via as coisas com seus contornos de antes; a mesa era separada do corpo de Danih, e os batentes da porta emolduravam a figura de Quenom, porém, mantinha a consciência de que tudo era entrelaçado.

Quenom se adiantou lentamente até o mestre, que tinha os olhos fixos no cérebro sobre a bandeja.

— Tivemos progressos, mestre?

Só então Danih levantou o olhar.

— Veja. — Indicou a Quenom o órgão, com um movimento de cabeça. — Nunca havia visto nada parecido acontecer.

A aparente apatia de Quenom desapareceu quando ele se encontrava ombro a ombro com mestre, olhando curioso para a bandeja. Alexandre também foi até a mesa para ver ao que o outro se referia.

O cérebro, antes perfeitamente separado, estava unificado em uma única bola cheia de nódulos.

— Ele se fundiu? Como? — Alexandre pareceu perceber um tom estranho na surpresa do paralelo.

— Eu pretendia apenas que ele tivesse a percepção de como o racionalismo... — Olhava, confuso, o cérebro entre as mãos. — Isolei o hemisfério esquerdo, mas o garoto foi além. Ele não só percebeu a potência de seu hemisfério direito, como também o harmonizou com o esquerdo, mantendo o controle sobre ambos. De uma forma surpreendente, essa consciência plena alterou a antimatéria. — Recolocou a massa cinzenta na bandeja, cobriu-a com a cúpula e falou muito sério para Alexandre: — Você é algo acima da nossa compreensão.

Quenom olhou para o rapaz de um jeito que este não soube interpretar se era de admiração... ou inveja.

92

No meio da viagem, Noêmia abriu os olhos.

— Ele está bem. Agora está bem.

Pego de surpresa, arrancado de seus pensamentos dolorosos, o professor gaguejou:

— Claro, ele vai ficar bem.

Noêmia voltou a fechar seus olhos, sorrindo tranquilamente. Gílson ficou atento, e logo ela voltou a respirar profundamente como quem é levado pelo sono.

— Será que ela chegou a acordar? — perguntou para o enfermeiro.

O rapaz se inclinou sobre a paciente.

— Acho que não.

— Mas ela falou...

— Não foi nada. Um leve delírio causado pela sedação.

Contradizendo o profissional, Noêmia voltou a murmurar ainda sorrindo com os olhos fechados:

— Agora o Alexandre está bem.

Alexandre estava morto. Era o que reverberava na cabeça de Gílson, que se virou para o enfermeiro e percebeu que ele pensava a mesma coisa.

— Melhor deixar ela quieta. — O enfermeiro movimentava os lábios quase sem som.

— Eu estou bem, e o mais importante é que o Alexandre também está.

— Claro, querida. — A palavra soou deslocada, mas ele continuou. — Ele está bem, sim. Temos agora é que pensar no Vitor.

Os olhos dela se abriram numa leve surpresa.

— Vitor?

Novamente os olhares de Gílson e do enfermeiro se encontraram.

— Ele vai precisar agora de todo o nosso apoio.

Noêmia franziu a testa.

— Sim, Noêmia, o Vitor. Ele... — Foi detido por um leve toque do enfermeiro em seu braço que indicava que não era o momento de prolongar aquela conversa.

Como ela continuava respirando profundamente com uma expressão de paz, o professor voltou a se recostar na lateral metálica da parede da ambulância. Mesmo que aquela insistência em não se lembrar do filho o agitasse, concordou que não seria prudente incomodá-la.

A ambulância entrou em um trecho livre da autoestrada e ganhou ainda mais velocidade.

Gílson queria sentir o vento no rosto. Queria que algo o limpasse. Queria que tudo fosse levado pelo vento. Deixar tudo pra trás, como fizera com a fotografia. Queria abandonar a pesada bagagem grudada em seus ombros.

Acordou sem mesmo perceber que havia dormido. O coração pulou acelerado numa taquicardia. Puxou o ar. Dormira profundamente sem a consciência de adormecer? Passara um segundo? Alguns minutos? Olhou para o enfermeiro que permanecia alheio.

O fato é que nada tinha ficado para trás. O peso estava todo ali. Ainda maior devido ao cansaço extremo.

Agora rodavam pela cidade. Estavam chegando. Chegando aonde? Vindo de onde?

Teve medo.

Como ia lidar com aquela situação quando tivessem que descer da ambulância? Ia fazer o quê? Como? Pra quê?

O veículo irrompeu pela entrada do hospital sem que houvesse tempo para uma resposta se formar. Tinha que descer, não havia mais como prolongar a viagem.

Outros enfermeiros surgiram assim que ele pisou inseguramente o chão, e rapidamente a maca foi retirada. Todos agiam com uma certeza de gestos e atitudes que o atordoavam.

Nem bem Noêmia começou a ser empurrada para dentro, e outra ambulância parou, e com a mesma eficiência Vitor foi retirado dela. Sua maca seguiu a da mãe rapidamente.

Procurou por algum rosto conhecido. Nenhum professor. Nenhum funcionário do colégio. De repente era como se todos tivessem desaparecido.

Não reparou que um carro pequeno, com a pintura vermelha brilhando ao sol, parou por alguns instantes do outro lado da calçada. Também não viu que dentro dele uma jovem repórter ao volante olhava a cena atrás dos óculos escuros. Foi um breve momento, apenas o suficiente para que ela se assegurasse do local em que mãe e filho haviam sido internados. O carro saiu no momento em que o professor avançava tropegamente para o interior do hospital.

93

— Esse rapaz é extraordinário.

O Conselheiro observava diversas imagens da sala de aula ao lado de L.U.C.A., que se mantinha severo.

— Ele fundiu a antimatéria através da consciência.

O elementar desdenhou as imagens que mostravam o rapaz com a expressão confusa.

— Mas isso não ajuda nada em nossa questão. Temos que encontrar o culpado pelo erro.

— Você realmente acha que existe um culpado?

— Claro. E vamos encontrar.

O Conselheiro alinhou sua frequência à do Ancestral.

— E se não houver um culpado?

— Como assim? — L.U.C.A. claramente não gostava de aproximações. — O que quer dizer com isso?

— Você é dos poucos que podem compreender minha aflição.

A despeito do desconforto do Elemental, as ondas dançavam juntas. O Conselheiro continuou.

— L.U.C.A., e se o erro foi cometido pelo Horizonte de Energia?

As vibrações ficaram mais tensas. A firme estrutura de L.U.C.A. balançou.

— Um erro do Horizonte? Isso é impossível.

— Não é você que não aceita os limites do possível?

A tensão vibrava.

— O Horizonte não poderia cometer um erro. Poderia?

A dúvida ondulava apreensivamente em ambos. E o que os dois sabiam era que precisavam continuar.

O Conselheiro continuou:

— Por ora, vamos deixar de lado as causas e nos focar em novas circunstâncias para impedir que Vitor se mate. Esta é a prioridade.

As imagens intercalavam os irmãos gêmeos. Vitor deitado em sua maca de hospital e Alexandre conversando com Danih e Quenom na sala de aula.

— E o que você propõe?

— Que a ação seja através de Alexandre.

— Muito bem. Quenom poderá fazer com que ele interaja com o irmão e talvez...

O Conselheiro se aproximou do Ancestral.

— Não. Quenom não poderá ajudar.

— Mas ele é o melhor. Você mesmo o trouxe de volta.

— Algo me dizia que este caso extraordinário exigia um ser paralelo extraordinário. Senti que a insubmissão de Quenom poderia, não sei, agir numa circunstância em que a regra primordial foi quebrada.

— Isso faz todo o sentido. Por que agora você não confia mais nas habilidades dele?

— Justamente por não ser uma questão de habilidades. Eu o coloquei frente ao que só nós conhecemos, esperando acender nele uma nova perspectiva. — As ondulações do Conselheiro baixaram em tristeza. — Mas ele, ao contrário, está se apagando. Sua energia está sendo drenada, e não consigo perceber por quê.

L.U.C.A. circulou pelo ambiente.

— Se é assim, não podemos perder tempo com as questões dele. Não precisamos de um novo problema agora.

O Conselheiro já voltara a ondular firmemente.

— Por isso, você terá que assumir esta missão. — Tocou o Ancestral com suas vibrações.

— Não sei...

— É hora de extrapolar completamente os limites do possível, L.U.C.A. Só você induzirá o rapaz a isso.

O Ancestral olhou para as imagens de Alexandre, o ser que até havia pouco tempo estava caçando implacavelmente.

— Mas ele será muito refratário à minha presença. Não sei se conseguirei que confie em mim.

Os dois ponderaram silenciosamente sobre o problema.

— Será necessária uma troca absoluta de energia, e isso não pode ser feito sem confiança plena.

O Conselheiro viu-se novamente diante da falta de um caminho para aquele caso.

— Você está certo. E nem Quenom nem Danih terão capacidade de fazer o rapaz confiar em você.

Num estalo, L.U.C.A. movimentou as imagens, e um pequeno paralelo surgiu nas telas.

— Mas sei quem pode.

O Conselheiro concordou e imediatamente emitiu a ordem.

— Convoquem Ihmar.

94

No interior do hospital, já esperavam pelo professor. Não amigos, mas a atendente que lhe entregava fichas para serem preenchidas. Mais papéis, mais documentos.

Tomado por uma urgência inesperada, tentou vencer todas as linhas dos formulários escrevendo garranchos que duvidava que alguém conseguisse entender. Mas não importava. Vitor não podia ficar sozinho. Já tinha sido esquecido demais para ser deixado num quarto frio.

— Para onde ele foi levado?

Sem responder, a mocinha perguntou ainda algo burocrático, e ele, impaciente, sem se preocupar em parecer educado, deixou as perguntas soltas no ar e seguiu pelo corredor.

Ele agora era tudo que o filho esquecido tinha no mundo.

Os acontecimentos se sucediam como um sonho submerso em água turva. Vagava na irrealidade do cansaço. Logo estava saindo do elevador no terceiro andar. Andou o mais rápido que conseguia e entrou no quarto. O garoto estava lá. Duas enfermeiras ajeitavam a agulha do soro e os lençóis.

— Ele está tremendo. — Chegou perto da cama com receio de atrapalhar os movimentos das profissionais.

— Natural. — A moça prendia as cobertas entre o colchão e a cama. — O choque, os medicamentos. Natural.

Para Gílson, natural era a palavra menos adequada para aquela situação toda. Colocou a mão na testa de Vitor constatando que ela estava fria como a de um cadáver.

— Não tem um sistema de aquecimento aqui?

— Ele vai ficar bem.

Era outra frase que também não se encaixava com os sentimentos dele.

— Outro cobertor talvez? Ou uma bolsa de água quente nos pés? — Percebeu que as duas se sentiam quase ofendidas com as observações de um leigo. — Vocês vão cuidar dele, não vão?

— Este é o nosso trabalho.

Novamente a frase não se adequava, pois ambas se dirigiam para a porta.

— Ele só precisa descansar. — As duas mediam a figura amarrotada. — E o senhor também.

Claro. Descansar. Não havia perigo. Estavam em um dos melhores hospitais da cidade. Vitor não corria riscos ali. Pelo menos era no que o cansaço parecia querer fazê-lo acreditar. Descansar. Essa era a ordem que retinia em sua cabeça com uma força cada vez maior.

Depois que as duas saíram, ajeitou o melhor que pôde o cobertor até o queixo do garoto.

"Vai ficar tudo bem. Tudo bem. Tudo bem."

Repetindo esse mantra, deixou Vitor e a mãe sob cuidados médicos e foi para casa. Não se lembrava como chegou até lá e só foi pensar nisso quando estava embaixo do chuveiro morno. Táxi? Será que alguém o levara? Mesmo esse pensamento banal parecia demasiadamente complexo. Deixou-se no banho por um longo tempo e não tinha certeza se dormiu sob a água. Logo estava diante da pia barbeando-se. Tentou evitar sua imagem no espelho. Já tinha suportado muita coisa e não queria ter de encarar seu próprio rosto. Queria dormir um pouco. Precisava muito. Mas o telefone logo o convocou com urgência.

Foi para o colégio, onde uma reunião com os sócios o esperava. Mais procedimentos. Mais decisões. Tudo acontecia muito rápido, e ele se esforçava para estar presente. Fariam uma semana de recesso, depois a vida seria retomada. Foi o que ficou decido na reunião em que os proprietários e advogados falavam sobre como lidar com os pais, enfrentar as famílias, a seguradora, as investigações, a imprensa. Muita coisa foi dita, mas ele só conseguia guardar uma frase: "depois a vida será retomada".

Depois? Como seria esse depois? Não queria pensar nisso. Queria apenas dormir. Mas ainda não. Comeu rapidamente um sanduíche que alguém colocou diante dele e levantou-se para voltar ao hospital. Novamente a urgência nascia apertando seu peito. Não podia deixar Vitor sozinho. A memória da cena no banheiro era viva demais. Ele podia estar tentando alguma loucura naquele mesmo instante.

Conseguiu se livrar das perguntas dos colegas professores, que, se antes eram uma ausência completa, agora o cercavam com uma curiosidade insaciável. Não se lembrava do que dissera, ou mesmo se falou algo. Lembrava-se sim, agora, do táxi, que pedia para acelerar, enquanto com os dedos apertava o estofado do banco intuindo o pior.

95

Danih e Quenom receberam a determinação do Conselho para deixarem a sala.

— Obrigado, mestre. Esta aula foi muito... — Procurou a palavra um instante. — Muito reveladora pra mim.

— Fico feliz por isso. — Sem se contaminar pela emoção do garoto, abriu a porta. — Agora vamos.

— Eu queria agradecer a você também, Quenom. — O outro se mostrou desconfortável. — Obrigado por tudo o que você tem feito.

— Não tenho certeza se você ou alguém tem motivos pra me agradecer. — O garoto e o mestre olharam Quenom numa interrogação que ele logo cortou. — Estou apenas tentando cumprir uma missão.

Primeiro o mestre e depois Quenom sumiram pelo vão da porta. Era o caminho. Porém, ao ver-se na soleira, estacou com um fio trespassando-o de cima a baixo.

Não havia nada lá fora!

Era como se a sala fosse um cubo suspenso no vazio. Um vácuo verde-escuro, onde faíscas e raios fosforescentes ondulavam sem seguir um padrão específico. Teve certeza de que, assim que desse um passo, desapareceria. O medo era diferente do que experimentara quando seu hemisfério cerebral esquerdo ficou inoperante. Naquele caso, o desaparecimento vinha de dentro para fora. Agora, era o ambiente, em sua dança caótica de partículas luminosas, que estava pronto para dissolver sua estrutura.

Migrou sua percepção para o lado direito. Nada mudou diante dele. Porém, ao olhar para trás, viu que a sala de aula tinha desaparecido e se transformara em partículas dinâmicas. Ele próprio era uma estrutura sem forma.

Voltou rápido para a percepção racional e, como se tivesse se desequilibrado na beira de um precipício, agarrou a madeira da porta com força. Um passo, e não poderia voltar a materializar seu mundo pela razão, nem mesmo poderia migrar sua energia para o lado esquerdo do cérebro, porque não haveria o que ser materializado.

Estava tremendo, agarrado à porta.

Uma nuvem vaporosa brilhante de um azul muito claro e sem contornos parou diante dele. Um enxame compacto de vaga-lumes ou um cardume denso nadando em círculos talvez fosse uma representação aproximada do que ele via.

— Vamos? — Um chamado sem timbre nem tom. Um convite que tocava direto sua mente. — Venha, Alexandre. Venha comigo.

Suas pernas recuaram. Não precisava de voz para reconhecer apavorado que estava diante de Ihmar.

Assim que ele retrocedeu, a nuvem luminosa avançou até o limite da porta, ele pensou em bater com força na cara dela.

— Vai embora!

Apesar do grito raivoso, a ondulação ultrapassou suavemente a soleira, e, num instante, ele viu a transformação acontecer. Estava de novo diante da menina linda.

— Sai daqui! — Linda, sim, mas uma traidora miserável. — Eu não vou falar com você!

Instintivamente se protegeu atrás de algumas carteiras para imediatamente sentir-se ridículo por temer uma garota adolescente.

Adolescente? Garota? Repuxou os lábios com desprezo. Não tinha nenhuma menina ali. Para comprovar isso, saltou para o hemisfério direito e assim pôde finalmente vê-la: um ser de pequenas proporções, sem sexo nem idade. Uma forma transparente, com sobreposições de tecidos finos iluminados em lilás que transbordava sentimentos.

— É bom ver que você está bem. — Ihmar avançou, falando num emaranhado de ondas que se misturavam com o que havia ao seu redor.

Apesar de perceber a vibração sutil e generosa que emanava dela, ele sentia-se amargo.

— Eu entendo o seu ressentimento. — Ela lia suas emoções. — Peço desculpas.

— Sem essa de desculpas. — Ele cortou querendo ser irônico, sarcástico, debochado até. Mas estranhou que seu tom saísse tranquilo e sincero. — Não existe culpa. — Ele queria falar de modo agressivo, e não daquele jeito suave. Forçou os dentes uns contra os outros buscando incendiar-se. — Não foi culpa sua. — Não era isso que ele queria dizer. Definitivamente não era. Mas ele disse. E por mais que quisesse sentir raiva, não sentia.

— Você confiou em mim como um humano. E eu não soube entender a sua condição. — O brilho dela se acendia sereno e belo. — E por eu não ter entendido que você é um garoto atirado no absurdo desta situação, me sinto absolutamente devedora de desculpas a você.

Ele estava em sua sala de aula, vestido com seu uniforme de colegial, envolvido por seu ambiente adolescente... O que ele poderia dizer àquela garota?

— Tá desculpada.

Cercado por tudo o que suplantava a mais delirante insanidade, foi sua modesta sinceridade que mais o espantou.

96

Depois de vencer o corredor frio, Gílson entrou esbaforido no quarto de Vitor. As cortinas cerradas impediam que a luz fraca da tarde nublada entrasse, elas produziam uma penumbra próxima à escuridão.

Piscou ao ver o braço direito de Vitor esticado.

Rapidamente o gesto foi recolhido, e a mão pousou-se sobre o peito.

O professor deu alguns passos e ligou a luminária.

O fino tubo plástico do soro balançava.

— Vitor? Você está acordado? — Acercou-se da cama desconfiado e debruçou-se sobre o rapaz. — Não precisa ter medo, eu sei que você não está dormindo.

Realmente ele sabia. Tinha visto o braço erguido que foi baixado como se tivesse sido pego de surpresa. O que ele estava fazendo? Por que fingia dormir?

— Eu estou aqui com você. — Sentia os olhos se anuviarem em lágrimas. — Não precisa se esconder de mim, filho.

Estremeceu contendo um soluço. O corpo do rapaz, porém, continuava imóvel, impassível.

Ergueu-se puxando o ar. Não podia desabar num choro ali. Por mais que a representação de Vitor fosse convincente, tinha certeza de que ele estava acordado e consciente. Mas não havia como forçar um interrogatório naquelas circunstâncias.

Olhou para a mangueira do soro. Vitor novamente tinha atentado contra si? Por que ele ia querer pegar a bolsa de soro? Apertá-la até produzir alguma bolha de ar no líquido? Horrorizado, compreendeu que o rapaz podia estar tentando causar uma embolia. Suas pernas tremeram. E se ele não tivesse voltado? Se tivesse demorado alguns minutos? Neste instante, uma bolha mortífera estaria correndo pelas veias do rapaz rumo ao coração, ao cérebro?

Aquilo não podia continuar.

Buscou a campainha e pressionou o botão longamente.

97

Difícil. Bem difícil.

Para Alexandre, descrever pra si mesmo o que via enquanto passavam pelos ambientes da Academia parecia uma tarefa impossível. Principalmente depois de sair da sala de aula tão concreta.

Já havia experimentado o vazio da escuridão absoluta, estivera em uma sala branca monumental, em minúsculos cubículos... Mas nada se comparava àquilo.

Segurando-se um ao outro pela cintura, eles tinham mergulhado no profundo verde-escuro repleto de lampejos fosforescentes que espocavam por toda parte. Logo que saltaram, Ihmar esvaneceu ao seu lado em luzes fulgurantes. Ele próprio sumiu totalmente misturado às explosões que faiscavam intensamente. Eram tantas e espocavam tão freneticamente velozes que o brilho ofuscava na claridade constante de milhares de luzes estroboscópicas o atingindo por todos os lados.

— Estou cego! — Não era um grito, mas a ideia de um grito.

Quando esteve apavorado na bolha, ainda podia se debater. Mas agora só tinha o medo sem um corpo que pudesse expressá-lo. Lembrou-se da dúvida se uma mente podia existir sem cérebro. Bom, o dele havia se desfragmentado, e Alexandre ainda pensava.

— Posso segurar a sua mão? — Ouviu, ou pensou ter ouvido.

Mão? Mas ele não tinha mãos!

— Ihmar?

Onde ela estava? Estava ali. Ele sentia. Vibrando doce ao seu lado sem que ele pudesse vê-la.

O toque dela foi como se ele percebesse um conceito. O ideal de carinho. Sem mãos, músculos ou pele, era como se estivesse na caverna de Platão e pudesse tocar as sombras da realidade.

Começaram o caminho.

Em um paralelo realista, estariam atravessando corredores repletos de portas altas, passando por pátios e subindo escadas de mãos dadas. Mas o paralelo não encontrava sentido quando tudo eram explosões de luz.

— Como sabe pra onde está indo?

As mentes interagiam.

— Existo aqui, esqueceu? Logo você vai se acostumar também.

Ele duvidava, pois, sempre que achava que estava aprendendo algum tipo de padrão, tudo mudava. Contudo, entregou-se cego, e seguiram por um tempo suficiente para que ele, minimamente, aceitasse a situação.

— Vamos parar um pouco. Este lugar é ótimo. — Ela disse, num sussurro conceitual.

Ele se sentiu sorrindo, divertindo-se ao imaginar que estavam em uma praça interna cercada pelas paredes do edifício da Academia, com uma fonte de pedra ao centro. Brincou com pensamentos de que poderiam parar tranquilamente e se sentar em um banco antigo de metal fundido para observar o movimento dos acadêmicos em casacos, ou mesmo togas. Talvez usassem uniformes de ginástica, ou militares. Como tudo era indefinível, pelo menos podia decidir em que tipo de Academia estava. Podia criar seu próprio mundo.

E foi como se sentassem para apreciar o entorno.

— Muito bem, me mostre o que temos pra ver. — Ele esperava bem-humorado que ela fizesse algo que transformasse as luzes que o cegavam no tal lugar ótimo.

— Você está cercado por vibrações que na dimensão humana são chamadas de cores. Entre em contato. Perceba.

Não conseguia ver nada por causa das explosões intermináveis e, como não podia contar com a visão, abandonou-a e suavemente se abriu para as frequências que os assaltavam. Foi percebendo o intervalo dos picos das ondas que o atingiam. A despeito de serem incontáveis, estava tão lucidamente sensível que conseguia determinar o tamanho dos intervalos entre essas ondas. A maioria era de comprimento médio, frequência que rapidamente associou ao verde. Eram as que mais se chocavam umas com as outras. Mas havia também manifestações diversas de azul. Foi então que isolou a frequência de Ihmar. Uma linda manifestação de azul quase violeta. Estava feliz por tê-la tão perto. Em seguida, olhou-se. Diferentemente de todo o resto, ele era avermelhado. E era o único que possuía uma membrana finíssima que envolvia suas ondulações.

— Você ainda não está preparado para interagir livremente.

Agradeceu intimamente por ter aquela membrana, pois a violência dos impactos era terrível. Se aquilo era a interação livre, preferia ficar quietinho, preso em seu casulo.

— Por que se chocam tanto? — Apesar de brutais, as explosões o fascinavam.

— Já se imaginou dentro do tubo de uma lâmpada fluorescente? — Claro que essa ideia nunca lhe ocorrera. — Pois é mais ou menos isso que está acontecendo aqui. Partículas se encontram em alta velocidade para criar a energia luminosa. Aqui é o lugar onde eles estão no exercício constante da criação.

— Eles?

— Os seres paralelos em transformação. Estas ondas verdes são seres no início do treinamento. Sinta, você está cercado por eles.

Cataclismos luminosos. Aquele método de aprendizagem era furioso.

— E quando se transformam? Explodem e viram outra coisa?

— O tempo todo.

De novo teve a ideia do toque. Ousou deitar-se idealmente no colo dela, que passou a acariciar os cabelos que ele não tinha.

— Fala mais.

Ela tentava evocar exemplos, enquanto ele sentia a dança das ondas.

— Aqui não há matéria, mas pense nas bactérias...

A comparação não podia ser mais esquisita. Seres luminosos em transformação e bactérias?

— Pelo contrário. Uma bactéria é uma célula incompleta. Parte de uma única rede microscópica de vida. Elas são o início da trajetória na dimensão da matéria, e estes seres aqui estão no início da trajetória da antimatéria. Como as bactérias, eles existem através de uma simbiose constante, em estreita associação uns com os outros.

Houve uma pausa em que ele ficou percebendo aqueles choques como trocas de energia e misturas de frequências.

— E por que fazem isso?

— Para atingirem seus ambientes de força. — Antes que ele perguntasse o que era isso, ela prosseguiu com uma pergunta. — Já ouviu falar em mitocôndrias? —

De novo ela não esperou, ainda bem, pois ele esquecera o significado daquilo logo depois de escrevê-lo em alguma prova de biologia. — São ambientes de força dentro das células que se reproduzem de maneira independente do resto da célula.

— E o que isso tem a ver?

— Vida dentro da vida! — Ela estava entusiasmada. — E o mais sensacional é que elas só existem por causa de genes altamente indisciplinados que não ficam confinados nos núcleos celulares. Esses genes vagam. Querem criar. Então penetram nas células livres formando as mitocôndrias e estabelecem residência nelas, podendo ir e vir, flutuando com liberdade de criar sem ser, misturados aos outros, sem identidade. Nos ambientes de força, existem segurança e liberdade para a transformação. Isso possibilitou que células simples se transformassem em formas de vida mais complexas.

— Peraí, não foram as mutações genéticas?

— Não, isso é quase irrisório na trajetória da vida. Menos de uma mutação para centenas de milhões de células em cada geração. E como a maior parte das mutações é prejudicial, um número ainda menor resulta em variações úteis. — Ela transmitia tranquilamente. — Tudo se transforma através das interações de energia.

Estavam em meio à coreografia luminosa que interligava todos.

— As bactérias criam, transferem livremente características umas para as outras.

Ele embarcou no pensamento:

— Como uma árvore partilhar genes com os pássaros que pousam nos seus galhos, ou as pessoas começarem a exalar perfume ao tocar em flores?

— Isso! — Alexandre ficou chocado, porque o que descrevera era um mundo bizarro.

— Bizarro não. Um mundo mítico. — Ela vibrava cada vez com mais entusiasmo. — A simbiogênese, a criação de novos seres com base na fusão de espécies, é tão antiga quanto a humanidade. Esfinges, sereias, centauros, medusas com cabelos de serpente... O deus Ganesha, por exemplo, tem o corpo humano e a cabeça de um elefante.

Alexandre entendeu como mitos sempre representaram a busca pela consciência numa época em que a ciência não existia. Quando esta surgiu, empurrou o pensamento mítico para o subsolo da mente, substituindo sua função de explicar o mundo. E o consumo exagerado dessas ideias causava a embriaguez em ambos os casos. Os mitos encharcaram as mentes com misticismo, e a ciência encharcou as mentes com a razão.

— A velocidade com que a resistência às drogas se espalha entre as bactérias é uma prova de que a eficiência de sua rede de comunicação é imensamente superior à adaptação por meio de mutações genéticas aleatórias.

— E existe uma ordem que determina isso?

— O propósito está nas interligações da rede. — Ela estava tão excitada que, se estivéssemos no paralelo realista, ela seria uma mocinha sentada na ponta do banco falando rápido. — Me desculpa, mas eu preciso te contar a história do mixomiceto.

— Mixo o quê?

— Mixomiceto. Um organismo terrestre macroscópico. A existência dele começa como uma multidão de células isoladas. Essas células são insaciáveis e logo esgotam o suprimento de alimentos à sua volta. Quando isso acontece, não morrem, porque são criativas. Agregam-se e deixam de existir individualmente até ficarem com uma massa que se assemelha a uma lesma que se arrasta pelo chão. Ao se deslocar e encontrar uma nova fonte de alimentos, o mixomiceto entende que esta nova estrutura, a lesma em que se transformou, é muito frágil e logo vai finalizar seu ciclo e morrer. Então faz outra transição de fase. Desenvolve um caule e fica parecido com um cogumelo. Esse é o propósito dele. Continuar existindo. Então a cápsula desse cogumelo explode, e ele sacrifica a sua vida efêmera para se transformar em milhares de esporos que vão dar origem às novas bactérias, agora em solo rico em alimentos. — Os olhos dela brilhariam no paralelo realista. — Não é simplesmente extraordinário? Esse é um exemplo fantástico de transições de fase entre dimensões. Tudo começa na primeira dimensão e vai crescendo nas dimensões seguintes até atingir o máximo na estrutura que carrega mais bagagem, que tem que se sacrificar e abandonar o que conquistou para poder começar tudo de novo, como pequenas e eternas partículas de energia, como estes seres que nos cercam.

— Uau...

— Quando eles conseguirem estabelecer seus ambientes de força, poderão se estabilizar, não numa identidade, mas num propósito. — Ele entendeu por que ela não tinha membrana; permanecia organizada internamente em seu propósito.

— Então poderão atingir o estágio seguinte e se tornar guardadores, ou receptores, ou funcionais... E depois passar a ser mestres, depois o Conselho, e daí o Horizonte de Energia...

— E depois?

No nosso paralelo, ela sorriria e passaria a mão delicadamente no rosto dele.

— Talvez além do Horizonte a Consciência Suprema humildemente se sacrifique também e se transforme em simples bactérias de outra dimensão.

— Talvez...

Ihmar se movimentou, e Alexandre percebeu que as ondulações dela ganharam certa indecisão.

— O que foi?

Se para Alexandre o começo tinha sido difícil, este era o ponto difícil para Ihmar.

— Agora vem a parte que eu devo preveni-lo. De todos os saltos que você deu até aqui, o próximo será o mais assustador.

Ele não gostou da palavra.

— E isso vai exigir uma total confiança em nós.

— Nós, quem?

— Você confia em mim?

Não respondeu, porque não era preciso.

— Vamos continuar. Eles esperam por você.

98

O Conselheiro e L.U.C.A. receberam ao mesmo tempo a mesma descarga elétrica. Quase saltaram de suas órbitas.

Acompanhavam as vibrações de Alexandre e Ihmar, tentando encontrar a ponta do novelo que lhes mostrasse o caminho. Até que Ihmar falou a palavra mágica.

Foi como uma senha.

— Você ouviu?

— Como não pensamos nisso? — exultou o Ancestral.

O Conselheiro misturou-se feliz às ondas de L.U.C.A. numa comemoração.

— Porque a solução para o que há de mais complexo parece residir sempre na simplicidade.

Misturaram seus olhares na profundidade de universos.

— Sacrifício!

Disseram os dois ao mesmo tempo.

Era a chave.

Vitor tinha que sacrificar sua vida!

Tinham acabado de descobrir o que fazer para evitar o colapso. Porém, a comemoração ainda não era completa.

Faltava descobrir como fazer isso.

99

— Não me peça para ficar calmo! — A voz de Gílson ressoou no corredor do hospital. — Eu falei, pedi que elas cuidassem do Vitor. — Apontou para duas enfermeiras que se empertigaram — Disseram que esse era o trabalho delas, mas parece que não exerceram suas funções como deveriam!

Uma das enfermeiras puxou o ar, indignada, mas sua fala foi detida por um movimento do médico-chefe.

— Vitor estava para, para... — As palavras se espremeram na garganta e se soltaram num misto de súplica e raiva. — Para atentar contra a vida novamente! — O professor passou as mãos pelos cabelos ralos. — Meu Deus, ele tem um histórico, está sob um choque psicótico, e vocês o deixaram sozinho?!

Com um novo gesto quase imperceptível, mas enérgico, o médico determinou que as enfermeiras os deixassem. Elas se entreolharam, não querendo permitir que aquele homem continuasse a difamá-las. Porém, o olhar do chefe foi categórico, e ambas tremeram as narinas, viraram-se na atitude mais impertinente que conseguiram e saíram andando rápido.

— Sei que está passando por momentos difíceis, mas acusar minha equipe de negligência não será positivo para ninguém.

Gílson balançava uma das mãos enquanto a outra envolvia a testa suada.

— Certo, certo. Não quero criar problemas. Mas me diga, o que vocês vão fazer?

— O senhor está cansado. — Colocou a mão mansamente nas costas do outro, observando os dois seguranças que se mantinham a uma distância apropriada. — Há quanto tempo está acordado? Trinta, trinta e seis horas?

A simples menção ao cansaço fez seus olhos arderem, e ele os esfregou com os dedos como se confirmasse.

— Pressão. Um acontecimento trágico. Preocupações. — O médico continuava quase acariciando as costas do outro. — E então um quarto escuro. Sombras e penumbra. Percebe?

— Não. Não foi nenhuma alucinação. Eu vi! Ele estava com o braço estendido na direção do soro querendo provocar uma embolia com...

O médico levantou pacificamente a mão detendo a reação do professor.

— Veja bem, a mente nos prega peças quando estamos cansados e nervosos. E mesmo que ele manipulasse a bolsa, não poderia...

— O senhor não entende.

— Entendo que o senhor precisa repousar. — As palavras foram ditas mais pausadamente. — Para o bem de todos. — Encarou-o com olhos firmes e continuou. — Eu afirmo que Vitor está em segurança, e nada vai acontecer a ele.

Gílson sentiu seus joelhos querendo ceder. O médico percebeu isso e o amparou com o braço, conduzindo-o na direção da porta do quarto do rapaz.

— Sugiro que fique aqui, ao lado do Vitor. Descanse enquanto o protege com sua presença.

Gílson balançou a cabeça olhando para o sofá que parecia seduzi-lo, exausto demais para perceber a ironia nas palavras do médico. Era uma solução simples e perfeita.

— Certo. Mas, por favor, tragam mais cobertores. Ele não para de tremer.

100

— Urano, o deus grego que representa o Céu, foi gerado espontaneamente por Gaia, a Terra. Ele casou-se com a própria mãe, teve vários filhos e odiava todos. Por isso, os mantinha presos no Tártaro, o Mundo Interior que ficava no centro da Terra, ou seja, no ventre da mãe. Revoltada com essa situação, Gaia instigou seus filhos a lutarem contra o pai. Foi Cronos, o deus do tempo, que comandou essa batalha e terminou por castrar o pai Urano. E jogou os testículos dele ao mar.

Danih interrompeu sua narrativa e colocou as mãos sobre os joelhos. Alexandre, Ihmar e Quenom estavam sentados no chão de um casulo translúcido, como se feito por finíssimos fios de seda. Dava para ver os clarões das explosões que continuamente aconteciam lá fora. Aquele era o ambiente de força do mestre, o local em que se fechava para escolher com quais energias interagir através da película que o circundava. Mas naquele momento o casulo estava completamente isolado de toda vibração exterior.

Danih retomou a história:

— Quando Cronos atirou os testículos de Urano ao mar, surgiram as primeiras ondas. *Aphros*, em grego. E da espuma levantou-se Afrodite. Amorosa e radiante. Pronta pra se entregar, desejando apenas amor em troca. Foi no reinado de Cronos, depois do nascimento de Afrodite, que a humanidade surgiu. Nasceu através das ondas de amor que fecundaram Gaia. Os seres humanos são frutos da relação entre duas deusas. Foi o tempo da fecundidade do amor puro. Com Cronos no trono das divindades, a existência estava em sua quarta dimensão: o espaço-tempo. Foi um período de ouro, pois as pessoas perpetuavam a existência em harmonia com o tempo.

Todos acompanhavam a narrativa do mestre.

— Mas, ao se casar com sua irmã Reia, Cronos se sentiu acovardado. Começou, então, a engolir cada um de seus filhos assim que nasciam, por medo que algum deles fizesse o que ele próprio fizera. A situação continuou assim até que, ao dar à luz Zeus, Reia enganou Cronos e entregou-lhe uma pedra coberta com um manto que o marido engoliu. Zeus cresceu e, quando ficou adulto, novamente motivado pela mãe, exilou o pai no Hades, o Mundo dos Mortos.

Fez uma pequena pausa.

— Porém, as coisas passaram a não ficar muito boas para a humanidade. Com Cronos acorrentado no Hades, todos passaram a viver também no inferno. O inferno do medo. Em desarmonia com o tempo. Cronos estava em contato com os mortos, e isso fazia com que as pessoas passassem a ter pânico do tempo, justamente por relacioná-lo com a morte. Mas o mais incrível nesta história é que, mesmo depois de ter sido exilado por Zeus no Hades, podemos dizer que Cronos venceu, afinal, ainda existimos na dimensão espaço-tempo. Sabem por quê?

O mestre correu os olhos por todos que o observavam em silêncio.

— Porque Cronos permaneceu invisível em sua caverna. — Riu para si. — Não foi afetado pelo acontecimento que iria destruir os deuses. — Um instante de suspense, e continuou. — O nascimento de Atena, deusa da razão e da guerra! — Balançou as mãos pedindo atenção. — Vejam, isso é muito interessante. A razão nasceu de uma reprodução assexuada. Sem amor. Foi gerada dentro da cabeça de Zeus, que, ao não suportar a dor, pediu que lhe partissem o crânio. — Danih fez com as mãos um gesto que imitava um passe de mágica. — E surgiu Atena, adulta, armada, pronta para lutar pela razão.

Ninguém disse nada, e o silêncio continuou até o mestre retomar sua fala:

— Afrodite é anterior à Atena, assim como o amor é anterior à razão. Mas Atena, a poderosa deusa virgem, nasceu para romper o movimento das ondas de amor que regia a humanidade. Conquistou as pessoas. Todos queriam saber, e não apenas amar. Assim, a razão venceu. Porém, provando sua própria estupidez, a razão não percebeu que essa vitória determinava o fim da era dos deuses. A vitória da razão transformou deuses em mitos. E pessoas racionais não acreditam em mitos. Assim, todos os deuses morreram. Por falta de fé. — Olhou devagar para todos. — Menos Cronos. Protegido em sua caverna, o tempo perpetua seu sistema: vai engolindo cada um dos instantes paridos pela força feminina da criação. O tempo vai engolindo o tempo. Por isso o masculino assassina tudo o que ama. Por medo. O tempo é o medo.

O mestre olhou para o clarão das explosões filtradas pela seda que os envolvia. Em seguida, olhou os outros que o acompanhavam atentos. Levantou-se e deu alguns passos passando por trás de cada um deles.

— Esta história ilustra o momento delicado em que estamos. Algo precisa ser feito para que a existência se perpetue. E esse algo só pode ser realizado em uma dimensão além do espaço-tempo. Para isso, é preciso tirar o tempo de seu trono subterrâneo, agindo além da razão, que não tem poderes contra o ele.

Alexandre se remexeu, imaginando que aquela história toda só podia ter a ver com o salto assustador que Ihmar disse que ele teria que realizar. Olhou para Quenom, esperando que este se colocasse em prontidão para saltar com ele e ajudar Vitor. Mas o entusiasmo do campeão o havia abandonado, e ele parecia murcho e distante.

Como estavam falando do tempo, o rapaz resolveu que aquele era o momento de agarrar as rédeas do tempo, e não apenas esperar as coisas acontecerem.

— E o que eu devo fazer, mestre?

Ihmar se surpreendeu com a atitude assertiva do rapaz. Danih sorriu sereno.

— Você deverá, como um novo Zeus, exilar o tempo para ter acesso a uma nova dimensão.

— Eu? Um novo Zeus? — Descargas elétricas transformavam o medo em vibrações de força. — E como eu devo fazer isso?

Ihmar ficou orgulhosa ao ver a confiança de Alexandre. Olhou para Quenom buscando compartilhar essa sensação, mas percebeu que ele ondulava em vibrações mais baixas, quase sombrias.

— Para exilar Cronos, Zeus contou com a ajuda dos Titãs, seres paralelos da primeira geração da teogonia. Da mesma forma, você vai precisar do auxílio de alguém tão poderoso e antigo.

Alexandre olhou para Quenom.

— Vamos juntos?

Este negou de cabeça baixa.

— Sou apenas um guardador. — Toda a sua estrutura estava turva. — Não sou digno.

Como assim não era digno? Por quê? Alexandre queria perguntar isso. Ihmar também. Afinal, o Conselho o designara para comandar o treinamento.

Mas as perguntas não puderam ser feitas. O mestre ampliou sua transmissão acima das dúvidas deles e se dirigiu a Alexandre:

— Ihmar disse-lhe que é preciso que tenha confiança absoluta?

Alexandre assentiu:

— Confio em vocês.

— É fácil confiar em nós, que, mesmo o colocando em situações extremas, sabe que fizemos isso para prepará-lo.

— E eu lhes agradeço.

— Seus agradecimentos provam que você está em uma zona de conforto. E como sua missão será afastar Vitor do estado de equilíbrio, não poderá fazer isto de modo confortável.

Alexandre se preparou para ouvir algo que tinha certeza de que não ia gostar.

— Você terá que confiar em quem teme verdadeiramente. Terá que confiar em L.U.C.A.

O arrepio elétrico agora foi mais forte.

— L.U.C.A.? — Alexandre levantou-se bruscamente. — Mas ele queria me destruir!

— L.U.C.A. é um Elemental. — Ihmar se adiantou. — O Ancestral mais antigo e estava querendo proteger...

O rapaz não se conteve.

— Proteger! — Cuspiu a palavra. — A maneira de um ancestral proteger seus descendentes é torturando? Matando?

— Sente-se, por favor — pediu o mestre, muito calmo.

Alexandre sentou-se, mas não serenou seus impulsos.

— L.U.C.A. nasceu com o primeiro impacto. É anterior à matéria, anterior à luz. Nasceu junto com o Tempo.

Alexandre o cortou:

— Se ele é tão antigo, como errou tanto? Como quase me exterminou por engano? Como eu posso confiar num tipo que atira primeiro e pergunta depois? — O ácido do sarcasmo voltou a queimar em Alexandre. — Fico muito tranquilo em saber que um ser tão obtuso é que vai me ajudar.

As teias de seda se desfizeram, e surgiu a figura titânica de L.U.C.A. Imenso.

Alexandre sentiu-se um grão de poeira.

"Será que ele ouviu o que eu disse?" Foi a única coisa que o garoto conseguiu pensar ao ver aquele totem de poder.

Num reflexo de defesa, refugiou-se em seu hemisfério direito.

Até então, aquele era o local das delícias onde nenhum problema era capaz de atingi-lo. Porém, ao fazer isso, teve a consciência plena do que significava ser um Elemental. Tudo naquele ambiente se fundia na mesma nuvem de partículas. Exceto o enorme Titã, que continuava sólido. Possuía uma densidade altíssima. Era realmente uma coluna de força pura em meio ao movimento.

Ante tal poder, Alexandre retornou lentamente à sua percepção individual e, quando deu por si, estava curvando-se em sinal de respeito.

L.U.C.A., porém, nem sequer deu mostras de ter notado o rapaz. Passou por Ihmar e Quenom e cumprimentou apenas Danih com um leve movimento, indo colocar-se em um ponto mais afastado, atrás de todos.

— Acho que vocês podem começar. — O mestre se levantou, sendo imediatamente imitado pelos outros dois.

O quê? Estavam indo para a saída?

O pânico de ser deixado sozinho com L.U.C.A foi tão intenso que ele se sentiu dissolver como sal caindo em água quente.

Assim que as tramas de seda se fecharam, isolando-os, o garoto virou-se muito lentamente e não acreditou no que viu.

101

As embalagens de papel amarelo-metalizado indicavam que eram bolachas água e sal. As azuis eram *cream cracker*. Nunca soube a diferença. Gílson devolveu os pacotinhos embrulhados dois a dois para a cesta.

A noite no sofá-cama não tinha propiciado o descanso que aquele corpo enorme necessitava. Acordou diversas vezes com a entrada de enfermeiras pouco silenciosas, ou com sobressaltos de seus sonhos. Mas pelo menos dormira o mínimo, e agora seu estômago roncava pedindo um café da manhã também minimamente decente, coisa que aquelas bolachas na bancada ao lado da máquina de café estavam longe de oferecer.

Foi para a cantina do hospital ocupada por diversos acompanhantes de rostos inchados. Todos comiam pouco, sem apetite. Nisso ele era diferente. Estava faminto. Nem se lembrava da última vez que tinha se alimentado.

Encostou-se ao balcão e pediu uma generosa fatia de torta de creme, chocolate quente duplo, *croissant* de queijo e calabresa e um pão de mel. Levou tudo em uma bandeja para uma mesa próxima à janela. Debruçou-se e atacou o *croissant* sem pensar em nada. Comia numa atitude de autodefesa, como se o corpo exigisse que ele acumulasse o máximo de reservas possível. Só quando estava na metade da torta de creme, que ele destruía com garfadas ávidas, levantou os olhos. Imediatamente notou que muitos dos presentes tinham uma expressão de censura, ou mesmo repúdio. Em alguns era algo sutil, mas outros pareciam querer gritar: — Isso, seu balofo, se entope mesmo! Se lambuza, seu porco gordo!

Já estava habituado a esses olhares dirigidos a ele quando estava se fartando. Todos se privavam de algo, e ele ali, comendo vorazmente, era como se os insultasse por sua falta de freios diante do prazer proibido. Nas raras vezes que soltava uma gargalhada, também percebia a mesma reação, como se a risada mostrasse que os gordos fossem mesmo criaturas que se lambuzam em tudo o que fazem.

Desejou acender um cigarro e soprar a fumaça na cara de todo mundo, apagar a bituca no resto de creme e sair arrotando. Mas não fez nada disso. Apenas terminou o mais rápido que pôde e saiu. Não com o intuito de fugir. Queria voltar para junto de Vitor e se certificar de que ele continuava seguro.

No quarto, o encontrou desperto, mas indiferente à enfermeira que lhe oferecia um mingau insosso.

Ela confirmou que o paciente estava consciente, sim, sem dúvida, mas se mantinha obcecadamente distante, negando qualquer tipo de contato com o mundo exterior.

Quando a enfermeira disse que não fora prescrito qualquer sedativo, o professor percebeu a gravidade da situação: acordado, Vitor teria que estar sob constante vigilância, mas o hospital não designaria um profissional em tempo integral para vigiá-lo.

Conseguiu ao menos a promessa de que a enfermeira ficaria ali enquanto ele fosse visitar Noêmia.

No outro quarto, Noêmia o recebeu com um sorriso. Apesar da fraqueza, parecia estar melhor. Aparentemente se recuperava bem.

Mal se aproximou, e ela começou a perguntar sobre o colégio. Era bom ver a amiga voltando a ter interesse por algo. Ele falou do recesso e que não precisava se preocupar com nada. Ela continuou interessada, perguntando sobre cada aluno que tinha morrido. Queria saber a reação dos pais e mostrava-se absolutamente lúcida.

Aquele interesse devia ser um sinal positivo, mas Gílson se inquietava. Tal sensação começou a oprimi-lo quando Noêmia lembrou detalhes da reunião que tiveram anteontem. Anteontem? Parecia que aquele encontro no colégio fazia parte de outra vida. Mas ela repassava a lista de procedimentos que teriam que tomar, deixando claro que pretendia logo estar sentada em sua cadeira de diretora.

O estômago dele remexia a torta e o *croissant* numa náusea crescente. Ela, em nenhum momento, fez menção a Vitor.

Foi o professor que, aproveitando uma pausa na fala quase eufórica da amiga, falou do rapaz.

— Vitor... — Ela franziu a testa num estranhamento, procurando em sua memória algum dado que faltava.

— Seu filho, Noêmia.

O tom dela foi quase duro:

— Meu filho está bem.

— Noêmia, por favor...

As mãos dela seguraram a de Gílson com força.

— Alexandre, está bem. Eu sei, eu sinto isso.

— Mas...

Ela retirou a mão bruscamente e virou a cabeça, mostrando categoricamente que o assunto acabava ali.

Zonzo, o professor deu-lhe um beijo na face e saiu trôpego.

Voltou quase correndo para o quarto de Vitor. Aliviado, encontrou a enfermeira. Mas, assim que entrou, esta se evadiu pela porta.

— Espera. Ele não pode ser deixado sozinho.

— O doutor vai vir falar com o senhor.

Vitor continuava com os olhos fixos no teto, alheio. Gílson mentiu pra ele. Disse que a mãe estava morrendo de saudades, muito preocupada, e que só não estava ali porque se recuperava da queda. Mas logo todos estariam juntos, fora daquele hospital. Iam recomeçar a vida. Seria difícil, claro, mas era o que tinham que fazer. Seguir em frente.

Nenhuma das palavras surtia qualquer efeito. O rapaz parecia um boneco de cera.

O médico entrou, puxou o professor para fora do quarto e rapidamente demonstrou com a lógica mais límpida possível que o rapaz estava em perfeita segurança. Não havia ali nenhum objeto perigoso. O quarto ficava ao lado do posto de enfermagem, e viriam conferir a situação em intervalos breves. Não havia como o garoto fazer nenhuma bobagem.

Vencido por aqueles argumentos, Gílson seguiu para a primeira de uma série de reuniões que se estenderam pelo dia. Médicos, burocratas do hospital, advogados e representantes do colégio.

Mais dor de cabeça. Mais papéis, assinaturas e telefonemas. Mais discussões. Mais cansaço.

A noite desceu sobre a cidade sem que ele percebesse. Só viu a escuridão quando voltou aos quartos. Noêmia dormia, e Vitor permanecia alheio, se recusando a comer ou conversar.

Ficou pouco tempo com o rapaz. Não tinha muito o que dizer. Deu-lhe um rápido boa-noite, dizendo que logo estaria de volta.

A enfermeira disse que mãe e filho receberiam remédios para uma noite tranquila. Estava tudo bem.

Mas ele decidiu passar mais uma noite ali. Iria pra casa tomar um banho rápido e mudar de roupa. Logo estaria de volta. Forçava-se a acreditar que nada poderia acontecer de ruim nesse meio-tempo.

Não podia saber o quanto estava enganado.

102

Alexandre viu a figura grande e monstruosa de L.U.C.A. De suas costas largas, abria-se um enorme par de asas. Imensas. Poderosas. Os músculos do corpo eram perfeitos, definidos, como os de um gorila. Músculos que pulsavam energia. Latejavam. A pele negro-azulada brilhava como banhada em petróleo. Parecia fria, apesar da luz quente que emanava. Os olhos eram dois buracos negros na face lustrosa. Olhos profundos, absolutamente vazios, que sugavam toda a energia ao redor.

Alexandre ficou hipnotizado, maravilhado e aterrorizado com a figura que poderia ser descrita como um demônio com asas de morcego, ou um anjo com asas de dragão. A fascinação se transformou em pânico, e o pavor tornou-se devoção. Queria sair correndo e ao mesmo tempo cair de joelhos.

— Venha.

Humildemente, consciente de sua insignificância, Alexandre soltou-se ao convite. Instantaneamente seu corpo se fragmentou em bilhões de partículas de poeira luminosa, que foram tragadas pelos olhos negros de L.U.C.A.

Estar em um exame de labirintite, rodando preso a uma máquina que joga água quente nos ouvidos; cair em espiral numa montanha-russa em alta velocidade na mais completa escuridão; ser engolido por uma onda gigantesca e sentir o corpo girar num turbilhão de água e bolhas de ar. Cada uma dessas lembranças era nada, se comparadas ao que Alexandre experimentava agora. Não podia dizer se subia ou descia, se estava voando, mergulhando, ou se toda a sensação de movimento frenético vinha de dentro de si mesmo.

Naquela viagem alucinada, sem saber pra onde iam, em que direção ou a que velocidade, só tinha a certeza da presença de L.U.C.A. colado a ele.

Mente sem corpo. Pensamentos sem cérebro. Consciência sem mente. Vertigem é uma palavra sutil demais para descrever a sensação.

No redemoinho, uma lembrança. Estava com Vitor em uma das pequenas cabines do banheiro de um bar. Estendeu o lenço branco, e Vitor aspergiu o lança-perfume. Juntos, levaram a substância até a boca e aspiraram com força. Subitamente sentiu sua vida sem um corpo. Segundos de terror. A mente viva, lúcida, existindo apartada do físico. Pensamento puro. Uma alma pairando solta. Foi tudo muito rápido. Caíram numa gargalhada ingênua e irresistível. Porém, sobrou a consciência de que a leveza de sua alma era pesada demais. Nunca mais teve coragem de aspirar aquela substância. Nem ele, nem Vitor.

Vitor!

Foi arrancado de suas lembranças.

— Preciso salvar o Vitor!

Era a urgência do propósito. Não podia mais perder tempo consigo mesmo, com suas descobertas e suas sensações. Não podia perder o tempo do irmão.

O tom imperioso de L.U.C.A. vibrou dentro dele.

— Você precisa saber que o objetivo da nossa missão não é salvar a vida de seu irmão.

103

Vitor segurava o copinho plástico. Sentia muito frio, mas tentava não tremer. A enfermeira o observava. Ele virou devagar o recipiente e aparou com a língua dois comprimidos. Estendeu o braço devolvendo o copo vazio e recebeu outro maior com água. A enfermeira continuava observando. Ele levou o copo aos lábios e bebeu. Não tinha sede, e a água não causou nenhuma sensação. Respirou fundo e devolveu o copo para a enfermeira atenta a cada gesto dele. Vitor coçou a orelha displicentemente num gesto calculado. Ela girou o tronco para depositar os copos na bandeja sobre a mesinha. Era tudo o que ele precisava. Durante o rápido desviar de olhos, levou a mão da orelha para o peito. A enfermeira voltou-se, e ele já estava de olhos fechados. Ela não percebeu que no trajeto a mão colheu os comprimidos, protegidos entre os dentes e o lábio superior.

A enfermeira conferiu mais uma vez o gotejar do soro, ajeitou o cobertor e olhou ao redor certificando-se de que tudo estava bem. Decidiu que não havia mais o que fazer e saiu sem dar boa-noite.

Vitor ouviu o estalar da lingueta da porta. Finalmente estava sozinho para iniciar seu novo plano.

104

Táxi novamente. No meio da noite, encontrou um veículo vazio e rumou para a casa. O motorista quis conversar. Todos sempre queriam. Um cacoete da profissão. Gílson não entendia o que o homem baixinho e careca ao volante falava. Balançou a cabeça concordando. Naquele momento, concordaria com qualquer coisa. Sua cabeça rodava como o táxi.

Entrou no apartamento vazio.

Lembrou-se dos pais. Não havia ligado para eles. A foto do casal de idosos no console da sala o encheu de culpa. Eles certamente sabiam do acidente. Todos sabiam. Deviam estar preocupados. Era tarde, mas pegou o telefone.

A mãe estava desesperada. Tinha ligado o dia todo pra casa dele, pro colégio, colegas. Ninguém dava informações. Ele pediu desculpas. A mãe desculpou. Prometeu visitá-la, mandou um abraço pro pai e desligou. A vontade de fumar voltou forte. Bebeu dois copos de leite. Não tinha cigarros em casa, ainda bem. Abriu o chuveiro e deixou a água morna e agradável massagear seus músculos tensos. Era bom sentir aquele relaxamento do corpo. Buscou a toalha e se enxugou pensando nas roupas que vestiria. Saiu do banheiro, e o vapor denso invadiu o quarto. Queria ser rápido, vestir-se, telefonar pra um serviço de táxi e voltar para o desconfortável sofá ao lado de Vitor. Sua cabeça queria isso, mas seu corpo suplicava por alguns instantes de aconchego no colchão macio. Vitor estava bem. Alguns minutos não fariam diferença. Mesmo assim se vestiu e calçou os sapatos antes de ceder ao chamado da cama. Só um pouco. Uns minutos para se recobrar. Deitou e quase soltou um gemido de prazer ao sentir o travesseiro envolver-lhe a nuca. Os olhos se fecharam, incomodados com a claridade do quarto. Não, apagar a luz, não. Ele ia se levantar logo. Cobriu o rosto com o antebraço e suspirou forte. Dormiu quase imediatamente.

105

Vitor continuava focado em seu único objetivo. Mas não seria tão simples naquele grande hospital. Não teria acesso fácil aos medicamentos ali. O lugar estava repleto de médicos e enfermeiros que circulavam o tempo todo, e as drogas certamente não estariam em um armário frágil.

Esquadrinhara completamente o quarto assim que foi colocado nele. Não vira nada que pudesse ser útil. Nenhum objeto cortante ou perfurante. Abandonara de imediato a ideia do enforcamento, pois as mangueirinhas plásticas do soro eram muito curtas e não havia onde prendê-las. Mas isso não o preocupava. Repassou o plano que se desenhara límpido assim que o retiraram da ambulância e enfiaram sua maca no elevador. Subiram três andares. Excelente.

Ao ser colocado na cama, estudou as janelas. À distância, constatou que tinham dobradiças na parte superior e se abriam de dentro para fora. Imaginava que elas estariam trancadas e, mesmo que não estivessem, a abertura proporcionada seria de poucos centímetros. Não teria como passar por um espaço tão estreito. Mas isso tampouco o preocupou. Precisava apenas fazer tudo calculadamente.

Era o momento.

Ergueu lentamente o tronco e sentou-se. Retirou com cuidado o esparadrapo que cobria a agulha enfiada em uma veia no dorso de sua mão esquerda. Puxou-a, e um pouco de sangue e soro escorreram em sua pele. Pressionou o lençol sobre o ponto que sangrava, e o sangue logo estancou. Não havia dor. Não havia qualquer tipo de sensação. Em seguida, retirou a bolsa do suporte e colocou-a cuidadosamente sobre a mesinha de cabeceira. Girou o tronco e deixou as pernas penderem por um instante ao lado da cama.

Logo tudo estaria acabado.

Respirou fundo e desceu do leito. Os pés descalços sentiram o frio dos ladrilhos. Não era bom nem desagradável. Levantou-se testando o equilíbrio. Esse era o ponto mais importante. Precisava de firmeza. Ficara deitado por horas, e seus músculos estavam lassos. Não chegava a ser um impedimento. Era uma questão de readaptação.

Andou com cuidado pelo quarto. Primeiro apenas em torno da cama, pois não queria que alguma tontura o fizesse cair e assim produzir qualquer ruído. Quando se sentiu mais seguro sobre os pés, avançou até as janelas. Não estavam trancadas, mas, como supunha, a abertura mal deixava passar seu braço. Pressionou o vidro com os dedos e um leve sorriso lhe assomou ao rosto. Não seria um problema.

Voltou para perto da cama. Alongou o tronco e sacudiu os braços, como um atleta fazendo um aquecimento rápido.

Ser rápido era a questão. Tudo estava perfeito, e apenas a chegada indesejada de algum enfermeiro poderia atrapalhá-lo. Não havia tempo a perder.

Segurou o suporte do soro e conferiu seu peso. Perfeito. Não era pesado demais, mas suficientemente sólido para partir o vidro. O golpe deveria ser firme e decidido.

Deixou o suporte ao lado da janela, arrastou a pequena poltrona de visitantes, tentando não fazer barulho.

O plano era simples: levantar a estrutura de metal na altura do ombro direito, prender a respiração e arremeter com toda a força contra o vidro. Largá-la sobre o chão à sua esquerda e rapidamente subir na poltrona para atingir o parapeito antes que o estardalhaço atraísse enfermeiros esbaforidos. Quando estes chegassem, ele já estaria mergulhando de cabeça no vazio, a caminho de atingir com o crânio o solo três andares abaixo.

Nada podia dar errado desta vez.

106

Fazia alguns minutos que Ana Beatriz estava sentada na recepção do hospital. Conferiu o relógio e viu que passava das 11 horas da noite. Mesmo sabendo que não teria autorização para entrar àquela hora, tinha esperado o horário de visitas terminar para aparecer. Não havia outro jeito. Se fosse mais cedo, correria o risco de se encontrar com o professor. Não era o momento ainda.

Desde pequena, Ana Beatriz fora uma pessoa "sempre preocupada com os outros", como costumava ouvir. Excelente aluna. Orgulho para os pais. Motivo para maledicência dos invejosos que preferiam vê-la como uma menina entrona que sempre metia o nariz na vida de todo mundo. Porém, mais forte que sua sociabilidade era a certeza sólida de que era a melhor, muito melhor que todos os seus amigos, parentes e mesmo professores. Sua tremenda autoestima, corroborada pela atuação excepcional em tudo o que fazia, devia ser motivo de satisfação para ela. Muito pelo contrário. Nada naquela pequena cidade conseguia satisfazê-la, e ela tinha pressa, urgência em avançar sobre o mundo e mostrar seu valor não só para provincianos.

Impulsionada por esta ambição, resolveu que era o momento de se arriscar quando viu a tragédia cair como um presente em seu colo. Solicitou ao seu chefe na redação que a enviasse para a capital para fazer a matéria daquele caso que gerara tanto interesse e que ela sabia que tinha potencial para render muito mais. Mas o imbecil era de uma miopia jornalística patológica. Estava satisfeito com o sucesso das reportagens e achava que tinham extraído do caso o que ele tinha de melhor. Fora um acidente, e não um crime. Até poderia ser bom explorar os desdobramentos, mas isso agora estava fora dos limites da cidade, a equipe de reportagem era reduzida, e havia trabalho a fazer — depois da saída das vítimas para a capital, Ana Beatriz deveria cobrir um começo de greve dos funcionários públicos, e claro, os malditos buracos que insistiam em aparecer nas ruas da periferia.

Não quis discutir com o chefe, mas já se decidira. Era o momento de ousar. Assim, depois de fazer uma cobertura burocrática da partida dos pacientes do hospital, cuidando para não ser vista pelo professor, enviou o material para a emissora e, em vez de ir saber quais eram as reivindicações dos grevistas, pegou seu carro e seguiu a ambulância com a sensação de deixar tudo para trás rumo ao sucesso. Claro que o chefe ficaria possesso, mas ela contava com seu talento e sua sorte para rapidamente escrever uma matéria tão sensacional que seria logo perdoada. Nem era tanto o perdão do chefe que desejava. Com uma matéria como a que imaginava compor, poderia conseguir uma colocação em alguma grande emissora.

Mas, como uma estrategista inteligente, não queimaria todas as pontes em seu avanço. Tinha que contar com possíveis reveses; as coisas podiam não sair como o esperado, e dois ou três dias de ausência seriam tolerados, caso tudo desse errado. Mais que isso era melhor não arriscar. Ousadia, sim, mas considerando uma margem de erro. Por isso tinha urgência. A situação não permitia gestar aquela matéria como deveria. Tinha de arrancá-la a fórceps.

Olhou novamente para o relógio. Entrevistas clandestinas na madrugada? Que repórter conseguira isso? Seria sensacional falar com a mãe ou o filho para amarrar aquela trama.

Levantou-se sem saber o que fazer para entrar no hospital. Mas, como se o ato de colocar-se em movimento disparasse as ações que abriam seu caminho, viu a porta automática correr e um enfermeiro empurrando uma cadeira de rodas sair por ela. Levava um velho acompanhado por uma moça. No momento em que a cadeira esbarrou numa das extremidades da porta e como a acompanhante estava com as mãos ocupadas carregando sacolas, Ana Beatriz avançou solícita e ajudou a soltar o pé enganchado da cadeira. Foi um gesto natural, seguro. O enfermeiro agradeceu, e a moça já estava indo na direção da recepcionista, bloqueando a visão desta. Sem hesitar, simplesmente passou pela porta, que em seguida se fechou mansamente. Estava dentro.

Ninguém se importou com sua presença. Havia funcionários da limpeza, acompanhantes e, claro, médicos e enfermeiras passando de um lado para o outro com seus jalecos — os mesmos jalecos que levavam bactérias para passear pelas ruas e restaurantes. Anotou mentalmente que essa era uma boa matéria para fazer no futuro. No momento, concentrou-se na missão que a levara ali.

Uma das poucas informações que conseguira obter foi a localização dos quartos dos pacientes. Como não estavam em uma área restrita, precisava apenas seguir com ar ausente e chegaria ao objetivo sem ser abordada.

Optou por subir pelas escadas, imaginando que dentro de um elevador alguém poderia puxar assunto. Chegando ao terceiro andar, foi observando o número dos quartos até identificar seus alvos. Ficavam a pouca distância um do outro. Era bastante provável que ambos estivessem dormindo, ou pior, sedados. Mas tinha que tentar. O plano era procurar primeiro a mãe — até já traçara as primeiras frases de um diálogo que prometia não ser fácil. Mas, de repente, teve o impulso de seguir para o quarto do rapaz. Como a base central de sua estratégia era estar aberta ao improviso, teve a percepção de que devia seguir aquele ímpeto repentino e foi direto para o quarto de Vitor.

107

O rapaz respirou fundo, prendeu o ar e lançou com toda sua força o suporte metálico contra o vidro que imediatamente se partiu. Largou a estrutura no chão e subiu na poltrona. Ao pisar no parapeito, os restos do vidro rasgaram a sola do seu pé direito. Não importava. Não havia dor.

Olhou para a rua lá embaixo.

O barulho da cidade. Barulhos no corredor.

Não tinha tempo para hesitações.

108

Ana Beatriz estava diante da porta, ouvidos atentos a qualquer aproximação, quando algo explodiu dentro do quarto.

— Meu Deus!

Era som de vidro se partindo. Em seguida o barulho de algo pesado sendo atirado ao chão. Não soube o que pensar por um instante, mas, em seguida, como se exigisse de si mesma que acordasse e tomasse uma atitude, avançou sobre a maçaneta e entrou.

O rapaz estava em cima da poltrona, dando o primeiro passo em direção ao parapeito.

Viu o pé dele se afundar nos restos de vidro da esquadria. O sangue escorreu grosso, mas as pernas se firmaram. Ele ia pular, não havia a menor dúvida. Ela tinha que fazer alguma coisa, rápido.

Buscou na bolsa a câmera fotográfica.

109

— Como assim, não salvar meu irmão?

Alexandre e L.U.C.A. estavam em meio a uma nuvem de partículas que turbilhonavam velozmente através deles.

— E por que paramos? — A pergunta era um pensamento condensado em desespero.

— Não paramos. Atingimos o limite mínimo da velocidade da matéria.

Aquilo pareceria ficção científica se ele próprio não estivesse vivenciando.

— Por quê? — Ao contrário de irem devagar, tinham que fazer alguma coisa com urgência.

— Estamos lutando contra o tempo. Nesta luta não podemos usar as armas dele. Quando a matéria se acelera em relação à luz, o tempo se curva e também entra em aceleração.

Grudado à consciência do Ancestral, Alexandre entendeu a estratégia. Se acelerassem, ao encontrar Vitor ele provavelmente já estaria morto. Em velocidade mínima, eles ganhavam tempo. Era a lei da relatividade.

— O que está em jogo é muito maior que a vida de seu irmão. O ciclo dele se esgotou. É inexorável. Mas não podemos deixar que ele feche o ciclo por desistência. — O tom de L.U.C.A. ficou mais pesado. — Isso seria catastrófico.

— O que fazemos, então?

— Precisamos encontrar um propósito para a morte dele.

Por estar deslocado da ordem do sistema, Alexandre era uma estrutura de antimatéria assaltada pelos conceitos da dimensão material. Eram ecos ainda muito presentes, como razão e emoções. Manifestações que surgiam sem uma fonte que as gerasse ou um anteparo que as imprimisse. Era uma nuvem de partículas de antimatéria, que ainda possuía uma consciência materialista. Ele era o braço amputado que ainda doía. Naquela condição, o rapaz jamais poderia compreender a missão que lhe era determinada.

O que aconteceu, então, foi um abraço. Cada uma das partículas de densidade elevadíssima de L.U.C.A. envolveu as leves e inconstantes partículas de Alexandre. Um abraço subatômico. Se fossem corpos, não seria apenas pele envolvendo pele, mas órgãos envolvendo órgãos. O abraço absoluto que envolvia sem sufocar e transmitia uma mensagem por energia pura.

— Aquiete-se. Deixe-se apenas existir.

Mensagem que, se dita por palavras, seria tão inócua quanto pedir a alguém que parasse de pensar. Impossível. Mas não eram palavras. E Alexandre se aquietou e sentiu-se existir simplesmente.

A experiência de dominar o hemisfério direito o havia feito notar-se como um emaranhado de partículas que faziam parte de uma estrutura maior, sem começo nem fim. Porém, o que entendia agora era ainda mais antigo, mais elementar. A existência se acomodava em ondas. L.U.C.A. os havia desacelerado a um nível fisicamente inimaginável. Entendeu que o Ancestral agia além da matéria desacelerando as ondas de luz e, assim, desacelerava o tempo.

— Chegou o momento de arrancar Cronos de seu trono.

A voz de L.U.C.A. tinha vindo de todos os lugares e de lugar nenhum, como os sons no banheiro do bar quando cheirou o lança-perfume.

Lembrou-se do mestre Danih falando de Cronos, dos Titãs, de como Zeus jogara o deus do tempo no Hades. Mas, caramba, ele não era Zeus!

— Como eu posso fazer isso?

— Como Zeus exilou o pai?

— Sei lá.

— Qual era o poder de Zeus?

— Eu, eu não sei.

— O raio! Zeus detinha o poder sobre o raio.

— E daí?

— O que é um raio?

— Como assim o que é um raio?

— O que é um raio? Responda!

— Uma descarga elétrica, eu acho.

— O raio é a força da luz.

— E?

— A cadeia temporal só pode ser rompida se ultrapassarmos a barreira da luz. Só assim a sequência de ações e movimento irá parar completamente. Se o movimento de cada partícula parar, o tempo para.

— Então precisamos parar o movimento do universo? É isso que você está dizendo?

Nem em seus delírios mais alucinados, o rapaz imaginou que em algum momento fosse capaz de parar não só o mundo, mas o universo inteiro! E era exatamente isso que as mensagens do Elemental lhe transmitiam de maneira inquestionável.

— Me diga o que eu tenho que fazer.

— Empunhar o raio de Zeus! Ultrapasse a fronteira do tempo.

— Como?

— Para atingir Cronos, você precisa dominar a luz. Existir *além* da velocidade da luz. Esse é o poder de Zeus. Romper com o tempo através da luz.

— Mas eu não sou um raio.

— Não? E o que você é?

A loucura chegou ao seu limite extremo.

— Nada. Eu sou nada!

Naquele momento, os ecos e reflexos da matéria desapareceram em Alexandre. Nenhuma de suas partículas possuía massa. Não era matéria e não passara para o estágio de antimatéria. Ele era absolutamente indeterminável. Inobservável. Era realmente nada!

— Mas você existe!

Isso era incontestável. Existia. Sentia cada uma de suas partículas sem massa repletas de energia.

— Nunca um ser se encontrou nesta condição tão singular. Você é a única existência realmente livre.

Ele era luz. Amor em estado puro. Fótons conscientes. Luz inteligente.

— Vamos!

Ele hesitou:

— Eu posso?

— Você deve!

Implodiu numa luz fulgurante.

E tudo escureceu.

Ele ultrapassou a velocidade da luz.

E o tempo parou.

110

Com a câmera fotográfica em punho e o visor enquadrando a figura de Vitor a um passo do vazio, Ana Beatriz de repente ficou paralisada.

Nada se movia.

Mas, no instante anterior, à sua mente voltara uma matéria que leu ainda muito jovem. A história de um monge budista que havia se imolado nas chamas e um fotógrafo registrara toda a sequência macabra. A intenção do monge era que sua atitude tivesse repercussão como um protesto político. Ligou para um grande jornal, o fotógrafo atendeu. Mesmo pensando ser um trote, foi até a praça na hora marcada e encontrou o monge vestido com sua bata laranja, meditando sentado no chão. Ao lado dele, havia um latão de gasolina. Na matéria o fotógrafo contava que sabia que naquele momento poderia intervir, mas essa não era sua função. Ele era um fotógrafo, e lhe cabia apenas registrar a história, não participar dela. O monge saiu de seu estado meditativo e calmamente ergueu o latão, derramando o líquido sobre si. Era terrível, disse o fotógrafo, aquilo ia realmente acontecer. Ele ainda podia ter corrido até o monge, mas apenas apontou a lente de sua câmera, ajustou o foco e foi disparando enquanto sentia a excitação correr em suas veias. O monge encharcado voltou a sentar-se em posição de lótus e riscou o fósforo. O que aconteceu depois é história. Uma história magnificamente registrada em fotos dramáticas e belas.

Ana Beatriz não sabia se o protesto do monge havia causado o impacto desejado, mas lembrava-se de que o fotógrafo ganhara todos os prêmios na ocasião. E ganhara também o peso eterno do remorso que o monge lhe colocara no coração com seu pedido.

Agora, essa lembrança estava paralisada em sua mente, como se o rolo do filme tivesse enroscado e mostrasse apenas o fotograma do sacrifício. Com o dedo congelado sobre o botão de disparo, ela não via Vitor, via o monge.

111

Vitor via o chão três andares abaixo.

Tinha que pular. Tinha que acabar com aquilo.

Mas não se mexeu.

Nada se mexia.

112

Tudo escuro.

Nada.

À frente da linha do movimento.

À frente do tempo. No futuro.

Um não tempo em que as ondas de probabilidades ainda não haviam se colapsado. Um não local que não havia ainda sido observado, portanto, não existia.

Mas Alexandre e L.U.C.A. estavam ali. Sem movimento a mais de 300 mil quilômetros por segundo.

A velocidade sem matéria era estática. À frente da luz, o futuro era escuro.

Foi uma revelação até mesmo para o Ancestral, que só conhecia o passado.

Mas, mesmo tendo ultrapassado aquele limite, destituindo o deus do tempo de seu trono, nada estava definitivamente resolvido.

O tempo não regride jamais.

O que adiantava estar à frente do tempo se eles não podiam inverter sua seta? Nada podia reverter a ordem dos acontecimentos para voltar ao momento do erro cometido e evitá-lo.

O que iam fazer agora?

Não era possível fazer. Para agirem, teriam que desacelerar abaixo da velocidade da luz, e isso acionaria o tempo e Vitor se mataria. Mas a maior loucura era que, tendo parado o tempo, tinham agora toda a eternidade para meditar sobre o problema sem solução.

E a eternidade do futuro era melancólica.

Esta nova revelação Alexandre e L.U.C.A. tiveram juntos. Não havia uma conversa entre eles; não havendo tempo, não havia separação entre perguntas e respostas. Apenas sentiam saudade.

Que coisa poderosa!

L.U.C.A. entendia a saudade de Alexandre, enquanto Alexandre entendia a saudade de L.U.C.A., desmesuradamente maior.

Desde antes que a Inteligência Universal impedisse o universo de anular-se no primeiro impacto, L.U.C.A. existia. Não se lembrava de como era ser energia pura, sem matéria, mas sentia saudade. Saudade que vinha ao experimentar novamente o nada equilibrado. Saudade da perfeição que havia antes do início.

L.U.C.A. entendeu a si mesmo naquele momento. Tudo o que fizera fora numa busca insensata para restabelecer o equilíbrio perdido. Iludira-se por bilhões de anos, achando que poderia evoluir e voltar a ser o que fora antes. Entendeu que sua existência, poderosa e espetacular, fora uma ilusão, porque não havia volta, e nada poderia aplacar a saudade que sentia. O Eterno Retorno não voltava ao mesmo ponto. Havia apenas a transformação, sempre para frente, acumulando saudade.

Saudade. Como era difícil lidar com isso! Continuar através de transformações constantes, conquistando sempre algo novo e deixando sempre algo para trás.

O eterno vir a ser determinando o eterno deixar de ser.

O rapaz também entendeu. Deixaria de ser Alexandre, e, mesmo deixando-se para trás, esquecendo-se completamente de sua vida, a saudade do que fora sempre iria doer de forma difusa e indeterminada.

A Fórmula Imperfeita os salvava pela fé, condenando-os a uma busca eterna.

Foi então que viram a Fórmula: fé e dúvida gerando o movimento que preservava a Existência.

E L.U.C.A. viu que jamais encontraria a satisfação da resposta. O sentimento pleno pertencia à outra era que se perdera quando a Fórmula deu início a tudo.

Será?

Novamente a dúvida.

Será que além do Horizonte de Energia não existia o reencontro com o Perfeito? Será que a Fórmula não era um mapa de retorno?

Mesmo mergulhados na melancolia, precisavam continuar duvidando. Só a dúvida verdadeira continha a esperança.

E Vitor tinha certeza. Esse era o problema. A certeza de que não valia a pena continuar. O rompimento da fé pela vontade de Deus?

Tudo escuro ao redor.

A certeza era a escuridão. A dúvida era a luz.

Vitor estava para mergulhar na escuridão eterna da certeza ao romper com a fé. Se os desígnios eram uma mensagem da Fórmula de Deus e se essa fórmula levava à desistência, como continuar tendo fé na Existência?

Que armadilha!

Eles eram imbuídos da certeza do fim para testar a própria fé na dúvida?

Será? Impossível afirmar. Só sabiam que não podia haver a desistência antecipada provocada pela arrogância da certeza.

Vitor iria se matar, isso era uma certeza.

Mas o ato não importava.

Onde estava a importância, então?

Se a vida não tinha mais propósito, a morte deveria ser por um propósito.

Qual?

Só ele pode descobrir o propósito capaz de transformar o suicídio em sacrifício. O ato de fazer-se sagrado.

Alexandre pensou nos mártires que sacrificaram suas vidas. Lembrou-se do homem da cruz, que, com, certeza da morte, foi de encontro a ela repleto de dúvidas.

Um suicídio?

Um sacrifício.

Esse era o caminho para Vitor. Deixar-se morrer por um propósito.

E para buscar esse propósito...

Precisava da luz da dúvida!

Ele precisa duvidar. E só o irmão, a única criatura exoticamente livre, era quem podia se transformar nessa luz.

Mas?

Sim. Para isso ele também precisaria se sacrificar. Significava não voltar para a dimensão anterior para lá fazer a transição de fase. Tinha que se transmutar do nada. E como nada se cria do nada, Alexandre poderia estar saltando para a inexistência.

A decisão era a fronteira limítrofe do ser.

Estava preparado para talvez desaparecer na transcendência total? Avançar para o completo desconhecido para se transformar na dúvida do irmão?

Alexandre não tinha certeza.

E cheio de dúvidas, fez o que precisava ser feito.

113

Desaceleraram.

Em meio ao turbilhão de partículas que voltava a passar velozmente por eles, Alexandre viu a imagem nítida do irmão se equilibrando no parapeito da janela. Viu o vazio que era Vitor, sem luz e sem escuridão. Uma certeza fosca.

O tempo tinha voltado a correr.

O corpo de Vitor pendia.

Alexandre olhou rapidamente para L.U.C.A. Era uma despedida. Estava para abandonar não só sua consciência, mas talvez, também sua existência. Tinha que fazer isso. Rápido.

— Duvide sempre. — O Ancestral sorriu. — Tenha fé nisso.

Vitor ia pular.

Alexandre soltou-se de si, e um facho de ultrafótons livres explodiu na direção da janela.

114

Vitor foi ofuscado por uma descarga brutal que surgiu do vazio à sua frente e o atingiu numa onda. A luz o penetrou. Sua vida passou velozmente por sua consciência. Um estalo luminoso. As partículas o trespassaram, socaram a penumbra do quarto numa explosão e desapareceram.

— O que foi isso? — O rapaz estremeceu. Seu foco foi desviado. Percebeu com um lapso de atraso que a imagem do irmão passara por ele. — Alexandre? — O objetivo do salto desapareceu. Queria saber do irmão, sobre quem não pensara um momento sequer nos últimos dias.

Quase no mesmo instante, Ana Beatriz apertou o disparador. O *flash* explodiu prateando o ambiente. Era uma luz diferente, real, dura, que atingiu Vitor pelas costas.

— O que é isso?

Segurou-se firme na beirada da janela com medo de cair e virou-se.

Encontrou os olhos assustados da repórter.

Viu sua própria figura refletida nos olhos dela. Teve a lucidez do que estava prestes a fazer e segurou-se ainda mais fortemente nos caixilhos de alumínio.

— Quem é você? O que está fazendo aqui? Onde está minha mãe? E meu irmão?

As dúvidas o puxaram para dentro, e ele pendeu o corpo. Com o pé ensanguentado, pisou o estofado da poltrona, sentindo a dor que agora subia forte pela perna.

Enfermeiros entraram correndo. Esbarraram na repórter, derrubando sua bolsa. Com os braços esticados, cautelosos, pararam a alguns metros do rapaz.

— Calma. Não faça nada. Você não precisa fazer isso.

Eram palavras desnecessárias. Vitor retirou o outro pé dos cacos de vidro e pousou seu peso inteiro na poltrona. Ele não ia fazer nada. Tinha perguntas demais.

Um instante de silêncio tenso.

— Vitor, estamos aqui para ajudar você. — O enfermeiro continuava tentando mostrar calma com sua voz angustiada. — Desce. Vem. Devagar. Assim.

Com tranquilidade, o rapaz desceu da poltrona.

Assim que seus pés tocaram o chão, dois enfermeiros pularam sobre ele, imobilizando-o.

Ana Beatriz soltou um gemido diante da brutalidade da ação.

Vitor tentou protestar, mas um terceiro enfermeiro já se adiantava e lhe enfiava uma agulha no braço.

— Vocês não precisam fazer isso. — A voz da repórter saía débil enquanto ela apertava a máquina fotográfica contra o peito.

Conduziram até a cama o corpo de Vitor, que se debatia.

— E quem é você? — O enfermeiro exigia uma resposta apontando a seringa vazia.

— Eu...

— Você tem permissão para estar aqui a esta hora?

Um médico surgiu, esbaforido.

— O que aconteceu aqui?

— Ele ia se jogar, mas felizmente chegamos a tempo.

— Segure as pernas dele. — Um dos enfermeiros gritava para o outro tentando conter os braços de Vitor.

— Sedação! — O médico aproximou-se da cama.

— Já fiz isso. Uma dose grande.

— Ele está sangrando muito. Rápido, as correias. Prendam as pernas dele para eu fazer um curativo.

Ana Beatriz deslizou até a parede tentando desaparecer, vendo surgir correias de couro branco para atar Vitor à cama.

O médico retirava gaze e água oxigenada de uma bandeja trazida às pressas por uma enfermeira.

— Minha mãe. Cadê o Alexandre? — Vitor enrolava a língua tentando falar. Um dos enfermeiros segurou sua testa forçando a cabeça contra o travesseiro.

Ana Beatriz estava paralisada, mas mesmo assim o médico percebeu sua presença no canto.

— E essa aí? O que ela está fazendo aqui?

— Eu já perguntei isso a ela.

Por um instante, todas as atenções se voltaram para a jovem repórter que tremia.

— Ela me salvou. — Mesmo engrolada, a voz de Vitor se fez ouvir. — Preciso falar com ela.

— Você não precisa de nada. — O tom do médico era decidido. Virou-se para o enfermeiro ao seu lado. — Continue esse curativo enquanto eu falo com a mocinha.

— Ela me salvou. — Vitor lutava contra o torpor que o invadia.

— Fique quieto. Durma. E, vocês, cuidem para que ele não faça mais nenhuma estupidez.

Respondendo à ordem do médico, as correias foram apertadas ainda mais, fazendo Vitor gemer.

— Vocês estão machucando ele.

O olhar de pedra do médico fez Ana Beatriz se calar e baixar os olhos.

— Pegue suas coisas e me acompanhe.

A moça recolheu rapidamente o conteúdo de sua bolsa espalhado pelo chão. Levantou-se e foi insegura até o médico. Saíram deixando os enfermeiros cuidando dos ferimentos nos pés de Vitor, que já tinha adormecido.

Um pequeno objeto ficou esquecido no chão, um bloco de anotações que caíra da bolsa e deslizara para baixo da mesinha.

115

No pequeno casulo, Danih, Ihmar e Quenom permaneciam numa espera silenciosa.

As fibras de seda se esvaneceram, e L.U.C.A. entrou fazendo Ihmar levantar-se de imediato. Ele estava sozinho.

— E então? — Avançou na direção do Ancestral sem conseguir conter sua ansiedade.

Pela primeira vez, via os olhos de L.U.C.A. sem a máscara titânica. Era como se uma fina película tivesse sido retirada, e ele se mostrava frágil.

— Missão cumprida — disse, sem entonação.

O mestre, que permanecia placidamente sentado, assentiu.

— Vou informar ao Conselho.

Ihmar vibrou com ansiedade.

— E Alexandre?

L.U.C.A. estava triste? Era isso que Ihmar constatava?

— Você está bem, L.U.C.A.?

— Não sei.

O Ancestral nunca admitira não saber algo.

— Sente-se, meu amigo. — Danih fez um gesto.

A grande figura postou-se cansada ao lado do mestre, que o envolveu com uma delicada camada de luz violeta.

— Alexandre se foi.

Um peso abafou Ihmar.

— Se foi? Como?

— Você é muito eficiente, Ihmar. — Não havia ironia no tom de L.U.C.A. — Mas não precisa mais sentir-se responsável pela segurança dele.

— Então ele está bem?

— Ele foi muito corajoso.

— O que aconteceu? — Mesmo não sendo mais um desígnio seu ocupar-se de Alexandre, sua preocupação era extrema.

— Você gostava muito dele, não é?

— Gostava? Por que você fala no passado? O que aconteceu? O que você quis dizer com ele ter sido muito corajoso?

Era claro a todos que Ihmar havia construído uma ligação forte com o rapaz. Uma ligação emocional que extrapolava os limites de sua função. E Ihmar não parecia se importar em dissimular isso.

— O rapaz que não deveria ter morrido; que foi alçado à dimensão paralela antes do tempo; que superou todos os estágios de treinamento da Academia... Esse rapaz entendeu mais claramente que todos nós o sentido da imperfeição e sacrificou sua unidade. Transcendeu a luz para se transformar na dúvida do irmão. — L.U.C.A. fez uma pausa para olhar Ihmar, com uma alegria triste. — Você fez um bom trabalho com ele. Você também, Quenom.

Ihmar ficou quieta, desejando poder chorar.

— Estamos aprendendo muito aqui. — O mestre alcançou Ihmar, com sua luz. — Amor. Esse incrível poder imperfeito. Talvez Afrodite não tenha morrido, afinal. Acreditar na imperfeição do amor é realmente um grande aprendizado para nós.

Apenas Quenom mantinha-se apartado, sufocado em seus pensamentos.

— Alexandre não existe mais? — A pergunta era mais uma constatação dolorosa.

— Sim, Ihmar. Não existe mais. Ele passou pela singularidade.

— Para onde?

— Certamente para onde essa pergunta não faz mais sentido.

O mestre completou a frase de L.U.C.A.:

— Alexandre ultrapassou o limite do Horizonte de Energia para além da compreensão universal.

Quenom estremeceu. O garoto, que nem sequer havia se tornado um ser paralelo, agira, enquanto ele, o melhor de toda a Academia, permanecia sem coragem de fazer o que já devia ter feito assim que encontrou o Conselheiro no sótão de sua memória.

— Mas o trabalho ainda não terminou — disse o mestre. — Não até Vitor encontrar seu propósito.

Quenom inflou-se e imediatamente se dirigiu para a abertura feita pelo Ancestral.

— Onde você vai, Quenom? — Mesmo de olhos fechados, o mestre percebia que ele deslizava resoluto.

Mas Quenom não respondeu. Uma decisão se formara em seu interior, e ele saiu.

116

A campainha estridente do telefone tocou sobre o criado-mudo do quarto. Duas, três, várias vezes.

Gílson remexeu-se ouvindo aquele som desagradável, tentando vencer o torpor de sua mente embotada pelo sono.

O telefone.

Abriu os olhos embaçados e buscou o aparelho. Coisas caíram. Os dedos procuraram o fone no meio da poça de água que entornara de um copo.

— Alô.

— Professor Gílson?

— Sou eu.

Rapidamente uma voz que ele não conseguiu identificar explicava que ele precisava voltar imediatamente ao hospital. A mente do professor ainda não processava bem as informações. Hospital?

— O rapaz tentou novamente.

Toda a situação entrou como um jato gelado em sua cabeça. A voz ainda falava, mas ele não ouvia mais. Vitor. Noêmia. Levantou-se pesadamente procurando a direção da porta.

Ele dormira! Um inútil! Havia dormido quando mais precisavam dele!

117

O bloco de anotações! Onde estava o bloco de anotações?

Ana Beatriz remexia freneticamente os objetos de sua bolsa espalhados pela cama do hotel. Não estava ali. Tinha perdido todo o seu trabalho! Toda a matéria que ela vinha escrevendo estava naquele maldito bloco.

Depois que o médico a retirara do quarto, tiveram uma rápida conversa. Ela explicou que era uma repórter interessada em como as coisas estavam transcorrendo para o rapaz e sua mãe. O médico já a tinha reconhecido. Vira os noticiários em que ela narrava, de maneira espetacular, a tragédia. Aceitou os argumentos da moça sem lhe causar nenhum problema por ter invadido o hospital. Mas desde que ela fosse embora. Não, não podia permitir que ela conversasse com os pacientes. Quis saber por que Vitor disse que ela o salvou. A moça não sabia explicar. "Conversaram?" O médico perguntou. "Não." Depois de um suspiro, o médico deu-lhe o telefone de Gílson dizendo que ele era o responsável e só ele poderia autorizar um novo contato. Ela saiu sabendo que seria difícil convencer o professor a ajudá-la depois de tê-lo enganado.

Agora, de volta ao seu quarto, sem suas anotações, tentava se acalmar. Afinal, ainda tinha cópias das fotos. A de Gílson no Iraque e as do professor na ambulância, além, é claro, da foto de Vitor na janela. Fotos sensacionais. Poderia reescrever tudo. Só não podia deixar que o conteúdo do bloco fosse descoberto antes da hora. Ela não podia ser furada. Tinha que fazer alguma coisa.

118

O acesso ao Conselho da Arcada se dava por uma espiral ascendente que se afunilava em círculos. Um cone, alternando luz e sombras.

Quenom já estivera algumas vezes no interior daquele túnel que se apertava até além da visão. Uma imagem inquietante que prometia um infinito claustrofóbico. Nas outras vezes, fora preciso muito esforço para galgar cada um dos círculos, e sempre fora barrado e impelido a retornar. Agora ele sabia que o motivo que o impedira de ir além era um só. A certeza que o assoberbava no orgulho de sentir-se melhor que todos. Quando estivera ali, nunca teve a menor dúvida de que era merecedor de atingir a Arcada. Sabia de seu valor. Suas habilidades. Para ele, todos tinham que reconhecer isso. Porém, sempre voltava. E sempre se revoltava.

Olhando os círculos concêntricos acima dele, entendeu como era simples aquele sistema de filtragem. Via claramente que não poderia mesmo ter passado.

Mas desta vez precisava passar. Não porque desejasse, na verdade não havia resquício de desejo nele, simplesmente precisava comunicar ao Conselho o motivo da falha.

Começou a subir circularmente, passando da luz para a sombra e da sombra para a luz. Só pensava no que deixara de fazer. Só tinha em mente o quanto fora medroso. E por não olhar o caminho, por não perceber sua própria subida, quando deu por si, já estava em um ponto tão alto e espremido que não tinha mais espaço para continuar.

Atingira um nível desconhecido. Atrás dele, a espiral descia num vórtice, e acima havia apenas um ponto negro, como uma pequena escotilha de aço carbonizado. E agora?

Não havia nenhum ser ali. Ninguém a quem se dirigir. Seria preciso conhecer alguma senha, uma palavra mágica para abrir aquele orifício?

— Preciso falar com o Conselheiro — falou em voz alta para o vazio.

A escotilha se moveu lentamente revelando a escuridão.

O campeão da Academia tremeu ao imaginar-se cruzando aquela fronteira. Pânico por ter que se enfiar nas trevas estreitas à sua frente. Mas a necessidade era maior que o medo. Contraiu-se como pôde e entrou.

Como em um tubo, prosseguiu arrastando-se, apertado, sufocado. A escotilha fechou-se com um estrondo abafado atrás dele. Teve um sobressalto ao imaginar que tinha sido impelido para seu castigo final e que passaria a eternidade preso ali.

“Imagine o planeta Terra como uma rocha de cristal. Um passarinho vem e bica. Vai embora para retornar dali a cem anos para dar outra bicada. A eternidade é o tempo que leva até esse passarinho transformar todo o planeta em poeira.”

Não sabia de onde vinha essa lembrança. Mas a imagem o aterrorizou. O que fizera certamente merecia uma punição como aquela. Esperar num túmulo apertado até que o passarinho completasse o seu trabalho.

Mas não foi preciso tanto tempo. Uma força o empurrou como uma bala num cano de espingarda.

Não ouviu o tiro nem viu o clarão do estampido. Olhou em volta e estava em um espaço incrivelmente amplo. Um salão em semicírculo de raio incalculável. Nas longínquas fronteiras desse salão, havia uma parede transparente. Lá fora, uma linha de luz de uma cor que ele nunca havia visto bruxuleava num tom além do ultravioleta.

Ao sair de um túnel tão diminuto e ter diante de si a magnitude daquela perspectiva, quedou-se de joelhos.

— O Horizonte de Energia. — Uma voz planou clara no ambiente. — A Radiação de Fundo do Universo.

Espremeu os olhos e viu que longe, muito longe, havia um banco e sentado nele a silhueta que dizia aquelas palavras, ignorando o espaço imenso que os separava.

Mesmo incerto se seria ouvido àquela distância, não conseguiu emitir mais que um murmúrio:

— Conselheiro?

— Estava te esperando. Aproxime-se. — A voz continuava clara.

Levantou-se devagar e deu um passo tímido. Assim que o passo se completou, estava ao lado do banco.

Sentado nele, o vulto diáfano olhava a janela à sua frente.

— Bonito, não é?

Não havia o que responder. Ele, que explorara paisagens magníficas entre as dimensões, jamais vira algo que sequer pudesse se comparar àquilo.

Mas a necessidade era ainda mais forte que a admiração, por isso sua voz soltou-se involuntariamente:

— Conselheiro, nós precisamos...

— Exatamente. — A luz levantou-se ondulante e assumiu um ritmo prático. — Deixemos a contemplação. É ótimo que tenha vindo. Estamos diante de um fato que nos restituiu a esperança. Talvez a falha possa ser superada.

— Senhor, é justamente sobre a falha que vim falar.

— Ótimo. Então estamos sintonizados.

Quenom ficou magnetizado encarando a face do Conselheiro. Ele não sabia! Sentiu sua força escorrendo, se esvaindo rápido, e quando ficou vazio percebeu que a necessidade ainda estava presente. Não dava mais pra hesitar. Era o momento da revelação. E só agora, totalmente fraco, ele podia dizer tudo e enfrentar as consequências.

Mas foi o Conselheiro que falou antes.

— Por isso trouxe quem agiu sobre essa falha.

— O quê?

— Seteus, por favor.

Uma ondulação mais forte na luz do Conselheiro fez a figura jovem surgir ao lado.

Quenom desesperou-se. Uma injustiça estava para ser cometida àquele ser frágil e assustado.

— Não. Ele não tem culpa de nada.

— Acalme-se, Quenom. Culpa é algo que não está em questão aqui.

— Não foi ele quem causou a falha.

— Sabemos disso. Ele agiu sobre a falha, não a provocou.

Não era uma sessão de expiação. Mas o peito de Quenom continuava denso. A luz do Conselheiro envolvia o franzino Seteus, que não parava de tremer.

— Desde que foi erroneamente... — Fez uma pequena pausa, como se fosse difícil admitir aquela ideia. — Erroneamente colocado pela Cadeia dos Desígnios para ser o guardador de gêmeos, Seteus esteve envolvido como vítima em tudo o que aconteceu.

— Eu falhei. Não deveria ter entrado em contato com o rapaz. Eu deveria estar presente quando o Mensageiro...

— Não faça isso, Seteus. — A luz do Conselheiro brilhou mais intensamente, e o outro se calou.

— Vamos nos sentar.

Assumiram o banco. O vulto de luz ficou entre os dois, todos olhando a maravilhosa manifestação nos confins do universo.

— O perdão não é algo que possa se impor. Perdoar a si mesmo é muito mais difícil que perdoar ao outro. Nem toda a energia da radiação de fundo que vemos pulsar em toda a sua amplidão pode obrigar alguém a se perdoar. — Estendeu-se sobre eles. — Por isso, aceitamos que Seteus tenha que agir para tentar impedir que o ciclo iniciado com a falha não se conclua. Sua não consciência salvou equivocadamente Vitor uma vez, e, agora, ele tem a chance de, conscientemente, voltar a salvá-lo.

— Senhor, eu preciso...

O Conselheiro estava tomado por uma inédita excitação:

— Achamos que você estava fechado diante desta situação, Quenom. Mas, se você percebe a necessidade de perpetuarmos o movimento, é chegada a hora de mostrar por que o chamam de campeão.

A revelação continuou presa em Quenom.

— Você está designado a guiar Seteus em sua missão. — O Conselheiro falava não querendo ser interrompido. — Ele foi treinado para ser um Receptor e não possui as habilidades necessárias para interagir no universo subatômico. Você deverá ajudá-lo. Alexandre conseguiu afastar a certeza de Vitor. Essa é a nossa esperança. Mas Vitor não pode permanecer envolto em seu manto vital, e vocês precisam encontrar uma maneira...

— Eu não posso!

Quenom levantou-se abruptamente fazendo Seteus assustar-se. O Conselheiro continuou tranquilo.

— Eu não sou digno de executar mais nenhuma missão!

119

Dois comprimidos se chocaram na garganta contraída do professor, para em seguida sumirem pela traqueia envolvidos em água fria. O copo longo de cristal foi pousado sobre o disco metálico em cima da mesa de madeira clara.

— Obrigado, doutor.

— O senhor dormiu o quê? Duas, três horas?

Imaginando sua figura nas piores condições possíveis, o professor passou as mãos pelos ralos cabelos oleosos, punindo-se pelo erro de ter adormecido.

— Quero reiterar que estou aqui pra ajudar no que for preciso — continuou o diretor do hospital.

Olhando o médico sentado atrás de sua mesa limpa e organizada, ele quis sorrir, mas não conseguiu.

— O que sugere que façamos agora? Eu, realmente, não consigo pensar direito.

O médico brincava com bolinhas de metal entre os dedos, e o professor lutava para não dar mostras do quanto a luz que vinha da janela o incomodava.

— Bem, como o senhor pôde ver, o garoto está dormindo, assistido de perto.

— É terrível. — Colocou a mão sobre a testa, o que ilustrava seu sentimento, mas servia também para proteger os olhos doloridos pelos raios de sol.

— Talvez o melhor agora seja tentar conversar com a mãe.

— Uma nova avaliação?

— Não estava pensando em uma aproximação profissional. Veja. O estado dela é delicado, algo bloqueou sua lembrança sobre o filho, e... — Parou de mexer com as bolinhas e se inclinou para Gílson. — Mas aconteceu algo que, digamos...

— O quê, doutor? — Gílson foi para a ponta da cadeira. — Alguma coisa grave?

— Pelo contrário. Logo após o incidente com o Vitor, uma enfermeira a ouviu balbuciar o nome do filho.

— Alexandre?

— Vitor.

Um pequeno sopro de calor nasceu no peito do professor.

— Isso é muito bom.

— Calma. Por isso não quero fazer uma avaliação direta agora. Se a enfermeira estiver certa, o bloqueio pode estar cedendo, mas temo que, se a pressionarmos, ela recue.

— Entendo.

— Ela precisa de um contato amigo. Afeto. Precisamos que ela se sinta minimamente segura. — Recolocou as bolinhas na caixinha de madeira, alinhando-a com os outros objetos. — O senhor acha que está em condições de falar com ela?

— Claro — disse apesar de duvidar.

— Ótimo. — O médico ajeitou alguns papéis que já estavam perfeitamente alinhados. — Se tudo correr bem, não será preciso fazer uma transferência para uma casa de repouso.

Gílson viu a imagem de Noêmia sozinha numa cadeira, numa sala com pessoas semiconscientes. Não ia permitir isso. Noêmia precisava dele. Mesmo sentindo a cabeça latejar, o estômago revirar-se e sem poder sequer manter os olhos totalmente abertos, Gílson levantou-se.

— Vamos.

O diretor apertou os lábios solidariamente e o imitou.

Andaram silenciosos pelo corredor. Entraram em um elevador que desceu dois andares. O estalido da campainha feriu seus ouvidos. Seguiram por outro corredor passando por aventais e macas. Chegaram à porta do quarto de Noêmia.

— Espere aqui.

Ficar de pé, mesmo parado, era difícil demais, mas mal se apoiou na parede, e o médico já estava de volta com uma enfermeira.

— Ela está acordada. — A mão do médico pousou sobre o ombro dolorido de tensão do outro. — Acho que vou deixar vocês sozinhos.

Nem sequer houve tempo para uma resposta, e o médico se afastou.

Um suspiro.

O que ele poderia dizer à amiga? Não tinha ideia. Empurrou delicadamente a porta e entrou.

Constatou grato que lá dentro não havia nenhuma luz para agredi-lo e, por um instante, sentiu o conforto da penumbra.

— Gílson? — Era uma voz tão fraca que, se não fosse o silêncio quase absoluto, ele não teria ouvido.

Caminhou numa lentidão respeitosa. Ou covarde?

— Sou eu.

Viu a mão de Noêmia sair branca sob os lençóis. Uma mão que ele gostava de tocar e que agora pedia seu toque. Envolveu os dedos com carinho.

— Se sente um pouco melhor?

— Meu coração está partido.

— Eu imagino.

— Eu tenho visto o Alexandre.

Ele fechou os olhos e pensou na casa de repouso.

— Você acha que eu estou louca?

— Você está muito cansada, só isso.

— Sonhei com ele. Acho que foram sonhos. Só podem ter sido sonhos, não é? — Remexeu a cabeça no travesseiro. — Mas, ao mesmo tempo, tenho certeza de que era real. E eu vi que ele está bem.

— Sim, é nisso que temos que acreditar.

— Não, você não entende. Eu sei que ele está bem. Eu vi.

Ele balançou a cabeça.

— Isso é muito bom.

— Mas... — Ela puxou a mão e apertou-a sobre o peito. — Eu também tive um sonho horrível. Não depois. Não antes. Um sonho... — Movimentou os dedos buscando as palavras. — Um sonho que seguia junto, e separado. Um sonho paralelo.

— Não se esforce. Está tudo muito confuso, é natural.

— Não. Eu vi tudo muito claramente. O Vitor... Eu também via o Vitor nesse sonho.

Ele piscou involuntariamente. Ótimo. Ela se lembrava do filho. Buscou as mãos dela para demonstrar sua satisfação com aquilo, mas elas se ergueram no ar.

— Ele estava tão só, Gílson. Tão só. — Olhou para ele com intensidade. — Abandonado. Era uma piscina vazia, enorme, branca, com azulejos escorregadios...

E ele estava sozinho. Sem ter como sair. E eu sei, sabia no sonho que *eu* também tinha abandonado ele. — Tapou o rosto com as mãos. — Abandonei meu filho naquele lugar frio e escorregadio.

— Ele vai ficar bem. — Uma onda de entusiasmo dominava o professor. — Ele está aqui, conosco.

— Mas o ralo estava aberto! — A voz dela subiu de tom fazendo com que Gílson segurasse mais firme seus ombros frágeis. — Um ralo. E ele ia escorregar lá pra dentro. Pra sempre. E ninguém... Eu não estava lá pra ajudar.

— Noêmia, escuta. — Sacudiu levemente os ombros até ela parar de gemer e olhá-lo. — Ele não vai escorregar. Você não vai deixar. Nós não vamos deixar.

Num rompante ela enlaçou o seu pescoço, e ele sentiu o cheiro de sabão de hospital.

— Como? Como eu posso tirar ele de lá?

— Nós vamos conseguir. Vamos, Noêmia. Eu prometo.

A voz dela saiu abafada pelas dobras do pescoço dele:

— Você é meu anjo.

120

— Não sou digno — Quenom repetiu num sussurro.

— Seteus, vou pedir sua licença por um instante. Acho que Quenom quer falar em particular.

O jovem anuiu humildemente à solicitação do Conselheiro, virou-se e começou a caminhar na amplidão da sala. A cada passo, desaparecia em um ponto pra ressurgir cada vez mais longe.

— Agora fale.

— O senhor sabe, não sabe?

— Saberei assim que me contar.

Quenom andava de um lado para o outro.

— O senhor é a inteligência concentrada. É claro que sabe. Não pode não saber.

— Não somos deuses, Quenom. O Conselho não é onisciente. Se fôssemos, não teria havido a falha. Mas somos abertos a ouvir o que não sabemos.

Ele não aguentava mais:

— Eu causei a falha.

121

Aquele era um momento especial.

Os seres paralelos que terminaram seu treinamento na Academia estavam reunidos nos anéis externos de um grande círculo, esperando numa ansiedade contida a sua primeira missão. Em anéis intermediários, ficavam os veteranos, também na expectativa de uma missão especial que fosse um catalisador no processo de transformação. Nos círculos internos, havia os candidatos a uma ascensão direta que reuniam predicados especiais.

Quenom estava no mais central dos anéis. Havia algumas reuniões, ele ocupava aquele espaço esperando subir de patamar, mas sempre recebia missões cada vez mais complexas. A última foi guardar uma tribo inteira em guerra constante com grupos rivais. Seu desempenho fora tão espetacular que não tinha como agora não ser alçado — não imaginava que missão ainda mais difícil poderiam determinar-lhe. Mas esperava com espírito cético.

Cercando o espaço ficavam os mestres, que, por seu grau de frequência mínima, não eram assaltados pela expectativa mesmo sabendo que poderiam ser convidados ao grau do Conselho. A atenção deles se detinha humildemente em observar a trajetória de seus pupilos.

A dinâmica transcorria tranquilamente.

Uma corrente luminosa trazia uma sequência de placas cristalinas com os nomes gravados. Essas placas percorriam uma esteira de luz até se encontrarem com as placas dos desígnios, que convergiam em sentido oposto. No momento em que se encontravam, uma se refletia na outra, fundindo-se. O desígnio era, então, pronunciado pelo arauto.

A placa com o nome de Quenom deslizou. Seu desígnio estava para ser anunciado pela voz incorpórea.

Tudo aconteceu de maneira muito simples e eficaz, mas a ansiedade dele fez o instante ganhar contornos de irrealidade. Ele entendera direito? Não podia ser. O que o arauto havia determinado? Estava sendo designado para guardar uma pessoa prestes a nascer? Não alçara ao Conselho? Não se aproximara da transcendência?

Apurou sua atenção. Era pior.

Por um leve instante, ninguém entendeu o que acabava de acontecer. Mas não havia possibilidade de engano. O arauto acabava de anunciar que a pessoa era um menino que teve problemas no estágio final da gestação. Um problema que acabara de se configurar: paralisia cerebral.

Como assim?

Essa era a pergunta que passava silenciosa por todos os presentes. Guardar uma pessoa paralisada era uma tarefa simples. Alguém que não tinha movimentos, praticamente sem uma vida independente, era confiado a iniciantes.

Quenom estava sendo rebaixado ao nível de um novato inepto?

A incredulidade assomou a todos, e até o arauto quebrou o ritmo da cerimônia para se certificar de que lera corretamente a determinação.

Silêncio.

Quenom ficou estático.

Estava sendo punido, era isso. Mas por quê?

Não era possível!

Mas as placas reflexivas mostravam com clareza que esta era a vontade da Cadeia dos Desígnios.

Voltou o movimento, e a cerimônia prosseguiu.

Novas missões continuaram a ser transmitidas.

Revoltar-se. Ele sabia que era exatamente isso que o Conselho queria. Que ele negasse a determinação e se autoexilasse entre os obscuros. Não faria isso. Todas as suas partículas gritavam por justiça, mas sustentou a revolta como quem reprime uma tempestade.

Estavam com medo do seu brilho? Era isso? O Conselho temia sua capacidade excepcional?

Covardes! O grito implodia internamente.

A despeito da ira, permaneceu passivo. Pulsando. Esforçando-se para não explodir. Num reflexo, aumentou sua área de alcance sem deixar o local que ocupava.

A energia reprimida o fez vibrar em ondas mais curtas que as de raios gama. Naquele instante atingiu o paroxismo. Parado, ondulou entre os átomos do ambiente. Sem se mover, vasculhou todas as manifestações em busca de uma resposta para aquele absurdo. Tinha que encontrar o culpado em alguma vibração.

Mas não havia vestígios de culpa. A Cadeia dos Desígnios era amorfa, impenetrável em sua falta de identidade. O que acontecera estava fora de sua medição.

Foi então que ele antecipou as próximas placas que deslizavam na esteira luminosa e leu antes de todos os nomes que elas traziam. Não foi um ato deliberado, mas um plano de retaliação formou-se imediatamente em sua consciência hiperexpandida.

As placas traziam nomes que eram exatamente o contrário um do outro. Seteus e Suetes.

Uma coincidência implausível no infinito das possibilidades. Mas estavam ali. Sua vingança tomou forma, e ele deixou espocar do fundo de sua revolta um facho de luz tão poderoso quanto sutil. Sua energia estava de tal forma condensada que o comprimento de suas ondas era brutal, mas imperceptível.

Por um momento todos foram cegados.

E esse golpe de luz invisível fez com que os reflexos dos nomes opostos se confundissem e se invertessem.

O arauto determinou a missão de Seteus para Suetes e em seguida a de Suetes para Seteus.

122

Quenom e Seteus transportaram-se pelo corredor de luz violeta até um dos cantos do quarto onde Vitor dormia. Ao lado da cama, um enfermeiro fazia palavras cruzadas tentando vencer o tédio.

Seteus ficou emocionado ao rever Vitor. Aproximou-se da fisionomia que conhecia tão bem. Nos últimos dezessete anos, o acompanhara intimamente. Conhecia-o melhor que todos, assim como Alexandre... Sua vibração desceu algumas escalas.

Agora os irmãos estavam separados.

Como? Como os dois, que não se desgrudavam, que respiravam o hálito um do outro dormindo abraçados, podiam não estar mais juntos?

Passou sua luz sobre o rosto adormecido e agradeceu ao perceber que Vitor reagia respirando mais profundamente. Encostou a mão no rosto dele, mas, como que pego num ato falho, retraiu-se.

— Guardadores não fazem contatos com as pessoas. — Quenom acercou-se. — Mas você não é um guardador, Seteus. É um receptor. E é sua natureza que pode ajudar este rapaz. — Tocou com carinho o jovem. — Talvez seja exatamente de seu conforto que ele precise agora.

Seteus sorriu com os olhos e pousou novamente a mão sobre a fronte de Vitor.

Alheio, o enfermeiro se esforçava para encontrar uma palavra.

— Objetivo essencial com nove letras... — Tamborilou a caneta no papel. — Cacete, essa é difícil.

— Propósito. — Ao sopro de Quenom, o enfermeiro ergueu os olhos para o vazio à sua frente e escreveu satisfeito.

— Agora é você que terá que fazer este menino despertar para esta palavra.

"Não vai ser tão fácil", pensou Seteus. Ele não podia simplesmente soprar no ouvido de Vitor o objetivo essencial de sua existência. Teria de fazê-lo descobrir por si.

Ah! Como era difícil descobrir algo sozinho! Tomar uma decisão importante sem ninguém para ajudar. Como tinha sido difícil compreender a figura do mensageiro, surgida logo após o acidente, para comunicar que ele havia salvado o irmão errado e deveria voltar imediatamente deixando o garoto à sua própria sorte.

— Por mais que digam que não tive culpa, é difícil pensar que não fui eu que... Eu, que devia cuidar dele, acabei por condená-lo.

— Se tantos disseram que a culpa não foi sua, acho que não vai adiantar eu repetir isso mais uma vez, não é? — O outro permaneceu calado. — Você saberá o que fazer no momento certo. — Seteus podia não ter a certeza disso, mas Quenom tinha.

Assim que confessara ao Conselheiro ter causado a mudança nos desígnios, imaginou que a reação seria a sua expiação. Ele era o culpado, e ser punido seria a maneira eficiente de provar que não fora a Cadeia dos Desígnios que provocara o erro, mas sim um ser paralelo de ambição cega. Estava pronto para a punição. Na verdade, desejava isso. Pelo menos seria uma definição para sua angústia. Mas, para sua surpresa, o Conselheiro o envolveu num abraço.

— Estamos orgulhosos por sua coragem.

Quenom ficou perplexo.

— Mas eu agi contra...

— Na perspectiva ampla, não existe contra ou a favor, existem ações e consequências.

— Mas... justamente a consequência da minha ação ainda pode... acabar com tudo! Eu não tinha o direito de interferir!

— Não, de fato não tinha. — O Conselheiro subiu suas vibrações em tons mais fortes. — Quando eu disse que não sabia, estava sendo honesto. Mas sempre intuí que você...

— Que eu era o problema.

— Que era a solução para o problema. Agora sei que problema e solução estão ligados.

— E qual será a minha punição?

— Punição? Vamos ver por outro ângulo: quando dissemos que a falha teria que ser corrigida por quem agiu sobre ela, nos referíamos a Seteus, e você seria seu guia. Mas, agora, sabendo que você foi o autor, a situação é mais auspiciosa.

— Não entendo o que pode ter de bom nisso.

— Vitor poderá contar com dois seres que não foram apenas convocados, mas que estão aqui também porque precisam atuar pelo seu sacrifício. Quem melhor para fazer isso que vocês, que precisam se libertar?

— Me libertar? Eu achei que seria castigado.

O Conselheiro o envolveu firme e suavemente.

— A consequência de sua ação é que você deverá determinar sua própria missão para aquietar seu espírito transtornado. Sem ajuda. Você está condenado a não receber mais desígnios.

Soltou o paralelo do abraço.

Quenom estremeceu. Aquele era o castigo. Como progredir sem que o mandassem seguir um caminho?

— A solidão é sua sentença, Quenom. Você interferiu na Cadeia dos Desígnios, e agora ela lhe dará... Nada. Sua pena é a liberdade.

— Mas e quanto a ajudar Vitor?

— Sem desígnios. Se você ajudar, será por conta própria. O que fizer, será sua decisão, de agora para sempre. E só suas decisões poderão fazê-lo se transformar e transcender. Sozinho, o caminho é muito mais difícil, mas é o que lhe resta agora.

Não houve nenhum alongamento naquela conversa.

Seteus foi chamado de volta, e o Conselheiro abriu um corredor de luz e indicou-o ao jovem. Sem hesitar, Quenom decidiu seguir também.

No quarto, a porta se abriu. Seteus explicou a Quenom quem era o professor que entrava se dirigindo ao enfermeiro.

— Como ele está?

— Na mesma.

— Isso é bom?

O enfermeiro olhou o rapaz e pensou que pelo menos ele não havia tentado se matar novamente. Mas não disse nada e se limitou a menear a cabeça.

— Ainda está sob o efeito dos sedativos?

Dando uma conferida no relógio, o enfermeiro inclinou a cabeça novamente.

— Acho que não. O efeito já passou. Deve estar só dormindo mesmo.

— Então, se você não se incomoda, eu queria ficar sozinho com ele um pouco.

Claro que ele não se incomodava. Estava mesmo louco para sair e espairecer com um café ou alguma conversa trivial com os colegas.

— Pode ficar à vontade. E se precisar... — Indicou a campainha e deixou o quarto levando suas palavras cruzadas.

Normalmente, Gílson sentia-se incomodado ao estar sozinho com Vitor sem saber o que fazer, ou pior, sabendo que não podia fazer nada. Mas algo havia mudado nele. A reação de Noêmia o legitimava, e ele faria tudo para corresponder às expectativas dela.

Caminhou até a cama e observou o garoto um instante. Um menino que precisava de uma mão firme para indicar um caminho, e, mesmo que ele não soubesse que caminho era esse, Gílson não omitiria seu braço. Era preciso puxá-lo do abismo. Depois a estrada se mostraria.

— Vitor — disse com delicadeza. — Acorda, Vitor.

O rapaz gemeu. Seteus ajudou-o a acordar com uma sensação de tranquilidade.

— Vitor, você está me ouvindo?

Os olhos se abriram com dificuldade.

— Tio Gílson?

— Sou eu. — Era uma alegria perceber que o rapaz se comunicava. Mas era preciso ir devagar, com cuidado. — Como é bom falar com você. Queria conversar um pouco. Você acha que consegue?

Vitor olhou para a janela quebrada coberta com plástico preto. Tudo aquilo parecia tão distante. Atirou longe o cobertor. Estava suado.

— Onde ela está?

Gílson pensou na angústia de Noêmia. Não via a hora de colocar mãe e filho um nos braços do outro.

O rapaz passou as mãos nos olhos ainda desfocados.

— Eu preciso falar com ela.

— Claro. Vocês precisam conversar. Isso vai ser ótimo. — Gílson ofereceu um pouco de água. — Ela quer muito te ver.

O rapaz bebeu ávido e devolveu o copo erguendo o corpo ainda meio dormente.

— O senhor sabe o que ela quer comigo?

Um momento de hesitação.

— Ora, te ver, saber se você está bem... Ela está muito preocupada com você.

O garoto sorriu triste.

— Eu acho que... Não sei. Eu estava meio cego, sabe?

— Claro. Natural. Depois de tudo.

Olhou no centro dos olhos do professor:

— Ela me salvou.

A hesitação se transformou em estranhamento, mas logo ele pensou no sonho de Noêmia e imaginou que, de alguma forma, a mãe o ajudara a acordar do pesadelo.

— Vocês têm uma ligação muito especial.

— E o senhor sabe quem é ela?

O estranhamento se transformou num gesto de recuo. De repente, toda a sua esperança se esvaiu.

— O senhor conhece ela? — o garoto insistiu.

— Talvez seja melhor você descansar um pouco mais.

Agora era o filho que não se lembrava da mãe? O abismo era profundo, e o menino ainda balançava perigosamente em sua borda.

— Acho que a gente pode deixar essa conversa pra um pouco mais tarde. — Pensou no diretor do hospital, na casa de repouso, no futuro incerto e opaco.

— Não, tio. Eu preciso falar com ela agora. — O rapaz rejeitava o cobertor.

— Calma. Mais tarde.

— Ela me salvou. O senhor entende? Eu ia pular, e ela me fez ver, não sei. Eu preciso saber quem é ela e o que ela estava fazendo aqui.

A loucura o arrastava. O professor quis sair correndo, gritando. Mas era dele que precisavam, não havia outra ajuda.

— Do que você está falando, filho?

— Da moça. Da moça que me salvou.

Até então parados em um canto, Quenom e Seteus apenas observavam, mas sentiam que ali havia uma conexão.

— Uma enfermeira? É isso?

— Não. Levaram ela embora. A moça. Ela... — De repente se lembrou da luz. — Ela me fotografou.

Quenom percebeu o bloco de anotações embaixo da mesinha. Com um gesto, indicou-o a Seteus, que pareceu não entender. Então ele próprio desfragmentou-se sobre o pequeno objeto.

— Quem te fotografou?

— A moça que o senhor disse que quer falar comigo.

— Eu estava falando da sua mãe.

— Minha mãe? — A confusão era clara no semblante dele. — Ela está bem?

Tudo era confuso, e ele imaginava se o menino estava delirando. Moça. Salvação. Fotografia. Ele já não sabia sobre o que estavam falando.

— Sua mãe? É da sua mãe que você quer saber?

— Claro. Ela está bem?

O filho perguntava da mãe. Menos mal.

— Quer te ver, te abraçar. Pra ela ficar bem, quer saber se você está bem.

— Eu? Eu não sei.

Enquanto a comunicação seguia truncada, Quenom captava claramente todo o conteúdo do bloco. Não havia dúvidas de que quem escrevera tudo aquilo era uma peça importante.

— Eu quero ver minha mãe, tio. Mas também preciso encontrar a moça que esteve aqui.

— Fica tranquilo. Vamos fazer assim: eu vou falar com sua mãe pra vocês se encontrarem e também vou tentar descobrir que moça é essa. Está bem?

A solução foi aceita por Vitor com o fechar calmo das pálpebras. O gesto também buscava reviver a sensação quando a presença da repórter o religou à sua mãe. A luz precipitou nele a lembrança da mãe e...

— E o Alexandre? — Um arrepio trouxe a lembrança da imagem do irmão o invadindo no momento em que ia se jogar.

A pergunta também provocou um arrepio em Gílson.

— Alexandre? Ele... Ele...

— Tudo bem, tio. Eu sei. — Um sorriso o aqueceu. Seteus o estava envolvendo ternamente, e Vitor se lembrou das imagens boas do irmão passando por ele. — Ele tá legal.

— Sim. Eu também acredito nisso. — O abismo, agora, parecia menos perigoso, e o garoto estava bem agarrado à sua mão. — O importante é você e sua mãe também ficarem bem. Eu vou falar com ela.

Tocou a campainha e se adiantou para a porta.

— Não esquece da moça.

O professor já tinha esquecido. Mas assentiu querendo mostrar o contrário.

— Sim, sim. Vamos descobrir isso.

Moça? Que raio de moça era essa?

O enfermeiro entrou rápido, como se estivesse pronto para impedir uma nova tragédia. Mas logo suavizou a expressão.

— Fique com ele, por favor. Eu já venho. — E saiu com um misto de alívio e inquietação.

Quenom já estava interagindo com Seteus. A comunicação entre eles era rápida.

Por onde começar? Parecia perguntar os olhos do jovem paralelo.

O outro revelou toda a intenção da repórter com aquela história mirabolante.

O bloco.

Uma chave.

Quenom projetou fótons sobre ele. A atenção de Vitor foi fisgada pelo objeto que brilhava no chão.

— Você pode pegar esse livrinho pra mim, por favor?

O enfermeiro virou-se para olhar o local indicado pelo garoto. Nesse instante Quenom suprimiu o facho luminoso.

— Esse? — Quenom fez pulsar as moléculas do impresso das palavras cruzadas, impedindo que ele formulasse pensamentos que não tivessem a ver com o seu passatempo.

Vitor estendeu a mão e apanhou o objeto.

Foi tudo tão rápido que Vitor não entendia o que era aquilo que brilhara no chão e agora estava em seu colo. Não sabia sequer por que pedira aquele bloco. Abriu.

Quenom fez com que tudo em volta perdesse a nitidez para o rapaz, deixando evidentes apenas os pontos das anotações que importavam.

Vitor leu rápido. Um texto forte, bem escrito, pulsante em emoções que narravam a tragédia com o ônibus. Os corpos sendo retirados da água e embalados nos sacos pretos. O encontro entre a mãe e o filho que não reagia aos abraços dela. Os mistérios da história começavam ali. Como pôde haver um sobrevivente sem um único arranhão entre tantas mortes? E por que o rapaz que se salvara parecia tão inerte e alheio a tudo? Não reconhecia a própria mãe! A narrativa da repórter descrevia o contato que teve com Vitor ainda na ambulância. Olhos sem vida. Um vazio assustador, explicado pelo dr. Silas, entrevistado no local, como sendo um possível estado catatônico. O texto especulava que, por trás daquela tragédia, podia haver algo mais profundo.

Seteus envolvia o corpo de Vitor, ajudando-o a absorver o que lia. Ali uma enfermeira revelara que a mãe, estranhamente, não se lembrava do filho sobrevivente.

Um irmão gêmeo morto. Um filho que não reagia ao encontro com a mãe. E uma mãe que negava o filho vivo?

Com a habilidade de um escritor de suspense, a autora seguia para o encontro com o professor Gílson, sugerindo a estranheza de ser ele o único acompanhante das vítimas. Não havia parentes ou outros amigos. A história ganhava camadas obscuras; acusações de uma antiga colega apontavam que Noêmia e Gílson faziam o que fosse preciso para atingir seus objetivos. A conversa na cozinha do hospital, reproduzida com fidelidade e concisão, registrava as lembranças do Iraque. Aquela mãe já havia passado por outra tragédia como esposa.

Seteus precisou de toda a sua concentração para evitar que Vitor entrasse em colapso enquanto lia que fora Gílson quem convencera o pai a um passeio clandestino pelos escombros da cidade. Arrastara-o para a mina que explodira. E em vez de socorrê-lo, o professor fotografara seus pedidos de ajuda. Por que tanta frieza diante do sofrimento de um amigo?

Ao passar a página, uma cópia da foto caiu sobre o lençol. Era seu pai, com uma expressão de dor e desespero extremos. O corpo pela metade. O sangue. As vísceras expostas na poeira. A mão pedindo ajuda ao amigo que fotografava.

O corpo de Vitor só não tremia porque Seteus anulava as vibrações para que o enfermeiro não notasse o que estava acontecendo. Mas sua mente explodia em lembranças que sempre traziam a presença de Gílson. Sempre, em todos os momentos, o professor parecia acompanhá-los, como uma sombra. Um fantasma. Uma maldição.

O texto era poderoso. Não afirmava, mas deixava dúvidas se aquele acidente fora intencional. Lançava a dúvida sobre a verdadeira relação entre Noêmia e o suposto amigo. A colega professora tinha revelado que os dois haviam mantido um relacionamento amoroso quando jovens e nunca mais se separaram. Descrevia como o professor rasgara a foto do marido mutilado e se debruçara em seguida sobre Noêmia dentro da ambulância envolvendo-a carinhosamente. As dúvidas contaminaram o espírito do rapaz.

O tio Gílson e sua mãe?

Ele teria algo a ver com a morte de seu pai?

Pior, sua mãe estaria envolvida naquilo?

O sensacionalismo da história continuava. Levantava a hipótese de que o filho sobrevivente rejeitava o contato materno porque sabia de algo. Sugeria que a segunda tragédia revivera no menino a primeira, quando ele e o irmão eram crianças. Perguntava se esse segundo trauma não trazia à tona recordações funestas esquecidas. Uma prova para esses argumentos era a revelação de que, logo na primeira noite, o sobrevivente tentara se matar. Como alguém que tivera o privilégio de escapar com vida de um acidente fatal poderia querer acabar com a própria vida se não fossem os fantasmas do passado voltando com força?

O texto terminava com essa pergunta.

"Mas isso está errado. Eu não fiz nada disso", pensou o rapaz. "Não por causa de nenhum mistério."

Esse pensamento tranquilizou Vitor.

Seteus e Quenom perceberam que uma força interior o equilibrava.

Era tudo mentira. Ou melhor, era tudo irrelevante. O garoto concluía.

O veneno do texto se dissipara completamente. Uma mentira anulava as outras.

Sua tentativa de se matar não tinha nenhuma ligação com aqueles motivos levantados pela repórter. Vitor entendeu que tudo não passava de suposições vazias. A foto o impressionava, mas sabia intimamente que Gílson não fizera nada do que era sugerido. Como ele, não com aquelas intenções. Todas as lembranças que tinha da mãe e de Gílson eram de carinho. Ele sempre sentira o amor do tio e sempre o amara. Isso era real. Essa força assumiu a forma de um sorriso quando a porta se abriu e o professor entrou.

— Uma repórter. A moça que estava aqui era uma repórter.

Vitor entendeu tudo. Era uma jornalista que ia publicar aquela história! Ia jogar todas aquelas dúvidas sobre o homem grande e frágil que olhava para ele com olhos amorosos. Lembrou-se da foto que a moça tirara dele no parapeito da janela. Que matéria dramática e espetacular ela estava produzindo! Todos cairiam sobre aquela história como abutres. Sua mãe não ia suportar mais um golpe. Sem marido, sem um dos filhos e agora sem nenhuma reputação. Ele precisava evitar isso.

— O que foi, Vitor? — O rosto gordo do professor se contraiu ao perceber a expressão ausente do menino. — Está tudo bem?

— Está, tio. — Terminou de esconder o bloco entre os lençóis e estendeu os braços para envolver o tio num abraço. — Muito obrigado. Obrigado por estar sempre com a gente.

Enquanto ambos se emocionavam naquele abraço, Quenom já se colocava em ação.

Entrou na frequência dos outros dois guardadores que estavam naquele quarto: o do professor e do enfermeiro. Ambos imediatamente atenderam.

Primeiro, o enfermeiro foi acometido por uma incontinência intestinal que o fez pedir licença e sair às pressas. Em seguida, o paralelo de Gílson criou em sua mente a imagem de Noêmia chamando por ele. O professor foi tomado pela necessidade de ver se ela continuava bem. Parecia um fiel de balança, indo e vindo de um quarto para o outro, tentando manter o equilíbrio. Passou a mão pelos cabelos do rapaz e saiu.

Imediatamente Seteus iluminou o telefone, ao mesmo tempo em que Quenom criava uma lâmina de energia entre as páginas do bloco.

Sem pensar, Vitor agarrou o aparelho e o bloco que trazia o nome da repórter em um papel sob uma fita adesiva na borda. Assim que o garoto o tocou, este se abriu na página onde estava o cartão do hotel de Ana Beatriz.

Vitor discou os números.

Quenom fez a ligação passar pelo recepcionista.

Ocupado.

Sem hesitar, Quenom fez suas partículas fluírem pelos fios, e um desagradável estalido soou no ouvido de Ana Beatriz. Ela estava conversando com uma colega na redação quando a ligação foi cortada.

Vitor discou novamente, olhando agora a foto da moça colada na primeira página.

Assim que a repórter pousou o fone no gancho, a campainha soou estridente.

— Alô?

— Ana Beatriz?

— Sim.

— Precisamos conversar. Agora.

123

Ajeitando a camisa por dentro da calça com a expressão de quem acabou de se aliviar, o enfermeiro entrou no quarto. A tranquilidade de seu rosto desapareceu assim que deu o primeiro passo.

A cama estava vazia.

Correu para o quarto de Noêmia desejando que Gílson tivesse levado o garoto para ver a mãe. A porta estava entreaberta. Entrou devagar procurando ver o garoto. Nem sinal dele.

Gílson previu problemas, mas conseguiu levantar-se aparentando estar calmo.

O enfermeiro também manteve a discrição e saiu para o corredor seguido pelo professor, que nem bem cerrou a porta, agarrou a manga do jaleco do outro.

— O que foi?

— Não sei. Quando voltei do banheiro, o senhor não estava mais no quarto... — Aquilo foi dito num tom de quem queria eximir-se de culpa.

— E? — A manga do jaleco foi sacudida.

— E o rapaz também não. Pensei que estivesse com o senhor aqui e...

— Meu Deus! — Esfregou a pele da testa. — Precisamos informar, não sei, a segurança. — Olhou para ambos os lados. — Eu vou falar na recepção, e você avisa o pessoal daqui.

O enfermeiro saiu para um lado enquanto Gílson corria no sentido oposto.

— Pelo amor de Deus, Vitor. O que você vai fazer agora?

124

Um trovão estalou forte parecendo rachar o céu bem acima do hotel.

Ana Beatriz teve um sobressalto que a arrancou da perplexidade. Recolocou o fone no gancho com o coração disparado. Aquilo podia estar mesmo acontecendo? O rapaz ia devolver seu bloco de anotações e contar tudo? Sentiu o medo fino e penetrante da sorte. Por um instante, foi como se estivesse sob um forte holofote em meio a um mundo fosco, extasiada pelo brilho que a destacava e ao mesmo tempo a apavorava por sentir-se absolutamente exposta a algo muito maior que ela. Ficou paralisada entre essas sensações. O que aquilo tudo significava? Seu objetivo, seu sonho, sua obsessão eram agora largados mansamente sobre seu colo? De novo? Sem esforço? Tanta sorte assim assustava.

Levantou-se num impulso.

Sem esforço?

Desde que se entendia por gente, sua vida era esforço, obstinação, persistência. Agora estava acontecendo.

Agarre! Não deixe escapar!

Cerrou os dentes e avançou até a janela do sétimo andar cuja vidraça estava no intuito de fechar antes de sair. Ia chover. O céu baixo, cor de chumbo, já oprimia a cidade.

A cidade.

O prédio ficava no cruzamento de duas grandes avenidas. Lá embaixo uma infinidade de carros e pedestres circulava no frenesi de uma ordem imprecisa. Até então ela mal tinha notado a vista, totalmente absorvida por seu trabalho. E agora, quando podia já sentir o gosto do sucesso preencher seu peito, sentiu-se inexplicavelmente vazia diante da imensidão. Por quê?

Respirou fundo o ar pesado olhando na direção em que se encontrava o hospital. Quatro ou cinco quadras. Se descesse logo, poderia percorrer aquela distância em dez minutos e chegar à padaria onde Vitor marcara o encontro.

Mas ela não se mexia.

O fluxo de vida que corria nas ruas lá embaixo a magnetizava. Cada uma daquelas pessoas levava sua história, seus desejos, seus medos. Todos seguindo adiante num círculo infinito sem começo nem fim.

Algo dentro dela rugia de impaciência. Aquilo era hora para divagações? Pelo amor de Deus! Será que aquela crise existencial não podia ficar pra depois? Agora precisava sair.

Por mais que os gritos da razão ecoassem dentro de sua cabeça, não conseguia abandonar a contemplação do momento. Cada pessoa correndo na direção de seu próprio destino. Um labirinto de probabilidades que se multiplicavam com as escolhas que cada uma podia fazer. Sua atenção destacou uma mulher de cabelos crespos e roupas coloridas na pequena multidão, que esperava o sinal se fechar para atravessar pela faixa. E se ela escolhesse voltar e tentar outro caminho? Sua vida mudaria? Sua história se transformaria por causa de uma escolha tão simples? E a vida da cidade? Sua decisão desencadearia fatos novos que afetariam vidas que ela nem conhecia?

O sinal fechou, e a mulher seguiu em frente. Era isso que ela também precisava fazer, gritava sua razão. Seguir em frente. Estava para abandonar a janela quando, ao lado da mulher, um rapaz de camiseta azul parou no meio da travessia. Uma partícula interrompendo o fluxo natural das coisas. Ela fixou-se no rapaz parado no asfalto. De repente ele voltou, esbarrando nas pessoas até alcançar a calçada e continuou andando firme até sumir do seu campo de visão. O que ele ia fazer? Tinha esquecido uma sacola em um restaurante? Ou tinha resolvido dar outra resposta a alguém? Será que isso mudava o curso da história humana?

Bobagem.

A vida continuava lá embaixo, e o rapaz não era nem mais uma lembrança. Decidir pela esquerda ou direita não mudava nada. De repente o pensamento dela ficou luminoso — aquele emaranhado de vidas era tão complexo, o fluxo era tão poderoso, que um movimento era rapidamente absorvido, cooptado pelo todo e se diluía.

Mas a vida não era feita de escolhas?

Explodir uma bomba era uma escolha. Ter um filho era uma escolha. Mudar de emprego era uma escolha. Mas cada uma delas de amplitude limitada. Por maior que fossem uma bomba e as consequências de sua explosão, diante da perspectiva geral, tratava-se de um fato irrelevante. Como dobrar uma esquina ou não.

Mas por que esses pensamentos agora?

Só porque era uma reporterzinha do interior e estava num sétimo andar achava que podia ter uma visão assim tão ampla de tudo?

Você está com medo do sucesso!

Fechou a janela com força. Medo? Tinha trabalhado a vida inteira para isso e agora ficava presa a devaneios?

A única consequência de uma ação era ter sucesso ou não. Só importava encontrar Vitor. Escrever a matéria e mostrar para todos do que ela era capaz.

Pegou a bolsa sobre a cama e saiu na direção do elevador.

125

Os corredores do hospital nunca estavam vazios. Gente da administração, da limpeza, médicos e enfermeiras circulavam em seu ritmo cotidiano.

Um paciente andar por ali não era exatamente algo incomum. O problema é que quase todos sabiam do rapaz que tinha tentado se matar e estava sob vigilância. Se alguém botasse os olhos em Vitor caminhando meio zonzo, ele logo seria levado de volta ao quarto.

Por isso, Quenom já havia se expandido em todas as frequências, fazendo todos os paralelos agirem para ajudá-los. Seguia como um batedor. Seteus amparava o rapaz e o mantinha focado em seu objetivo.

A primeira pessoa que encontraram foi uma médica loura vindo na direção contrária lendo prontuários. O paralelo dela envolveu-a num invólucro que manteve sua percepção limitada ao que lia. Passaram sem que ela os notasse. Seteus agradeceu com uma ondulação.

Em seguida, um residente surgiu de um dos quartos, poucos metros à frente. Com a mesma diligência, o paralelo dele criou um campo de instabilidade, fazendo com que ele ouvisse barulhos estranhos e voltasse porta adentro, abrindo espaço para que Seteus e Vitor passassem despercebidos.

Viraram à esquerda e começaram a descer a escada para o andar inferior. Sem problemas. Não havia ninguém, e logo ganharam o segundo andar. Ali o movimento era maior. Muita gente circulando. Antes que Vitor surgisse, Quenom tinha reiterado a todos os paralelos do prédio o pedido de fazer com que seus guardados os ignorassem. Cada um cumpriu a determinação a seu modo. Passaram invisíveis, seguindo resolutos para uma porta ao final do corredor.

Tudo seria bastante fácil se todos estivessem em suas posições. A questão é que seres paralelos eram livres até para serem tremendamente relapsos. Portanto, não foi surpresa para Quenom encontrar, exatamente diante da porta por onde pretendiam entrar, um funcionário sem seu guardador. Era o único ali que poderia ver o rapaz andando como um sonâmbulo.

Quenom emitiu ondas chamando o responsável, mas este não apareceu. Devia estar vagando longe dali, e dele não podia esperar ajuda.

Como era um campeão da Academia, num segundo Quenom se projetou até a recepção no andar debaixo onde uma atendente falava ao telefone. Agiu sobre um dos botões de comunicação. Todo objeto material atraía os outros, e essa atração era proporcional à densidade de suas massas. O que Quenom fez foi aumentar a densidade das moléculas que compunham o botão, de maneira que o dedo da atendente foi literalmente puxado magneticamente por ele.

Um sinal agudo soou pelo sistema de som do hospital.

A moça olhou para a própria mão, confusa com o gesto involuntário. Quenom imediatamente fez brilhar na superfície do vidro à frente dela o nome do funcionário. O paralelo da atendente soprou aquele nome em seus ouvidos. Ela puxou o microfone.

— Carlos Soares.

No andar de cima, o funcionário ergueu os olhos ao ouvir seu nome e, nesse mesmo instante, Vitor caminhava em sua direção. Franziu as sobrancelhas reconhecendo o paciente.

Quenom fez brilhar palavras ainda mais intensamente.

— Carlos Soares. Enfermaria. Urgente.

O funcionário foi tomado pela confusão. Ir até o rapaz ou atender ao chamado?

— Carlos Soares. Enfermaria. Urgente.

Não havia dúvidas. Tinha que correr para a enfermaria. Mas um pensamento lógico se formou em sua mente: será que a urgência daquele chamado tinha a ver com o paciente?

Caminhou na direção de Vitor.

Ao lado dele, um médico de bigode prateado estava curvado sobre um bebedouro, sorvendo a água avidamente. Seu paralelo fissurara os átomos de oxigênio e hidrogênio de sua boca, tornando-a instantaneamente seca. A sede súbita o mantinha ali para que Vitor pudesse passar. Esse paralelo entendeu o problema de Seteus ao ver o funcionário se encaminhando com os olhos duros sobre o rapaz.

Rápido, abriu um campo de antimatéria atrás do velho médico que o fez ser puxado dois passos para trás, largando o bebedouro e ficando exatamente na frente de Vitor. Na sequência, o campo de antimatéria foi dissipado, e o guardador envolveu o médico, descendo algumas escalas em sua frequência de ondas. A visão do senhor de bigodes, a meio metro de Vitor e de costas para o funcionário, escureceu, e ele só via centelhas luminosas espocando à sua frente.

— Carlos Soares. Enfermaria. Urgente.

O funcionário respirou fundo. Um médico estava diante do paciente e certamente resolveria o caso. Não tinha mais com o que se preocupar, a não ser com o chamado da enfermaria.

Virou-se e saiu.

Seteus fez Vitor passar pelo médico ainda zonzo.

Quenom surgiu indicando a porta em que deviam entrar.

O velho médico, segundos depois, foi largado do abraço de seu paralelo e teve que apoiar-se na parede para não cair. Ficou ali uns instantes com a certeza de que tivera uma queda súbita de pressão.

Vitor abriu a porta e entrou num vestiário masculino. Nas paredes, havia armários de metal com nomes nas portas. Ao fundo, um faxineiro sintonizava um radinho. O paralelo dele fazia vibrar em sua mente uma canção antiga, com a força de uma obsessão, e o homem se mantinha totalmente ocupado em encontrar aquela música em alguma das estações.

Quenom já havia vasculhado o interior de todos os armários e tinha escolhido um com cadeado de combinação numérica. Também já havia interagido com a matéria do cadeado e transmitiu a senha para Seteus, que a soprou no ouvido do rapaz.

Sem se perguntar como tudo aquilo poderia estar acontecendo, Vitor simplesmente girou os pequenos números, abriu a porta e rapidamente começou a se vestir.

126

Ana Beatriz saiu correndo pela porta de vidro do hotel. Esbarrou nas pessoas que subiam a escada de entrada sem diminuir o passo, ignorando os protestos delas.

Na verdade, ela nem viu aquelas pessoas. Via adiante.

Não estava ali, se desviando dos pedestres e dos cachorros nas coleiras. Estava lá na frente, não quarteirões, mas dias à frente. Saboreava o sucesso. O impacto. O reconhecimento.

Não estava ali quando atravessou o asfalto em meio aos carros e ônibus, não ouvia as buzinas que uivavam furiosas contra ela, que corria sem olhar para os lados. Estava no passado, revivendo cada instante que a trouxera àquele momento. Imaginava a expressão de cada pessoa conhecida quando soubessem do seu triunfo.

Teve que parar no cruzamento das duas avenidas, junto com dezenas de outras pessoas à margem do asfalto com faixas brancas pintadas no chão. O trânsito fluía intenso nos dois sentidos. Do outro lado, mais pessoas também esperavam para irromperem no sentido oposto quando as luzes verde, amarela e vermelha fizessem a sua dança.

Os freios guincharam parando os veículos, e, como se estivessem esperando esta ordem para atacar, os dois grupos tomaram a avenida com determinação.

As ondas de pedestres se atingiram, e subitamente Ana Beatriz parou.

Os que vinham atrás esbarravam nela. Teve a consciência de onde estava. Exatamente no ponto em que viu a dona de roupas coloridas parar e seguir; onde o rapaz de camiseta azul parou e retornou. Porém, essa consciência a fazia estar ainda na janela do sétimo andar do hotel, se observando.

Teve a percepção de que andava nas cordas de uma teia!

Centenas de pessoas seguindo equilibradas no intrincado e infinito emaranhado de fios. O frio penetrou-lhe. Como podia estar no exato lugar onde outras duas pessoas pararam? Acaso? Um sinal? Uma lógica matemática absurda? Cada um dos dois fizera sua escolha. Agora era sua vez?

Seguir. Ir adiante. Não tinha nada que escolher. Pensava. Sua escolha estava feita, e só era preciso conquistar o que era seu.

As pernas obedeceram ao cérebro, e ela recomeçou a caminhar, ganhando velocidade aos poucos até alcançar o outro lado antes que os carros se soltassem sobre ela. Pulou na calçada momentos antes de os rugidos dos motores ressoarem às suas costas.

Mas ainda permanecia olhando a si mesma do alto, enquanto observava os rostos com os quais cruzava. Ela era apenas mais uma das tantas partículas que se movimentavam. Cada uma puxando seu passado e olhando o futuro. Cada uma, incluindo ela, era totalmente diferente em suas possibilidades, porém, absolutamente igual em sua essência. Sem diminuir o ritmo do martelar de seus saltos, via que o passado e o futuro tornavam cada uma daquelas pessoas únicas. Mas, olhando de muito perto, ou de muito longe, não havia diferença entre nenhuma delas.

Rilhou os dentes pensando com força: "Não sou igual. Não sou."

Começou a correr até a esquina.

Fugindo? De quem? Dela mesma?

Não!

Não estava fugindo! Estava indo fazer o seu trabalho. Essa era sua diferença. Agarrava-se a estes pensamentos para não tropeçar.

Na esquina, havia uma banca de jornal, e ela imaginou sua matéria estampada. Era isso que tinha que fazer acontecer. Sua matéria, seu sucesso, era isso que ia mostrar que ela era diferente.

— Não sou igual!

Deixou a frase escapar alto, num brado raivoso assustando uma senhora que caminhava no sentido oposto. Ana Beatriz trocou um rápido olhar com ela e seguiu em frente, não queria contato, não queria qualquer conexão que abrisse outras possibilidades e a desviasse de seu futuro.

Arfante, se apoiou em um poste para esperar abrir outro sinal de pedestres. Seu futuro era Vitor.

127

O rapaz estava diante da padaria. A calça *jeans* e a jaqueta de brim marrom tinham servido bem. Os sapatos eram desconfortáveis, os ferimentos dos pés ainda doíam, mas não tinha intenção de andar muito.

Mantinha-se ao lado de uma banca de jornal, se escondendo da visão de quem saísse do hospital na calçada oposta. Já deviam estar procurando por ele, que por sua vez procurava pela repórter.

Estava ansioso. Precisava encontrar-se com ela e impedir a publicação da matéria. A força dessa necessidade era tão intensa que o resto estava ofuscado. Nem sequer pensava nos acontecimentos dos últimos minutos. Só queria encontrar os olhos da moça, que vira na foto do bloco de anotações e que surgiria entre as pessoas apressadas que tentavam se abrigar da chuva que começava a cair em pingos grossos.

Seteus estava ao seu lado. Tão ansioso quanto o rapaz. Não sabia o que fazer quando a repórter aparecesse. Quenom o deixara. Seteus precisava criar sozinho a situação propícia para que o propósito de Vitor surgisse.

Sacrifício. Fazer-se sagrado. Essas palavras ondulavam diante dele que não conseguia imprimir-lhes um sentido.

O que ele tinha que fazer para que Vitor se tornasse sagrado?

Se já era difícil cumprir uma missão bem específica, o que dizer de uma missão que nem o Conselho soubera precisar qual era?

A chuva caiu forte.

Vitor entrou embaixo da cobertura da banca, junto com outras pessoas que se aglomeravam.

Revistas. Muitas diante dele. Seteus percebeu que os olhos do rapaz passavam com certo temor pelas capas. As manchetes eram quase sempre imperativas, fortes, mostravam escândalos, crimes. O rapaz antevia a imagem da mãe e de Gílson naquelas capas. Via sua própria foto, prestes a se atirar da janela. Via a foto do pai, pedindo socorro ao amigo. O rapaz foi invadido pela infinidade de frases espetaculares que poderiam ser escritas sobre a história deles.

Quando Vitor voltou a olhar para o hospital, Seteus teve a certeza de que ele pensava na mãe lá dentro, inocente, a um passo de ver a intimidade de sua vida publicada.

Aquilo não podia acontecer.

Nesse momento, Ana Beatriz surgiu correndo na calçada do outro lado. Vinha ensopada. Encharcada. De veneno, foi o que Seteus pensou.

Era o momento de agir?

A oportunidade estava diante dele?

Impedir aquela moça.

Era isso?

Ela viu Vitor e acenou.

O pulso do rapaz estava acelerado. Ele também não tinha a menor ideia do que falar quando se encontrassem.

Eles deviam se encontrar? Seteus desejava a ajuda de Quenom. Mas tinha que decidir sozinho.

Ela começou a atravessar a rua.

Agora!

Seteus ampliou seu alcance e fez com que o motorista de uma picape preta mudasse sua trajetória e girasse o volante acelerando para aproveitar o sinal amarelo. Ana Beatriz corria pelo asfalto molhado e não viu o carro virar rápido na sua direção.

Mas Vitor viu.

"O que eu fiz?"

Seteus desesperou-se ao perceber o que ia acontecer.

O garoto pulou para a rua, deu dois passos e como um felino contraiu os músculos, empurrou com força o asfalto e saltou. A caminhonete freou no piso molhado. Derrapou. O corpo dele chocou-se com violência com o da moça, perplexa. A picape passou lambendo-os.

128

Os olhos dela eram de um castanho muito claro. Olhos bons.

Muito barulho. Vozes. Gritos. Apitos de um guarda.

— Você está bem? — Ela estava inclinada sobre ele, que continuava deitado na mesma posição em que caíra.

— Você... Você é...

— Ana Beatriz.

Vitor sorriu numa felicidade serena.

— Que bom.

— O quê? — Ela não estava nada serena e olhava em torno vendo as pessoas atônitas.

— Se você é Beatriz, então está tudo bem.

Ela olhou pra ele sem entender.

— Beatriz significa aquela que leva boas notícias.

Os olhos dela se abriram mais. Nunca soubera disso. Passou as mãos pelos cabelos molhados que caíam sobre os olhos. As pessoas chegavam perto.

Seteus entendeu. Estava acontecendo. Criou, então, um campo repulsivo que fez todos hesitarem em se aproximar. Os dois ficaram sozinhos no meio da multidão.

— E é isso que você vai fazer, não é? Levar boas notícias?

Ela ficou sem respiração. Boas notícias? Não soube o que dizer, e Vitor continuou:

— Você me salvou. Obrigado.

— Eu? Foi você que... O carro. Eu que quase fui...

Vitor tirou o caderno do bolso da jaqueta e o esticou na direção de Ana Beatriz.

— Isto é seu.

Ela pegou o bloco sentindo um desconforto que não sabia explicar. Quis desviar o assunto olhando em volta.

— Temos que chamar ajuda, você pode estar machucado.

— Machucar... — Vitor falava com um sorriso tranquilo. — Toma cuidado. É muito fácil machucar.

Nesse instante, uma poça de sangue vermelho brilhante começou a se insinuar sob a nuca do rapaz. Ela gritou.

— Ele está ferido! Eu preciso de ajuda!

Estavam na frente de um hospital, havia acontecido um acidente, e ninguém se movia? Todos permaneciam num transe de contemplação. Ana Beatriz fez menção de se levantar. Vitor segurou firme seu braço.

— Tá tudo bem. Olha. Acredita em mim. Acredita em quem você é, Beatriz. E vai ficar tudo bem.

Não dava pra acreditar que tudo ia ficar bem vendo o sangue fluir cada vez com mais força, se espalhando e se diluindo na chuva.

— Eu só preciso de um favor seu.

— Favor?

— Você é uma jornalista, uma repórter, não é? — Ela concordou apertando angustiada o caderno contra o peito. — E todo repórter tem um gravador, não tem? — Ela ficou sem entender. — Por favor, eu preciso do seu gravador.

Confusa, ela remexeu na bolsa caída ao lado e sacou um pequeno aparelho preto.

— Minha mãe e meu tio estão sofrendo muito, e eu queria pedir que você levasse notícias boas pra eles.

Ela continuou congelada.

— Promete?

— Claro. — O que mais ela podia falar pro rapaz que acabara de salvar sua vida e sangrava na sua frente?

— Obrigado. — A expressão dele já demonstrava alguma dor, mas ela percebia um sorriso que não se manifestava nos lábios. — Tá gravando?

O botão foi apertado, e Vitor começou a falar pausadamente, com tranquilidade e clareza. As palavras saíam de forma fácil e sincera. Ana Beatriz não se conteve e começou a chorar sobre ele, diluindo ainda mais o sangue que seguia pela enxurrada.

Ele terminou. Olhou para a repórter e sorriu, só que agora esticando graciosamente os lábios pálidos:

— Obrigado.

E fechou os olhos deixando o sorriso ainda impresso no rosto.

Quenom surgiu ao lado de Seteus, que acompanhava emocionado o que acontecia.

— Você conseguiu.

— Alguém! Pelo amor de Deus, alguém ajuda aqui! — No meio da multidão perplexa, a moça se agitava como uma leoa diante de um filhote morto.

— Não temos mais o que fazer aqui.

Seteus concordou, abrindo espaço para as pessoas que se precipitaram sobre o corpo de Vitor.

129

— Terminou, Quenom. — O Conselheiro o recebeu, satisfeito.

Seteus havia voltado para a Academia. Ihmar voltou a ocupar seu posto na Colônia de Suspensão e L.U.C.A... Bem, ele continuava por toda parte.

O Horizonte de Energia pulsava eterno e distante. E pela primeira vez, o coração de Quenom estava em paz. Olhava o princípio das coisas sem a angústia de tentar entender. Aceitava a existência com a fé inocente que jamais sonhara possuir.

— Agora você deve seguir seu caminho sozinho — disse o Conselheiro. — Você deve seguir pelas dimensões até alcançar um novo estágio na rede da hierarquia entrelaçada.

— Desculpe, mas eu não concordo. — A resposta foi rápida e resoluta.

O Conselheiro esperou um instante.

— Um espírito livre! Obedece, mas não se submete.

— Na verdade, o que quero é fazer um pedido, não uma contestação.

— Faça. Mas não haverá novos desígnios para você.

— Novos não. Mas me foi passada uma missão, e eu gostaria de completá-la.

Foi visível a ondulação de satisfação nos tons luminosos do Conselheiro.

— Dominique?

— Sim. Ele é o meu estágio de transcendência. Só não tinha entendido isso antes.

— A decisão é sua.

Houve um longo e sincero abraço luminoso diante do Horizonte de Energia.

130

"— Quando morri, acordei com a pior ressaca da minha vida — dos meus dezessete anos de vida"

O mestre Danih olhava para Vitor com um sorriso plácido, observando-o entrar em contato com a memória do irmão.

Estavam sentados no chão da Sala de Nêutrons. O rapaz fora envolvido pelo aconchegante filme plástico e pelas sutis ondas de vibração do mestre.

Em torno deles, apenas a narrativa de Alexandre.

A voz não saía de um local específico, nem as imagens da permanência de Alexandre naquela dimensão eram impressas em nenhuma superfície.

Vitor captava tudo o que o irmão havia experimentado diretamente das ondas longas que flutuavam em espiral pela sala e penetravam sua consciência.

— E onde ele está? — perguntou Vitor ao terminar de assistir à trajetória do irmão.

— Existiu um poeta que deixou gravado em sua lápide um epitáfio que é a única resposta à sua pergunta: não estou aqui.

O conceito escorreu lentamente por Vitor:

— Então, Alexandre está...

O mestre o interrompeu:

— Exatamente. Alexandre está. Sem local. Seu irmão é. Sem tempo, sem espaço. Transcendeu para a dimensão seguinte, totalmente fora da nossa compreensão, mas que existe unicamente por acreditarmos que ela exista.

Uma mistura de saudade e esperança preenchia o coração de Vitor. Ele sabia que nunca mais estaria com o irmão, ao mesmo tempo em que compreendia que jamais se afastaria dele. Faziam parte da mesma estrutura de energia que unia todos.

Danih levantou-se e fez surgir a abertura de dois grandes dutos de energia luminosa. Um deles era avermelhado; e o outro, violeta.

— Chegou o momento, filho. Seu sacrifício o trouxe até aqui, e apenas concluir sua escolha pode levá-lo adiante.

Vitor sabia do que se tratava. Deixou seu pensamento firmar-se em sua mãe como uma despedida. Ela recebera sua mensagem, e isso o tranquilizava. O amor prescindia da presença, do tempo e do espaço. Existia. E valia a pena.

— Estou pronto.

131

Não tinha sido nada fácil.

Os enfermeiros chegaram até o corpo ensopado de Vitor no asfalto. Colocaram-no na maca já sabendo que nada mais podia ser feito.

A confusão de pessoas era enorme.

Mesmo também acidentada, ninguém notava Ana Beatriz. Ela não tinha mais que arranhões no cotovelo. Podia ter ido embora daquele local sem ser percebida. Mas não. Acompanhou o corpo que dava entrada no setor de emergência. Ficou vagando alguns instantes até ver o professor aparecer agitado. Num baque, se inteirou sobre o acontecido. Era terrível ver aquele homem descobrir que Vitor havia morrido. Ele era a imagem do fracasso total.

Mas ela tinha uma promessa a cumprir.

— Professor, eu preciso falar com o senhor.

Gílson virou-se sem conseguir focar a imagem da moça.

— Eu sou repórter, e Vitor...

— Não, por favor, eu não tenho condições de...

— Eu não quero entrevista, não quero nada, eu só...

— Você... — Reconheceu os olhos dela. De repente ele se lembrou da enfermeira pra quem confessou seu segredo mais profundo. — Você? É a repórter que...

— Sim. Sou eu, mas... O Vitor...

— Como você pôde? Você me enganou.

— Desculpa. Olha. Eu menti, sim. Me desculpa.

— Acho que não temos nada o que falar. — Começou a se afastar.

— Espera. O Vitor me pediu...

Gílson parou ainda de costas pra ela.

— Eu queria... Bem não interessa mais o que eu queria. — Ela retirou da bolsa o gravador. — Eu estava com o Vitor agora. No momento em que ele...

O professor se voltou para olhá-la.

— Eu tenho uma mensagem do Vitor para a mãe.

Realmente não tinha sido nada fácil.

Ela entregou a foto original, o bloco e o gravador, que trazia o nome dela numa tarja de papel sob uma fita adesiva.

— Beatriz?

— Sou eu.

— A que leva boas notícias.

Ela olhou-o, intrigada.

— Ele também me disse isso, logo antes de...

Passando os dedos delicadamente pelo gravador, o professor sentiu seus olhos transbordarem sem controle.

— Era um jogo nosso. — As palavras também saíam molhadas. — Meu e dos meninos. A gente gostava de chamar as pessoas pelo significado dos seus nomes. — Sorriu no meio das lágrimas. — Eles chamavam a mãe de Grande Ursa.

O corpo enorme soluçava, e a repórter percebeu enquanto o amparava que sua matéria jamais poderia ser escrita. Ao mesmo tempo, entendia que sua história acabava de ficar muito mais rica.

— Vamos levar esta mensagem para Noêmia. — Respirou fundo.

Seguiram hospital adentro para dar a notícia de mais uma morte.

Não era nada fácil.

Pararam diante da porta do quarto.

— Acho que não é o caso de eu entrar.

— Vitor pediu que você transmitisse a mensagem, não foi?

— Sim, mas...

— Por favor.

Ela pensou que talvez o professor quisesse apenas o apoio de uma companhia naquela hora terrível, mas ela, que estava presente quando a tragédia se abriu, sentiu que precisava realmente estar junto no momento em que ela se fechasse.

— Vamos.

— Obrigado. — Ele segurou a mão dela.

— Não, eu é que agradeço.

Abriram a porta se apoiando e entraram.

Noêmia estava sentada na cama e pressentiu que algo terrível tinha acontecido assim que viu a expressão de Gílson. Era um desespero tão claro que não foi necessária nenhuma palavra. Mas Noêmia não se descontrolou, não chorou ou gritou, talvez já não houvesse mais como um corpo expressar tanto sofrimento.

— Noêmia, infelizmente as notícias não são boas...

— Perdão. — Beatriz cortou delicadamente o professor e avançou um passo. — O Vitor pediu que eu trouxesse boas notícias pra vocês e, não sei, mesmo sendo terrível, tenho certeza de que ele queria que vocês ouvissem isso como algo bom...

— O que aconteceu com o meu filho?

— Ele salvou a minha vida e deixou esta mensagem pra senhora.

Ana Beatriz aproximou-se e colocou o gravador sobre o colo da mãe.

Por um longo tempo, o aparelho ficou ali, sendo observado por todos numa mistura de sentimentos.

— Ele morreu, não é? — O desespero começava a querer surgir.

A repórter pediu licença e, avançando o braço, pôs o aparelho para funcionar.

— Oi, mãe. Eu estou indo embora agora. Sei disso. E sei que nada que eu fale vai impedir você de sofrer. Mas eu só queria falar, mãe... Eu queria que a senhora sentisse o que eu estou sentindo... Tudo é uma coisa só... A vida passa, mas, não sei, ou melhor, sei que a existência continua. É isso, mãe. Eu quase desisti, mas agora sei que a gente precisa continuar, sabe? Porque vale a pena. Vale a pena, é isso que eu queria falar. Eu amo você. Amo o tio Gílson. Por isso eu só peço que vocês não desistam. O Alexandre. Eu sei que o Alexandre não desistiu. Eu não vou desistir. Então, vamos combinar de não desistir nunca, tá legal? Bom, acho que é hora de eu me despedir... E, sabe? É isso. Acho que existir é a arte de se despedir. Tchau, mãe.

A fita continuou rodando até que o clique do gravador quebrou o silêncio. Mas nada podia quebrar o sorriso interior que superava todas as lágrimas e toda a dor.

REFERÊNCIAS E AGRADECIMENTOS

Este livro surgiu a partir de uma conversa com meu grande amigo Henrique Guerra. Depois, falei da ideia com minha mulher, Amaziles de Almeida, e esbocei a história numa madrugada de Natal em Belo Horizonte, quando contei a meu irmão, Marcelo Alkmim, e a meu cunhado, Marcos Almeida, aquilo que ia ganhando corpo.

Daí em diante, minhas pesquisas sobre a física com base em Carl Sagan, Stephen Hawking e Albert Einstein e, em seguida, estudos sobre Immanuel Kant foram abrindo meus pensamentos. O conceito geral se fechou quando tive contato com os livros: A criação imperfeita, de Marcelo Gleiser, O universo autoconsciente, de Amit Goswami, A cientista que curou seu próprio cérebro, de Jill Bolte Taylor e A teia da vida, de Fritjof Capra. Além de textos de Nietzsche, Santo Agostinho, Dostoiévski, Guimarães Rosa, Dante, Newton, Max Planck, Niels Bohr, Heisenberg, Shrödinger, Paul Dirac, Schwinger, Feynman, Shakarov e muitos e muitos outros grandes pensadores.

Devo agradecer aos amigos por suas opiniões sobre trechos do livro, entre eles, Achilles de Leo, Márcia da Silva, Amanda Neves, Tetê Ribeiro e Denis Victorazzo, além das críticas construtivas de frei Betto.

Obrigado a minha mãe e meu pai, minhas irmãs, minha avó Cida e toda minha maravilhosa família, por sempre me fazerem sentir que vale a pena.

E obrigado a você que leu.

CTP • Impressão • Acabamento
Com arquivos fornecidos pelo Editor

EDITORA e GRÁFICA
VIDA & CONSCIÊNCIA

R. Agostinho Gomes, 2312 • Ipiranga • SP
Fone/fax: (11) 3577-3200 / 3577-3201
e-mail:grafica@vidaeconsciencia.com.br
site: www.vidaeconsciencia.com.br